Un cœur à reconstruire

*

Au nom de notre enfant

CARIDAD PIÑEIRO

Un cœur à reconstruire

Traduction française de
CHRISTIANE COZZOLINO

BLACK ROSE

HARLEQUIN

Collection : BLACK ROSE

Titre original :
BRICKELL AVENUE AMBUSH

HARPERCOLLINS FRANCE
83-85, boulevard Vincent-Auriol, 75646 PARIS CEDEX 13
Service Clients — https://www.harlequin.fr/contenu/contactez-nous
ISBN 978-2-2805-2246-5 — ISSN 1950-2753

Édité par HarperCollins France.
Composition et mise en pages Nord Compo.
Imprimé en octobre 2025 par ScandBook UAB en Lituanie
en utilisant 100% d'électricité renouvelable.
Dépôt légal : novembre 2025.

FSC www.fsc.org
MIXTE
Papier | Pour une gestion forestière responsable
FSC® C021394

Pour limiter l'empreinte environnementale de ses livres, HarperCollins France s'engage à n'utiliser que du papier fabriqué à partir de bois provenant de forêts gérées durablement et de manière responsable.

1

Il semblait parfaitement à sa place dans le fauteuil de direction, songea Ricardo Gonzales, en regardant son frère aîné, Trey, assis derrière le grand bureau en bois massif. Dans son dos, les rangements intégrés étaient vides, leur contenu encore dans des cartons, attendant d'être déballé et disposé sur les rayonnages.

— Le costume te va bien, *hermano*, dit-il d'un ton taquin, car il savait que Trey réservait d'ordinaire les costumes et les cravates pour les grandes occasions et les enterrements.

Il suffisait de le voir passer un doigt sous le col de sa chemise, qui devait lui serrer le cou, pour comprendre qu'il n'était pas à l'aise habillé de la sorte.

— *Caramba*, Ricky ! Quand j'ai décidé de rejoindre l'agence, je ne m'attendais pas à devoir m'habiller comme ça tous les jours, répondit Trey en tirant à nouveau sur son col, puis en ouvrant tous les tiroirs, comme pour en vérifier le contenu et voir où il pourrait ranger ses affaires.

Ricky éclata de rire et s'assit sur le bord du bureau.

— Tu peux toujours essayer de convaincre *papi* que venir travailler en jean ne nuirait en rien au sérieux de l'agence.

Trey pointa le doigt vers lui.

— Excellente idée ! Pourquoi n'y ai-je pas pensé plus tôt ?

Par nature, Trey était dans plus l'action que dans la réflexion, comme en témoignait sa décision plutôt soudaine de rejoindre South Beach Security après des années à s'opposer aux attentes familiales. Mais peut-être que le fait d'avoir frôlé la mort lors de sa dernière mission et d'avoir trouvé la femme de sa vie expliquait ce brusque revirement. Ricky se demandait cependant si son frère avait fait le bon choix.

— Tu es sûr de vouloir bosser pour l'agence ? lui demanda-t-il, espérant que Trey ne regretterait pas sa décision.

Trey fronça les sourcils, ses yeux bleus le scrutant.

— Tu essayes de me psychanalyser ou quoi ? Je ne suis pas l'un de tes patients, *hermanito*.

En effet, songea Ricky, mais cela ne l'empêchait pas de prendre soin de son frère comme il le faisait avec ses patients. Après tout, Trey avait traversé récemment une expérience traumatisante et pourrait très bien avoir besoin de son aide.

— Je sais, mais je suis là si jamais tu veux parler ou si tu as besoin d'un coup de main.

— Un coup de main, ce n'est pas de refus, dit Trey en se levant, le sourire aux lèvres.

Il désigna les cartons et les rayonnages.

— Si tu veux te rendre utile, aide-moi donc à ranger tout ça.

— Avec plaisir.

Ricky souleva un gros carton et le posa avec un bruit mat sur le large rebord du meuble de rangement intégré.

— Il y a quoi dans ces cartons ? Des pierres ?

Trey secoua la tête en riant.

— Des livres, figure-toi. Toi qui es l'intello de la famille, tu ne vas pas y trouver à redire, j'espère ?

Ricky secoua la tête à son tour. Son frère aîné avait toujours été un homme d'action, tandis que lui, le benjamin, avait poursuivi de longues études. Mia, la cadette, et leur cousine Carolina étaient les papillons sociaux de la famille, toutes deux comptant parmi les influenceuses les plus populaires de Miami.

— J'avoue que là, tu m'en bouches un coin, déclara Ricky en ouvrant le carton et en rangeant les livres sur les rayonnages.

Il y avait toutes sortes d'ouvrages, aussi bien sur la cyber-sécurité, les enquêtes médico-légales, les procédures pénales et civiles que sur la fraude à l'assurance. Il y avait aussi plusieurs livres sur l'histoire militaire, ce qui n'était pas très étonnant, étant donné que tous les hommes de la famille Gonzales, à part lui-même, avaient servi dans l'armée.

Tandis qu'il les alignait sur l'une des étagères du bas, en veillant à respecter un certain ordre, une certaine symétrie, un certain équilibre - toutes choses dont il avait besoin dans la vie –, il demanda :

— Comment se passent les préparatifs du mariage ?

Tout en déballant d'autres cartons de livres, Trey éclata de rire.

— Ne m'en parle pas ! Roni, ses parents et *mami* sont en train de tout planifier tels des généraux dirigeant une campagne militaire.

Ricky jeta à son frère un regard en coin.

— Peut-être parce que personne ne s'attendait que tu te maries enfin. Surtout avec Roni.

Trey leva la tête du carton qu'il était en train de vider. Un sourire mélancolique recourbait ses lèvres, et ses yeux de la couleur de l'océan brillaient de félicité.

— Roni..., dit-il avec un soupir énamouré. Comment ai-je pu être idiot au point de ne pas me rendre compte plus tôt que nous étions faits l'un pour l'autre ? Comment ai-je pu ne pas la remarquer avant ?

Si Trey avait ouvert les yeux, c'était peut-être parce qu'il avait frôlé la mort ; auquel cas sa décision de se marier n'était-elle pas trop hâtive ? se demanda à nouveau Ricky.

— Elle a toujours été là, Trey. Alors pourquoi maintenant ?

Trey posa un livre sur une étagère et lui fit face, les bras croisés sur sa large poitrine.

— C'est en tant que frère que tu me poses la question, ou en tant que psychologue ?

Ricky avait souvent du mal à séparer sa vie professionnelle de sa vie personnelle, malgré tous ses efforts.

— Les deux, Trey, admit-il sans détour.

Son frère le fixa longuement, l'air grave.

— Je reconnais que c'est soudain, mais je sens, ici, dit-il en se frappant la poitrine juste sur le cœur, que Roni est la femme de ma vie. Ce que je ressens pour elle, je ne l'ai jamais ressenti pour personne d'autre.

La sincérité et la ferveur avec lesquelles Trey avait prononcé ces paroles auraient dû rassurer Ricky. Ses craintes auraient dû se dissiper instantanément comme la vapeur qui monte des trottoirs de Miami après la pluie en plein été. Mais ces paroles suscitaient aussi en lui une émotion indésirable. Une émotion qu'il n'aurait su nommer. Ce n'était pas de la jalousie. Il n'était pas envieux, mais s'il était content pour Trey, il ne pouvait s'empêcher de se demander si sa propre vie le satisfaisait pleinement.

Ricky avait consacré l'essentiel de son temps à se constituer une clientèle et à animer son groupe de soutien, tout en donnant un coup de main à sa famille de temps en temps lorsqu'elle avait besoin de son expertise à l'agence. Du coup, sa vie personnelle était passée à la trappe.

Si son frère, le mâle alpha du clan Gonzales, l'homme d'action par excellence, avait décidé de se ranger, alors pouvait-il sans doute lui aussi envisager de changer de vie. Il était généralement allergique au changement, mais peut-être était-il temps de bousculer ses habitudes et de rompre avec sa routine, sa vie étant décidément un peu trop monotone et solitaire.

Mariela Hernandez n'aimait pas être prise à partie. Cela lui était arrivé bien trop souvent au cours de sa jeune vie, surtout pendant les cinq années de son mariage tumultueux. Elle avait espéré que le divorce réglerait le problème, mais son ex-mari refusait de lâcher l'affaire et ne cessait de lui téléphoner et de lui rendre visite contre son gré.

— Cela ne peut plus durer, il faut que tu le comprennes. Beaucoup de nos résidentes sont encore fragiles après les violences qu'elles ont subies, déclara Maggie, la directrice du foyer, d'une voix dans laquelle l'inquiétude le disputait à la compassion.

Âgée d'une soixantaine d'années, Maggie arborait un look bohème avec ses amples tuniques fleuries et ses longues jupes marron dont le bas effleurait des Birkenstocks éculées. Son aura de « mère nature » avait souvent un effet apaisant sur les femmes du foyer. Cela avait été le cas pour Mariela lorsqu'elle y avait débarqué pour la première fois.

— Je comprends, Maggie. Cela ne se reproduira pas, dit-elle, bien qu'elle ne soit pas sûre de pouvoir tenir cette promesse.

Maggie la fixa intensément, lisant de toute évidence en elle à livre ouvert.

— Je sais que c'est ce que tu veux, mais...

Ouvrant un tiroir, elle en sortit une carte de visite qu'elle fit glisser sur le bureau en bois massif marqué par le temps.

— Voici la carte d'une amie à moi, Elena Diaz-Gonzales. Elle est avocate et pourra sûrement t'aider. Je sais que ton ex-mari a de l'argent et des relations, mais Elena aussi. Va la voir de ma part. Explique-lui ce qu'il en est.

Mariela fixa la carte sans la prendre. Elle en avait soupé des avocats lors de son divorce compliqué. Même si elle en avait eu un bon, elle avait souvent eu l'impression qu'il se préoccupait plus des heures qu'il allait lui facturer que de la procédure. Il lui avait cependant obtenu un très bon accord financier, grâce auquel elle allait pouvoir démarrer une nouvelle vie. À condition que son ex-mari veuille bien la laisser enfin tranquille.

— Mariela ? insista Maggie lorsqu'elle vit qu'elle ne prenait pas la carte.

De guerre lasse, Mariela finit par le faire et la glisser dans la poche de son jean.

— Je vais l'appeler. Merci pour ton aide, dit-elle en se levant et en se dirigeant vers la porte.

Elle tiendrait sa promesse. Mais auparavant, elle voulait rendre visite à son ex-mari et l'avertir une dernière fois avant de lui coller un autre avocat aux fesses. D'autant plus que recourir à nouveau à un avocat grèverait la pension qu'elle avait obtenue lors du divorce, pension dont elle avait besoin pour payer la résidence pour seniors de ses parents et ses deux derniers semestres à l'université.

Déterminée à terminer son service au foyer, où elle faisait du bénévolat en guise de remerciement pour l'aide qu'elle y avait reçue, elle regagna la garderie. Elle s'occupait souvent des plus petits jusqu'au retour de leurs mères à la fin de leur journée de travail. Elle appréciait la compagnie des bouts de chou. Leur joie de vivre, après les violences conjugales dont ils avaient été témoins, lui donnait l'espoir qu'un jour elle aussi pourrait se libérer de ses cauchemars.

Une première mère arriva, bientôt suivie par d'autres, et peu à peu les enfants quittèrent la garderie, rejoignant leurs espaces privés ou bien la cuisine et les parties communes du foyer.

Elle jeta un coup d'œil à sa montre. Si elle se dépêchait, elle arriverait peut-être à coincer son ex-mari, Jorge, avant qu'il quitte son bureau, où elle savait qu'il y aurait du monde autour d'eux, au cas où les choses tourneraient mal.

Sa voiture étant chez le garagiste, elle dut appeler un taxi pour aller du foyer, qui se trouvait à Little Havana, jusqu'aux bureaux de Jorge, sur Brickell Avenue. Prendre un taxi était pour elle une épreuve, car elle détestait avoir affaire à des inconnus – en particulier à des hommes, qu'elle fuyait comme la peste –, mais c'était trop loin pour y aller à pied.

Moins de dix minutes plus tard, le taxi la déposa sur Brickell, et elle se précipita dans le hall de l'immeuble où se trouvaient les bureaux de Jorge, utilisant son badge, qu'il n'avait pas désactivé. Il était manifestement dans le déni et la considérait toujours comme sa femme, d'où le harcèlement qu'il lui faisait subir.

Mais pour rien au monde Mariela ne reprendrait avec lui une vie de couple remplie de violences physiques et psychologiques, une vie de couple dans laquelle elle s'était laissé piéger et avait perdu sa dignité, jusqu'à ce qu'elle trouve le courage de se rebiffer.

Sortant rapidement de l'ascenseur, elle se dirigea d'un pas décidé vers la porte de la société de son ex-mari et constata avec surprise qu'il n'y avait personne à la réception. Il était un peu plus de 17 heures, mais Jorge recevait souvent des clients en dehors des heures de bureau et tenait à ce qu'il y ait toujours quelqu'un à l'accueil.

Un silence inhabituel régnait dans les locaux, qui étaient totalement vides. Où étaient passés les commerciaux et les développeurs de projets ?

Bizarre, songea-t-elle en gagnant le bureau d'angle de Jorge.

Pour y accéder, il fallait passer par le bureau de sa secrétaire, qui n'était pas là non plus.

La porte du bureau de Jorge étant entrouverte, elle s'apprêtait à y entrer, mais en entendant son ex-mari parler d'une voix animée, elle se figea.

Elle jeta un coup d'œil à l'intérieur et vit qu'il était au téléphone et faisait les cent pas.

— Tu ne comprends pas. Il faut que ce projet avance, dit-il en passant ses doigts dans ses épais cheveux bruns.

Il se tut pour écouter son interlocuteur, puis reprit :

— Je me fiche que ce soit dangereux. Dis-moi combien tu veux ?

« Combien tu veux » ? Il est question d'argent, apparemment, songea Mariela en reculant précipitamment pour que Jorge ne la voie pas.

Le cœur battant, elle continua à écouter, car elle sentait confusément qu'il se tramait quelque chose de louche.

— Tu es fou ! cria Jorge dans le téléphone.

Puis il écouta à nouveau, pas longtemps, car il interrompit très rapidement son interlocuteur.

— Écoute, je sais que tu prends un gros risque. Moi aussi. Tu as gagné pas mal d'argent avec moi dans le passé...

Son interlocuteur lui ayant apparemment coupé la parole,

Jorge se tut et soupira. L'épiant par la fente entre le chambranle et la porte, Mariela vit qu'il avait le visage congestionné et serrait les poings. Il bouillonnait de rage.

Elle l'avait souvent vu dans cet état. Au bord de l'explosion. Juste avant qu'il lui tombe dessus à bras raccourcis.

— Non, c'est toi qui vas m'écouter. Fais ce que je te dis, et tu auras ton foutu fric ! hurla-t-il avant de faire glisser le doigt sur l'écran de son téléphone pour mettre fin à l'appel.

Elle marmonna un juron et s'empressa de reculer, craignant que Jorge ne se rende compte qu'elle avait surpris une conversation qu'il valait sans doute mieux que personne n'entende. Ce qui expliquait peut-être que les bureaux soient tous vides.

Sortant en vitesse du bureau de sa secrétaire, elle gagna la porte d'entrée pour faire croire qu'elle venait juste d'arriver.

Lorsque Jorge arriva dans le hall, il n'avait toujours pas décoléré. Mariela remarqua qu'il commençait à grisonner sur les tempes et qu'il avait minci. Il s'arrêta net en la voyant, desserrant aussitôt les poings et feignant d'être détendu.

Il avança tranquillement vers elle en la dévisageant, comme pour s'assurer qu'elle était bien là. Ou plus vraisemblablement pour essayer de deviner *depuis combien de temps* elle était là, songea-t-elle, inquiète.

— Mariela. Qu'est-ce que tu fais là ? demanda-t-il en s'arrêtant devant elle sans cesser de la fixer.

Elle fit un geste vers la porte.

— Je viens juste d'arriver, dit-elle, sur la défensive.

Quelle piètre comédienne, elle était ! songea-t-elle en se rendant compte à quel point sa voix sonnait faux, comme si elle tenait absolument à lui faire croire qu'elle n'était là que depuis peu.

— Vraiment ? dit-il en jetant un coup d'œil en direction de son bureau, les yeux plissés, comme s'il évaluait la situation.

Essayant de noyer le poisson, elle balaya d'un geste ample les locaux vides.

— Où sont-ils tous passés ?

Il fit la grimace et regarda autour de lui en soupirant.

— Les affaires ne sont plus ce qu'elles étaient.

— Je suis désolée de l'apprendre.

Ce n'était pas pour Jorge que Mariela déplorait cette situation, mais pour ses salariés, qui étaient pour la plupart de braves gens, et qui devaient pâtir de cette récession.

Il la scruta à nouveau, doutant probablement de sa sincérité. Puis, rassuré, il demanda :

— Que puis-je faire pour toi, Mariela ?

— Je voudrais juste que tu me laisses tranquille. Tu auras beau me harceler, je ne reviendrai pas. Jamais, déclara-t-elle en se préparant mentalement à l'explosion de colère qui ne manquait jamais de se produire lorsqu'elle lui tenait tête.

Il serra et desserra les poings, et devint à nouveau rouge comme un coq, mais contre toute attente il prit une grande inspiration et parut se maîtriser.

— Je ne suis plus le même homme, crois-moi, dit-il en tendant les mains devant lui en signe de supplication.

Peut-être qu'il a changé. Mais pour combien de temps ? songea-t-elle en l'examinant à son tour.

Il avait vieilli depuis qu'elle l'avait quitté, un peu plus d'un an plus tôt. Elle sentit la culpabilité l'envahir quand elle pensa que c'était peut-être à cause d'elle, jusqu'à ce qu'elle se souvienne des nombreuses fois où il l'avait fait culpabiliser pour justifier les punitions, aussi bien physiques que verbales, qu'il lui infligeait.

Se félicitant intérieurement de ne pas être retombée dans le panneau, elle se dit qu'elle se fichait pas mal de savoir s'il était ou non devenu un homme meilleur. Elle n'était pas prête à lui laisser une chance de le lui prouver parce que quoi qu'il y ait eu entre eux, c'était fini depuis belle lurette.

— Je suis désolée, Jorge, mais nous deux, c'est fini. Il faut que tu te fasses une raison parce que...

— Je ne peux pas croire que ce soit fini. Nous formions un couple formidable, dit-il en tendant la main vers elle.

Elle recula d'un bond, ne supportant pas qu'il la touche.

— Je dois y aller. S'il te plaît, ne reviens pas m'importuner ou je n'aurais d'autre choix que de contacter les autorités.

Se ruant vers la porte, elle sortit avant qu'il ait eu le temps de dire ou de faire quoi que ce soit d'autre pour la retenir.

En attendant l'ascenseur, elle ne cessait de jeter des coups d'œil par-dessus son épaule, craignant que Jorge ne revienne à la charge.

M'a-t-il crue quand je lui ai dit que je venais juste d'arriver ? Me soupçonne-t-il d'avoir surpris sa conversation ? se demandait-elle.

Que se passerait-il s'il pensait qu'elle avait tout entendu ? Ce coup de téléphone semblait important et plutôt louche.

Elle avait plusieurs fois déjà soupçonné Jorge d'utiliser des moyens douteux pour mener à bien certains projets, mais il avait toujours réussi à l'endormir avec de belles paroles, ou à la dissuader de poser trop de questions. Pour ne pas réveiller le monstre qui sommeillait en lui, elle avait laissé tomber, consciente que sa survie importait plus que les combines de Jorge. D'autant plus qu'à sa connaissance il n'avait jamais eu d'ennuis avec aucun de ses projets immobiliers.

Mais cette conversation semblait indiquer qu'il avait de gros problèmes et qu'il manigançait quelque chose. Cette fois-là, elle n'allait pas laisser filer.

En entrant dans l'ascenseur, elle sortit de la poche de son jean la carte de visite que lui avait donnée Maggie.

ELENA DIAZ-GONZALES, AVOCATE.

Son cabinet se trouvait juste à côté, dans un autre immeuble de Brickell Avenue. Elle pourrait s'y rendre à pied facilement, mais avant elle devait se renseigner sur cette avocate. Comme l'avait dit Maggie, Jorge était riche et avait le bras long, aussi Mariela devait-elle s'assurer que Me Diaz-Gonzales avait elle aussi des relations et était de taille à le contrer.

Elle sortit son smartphone et lança une recherche sur l'avocate. Elle trouva immédiatement son site Internet et sa biographie, mais se rendit vite compte qu'il s'agissait d'autopromotion. En creusant davantage, elle tomba sur plusieurs articles relatifs aux affaires très médiatisées qu'elle avait gagnées. Elle découvrit également qu'elle faisait partie de la famille Gonzales qui était à la tête de South Beach Security. Mariela les connaissait de nom, mais elle n'avait pas fait le rapprochement avec l'avocate. Le patriarche de la famille passait pour un héros aux yeux de nombreux Cubains de Miami, car il avait participé au débarquement de la baie des Cochons. Les Gonzales faisaient partie des familles les plus influentes de la ville. Sans compter que SBS avait récemment fait la une des journaux pour avoir aidé à démanteler un réseau de trafic d'êtres humains. Mais malheureusement, Elena Diaz-Gonzales était l'épouse de Jose Gonzales, qui travaillait au bureau du procureur du district de Miami.

Le même bureau du procureur qui avait disculpé Jorge après qu'il l'eut battue comme plâtre et envoyée plusieurs jours à l'hôpital.

Ce détail la freinait, mais en repensant à ce qui s'était passé au foyer un peu plus tôt et à la conversation qu'elle avait surprise dans les bureaux de Jorge, Mariela se convainquit qu'elle avait besoin d'aide.

Prenant une profonde inspiration, elle composa le numéro du cabinet, en espérant qu 'il y aurait encore quelqu'un, bien qu'il fût plus de 17 heures.

Lorsqu'une voix enjouée lui répondit, Mariela lança, comme on se jette à l'eau :

— J'aimerais obtenir un rendez-vous avec Me Diaz-Gonzales, s'il vous plaît. Ce soir, si possible.

2

Assis sur le canapé du bureau de sa tante, Ricky lui parlait de la cliente accusée du meurtre de son mari, qu'elle lui avait envoyée en consultation.

— D'après ce que j'ai compris, elle était victime de maltraitance. Son mari passait son temps à la harceler verbalement et l'obligeait à quémander quand elle avait besoin d'argent ou devait sortir de la maison. Il ne la laissait sortir que pour aller faire les courses et la pistait dans tous ses déplacements. Elle a également fait état de violences physiques.

Acquiesçant, sa tante Elena prit place à côté de lui sur le canapé.

— Prévenue par des voisins qui s'inquiétaient pour elle, la police s'est rendue plusieurs fois à leur domicile, comme en témoignent les procès-verbaux que nous avons pu nous procurer. La malheureuse s'est souvent retrouvée à l'hôpital suite à ces violences.

— Avec tous ces éléments, tu devrais pouvoir plaider la légitime défense, déclara Ricky.

— C'est ce que je vais faire, et je te remercie pour ton aide. Ça t'embête si j'appelle Dave Baker pour qu'il confirme ton analyse ?

Ricky n'y voyait aucun inconvénient. Il venait juste d'obtenir son doctorat et d'ouvrir son cabinet, alors que Dave Baker était un psychologue expérimenté, réputé pour sa gestion des victimes de violences conjugales.

— Baker est un excellent choix, *tía*. Son opinion fera autorité au tribunal.

Se penchant vers lui, elle lui tapota le genou.

— Ton opinion comptera aussi, Ricky. Tu te débrouilles drôlement bien avec ton groupe de soutien. Je suis sûre que de plus en plus de gens vont venir solliciter ton aide et ton expertise.

— Je l'espère, dit-il.

Tout en s'employant activement à développer sa clientèle privée, il ne refusait jamais d'aider sa tante et SBS quand ils avaient besoin de lui, et consacrait également quelques heures à son groupe de soutien, destiné aux personnes souffrant de traumatismes psychologiques.

Le téléphone sonna, et sa tante décrocha le combiné posé sur la table basse à côté du canapé.

— Elle veut me voir ce soir ? demanda *tía* Elena en consultant sa montre, avant de pousser un soupir résigné. Si c'est Maggie qui l'envoie, je ne peux pas refuser. Dites-lui que je l'attends.

— Tu vas encore faire des heures supplémentaires ? demanda Ricky lorsque sa tante raccrocha le téléphone.

— J'en ai bien peur, répondit-elle en se levant. Merci encore pour ton aide, Ricky.

— Merci de m'avoir fait suffisamment confiance pour me confier cette affaire, *tía*. Cela me touche beaucoup.

— Chez les Gonzales, on se serre les coudes, déclara sa tante avec un sourire.

— C'est vrai, mais si tu fais appel à moi, il faut que ce soit parce que tu penses sincèrement que je peux t'être utile, répondit Ricky, qui craignait de ne pas être à la hauteur.

— Bien sûr, Ricky. Je ne t'enverrais pas mes clients si je n'avais pas toute confiance en ton expertise.

Elle le raccompagna à la porte de son cabinet. Il l'embrassa sur la joue et sortit, se dirigeant vers l'open space dans lequel une douzaine d'avocats et leurs assistants travaillaient sur diverses affaires.

Alors qu'il approchait de la porte, une jeune femme extrêmement attirante entra. Châtain clair, ses cheveux bouclés encadraient harmonieusement son visage à l'ovale parfait et mettaient en valeur ses extraordinaires yeux vert émeraude. Elle portait un jean moulant qui épousait le galbe de ses hanches et de ses cuisses, et une tunique fluide sous laquelle on devinait une poitrine généreuse.

Séduit par sa beauté naturelle, il ressentit un petit pincement de désir, mais songea que si c'était la personne que sa tante attendait, recommandée par Maggie Alonso, elle avait très probablement subi des violences conjugales.

Du coup, il s'écarta de plusieurs pas pour la laisser passer, mais cette précaution ne suffit pas à la rassurer sur ses intentions. Dès qu'elle le vit, elle se raidit, sur la défensive. Cette jeune femme, à qui il donnait moins de trente ans, avait visiblement peur des hommes.

Quel gâchis ! songea-t-il, peiné pour elle, qui devait avoir déjà tant souffert, malgré son jeune âge.

— Mariela Hernandez, annonça-t-elle à la réceptionniste avant de jeter un coup d'œil soupçonneux par-dessus son épaule vers lui, tandis qu'il s'attardait dans l'entrée.

Il leva les mains devant lui comme pour dire : « Pas de souci », et sortit en vitesse, en espérant que sa tante pourrait faire quelque chose pour elle.

Bravo, Mariela ! Tu as fait fuir ce pauvre homme, la réprimanda sa voix intérieure, avant d'ajouter : *Et un très bel homme, en plus !*

Jorge aussi est beau, songea-t-elle en jetant un nouveau coup d'œil par-dessus son épaule pour s'assurer que l'homme était bien parti.

— Mademoiselle Hernandez ? Je suis Chelly, l'assistante de Me Diaz-Gonzales. Veuillez me suivre, je vous prie.

D'un pas mesuré, la jeune femme la guida vers un grand bureau d'angle, situé à l'autre bout de l'étage.

Chelly fit signe à Mariela d'entrer, et elle obtempéra, hésitante, en se tordant les mains.

Une femme d'un certain âge, qui ne manquait pas de prestance, se leva pour l'accueillir. Ses cheveux auburn parsemés de quelques mèches grises étaient coupés au carré, ce qui accentuait sa mâchoire volontaire. Emplis de sollicitude, ses yeux marron foncé contrastaient avec son tailleur noir très strict.

— Entrez, Mariela, je vous en prie. Vous permettez que je vous appelle Mariela ?

— Oui, bien sûr.

Mariela approcha et s'assit du bout des fesses sur une chaise, prête à décamper si l'entretien prenait une tournure qui la mettait trop mal à l'aise.

— Je suis Elena, dit l'avocate. J'ai cru comprendre que vous veniez de la part de Maggie Alonso.

Mariela hocha la tête.

— En effet. Je suis bénévole au foyer qu'elle dirige.

Elena se carra dans son fauteuil et la scruta de son regard pénétrant.

— Maggie est une de mes amies, et je l'admire énormément pour ce qu'elle fait en faveur des femmes battues.

Mariela aussi l'admirait. Elle avait bénéficié de l'aide de Maggie dans les premières semaines qui avaient suivi sa décision de quitter son mari et le domicile conjugal pour mettre fin aux violences qu'elle subissait.

— Elle a aidé beaucoup de femmes... de femmes comme moi, dit Mariela. Quand j'ai quitté mon mari, je ne savais pas quoi faire et je n'avais nulle part où aller. Maggie m'a tendu la main.

Elena hocha la tête.

— Est-ce à cause de votre mari que vous êtes venue me voir ? Il continue de vous embêter, c'est ça ?

Mariela hésita, ses préventions contre le bureau du procureur où travaillait Jose Gonzales, le mari d'Elena, l'incitant à la méfiance. Et à ne pas révéler la raison précise pour laquelle elle avait pris ce rendez-vous.

— Mon *ex*-mari, la corrigea-t-elle. Il me maltraitait, me faisait subir des violences physiques et psychologiques. Nous avons divorcé il y a environ un an.

L'émotion qui lui nouait la gorge l'obligea à s'interrompre. Elle s'efforça malgré tout d'aller jusqu'au bout.

— Il n'arrête pas de venir chez moi. Il pense que nous allons nous réconcilier et reprendre notre vie commune.

Elena se leva de son fauteuil et vint s'asseoir à côté de Mariela. Elle posa une main sur sa cuisse pour la réconforter.

— Vous avez peur de lui ? Vous craignez qu'il vous fasse du mal ?

Mariela avait souvent craint que Jorge ne s'en prenne à Maggie ou à quiconque se mettrait en travers de son chemin. Après ce qui s'était passé dans son bureau, à peine une heure plus tôt, elle avait maintenant peur qu'il ne la tue s'il la soupçonnait d'avoir surpris sa conversation téléphonique.

Toute tremblante, elle hocha la tête et répondit :

— Oui. J'ai peur qu'il se défoule sur moi ou sur ceux qui me viennent en aide.

— Cela n'arrivera pas, Mariela, lui assura Elena en lui donnant une petite tape d'encouragement sur le genou. J'ai l'impression que vous ne me dites pas tout, continua-t-elle après un silence. Y a-t-il autre chose qui vous inquiète ?

Mariela pensa à sa mère qui disait qu'elle n'avait qu'à la regarder en face pour connaître le fond de sa pensée. Elena avait-elle aussi le don de lire en elle ? Détournant le regard, elle répondit :

— Non, rien. *Nada*.

Un nouveau silence s'ensuivit, puis Elena déclara :

— Nous allons vous aider, Mariela.

— Qui ça, *nous* ?

— Mon équipe juridique et moi-même allons commencer par rédiger une ordonnance restrictive contre votre ex-mari. Mais nous savons toutes les deux que ces ordonnances se révèlent souvent peu efficaces, et c'est pourquoi je n'hésiterai pas à faire appel à SBS si j'estime que vous êtes en danger.

— South Beach Security ? Je crains de ne pas pouvoir m'offrir les services de cette agence, bredouilla Mariela.

Rien que de penser à ce que cela risquait de lui coûter, elle en avait des sueurs froides. SBS se chargeait normalement de la protection des nantis et des célébrités ; or, elle ne faisait partie ni des uns ni des autres. L'argent qu'elle avait mis de côté était destiné à financer ses études et à prendre soin de ses parents.

— Ne vous en faites pas pour ça, Mariela. South Beach Security, c'est la famille. Ils ne vous feront pas payer, lui assura Elena. Il y a juste une chose.

Mariela pressa nerveusement ses mains moites l'une contre l'autre.

— Détendez-vous, dit Elena en posant une main sur les siennes. Je pense qu'il serait bon que vous parliez à quelqu'un de ce que vous avez vécu. Cela vous aiderait à surmonter votre traumatisme et vos peurs. Et si autre chose vous tracasse, en parler vous ferait probablement du bien.

Maggie lui avait suggéré à maintes reprises de se faire aider, mais étant quelqu'un de très réservé, Mariela avait toujours refusé. Sauf que là, lorsqu'elle croisa le regard d'Elena, elle comprit qu'elle n'avait pas vraiment le choix. Peut-être était-il temps de parler enfin de tout ça et de se libérer de ce poids qui l'accablait au quotidien. Voire même de confier aux autorités compétentes ce qu'elle venait d'entendre au sujet des affaires louches de son ex-mari.

— Je vais y réfléchir, concéda-t-elle.

— Bien, dit Elena en regagnant son bureau.

Elle décrocha son téléphone et composa un numéro.

— Ricky ? Tu es encore dans ton cabinet ?

Il y eut un silence.

— Ah oui ! c'est vrai ! dit-elle. J'avais oublié que ce soir tu avais le groupe de soutien. Cela t'embête si je t'envoie quelqu'un ?

Elena fixait sur Mariela un regard sans concession, si bien que pendant un instant celle-ci eut l'impression que quelqu'un d'autre était à nouveau en train de décider pour elle. Puis elle se rappela qu'Elena cherchait seulement à l'aider et n'était pas là pour lui imposer quoi que ce soit.

— *Gracias.* Je te l'envoie dans quelques minutes.

Après avoir raccroché, elle continua de la fixer.

— Vous devez me trouver autoritaire, non ?

Il semblait impossible de lui cacher quoi que ce soit.

Mariela acquiesça.

— Mon ex-mari aussi avait l'habitude de décider des choses « pour mon bien » dit-elle en esquissant dans l'air des guillemets pour accentuer ces trois derniers mots.

— Je vous remercie pour votre franchise. Je ne veux en aucun cas vous forcer la main. À vous de décider si vous allez ou non rejoindre le groupe de soutien de Ricky, mais je pense que partager votre expérience avec d'autres serait un premier pas vers la guérison.

La guérison ? songea Mariela, perplexe.

Mais peut-être était-ce le terme approprié. Elle n'était plus sous la coupe de Jorge, mais restait au fond d'elle-même cette femme terrorisée, attendant le prochain coup. Comme lorsqu'elle s'était figée, un peu plus tôt, face à ce bel inconnu. Elle était instinctivement rentrée dans sa coquille. Cette peur des autres, et plus particulièrement des hommes, ne lui facilitait pas la vie. Elle appréhendait la moindre démarche. Prendre un taxi était devenu une véritable épreuve, si bien que le trajet de chez elle jusqu'à Brickell Avenue, cet après-midi-là, lui avait paru interminable.

Cela ne pouvait plus durer. Elena avait sûrement raison : il était temps qu'elle entreprenne une thérapie.

— *Gracias*, je vais aller voir... Ricky, c'est bien ça ?

Elena tendit la main vers le porte-cartes sur son bureau et prit une carte de visite qu'elle lui tendit.

— Ricardo Gonzales. Il est psychologue, et son cabinet se trouve quelques étages plus bas.

Encore un membre de la famille Gonzales, songea Mariela.

Il y avait de fortes chances pour que l'immeuble abrite aussi les bureaux de l'agence SBS. Les Gonzales formaient une famille très soudée, ce qui n'était pas vraiment le cas de la sienne. Pour la solidarité, elle pouvait repasser. Lorsqu'elle avait parlé à ses parents des violences qu'elle subissait et de son intention de demander le divorce, la perte du statut social que leur conférait le fait d'être les beaux-parents de Jorge avait semblé les inquiéter davantage que la sécurité et le bonheur de leur fille.

— De quoi d'autre avez-vous besoin ? demanda Mariela.

— Pour obtenir les rapports de police et les comptes rendus médicaux qui vont nous permettre de constituer un dossier solide pour l'ordonnance restrictive, il va nous falloir votre autorisation. Si cela ne vous ennuie pas de revenir demain matin, nous préparerons tous les papiers ce soir. Vous n'aurez plus qu'à les signer.

Mariela acquiesça.

— Je suppose que je vais devoir aussi vous verser un acompte.

Elena balaya la question d'un revers de main.

— Nous vous ferons signer demain une lettre d'engagement, mais ne vous en faites pas pour l'argent. Vous êtes l'une des protégées de Maggie et, à ce titre, vous n'aurez rien à payer.

— *Gracias*. Je vous en suis très reconnaissante, dit Mariela en se levant.

Elena l'imita et lui serra chaleureusement la main.

— Ne vous en faites pas, Mariela, répéta-t-elle.

Avec un hochement de tête, Mariela tourna les talons, sortit du cabinet et se dirigea vers les ascenseurs. Avant Jorge, elle serait descendue à pied, histoire de faire un peu d'exercice. Mais après Jorge, les cages d'escalier et parfois même les cabines d'ascenseur la faisaient stresser, peut-être parce qu'elle sentait qu'en cas de danger elle ne pourrait pas s'en échapper.

Elle compta dans sa tête tandis que l'ascenseur descendait. C'était un truc qu'elle avait trouvé pour conjurer sa peur.

L'ascenseur s'arrêta avant qu'elle arrive à dix.

Elle hésita sur la direction à prendre, cherchant des yeux une plaque avec les numéros des bureaux se trouvant à cet étage. Arrivée devant la porte du cabinet, elle marqua une pause, se préparant mentalement à ce qui l'attendait. Puis elle attrapa la poignée et entra. Il y avait cinq personnes qui attendaient dans le hall d'accueil, assises sur des canapés et dans des fauteuils. Quatre femmes et un homme.

Un instant plus tard, une porte s'ouvrit à l'autre extrémité du hall, et un homme apparut.

Reconnaissant le bel inconnu qu'elle avait croisé un peu plus tôt, Mariela jura entre ses dents et s'apprêta à tourner les talons. Mais il ne lui en laissa pas le temps.

— Bienvenue, Mariela, l'interpella-t-il. Nous sommes très heureux de vous accueillir parmi nous.

3

Elle allait s'enfuir. Ricky l'aurait juré quand il la vit faire un pas en arrière. Mais elle se figea lorsqu'il l'interpella et croisa les bras sur sa poitrine, visiblement terrorisée.

— Venez donc vous joindre à nous, proposa-t-il en lui désignant un siège.

Un bref instant, il craignit qu'elle ne file, mais elle parut se raviser et se dirigea lentement vers un fauteuil à oreilles, dans lequel elle s'assit du bout des fesses, prête à décoller à la moindre alerte. D'autres membres du groupe de soutien avaient eu ce type de comportement, au début. Craintifs, sur la défensive.

Pour détendre l'atmosphère avant de commencer la séance, Rick demanda, après s'être assis en face de Mariela :

— Tout le monde va bien, ce soir ?

Tous réagirent : par un oui timide pour les uns, par un sourire pour les autres. Ricky les invita alors à parler de leur quotidien, des bons moments comme des mauvais. Petit à petit, la plupart des membres du groupe se détendirent, mais pas Mariela, assise toute raide dans son fauteuil, le corps tendu comme une corde de violon.

Il n'insista pas, conscient que la brusquer serait contre-productif. Elle finirait par baisser la garde, à son heure. Les femmes victimes de violences avaient souvent perdu le contrôle de leur vie. Il était important de leur permettre de reprendre ce contrôle.

Prenant tour à tour la parole, les autres membres du groupe

racontèrent ce qui leur était arrivé depuis la dernière séance, et comment ils avaient géré. Ou pas. Une jeune femme, qui devait avoir à peu près l'âge de Mariela, expliqua comment elle avait eu le courage de quitter son mari violent. Comme il soupçonnait Mariela de l'avoir fait.

Après ce témoignage, il remarqua enfin un léger relâchement dans les épaules de Mariela. Mais elle gardait les bras étroitement enroulés autour de sa poitrine, comme s'ils étaient là pour l'empêcher de tomber en morceaux. Lorsque ce fut à son tour de prendre la parole, elle jeta des coups d'œil anxieux autour d'elle, prit une grande inspiration et bloqua sa respiration avant de lâcher d'une traite :

— Mon mari me maltraitait alors j'ai divorcé. Il continue de me harceler, mais je ne vais pas me laisser faire. Je refuse de continuer à être un pantin entre ses mains.

La détermination qui filtrait dans ses paroles lui valut la commisération et les éloges des autres membres du groupe. Mais Rick sentit qu'elle n'avait pas tout dit. Enfouis derrière son regard triste, il y avait des secrets qu'elle n'avait visiblement pas envie de partager.

— C'est très courageux de votre part. Divorcer n'est pas une décision facile à prendre, dit-il pour l'encourager à aller plus loin dans la confidence.

— Je le confirme, dit-elle avant de se refermer à nouveau.

Malgré l'envie qu'il avait d'en savoir plus, et pas seulement sur le plan professionnel, il se garda bien d'insister. Quelque chose en elle avait attiré son attention dès qu'il l'avait vue dans le cabinet de sa tante. Force lui était d'avouer que c'était son apparence qu'il avait remarquée en premier. Mariela était une femme superbe. Mais en l'observant, dans cette salle, autre chose l'avait interpellé. Intrigué, même. Elle avait peut-être échappé à son mari, mais quelque chose continuait de la tourmenter.

Conscient qu'il ne tirerait rien de plus d'elle ce soir-là, il donna la parole à la seule participante à n'avoir rien dit pour l'instant :

une femme entre deux âges guère plus loquace que Mariela bien qu'elle assistât aux séances depuis plusieurs mois. Il espérait qu'à la longue elle finirait par se sentir suffisamment en confiance pour parler librement de son vécu.

Comme la séance touchait à sa fin, Rick déclara :

— Je pense que nous en avons terminé pour ce soir. Je sais qu'il est tard et que vous avez hâte de rentrer chez vous, mais avant de partir, y a-t-il une dernière chose dont vous souhaiteriez parler ?

Il sourit et attendit quelques instants, mais personne n'avait rien à ajouter.

— Je vous remercie pour votre présence et votre participation. J'espère vous revoir le mois prochain, le 16, à la même heure si cela convient à tous.

Ils acquiescèrent tous, à l'exception de Mariela. Ricky se leva et attendit que les membres du groupe de soutien se dispersent. Certains ne manquaient jamais de le remercier tandis que d'autres, encore traumatisés par leur passé, restaient sur la réserve. À l'instar de Mariela, qui s'éclipsa après lui avoir souhaité une bonne soirée.

Lorsque tout le monde fut parti, il griffonna quelques notes dans son carnet, histoire de garder une trace des thèmes qui avaient été abordés au cours de la séance, puis il prit ses clés dans le tiroir de son bureau et sortit à son tour du cabinet.

Satisfait de la manière dont s'était déroulée la séance, il descendit au rez-de-chaussée et sortit de l'immeuble. Avant de rentrer, il voulait passer au restaurant cubain, au coin de la rue, pour prendre un plat à emporter.

Il n'avait pas fait trois pas qu'il tomba sur Mariela qui, debout au bord du trottoir, semblait attendre quelque chose. Comme il commençait à se faire tard et qu'il n'y avait plus grand monde dans les rues, il s'approcha d'elle pour s'assurer que tout allait bien.

— Vous attendez un taxi ?

Elle sursauta.

— Oui, répondit-elle en jetant un coup d'œil à son téléphone.

Mais ma course vient d'être annulée, ajouta-t-elle avec une petite grimace.

— Si vous n'y voyez pas d'inconvénient, je peux vous ramener chez vous, proposa-t-il en lui montrant ses clés de voiture.

— Je ne voudrais pas vous déranger, dit-elle en baissant les yeux vers le sol pour éviter son regard.

— Ce n'est pas un problème, mais si vous préférez attendre un autre taxi, laissez-moi au moins vous tenir compagnie jusqu'à ce qu'il arrive.

Dans son couple, elle n'avait probablement pas eu son mot à dire, aussi Ricky s'efforçait-il de ne pas la brusquer.

Elle hocha la tête et se mit à pianoter sur son téléphone, tentant sans doute de commander une nouvelle course. Mais elle secoua la tête et pinça les lèvres, esquissant une moue dépitée.

— J'ai du mal à trouver un taxi. C'est l'heure de pointe, et mon trajet est trop court, apparemment.

Il leva à nouveau ses clés, mais sans rien dire, cette fois.

— Vous êtes sûr que ça ne vous dérange pas ? demanda-t-elle. J'habite à Little Havana.

— Cela ne me gêne pas le moins du monde, lui assura-t-il. C'est sur mon chemin. Je suis garé là-bas, dit-il en lui indiquant la direction de sa voiture.

Et tant pis pour le restaurant cubain. Il trouverait bien quelque chose à proximité de son domicile.

— *Gracias*. C'est vraiment gentil de votre part.

Ils se dirigèrent vers le parking, sous l'immeuble, marchant l'un à côté de l'autre, mais à une bonne trentaine de centimètres de distance. Il ne leur fallut que quelques minutes pour rejoindre son Audi A4, qu'il déverrouilla à distance. Puis il s'empressa d'aller ouvrir la portière côté passager. Dès que Mariela se fut glissée à l'intérieur, il la referma et fila de l'autre côté pour prendre le volant.

— Quelle est votre adresse ? demanda-t-il.

Après qu'elle la lui eut donnée, il prit en direction de là où elle habitait, non loin de ses restaurants préférés dans Little Havana. Il ferait un saut dans l'un d'eux et prendrait un plat à emporter.

Mariela garda le silence pendant les dix petites minutes que dura le trajet jusque chez elle. Il s'arrêta devant une petite maison en parpaing, à proximité de *Calle Ocho*. La propriété était bien entretenue, avec une pelouse impeccable, des plates-bandes de fleurs et de plantes multicolores et de grands palmiers.

— C'est joli, dit-il.

— C'est la maison de mes parents, s'empressa de préciser Mariela, visiblement gênée. J'essaye de mettre de l'argent de côté pour finir mes études et pour les aider financièrement.

— C'est vraiment charmant. C'est vous qui vous occupez du jardinage ? demanda-t-il, espérant la mettre à l'aise et l'amener à parler davantage d'elle.

Un grand sourire illumina aussitôt son visage.

— Oui, bien sûr. J'adore les fleurs et le contact de la terre.

— Mon *abuelo* est exactement comme vous. Il a quatre-vingt-sept ans, mais il ne peut pas s'empêcher d'aller fourrager dans son jardin, dit Ricky en souriant à son tour.

— Il a l'air incroyable, votre grand-père.

— C'est un sacré personnage, confirma-t-il. Laissez-moi vous raccompagner jusqu'à votre porte.

Il sortit prestement de voiture et alla lui ouvrir sa portière. Il voulait s'assurer qu'elle rentre chez elle sans problème. Il était tard, et le soir le quartier n'était pas toujours très sûr.

— Ne vous donnez pas cette peine, protesta-t-elle lorsqu'il lui tendit la main pour l'aider à sortir de voiture.

— Ce n'est rien, lui assura Ricky après avoir lâché sa main.

Il l'accompagna jusqu'à sa porte. En jetant un coup d'œil autour de lui, il s'aperçut qu'il n'y avait aucun système de sécurité, pas même une sonnette équipée d'une vidéo. Par précaution, il attendit qu'elle ouvre la porte et entre.

La porte moustiquaire se referma derrière elle, mais elle se retourna et le gratifia d'un sourire.

— *Gracias.*

— *Buenas noches*, Mariela. J'espère vous revoir bientôt, répondit Ricky, essayant de gagner sa confiance.

Il se dirigeait vers sa voiture lorsque, soudain, il entendit quelque chose. On aurait dit un cri. Puis il y eut un énorme fracas à l'intérieur de la maison, et la porte d'entrée trembla, comme si quelque chose – ou quelqu'un – venait de la heurter violemment.

Ricky ne fit ni une ni deux : il courut vers la porte moustiquaire et l'ouvrit, puis il attrapa la poignée de la porte. Verrouillée. Il y donna un violent coup d'épaule, mais elle résista. Alors il recula d'un pas, banda ses muscles et chargea de toutes ses forces et, cette fois, la porte céda et alla s'écraser contre le mur.

Du verre se brisa quelque part à l'intérieur de la maison, et Mariela hurla à nouveau.

Ricky se précipita à son secours, prêt à affronter son agresseur.

Mariela tentait de repousser l'homme masqué qui lui avait sauté dessus dès qu'elle avait refermé la porte.

Il avait un bras en étau autour de sa taille et une main gantée plaquée sur sa bouche, étouffant ses cris et l'empêchant de respirer à tel point que des cercles noirs commençaient à danser devant ses yeux.

Lorsque quelqu'un enfonça la porte d'entrée, son agresseur relâcha légèrement son étreinte. Elle en profita pour lui mordre la main de toute la force de ses mâchoires. Le cuir du gant qu'il portait l'empêcha de le mordre au sang, mais la morsure arracha à l'intrus un glapissement de douleur et l'obligea à desserrer sa prise. Elle lui asséna alors un grand coup de coude dans l'estomac.

Le souffle coupé, il la lâcha enfin. Elle se rua vers la porte, espérant lui échapper, mais il la rattrapa et la plaqua violemment au sol. Il l'écrasait de tout son poids, et elle se sentit à nouveau étouffer, mais une seconde plus tard la sensation de son corps pesant sur elle disparut totalement.

Elle roula sur le côté et vit Ricky Gonzales envoyer valser l'homme masqué à plusieurs mètres d'elle. Ce dernier vacilla, un peu sonné, mais il reprit vite ses esprits et se retourna pour charger à nouveau.

Ricky se plaça devant elle, la protégeant de son corps.

L'assaillant se jeta sur lui et se mit à le bourrer de coups de poing, essayant désespérément de se débarrasser de lui pour l'atteindre. Brutales, les frappes s'écrasaient avec un bruit sourd sur le visage et le torse de Ricky.

Il encaissait ces coups désordonnés, donnés presque hystériquement par son adversaire, se défendant du mieux qu'il pouvait contre ce déchaînement de violence. Mais dès qu'une ouverture se présenta, Ricky contre-attaqua avec une précision presque chirurgicale. Il lui décocha un crochet au menton qui fit basculer sa tête en arrière. Groggy, l'homme recula avant de revenir à la charge trois secondes plus tard.

— J'appelle la police ! hurla Mariela.

Elle composa le 911 tandis que les coups pleuvaient toujours.

Ricky les bloquait méthodiquement. Son adversaire baissant à nouveau la garde, il lui balança un puissant direct du droit qui le fit reculer d'un bon mètre. D'un coup de pied circulaire, Ricky en profita alors pour l'envoyer valdinguer à l'autre bout de la pièce. L'homme se redressa, coriace, les poings levés, prêt à riposter, mais le hurlement des sirènes se rapprochant, il se figea. Et avant que Ricky ou elle puisse l'en empêcher, il tourna les talons et s'enfuit par la porte-fenêtre ouverte, disparaissant dans la nuit.

Ricky se précipita vers Mariela. Il avait le visage en sang, et un œil tuméfié et presque fermé.

— Est-ce que ça va ? demanda-t-il sans prêter la moindre attention à ses propres blessures.

— Oui…, répondit-elle avant que ses genoux se dérobent sous elle.

Elle vacilla, faillit tomber, mais Ricky la rattrapa et la fit s'asseoir sur le canapé. Un instant plus tard, deux policiers armés firent irruption, arme au poing.

— Police ! Personne ne bouge.

Ils baissèrent leurs armes dès qu'ils les virent, Ricky et elle, avachis sur le canapé et passablement amochés.

Désignant la porte-fenêtre, Ricky déclara :

— Il s'est enfui par-derrière.

L'un des policiers s'élança aussitôt à la poursuite de leur agresseur tandis que l'autre approchait d'eux en rengainant son arme.

— Êtes-vous blessés ?

Mariela secoua la tête et se tourna vers Ricky, qui répondit :

— Rien de grave. J'ai un coup de téléphone à passer.

Pendant que Ricky s'éloignait, le policier sortit un bloc-notes et commença à la questionner sur ce qui s'était passé.

Mariela répondit consciencieusement à toutes ses questions, essayant de se rappeler chaque détail, depuis le moment où son agresseur lui avait sauté dessus jusqu'à celui où Ricky avait brusquement fait irruption pour lui venir en aide.

Quelques longues minutes plus tard, le second policier revint. Il était accompagné de Ricky et d'un autre homme qui lui ressemblait tellement qu'elle supposa qu'il devait s'agir de son frère. Ils avaient les mêmes cheveux bruns ondulés, les mêmes yeux clairs, nez droit et menton creusé d'une fossette. Mais cet homme-là avait une musculature très développée et en imposait fortement, contrairement à Ricky dont la silhouette était élancée et plutôt élégante.

L'homme avança, et le policier, qui était assis sur une chaise, se leva d'un bond.

— Inspecteur Gonzales, dit-il d'une voix dans laquelle filtrait l'admiration.

Le frère de Ricky sourit et lui asséna une tape dans le dos.

— Trey Gonzales, maintenant, rectifia-t-il. J'ai quitté la police le mois dernier, officier Walsh.

S'approchant de Mariela en souriant, Trey lui tendit la main.

— Je suis Trey, le frère aîné de Ricky.

Elle lui serra la main, mal à l'aise.

— Mariela Hernandez.

— Enchanté, Mariela. Je ne sais pas si l'officier Walsh vous l'a expliqué, mais...

— Je n'en ai pas encore eu l'occasion, intervint le policier.

Trey hocha la tête et poursuivit :

— Votre maison est considérée désormais comme une scène de crime. Pendant quelques jours, vous allez devoir habiter ailleurs. Si vous pouviez préparer quelques affaires...

— Mais où vais-je aller ? s'alarma Mariela, qui craignait qu'un hôtel ne soit au-dessus de ses moyens et surtout que Jorge ne la retrouve.

Car pour elle, il ne faisait aucun doute que c'était Jorge qui était derrière cette attaque. Et que sans Ricky elle serait morte.

Ce dernier revint à ce moment-là, l'œil de plus en plus gonflé. Il s'assit sur la table basse, face au canapé et déclara :

— Vous venez avec nous. On va se charger de votre sécurité.

Sa sécurité. Il y avait si longtemps qu'elle ne s'était pas sentie en sécurité. Mais en examinant Trey et Ricky, elle comprit que sous la protection de ces deux hommes il ne pourrait rien lui arriver.

Elle craignait néanmoins que Ricky ne lui fasse courir un autre type de risque. Elle ne le connaissait que depuis quelques heures, mais il la troublait dangereusement.

Avait-elle le choix, cependant ?

Son ex-mari n'aurait de cesse de la faire taire définitivement. Et le pire, c'était que s'il parvenait à ses fins, il y aurait d'autres victimes. Après ce qu'elle avait entendu de sa conversation téléphonique cet après-midi-là, elle en était convaincue. Jorge ne ferait pas de quartiers.

4

Ricky était assis à l'arrière du véhicule, à côté de Mariela, tandis que Trey les ramenait dans les locaux de South Beach Security. Il avait mal partout à cause de la bagarre, mais il n'avait pas jugé utile d'aller à l'hôpital. Une poche de glace avait suffi à limiter le gonflement de son œil. Un silence pesant régnait dans l'habitacle, et Mariela, encore sous le choc, semblait extrêmement tendue.

Elle avait croisé les bras sur sa poitrine, comme pour se réconforter, car elle tremblait violemment. Il se retenait de passer un bras autour de ses épaules parce qu'il sentait qu'elle l'aurait repoussé.

Ricky comprenait sa réaction. Il subissait lui aussi le contrecoup de l'agression dont ils avaient été victimes. Bien que son père les ait incités, Trey, Mia et lui, à prendre des cours d'arts martiaux afin d'être capables de se défendre, jamais Ricky n'avait imaginé qu'il aurait un jour à mettre ces compétences en pratique. N'empêche qu'il avait réussi à tenir leur assaillant à distance, même si son visage et son corps avaient un peu morflé.

Une fois garé dans le parking, sur une de leurs places réservées, Trey se précipita pour aider Mariela à sortir de la voiture, mais elle eut un mouvement de recul, refusant qu'il la touche. Compréhensif, il s'effaça, mais resta à côté d'eux et s'assura qu'ils ne couraient aucun danger.

En le voyant en état d'alerte, Ricky lui lança un regard interrogateur.

— Je voulais vérifier que nous n'avions pas été suivis, expliqua Trey.

Ricky hocha la tête, se sentant vaguement coupable de ne pas avoir une seule seconde envisagé cette possibilité. Mais à chacun son métier. Après tout, il n'avait jamais été flic.

Ce constat lui donna à réfléchir. Dans quoi diable s'était-il embarqué ? Mais en voyant le visage pâle et tendu de Mariela, il comprit qu'il n'avait pas eu le choix.

Il ne pouvait pas la laisser seule face au danger.

Conscient de l'état de stress dans lequel elle se trouvait, il lui effleura le dos pour l'inciter à se diriger vers l'ascenseur. Le contact de sa main la fit sursauter, comme sous l'effet d'une décharge électrique. Elle lui lança un regard de biche aux abois puis se détendit et esquissa un petit sourire.

Cette ébauche de sourire lui fit un drôle d'effet. Il se sentit soudain tout chose à l'intérieur, comme attendri.

Il lui rendit son sourire pour la rassurer tandis qu'ils entraient dans l'ascenseur et que Trey débloquait l'accès à l'étage du loft, réservé habituellement aux invités, aux membres de la famille qui travaillaient tard et aux personnes que l'agence s'était engagée à protéger, l'appartement étant aussi sûr que Fort Knox.

Une fois dans le loft, Ricky fit signe à Mariela de s'asseoir sur le canapé. Elle obtempéra tandis que Trey s'isolait dans un coin de la pièce sans doute pour joindre les autres membres de l'équipe de South Beach Security.

— Comment vous sentez-vous ? demanda Ricky en s'asseyant en face d'elle.

Elle croisa son regard puis jeta un coup d'œil nerveux en direction de Trey, qui s'affairait dans la kitchenette du loft.

— Mariela ? dit-il doucement pour capter son attention.

— J'ai peur. Je ne suis pas tranquille, lui confia-t-elle en se frottant les bras, comme si elle avait froid.

Trey revint avec un plateau sur lequel se trouvaient trois

verres de scotch et une poche de glace. Il posa le plateau sur la table basse et tendit la glace à Ricky.

— Applique ça sur son ton œil. Il est à nouveau en train de gonfler et n'est vraiment pas beau à voir.

— Tu devrais voir l'autre type, lança Ricky pour détendre l'atmosphère.

Il pressa la poche de glace contre son visage, grimaçant à cause du froid et de la douleur sur sa pommette et son arcade sourcilière.

— Si je pouvais le voir, ça m'arrangerait bien, répondit Trey. Il ressemble à quoi, cet homme masqué ? Avez-vous remarqué quelque chose à son sujet ?

Mariela secoua la tête.

— À rien de spécial, dit Ricky. Il fait à peu près ma taille. Environ un mètre quatre-vingts. Baraqué. Blanc. Les yeux noisette, il me semble. Avec le masque, on ne voyait pas grand-chose.

Trey hocha la tête, prit un verre et le tendit à Mariela. Elle le prit d'une main tremblante et le porta à ses lèvres. Le scotch lui arracha une grimace.

— Pensez-vous que ce soit votre ex-mari qui ait envoyé cet homme ? demanda Ricky, qui se doutait déjà de la réponse.

Mais son ex veut-il seulement lui faire peur pour la forcer à revenir ? Ou cherche-t-il vraiment à la tuer ?

Le regard de Mariela passa de Ricky à Trey. Elle but une autre gorgée de scotch et fit à nouveau la grimace. Puis elle répondit d'une voix tremblante :

— Oui. Je suis sûre que c'est Jorge qui l'a engagé.

Mais elle n'en dit pas plus, ce qui poussa Trey à demander :

— À cause de votre divorce ?

La main de Mariela tremblait tellement que les glaçons tintaient dans son verre. Les yeux baissés, elle murmura :

— Non. Parce que j'ai surpris une conversation dans son bureau, que je n'aurais pas dû entendre.

Ricky échangea un regard surpris avec Trey, qui enchaîna immédiatement.

— Qu'avez-vous entendu ?

Elle fixa Ricky droit dans les yeux, comme pour lui demander pardon. Il s'enhardit alors à poser la main sur les siennes. Elle ne tressaillit pas et ne chercha pas à se dégager, mais il sentit qu'elle avait la chair de poule et qu'elle était crispée.

— Mariela, qu'avez-vous entendu ? demanda-t-il, convaincu que c'était ce qu'elle lui cachait depuis le début.

— Je suis désolée, Ricky. Je n'ai jamais voulu vous mettre en danger, vous ou votre famille, dit-elle en pleurant.

D'un revers de main, elle essuya les larmes qui coulaient sur ses joues.

— Jorge, mon ex-mari, n'arrivait pas à se faire à l'idée que tout était terminé entre nous. Il n'arrêtait pas de m'appeler, de m'envoyer des messages, et venait même au foyer où je fais du bénévolat. Il a fait peur à certaines des résidentes.

— C'est pour ça que vous êtes allée voir *tía* Elena ? demanda Ricky d'un ton lénifiant, pour l'inciter à poursuivre.

Mariela secoua la tête.

— Je suis passée voir Jorge à son bureau pour essayer de lui faire entendre raison, expliqua-t-elle. J'ai alors constaté avec surprise qu'il n'y avait plus personne. Qu'à 17 heures, tout le monde était parti. Puis j'ai entendu la voix de Jorge. Il était au téléphone et semblait très énervé. Le ton montait. Il reprochait à son interlocuteur d'être trop exigeant.

— Cet interlocuteur, que réclamait-il ? demanda Trey.

Mariela secoua la tête et but une nouvelle gorgée de scotch.

— De l'argent, je suppose, dit-elle en haussant les épaules. Jorge le rétribuait pour ses services. Mais des services un peu particuliers, apparemment.

— Des trucs illégaux ? demanda Ricky, surpris que Mariela leur ait caché ça, à lui et à sa tante.

Mais peut-être ne leur avait-elle pas encore fait assez confiance pour tout leur révéler d'emblée…

Mariela avait honte d'avoir caché la raison qui l'avait poussée à consulter la tante de Ricky et Trey. Elle se rendait compte maintenant qu'il valait mieux pour tout le monde qu'ils soient au courant.

— Oui, probablement, admit-elle sans détour. J'avais souvent eu l'impression qu'il magouillait, mais il avait toujours réponse à tout, ou me reprochait d'être cinglée, de me faire des idées. Et quand j'insistais, il m'envoyait promener. Il ne me tenait jamais au courant de ses affaires.

— Quelle tâche vous confiait-il au sein de l'entreprise ? demanda Trey, visiblement soucieux de savoir dans quoi lui et ses proches avaient mis les pieds.

— J'étais chargée de l'événementiel, expliqua-t-elle. J'organisais les réceptions et veillais à ce que les relations d'affaires de Jorge soient bien traitées. Je l'aidais à tisser son réseau d'investisseurs potentiels pour ses futurs projets.

— Mais vous ne saviez pas en quoi consistaient lesdits projets ? demanda Ricky.

Mariela secoua la tête.

— Non, pas vraiment. Je savais quand il montait une nouvelle opération immobilière ou lançait un projet à cause des événements que je devais organiser pour l'occasion, mais cela restait flou. Comme je l'ai dit, certains de ces projets ont éveillé ma suspicion.

Trey regarda son frère puis, d'un signe de tête, lui indiqua l'extrémité de la pièce. Ils se levèrent de concert et s'éloignèrent. Les deux hommes s'entretinrent à voix basse, jetant de temps à autre un regard dans sa direction.

Mariela les observa, frappée une fois de plus par leur ressemblance et par leurs différences. Tous deux étaient séduisants, mais tandis que Trey dégageait une énergie sombre et inquiétante, Ricky avait une présence lumineuse et apaisante. En cet instant, l'ombre et la lumière étaient manifestement en train de s'affronter.

Quand ils revinrent, Ricky reprit sa place en face d'elle tandis que Trey s'asseyait au bout du canapé, l'air contrarié.

— Y a-t-il autre chose que nous devrions savoir ? demanda Ricky d'un ton amène qui contrastait avec l'expression sévère de son frère.

— Jorge a dit à la personne qu'il avait au téléphone que c'était dangereux, et qu'il l'avait déjà payée par le passé pour ce genre de service. Ça a sûrement un rapport avec un de ses nouveaux projets immobiliers. Si nous ne faisons rien, je crains qu'il n'y ait des morts, confia Mariela après un silence.

— Nous ? releva Trey en haussant un sourcil noir de jais.

La culpabilité la frappa de plein fouet. Elle les avait mêlés à tout ça et comprenait la réticence de Trey à aller plus loin.

— Je n'en ai pas parlé à votre tante parce que... je ne savais pas si je pouvais lui faire confiance, avoua-t-elle.

— N'empêche que vous êtes allée la voir, répliqua Trey d'un ton agressif.

— On se calme, Trey, intervint Ricky en posant une main sur le genou de Mariela pour l'encourager à répondre. Si vous n'aviez pas confiance en *tía* Elena, pourquoi êtes-vous allée la voir ?

Elle les regarda tour à tour.

— Parce que je n'avais personne d'autre à qui parler de tout ça. Nulle part où aller pour trouver de l'aide.

5

À ces mots, Ricky sentit son cœur se serrer. Il avait de la peine pour Mariela. Mais cela ne changeait rien au fait qu'à cause d'elle sa famille et lui étaient à présent impliqués dans ses histoires et potentiellement en danger.

— Vous pouvez nous faire confiance, et vous pouvez rester ici jusqu'à ce qu'on comprenne ce qui se passe.

Mariela lança un regard interrogateur à Trey, qui hocha la tête à contrecœur pour confirmer les paroles de Ricky.

— Nous allons vous aider, mais vous devez tout nous dire, y compris pourquoi vous ne faites pas confiance à notre tante.

— Le mari de votre tante...

— Vous connaissez *tío* Jose ? demanda Ricky, stupéfait.

Mariela acquiesça.

— Jorge m'a battue comme plâtre, une fois. J'ai eu plusieurs côtes cassées et une fracture du poignet. Sous ses coups, j'ai même perdu connaissance. Des voisins, qui m'avaient entendu crier et le supplier d'arrêter, ont appelé la police. Quand les flics ont vu dans quel état j'étais, ils m'ont conduite à l'hôpital et ont arrêté Jorge. Mais le bureau du procureur n'a jamais engagé de poursuites contre lui.

— Le bureau du procureur où travaille *tío* Jose, je suppose, dit Trey, qui fit tout de suite le lien. Les raisons pour lesquelles il n'y a pas eu de poursuites peuvent être nombreuses. Si vous avez refusé de témoigner, par exemple...

Mariela baissa la tête, comme prise en faute.

— J'avais peur de témoigner, c'est vrai, mais j'ai eu l'impression que le procureur s'est laissé embobiner par les avocats de Jorge. Ils ont fait valoir que leur client n'avait aucun antécédent de violence et qu'il suivrait une thérapie.

— L'a-t-il fait ? intervint Ricky.

— Il s'est rendu deux ou trois fois au cabinet d'un psychologue. En fait, je le soupçonne de les avoir tous achetés, aussi bien le procureur que le psychologue qu'il a consulté.

— Et vous pensez qu'il a soudoyé aussi des gens dans certaines de ses affaires ? demanda Trey, soucieux de bien cerner le personnage que leur décrivait Mariela et de savoir dans quel bourbier ils allaient mettre les pieds.

— Oui. La conversation que j'ai entendue ne fait que confirmer mes soupçons. Je crains que ça ne se termine mal pour certaines personnes.

Ricky regarda Trey, qui semblait toujours aussi furieux. Ce qui ne l'empêcha pas cependant de confirmer d'un hochement de tête que South Beach Security allait s'occuper de l'affaire.

Rasséréné, Ricky déclara :

— Nous allons vous aider, Mariela. Je vais vous montrer où vous allez dormir, puis Trey et moi discuterons de la suite des opérations avant de commander quelque chose à manger. Je ne sais pas ce qu'il en est pour vous, mais moi, je commence à avoir faim.

Peut-être qu'à table Mariela baisserait la garde et pousserait plus loin les confidences.

Elle se leva d'un bond du canapé, attrapa son sac et suivit Ricky dans l'une des chambres du loft.

— Vous êtes ici chez vous, dit-il. Je vous laisse vous installer. Il y a une salle de bains au fond, avec des articles de toilette à disposition.

— *Gracias.*

Lorsque Ricky rejoignit son frère, une minute plus tard,

l'assurance dont il avait fait preuve en présence de leur nouvelle protégée reflua d'un seul coup.

— Ça va ? demanda Trey en posant sur lui un regard inquisiteur.

Ricky se mit à rire.

— C'est moi, d'habitude, qui pose cette question, fit-il remarquer.

— Très juste, concéda Trey en gloussant. Mais tu n'en as pas l'exclusivité. Donc je te le demande encore une fois : est-ce que ça va ?

Ricky expira lentement et secoua la tête, ce qui ne fit que réveiller les douleurs qu'il avait en raison des coups qu'il avait reçus. Il grimaça et déclara :

— J'ai l'impression d'être victime d'une erreur de casting. Le héros, c'est toi, Trey. Je ne suis qu'un modeste psychologue.

— N'empêche que tu lui as probablement sauvé la vie. Pour moi, il s'agit bel et bien d'un acte héroïque.

— Je n'avais pas le choix, répliqua Ricky avec colère, surpris d'avoir haussé le ton.

— Tu as le droit d'être en colère. Tu as failli te faire tuer. Sans compter que maintenant notre famille aussi est en danger. Bon gré, mal gré, il va falloir qu'on mène l'enquête.

Ricky hocha la tête.

— Tu vas mettre tout le monde à contribution ?

— Je vais commencer par appeler *papi* pour le mettre au courant. J'ai laissé quelques vêtements de rechange dans la penderie de la chambre. N'hésite pas à te servir. Demain matin, à la première heure, je convoque toute l'équipe. Je te préviendrai quand tout le monde sera là, pour que tu descendes.

— Merci, c'est sympa. Je vais commander à manger...

— Pas pour moi, merci. Roni ne travaille pas ce soir et m'attend pour dîner.

— D'accord. Passe une bonne soirée, alors, dit Ricky en donnant à Trey une accolade fraternelle.

Lorsque celui-ci le serra dans ses bras à son tour, Ricky réprima un gémissement de douleur. Son visage et son corps allaient être couverts d'ecchymoses le lendemain matin.

— Remets de la glace sur ton œil, lui conseilla Trey. *Mami* va prendre peur quand elle va voir ton coquard.

Ricky accompagna son frère jusqu'à l'ascenseur.

— Des coquards, tu en as eu souvent. Ce n'est pas comme si elle n'en avait jamais vu.

— Oui, mais moi, je ne suis pas son *petit Ricky*, répliqua Trey en riant.

N'empêche que ce soir-là, le petit Ricky, le rat de bibliothèque couvé par sa maman, avait montré de quoi il était capable.

— À demain, dit-il, tandis que Trey entrait dans l'ascenseur.

Entendant des pas derrière lui, Ricky se retourna.

Mariela s'était changée et portait une tenue d'intérieur en polaire. Elle avait à nouveau les bras croisés sur la poitrine et une expression craintive sur le visage.

— Ici, vous ne risquez rien, lui assura-t-il. Personne ne peut monter sans carte, et il y a un gardien 24 heures sur 24 dans le hall de l'immeuble.

— Je sais. C'est juste que... Cet endroit me rappelle la maison de Jorge à Indian Creek.

Ricky balaya du regard la pièce, meublée avec goût dans un style minimaliste qui respirait l'argent et le luxe. Dans un lieu aussi privilégié qu'Indian Creek, il voyait très bien de quel genre de maison il s'agissait. Mais le plus révélateur, c'était que Mariela disait de cette maison qu'elle était celle de Jorge.

— Je comprends que cela puisse vous mettre mal à l'aise, dit-il. On cherchera un autre point de chute demain.

Chez lui, c'était sans doute trop risqué, mais la maison de ses parents, ultra-sécurisée, car située sur Palm Island, ferait très bien l'affaire.

— *Gracias*. Votre sollicitude me touche beaucoup.

Elle sembla se détendre un peu.

— Parfait. En attendant, on ne va pas se laisser mourir de faim. Vous aimez la cuisine cubaine ?

Ricky se doutait qu'à l'époque où elle était mariée, Jorge ne devait pas lui demander souvent son avis, aussi mettait-il un point d'honneur à la consulter sur toutes les décisions à prendre la concernant.

Elle hocha la tête en souriant.

— Oui, beaucoup.

Ricky se connecta sur la plate-forme de commandes en ligne et afficha le menu d'un restaurant cubain. Ils firent leur choix puis il passa la commande avant d'aller chercher des sodas dans le réfrigérateur.

— Vous avez repris vos études, si j'ai bien compris, dit-il. Mais vous n'avez pas précisé dans quel domaine.

Mariela, qui était en train de mettre le couvert, parut hésiter.

— J'ai commencé médecine, mais j'ai tout abandonné quand j'ai épousé Jorge. Et là, je me suis inscrite en marketing. J'en ai fait pas mal dans l'entreprise de Jorge et j'ai encore quelques relations dans ce domaine, ce qui devrait me permettre de décrocher facilement un emploi bien payé.

L'argent revenant souvent sur le tapis, malgré la prestation compensatoire qu'avait dû lui verser son ex-mari au moment du divorce, Ricky demanda :

— Vous subvenez aux besoins de vos parents ?

— Je les aide à payer la résidence pour seniors dans laquelle ils vivent à présent, leur santé ayant beaucoup décliné ces deux dernières années, expliqua Mariela, de nouveau mal à l'aise.

— C'est une lourde responsabilité, dit Ricky, qui avait perçu une fêlure dans sa voix.

Mais Mariela se contenta de hausser les épaules. La réception l'appelant pour le prévenir que sa commande avait été livrée, il n'insista pas.

— Je reviens tout de suite, dit-il en se dirigeant vers l'ascenseur.

Mariela était à peu près sûre que Ricky avait compris qu'elle nourrissait des sentiments partagés à l'égard de ses parents. Sa formation de psychologue l'aidait sans aucun doute à décrypter les non-dits. Mais elle n'avait pas envie de s'épancher sur la relation ambivalente qu'elle avait avec ses parents. Elle n'avait toujours pas digéré leur indulgence à l'égard de Jorge. Sous prétexte qu'il se montrait généreux avec eux, ils étaient prêts à fermer les yeux sur les violences qu'il lui faisait subir.

Vite, elle chassa ces pensées de son esprit avant que Ricky cherche à savoir ce qui la contrariait. Rien n'échappait à son regard perspicace.

Lorsqu'il posa leur commande sur la table, elle plaqua un sourire sur ses lèvres.

— Ça sent drôlement bon ! dit-elle d'un ton faussement enjoué.

Ricky haussa un sourcil interrogateur, mais joua le jeu.

— C'est un excellent restaurant, déclara-t-il. J'y passe régulièrement le soir avant de rentrer chez moi.

— J'imagine que vous n'aimez pas cuisiner. Je me trompe ? dit Mariela en soulevant le couvercle d'une barquette de riz.

— J'adore ça, mais pour moi tout seul, à quoi bon ? Surtout quand je sors tard du travail.

Mariela en déduisit qu'il vivait seul.

— Pas de petite amie ? ne put-elle s'empêcher de demander.

Il planta son regard dans le sien, et pour la première fois elle remarqua les paillettes vertes et bleu marine dans ses iris bleu clair. Elle devina aussi que derrière ses yeux perçants il cachait une profonde solitude.

Ricky secoua la tête.

— Elle ne supportait pas mes horaires, lui confia-t-il. À vrai dire, si nous sommes restés ensemble aussi longtemps, c'est à cause de ma famille.

Les Gonzales étaient bien connus à Miami, et tous semblaient avoir brillamment réussi. Elle connaissait même son cousin Pepe, un agent immobilier en vue qu'elle avait croisé à plusieurs reprises dans les événements mondains qu'elle organisait pour promouvoir l'entreprise de Jorge.

— Quand on a une famille aussi célèbre que la vôtre, ça ne doit pas être facile d'exister en dehors de celle-ci, dit-elle en soulevant le couvercle d'une autre barquette.

Il poussa un vague grognement, s'assit à table et remplit son assiette de porc sauté, de riz, de haricots rouges et de bananes plantain. Il attaqua immédiatement son repas, et elle fit de même, les effluves alléchants des plats lui aiguisant l'appétit.

Elle engloutit le contenu de son assiette, surprise d'avoir si faim après tout ce qui s'était passé ce soir-là. Elle voulut se resservir, mais Ricky eut la même idée qu'elle, si bien que leurs mains se heurtèrent au-dessus des haricots. Contre toute attente, ce contact lui procura une agréable sensation de réconfort.

Ils retirèrent leurs mains lentement. Lorsqu'elle croisa son regard, Ricky murmura :

— Relax, Mariela. Tout va bien.

— Vous croyez ? demanda-t-elle, doutant que même la puissante famille Gonzales parvienne à l'arracher des griffes de Jorge.

Laissant libre cours à l'amertume qu'elle refoulait depuis des années, elle lui confia :

— Au début, quand Jorge a commencé à m'insulter, j'ai pensé que les choses finiraient par s'arranger. Mais elles n'ont fait qu'empirer. J'espérais que mes parents me soutiendraient, mais ils ne l'ont pas fait. Alors maintenant... je n'arrive même pas à imaginer que ma situation puisse s'améliorer un jour, dit-elle, la gorge nouée par l'émotion qu'elle réprimait depuis si longtemps.

Ricky posa doucement une main sur sa joue. Elle fut surprise de ne pas esquiver ce contact qui, cette fois encore, la réconforta et apaisa la tempête d'émotions qui l'avait submergée un instant plus tôt.

Sous sa paume, Ricky sentit Mariela se détendre. Il caressa sa joue du pouce pour la rassurer.

— Vous avez vraiment dû en baver. Mais tout cela est derrière vous. Nous allons vous aider et faire en sorte que vous n'ayez plus rien à craindre, lui assura-t-il, convaincu qu'avec l'aide de sa famille il serait capable de tenir cette promesse.

— Je sais que vous êtes sincère, répliqua-t-elle d'une voix tremblante. Mais vous ne savez pas à qui vous avez affaire.

— Jorge ne me fait pas peur. Je ne suis peut-être pas comme Trey, mais...

— Ne croyez pas ça, l'interrompit Mariela en prenant sa main et en entrelaçant les doigts avec les siens. Je vous rappelle que ce soir vous m'avez probablement sauvé la vie.

Il en convenait et pensait que, malheureusement, le danger était loin d'être écarté. Le commanditaire de cette tentative d'assassinat n'abandonnerait pas de sitôt. Ricky espérait juste être à la hauteur pour l'empêcher d'arriver à ses fins.

— Il est tard, dit-il après avoir serré brièvement les doigts de Mariela. Vous devriez aller vous reposer.

Hochant la tête, elle déclara :

— Je vais vous aider à débarrasser.

— Ce n'est pas la peine. Allez donc vous coucher, répondit-il, conscient qu'elle méritait qu'on prenne enfin soin d'elle.

En outre, il avait besoin d'être seul pour réfléchir à tout ce qui s'était passé et se préparer mentalement à affronter Jorge.

Mariela esquissa un sourire.

— *Gracias*. Cela me touche beaucoup. Je ne suis pas habituée à...

Sa voix se brisa. Elle déglutit avec peine et lui confia tout bas :

— Ça fait longtemps que personne n'a été gentil avec moi.

Il faillit lui dire à quel point il le déplorait, mais se ravisa. Il ne voulait pas qu'elle pense qu'il la plaignait, ni qu'il lui faisait du charme. Elle était trop vulnérable pour cela.

— Je vous présenterai le reste de ma famille demain matin. Il faudra que vous ayez l'esprit clair pour bien nous expliquer la situation, afin que nous déterminions la meilleure façon de contrer votre ex-mari.

Elle hocha la tête et lâcha sa main. Puis elle prit son assiette et ses couverts, et alla les mettre dans l'évier avant de se diriger vers sa chambre.

Ricky l'imita. Il jeta les emballages et chargea le lave-vaisselle.

Alors que, pris dans la banalité du quotidien, il effectuait machinalement ces tâches domestiques, il se figea et dut prendre appui contre le plan de travail, soudain conscient que la situation dans laquelle il venait d'être plongé n'avait rien de banal et allait l'obliger à mobiliser toutes ses ressources. Il devait se ressaisir de toute urgence et se tenir prêt pour la suite. Il devait aussi se remettre de la glace sur le visage, car sa mère risquait de paniquer lorsqu'elle le verrait le lendemain matin.

Sa poche de glace dans une main, il se dirigea vers ce qui serait sa chambre pour cette nuit-là.

Au lit, vêtu d'un jogging qu'il avait emprunté à son frère et qui était trop grand pour lui, il pensa à nouveau à l'épreuve qui l'attendait et se demanda, une fois de plus, s'il serait à la hauteur. Faisant taire ses doutes, il essaya de se convaincre qu'il pouvait gérer. Qu'il était de la même trempe que son grand-père, que son père et que Trey.

Il était juste un autre type de héros, bien qu'il ne se soit jamais considéré comme tel. Mais il comptait bien relever le défi et montrer à tous de quoi il était capable.

Jorge Hernandez arpentait son salon de long en large, en proie à l'angoisse et à la frustration tandis qu'il attendait des nouvelles de son ancien chef de chantier.

Il avait essayé de le joindre plusieurs fois sur le téléphone jetable qu'il lui avait fourni, mais sans obtenir de réponse. Jorge ne savait pas trop quoi en penser. L'opération avait-elle mal tourné ? Ou son ancien chef de chantier était-il toujours aussi peu fiable que lorsqu'il travaillait pour lui ?

Il n'aurait jamais dû lui confier ce boulot, mais il n'avait pas eu le temps de trouver quelqu'un d'autre.

Tout en pestant, il recomposa le numéro, la main crispée sur le téléphone qui sonnait dans le vide.

Personne ne décrocha.

La rage le prit, montant peu à peu en lui avant d'exploser brusquement comme un volcan en éruption.

Il jeta le téléphone contre le mur, sur lequel il se fracassa en mille morceaux qui s'éparpillèrent sur le sol de marbre et lui rappelèrent le chaos qu'était devenue sa vie.

Fut un temps où il avait tout : une entreprise florissante, une épouse ravissante et une maison magnifique.

De tout cela, il ne restait à présent que des débris épars. Jamais il n'arriverait à recoller les morceaux. Il n'y avait aucun retour possible à son ancienne vie, il le savait. Il devait maintenant s'assurer que Mariela ne parlerait pas et ne viendrait pas compromettre ses projets d'avenir.

6

C'est drôlement intimidant d'être assise là à la même table que certaines des personnalités les plus en vue et les plus riches de Miami, songea Mariela le lendemain matin, à la réunion qui se tenait dans la salle de conférences de South Beach Security.

Tía Elena était assise à côté du père de Ricky, Ramon, le directeur de l'agence, et de la mère de Ricky, Samantha. Celle-ci s'était littéralement décomposée lorsqu'elle avait vu le visage tuméfié de son fils. À vrai dire, Mariela avait elle aussi été choquée par les ecchymoses violacées qui marbraient les joues de Ricky et par son œil au beurre noir.

Une jolie femme aux cheveux châtain clair méchés était assise à côté de Trey. Elle portait un tailleur noir strict qui indiquait clairement qu'elle faisait partie de la police. Mariela devina qu'il s'agissait de Roni, la fiancée de Trey. Elle avait vu sa photo dans l'article qu'elle avait lu sur le réseau de trafic d'êtres humains que Trey et elle avaient démantelé un mois plus tôt.

À cette même table venaient ensuite Mia Gonzales et sa cousine Carolina. Les jumelles, comme tout le monde les appelait, étaient des influenceuses bien connues sur les réseaux sociaux et invitées à tous les événements les plus prestigieux. Comme toujours, elles portaient des robes de créateurs très stylées. Mariela les avait croisées à plusieurs reprises aux réceptions que donnait Jorge, et les jumelles s'étaient toujours montrées très agréables. Elle se demandait cependant en quoi elles pourraient l'aider, mais, là encore, SBS avait ses propres méthodes.

Les deux dernières personnes autour de cette table, un homme et une femme qui avaient les traits caractéristiques des Gonzales, étaient des jeunes d'une vingtaine d'années avec des ordinateurs portables ouverts posés devant eux. Ils étaient habillés de manière décontractée, l'homme en chemise à manches longues tandis que la femme portait un haut tout simple couleur saumon.

Trey avait troqué le jean et la chemise mexicaine brodée qu'il portait la veille contre un costume à fines rayures bleu foncé et une chemise d'un blanc d'autant plus éclatant que sa cravate était rouge sang. Il se leva et se chargea de faire les présentations.

— Vous connaissez déjà *Tia* Elena. Mon père, Ramon, est le directeur de l'agence, et ma mère, Samantha, nous materne tous comme une maman poule. Roni, ma fiancée, est inspectrice de police, expliqua-t-il d'une voix emplie d'amour et de fierté. Quant à Mia et Carolina, continua-t-il en faisant un geste vers les jumelles, vous les avez déjà rencontrées, me semble-t-il. Elles connaissent tous les gens importants à Miami, ce qui est très pratique.

Désignant les deux jeunes, il ajouta :

— Sophie et Robert Whitaker, nos cousins, sont des gourous de la technologie et des hackers éthiques. Ils sont capables de pirater n'importe quel système informatique et de nous dégoter n'importe quelle information.

— Toutes les personnes présentes à cette réunion constituent le cœur et l'âme de South Beach Security, déclara Ricky en posant une main sur celle de Mariela. Vous pouvez compter sur nous. Nous vous protégerons.

— Merci à tous. Je vous suis reconnaissante pour tout ce que vous avez fait jusqu'à présent, mais je ne suis pas sûre de pouvoir m'offrir les...

Ramon leva la main pour l'arrêter.

— Ce n'est pas comme ça que nous travaillons, Mariela. De

plus, Ricky est lui aussi impliqué dans cette affaire, à présent. Or, chez les Gonzales, on se serre les coudes.

Elle jeta un rapide coup d'œil en direction de Ricky, qui s'empressa de hocher la tête.

— Je ne sais pas comment vous remercier. Tout cela est tellement... fou. Jorge a été violent dans le passé, mais là... c'est bien plus que de la maltraitance. Il a complètement pété les plombs.

— Les gens ne reculent devant rien quand de grosses sommes d'argent sont en jeu, dit Trey.

— Quels sont les projets que votre ex-mari développe actuellement ? En avez-vous la moindre idée ? demanda Ramon.

Mariela secoua la tête.

— Depuis notre divorce, je suis complètement hors circuit.

— Il ne nous reste donc plus qu'à appeler Pepe, déclara Ricky.

Cette suggestion provoqua des murmures inquiets autour de la table, car tous savaient que Pepe n'aimait pas être impliqué dans les affaires de l'agence.

— J'appellerai Pepe. Il n'osera pas refuser, dit Ramon, mettant fin au débat.

— Je suis sûre que Robbie et moi pouvons vous obtenir cette information, dit Sophie en consultant du regard son frère, qui confirma d'un hochement de tête.

— Très bien, dit Ricky avant de laisser la parole à Trey.

— Roni, peux-tu récupérer une copie du P-V que la police de Miami a rédigé après l'agression d'hier soir ? demanda Trey.

— Tout dépend des inspecteurs chargés de l'affaire, mais je vais essayer, répondit sa fiancée.

— Bien. Revenons aux nouveaux projets de construction. Je suppose que le type que Jorge soudoie pour faire les sales besognes à sa place est l'un des inspecteurs en bâtiment avec lesquels il a l'habitude de travailler sur ses chantiers. Connaissez-vous ces gens-là, Mariela ? demanda Trey.

— J'ai dû croiser ceux qui ont assisté aux fêtes de fin d'année de Jorge. J'ai peut-être encore les listes des invités sur mon ordinateur ou dans mon ancien agenda, qui est resté dans la maison de mes parents.

— La police nous laissera-t-elle entrer dans la maison ? s'inquiéta Ricky.

— Nous pouvons l'appeler pour demander l'accès à la scène de crime, suggéra Roni avant de jurer entre ses dents et de se confondre en excuses. Je suis désolée, Mariela. Je ne voulais pas vous faire de la peine en qualifiant votre maison de scène de crime.

— Ce n'est pas grave, Roni. Il va sans doute me falloir du temps pour la considérer à nouveau comme ma maison.

Mariela sentit un frisson la parcourir lorsqu'elle se rappela avoir été agressée à la seconde où elle avait franchi le seuil de son domicile.

Ricky dut percevoir sa nervosité, peut-être à la crispation de sa main sous la sienne, car il s'empressa de la rassurer.

— Nous allons vous aider à traverser tout ça, lui promit-il à nouveau.

Elle le gratifia d'un sourire timide.

— Je peux faire une liste partielle, si nous ne récupérons pas l'agenda ou s'il n'y a rien sur mon ordinateur. J'ai encore en tête les noms de certains des inspecteurs et des ingénieurs.

— Les rapports d'inspection sont peut-être en ligne, dit Robbie en se mettant à pianoter sur le clavier de son ordinateur. Bingo ! Ils sont tous là. Reste juste à connaître les opérations suspectes.

— Certains de ces projets vous avaient semblé louches, d'après ce que vous nous avez dit. Vous souvenez-vous lesquels ? lui demanda Ricky.

Elle pinça les lèvres et dodelina de la tête.

— Hum ! Il y en a au moins deux qui ont éveillé ma suspicion.

— Super ! Commençons par ceux-là. Si vous pouvez donner les adresses de ces deux sites à Sophie et à Robbie, nous éplucherons les rapports et dresserons une première liste de suspects, dit Trey en frappant dans ses mains, comme pour dire : « C'est parti ! »

Sophie et Robbie fermèrent leurs ordinateurs et se levèrent d'un bond, visiblement impatients de se mettre au travail.

Roni se leva et s'approcha de Trey, qui la prit par la taille. Elle déposa un baiser sur ses lèvres.

— À plus tard, dit-elle.

— Fais attention à toi, répondit Trey en passant tendrement la main dans son dos.

— Toi aussi.

En les voyant si amoureux l'un de l'autre, Mariela sentit son cœur se serrer. Quand elle avait épousé Jorge, eux aussi étaient très amoureux. Du moins était-ce ce qu'elle avait cru. L'illusion avait été de courte durée.

— Si vous pouviez faire ces listes, dit Trey à Ricky, cela nous permettrait d'avancer.

— On va s'en occuper, promit Ricky.

— Je serai dans mon bureau. À tout à l'heure.

Alors qu'ils s'apprêtaient eux aussi à quitter la salle de conférences, Ricky fut rejoint par son père, qui lui asséna une claque virile dans le dos.

— Je te félicite, mon garçon.

— *Gracias, papi.*

Le vieil homme les regarda tour à tour, elle et lui, puis demanda :

— Dans l'immédiat, y a-t-il autre chose que nous puissions faire pour vous ?

Ricky la consulta du regard, toussota et lança tout de go :

— Je me demandais si Mariela et moi ne pourrions pas venir habiter chez vous. Le loft est un peu... intimidant.

— Bien sûr, Ricardo. Quand veux-tu venir ?

— Il faut d'abord que j'aille récupérer ma voiture, qui est garée devant chez Mariela, répondit-il.

Sa mère balaya ce souci d'un geste de la main.

— Nous allons envoyer quelqu'un. Autre chose ?

Ricky regarda à nouveau Mariela, qui secoua la tête.

— À part l'agenda, que nous irons chercher dès que possible, j'ai ce qu'il me faut pour tenir quelques jours.

— J'aimerais passer chez moi, dit Ricky à sa mère. Trey m'a prêté des vêtements, mais je préférerais avoir les miens.

Samantha hocha la tête.

— En rentrant, nous nous arrêterons chez toi pour que tu prennes ce dont tu as besoin.

— Super.

Tandis qu'ils se dirigeaient vers la porte, la mère de Ricky caressa doucement sa joue meurtrie.

— Ça doit te faire un mal de chien, mon chéri.

— Seulement quand je souris, répondit-il avec un rictus qui lui arracha une grimace, ses ecchymoses se rappelant brutalement à son bon souvenir.

— Mon pauvre petit. Jamais je n'aurais pensé te voir un jour dans cet état, se lamenta sa mère en lui caressant à nouveau la joue.

Gêné, il s'empourpra et jeta un regard navré à Mariela.

À sa place, elle aussi aurait été embarrassée, mais elle l'enviait d'avoir des parents aussi attentionnés. Depuis qu'ils étaient accaparés par leurs problèmes de santé, les siens ne se préoccupaient plus tellement d'elle.

Lorsque la mère et le père de Ricky quittèrent enfin la pièce, Mariela se pencha vers lui et murmura :

— Tu as de la chance de recevoir autant d'amour.

Il gloussa, essaya de sourire et répondit :

— Je sais.

Ils s'engouffrèrent dans la voiture de ses parents et firent un détour pour passer chez Ricky, dont la maison se trouvait au bord de la mer, près de Gables by the Sea. Son père gara sa Jaguar dans l'allée circulaire de l'immense villa blanche.

Des buissons bas bordaient le pourtour de la maison, leur feuillage vert émeraude tranchant sur le rose et le blanc des parterres de fleurs et le vert plus vif de la pelouse. Les deux jardinières turquoise qui semblaient monter la garde de part et d'autre de la porte d'entrée apportaient une touche de couleur supplémentaire.

Alors que Ricky s'apprêtait à sortir de la Jaguar, son père posa une main sur son bras.

— Nous allons entrer avec toi, décréta-t-il, craignant apparemment que l'agresseur de Mariela cherche maintenant à s'en prendre à Ricky, qui avait déjoué ses plans.

— Ce n'est pas la peine. Ne t'en fais pas pour moi, *papi*. J'en ai pour deux minutes.

*

Il ne pouvait en vouloir à ses parents de s'inquiéter pour lui, mais cela lui avait toujours donné l'impression d'être plus fragile et plus vulnérable que les autres hommes de la famille.

Mais peut-être n'était-ce qu'une impression, comme semblait l'indiquer sa victoire sur l'agresseur de Mariela la veille au soir. Il n'allait pas pour autant se prendre pour Rambo et risquer de mettre en danger qui que ce soit. Mais pour l'heure, il ne se sentait pas menacé. Le système de sécurité qu'il avait fait installer chez lui ne s'était pas déclenché. Et comme il était extrêmement peu probable que l'agresseur de Mariela ait traîné dans les parages pour le retrouver, Ricky n'avait pas vraiment de raison de se méfier, même s'il savait que son ex-mari avait peut-être des relations au bureau du procureur, ou même dans la police, et pouvait donc s'être renseigné sur lui.

Dans le doute, il entra avec prudence. L'alarme était enclenchée, et à première vue tout était normal. Après avoir désarmé le système de sécurité, il fit signe à son père qu'il n'y avait personne, et ses parents et Mariela entrèrent à leur tour pour l'attendre pendant qu'il préparait ses affaires.

Il monta dans sa chambre, attrapa un sac de voyage et fourra dedans tout ce dont il pensait avoir besoin pour une semaine, même s'il était persuadé qu'il faudrait moins de temps que ça à SBS pour découvrir ce que tramait l'ex-mari de Mariela.

En tant que membre de l'équipe, il allait s'investir à fond dans l'enquête de manière à aider Mariela à reprendre rapidement le cours de sa vie.

Sur le plan professionnel, il voulait l'aider à guérir des abus qu'elle avait subis dans sa vie de couple. Mais en tant que psychologue, il n'était pas censé s'impliquer auprès d'une patiente. Compte tenu de l'attirance irrépressible que Mariela exerçait sur lui, il risquait d'avoir beaucoup de mal à ne pas enfreindre cette règle. Mais le fait d'avoir participé une fois à une réunion de son groupe de soutien suffisait-il à faire d'elle une patiente ?

Ce conflit, je vais devoir le résoudre tout seul, songea-t-il en bouclant son sac.

Il descendit rejoindre ses parents et Mariela, qui s'étaient assis au salon et bavardaient tranquillement. Mais tels qu'il connaissait ses parents, Ricky savait qu'en réalité ils étaient en train d'interroger Mariela.

Il en eut la confirmation lorsqu'il entendit sa mère demander :

— Combien de temps a duré votre mariage ?

— Cinq ans.

— Comment avez-vous rencontré Jorge ?

— À l'époque, je travaillais comme hôtesse d'accueil à temps partiel dans un restaurant. C'est là que je l'ai rencontré. Jorge était un client régulier. Il était séduisant et très sympathique. Il m'a bien traitée au début.

C'était toujours la même histoire, songea Ricky. Il l'avait entendue de nombreuses fois dans son cabinet. La relation était généralement idyllique dans un premier temps, mais petit à petit elle se dégradait sous l'effet du stress ou quand la routine s'installait, et le conjoint violent révélait alors sa véritable nature.

— *Mami*, dit Ricky d'un ton réprobateur pour que sa mère arrête avec ses questions.

— Je fais juste connaissance avec Mariela, *mi hijo*, répliqua-t-elle en arquant un sourcil parfaitement épilé.

— Tu la bombardes de questions, oui. Lâche-la un peu, *mami*.

Sa mère acquiesça tandis que Mariela poussait un soupir de soulagement.

Au moment où ils allaient sortir de la maison, Ricky capta du coin de l'œil un mouvement dans la rue. Une BMW venait de s'arrêter juste devant chez lui. Lorsqu'il vit sortir le conducteur, qui portait une cagoule lui masquant presque entièrement le visage, Ricky perçut immédiatement le danger et, d'instinct, repoussa ses parents et Mariela à l'intérieur.

— À terre ! leur ordonna-t-il.

Ouvrant grand les bras, son père fit allonger les femmes par terre. Ricky se coucha sur elles pour essayer de les protéger.

Une seconde plus tard, une rafale de mitraillette fracassa la baie vitrée et ricocha sur la porte d'entrée en acier.

La fusillade sembla durer une éternité. Les balles volaient au-dessus de leurs têtes, pulvérisant les cadres sur les murs, les lampes en céramique, les livres sur les étagères. Ricky sursautait à chaque impact, conscient qu'ils risquaient tous d'y laisser leur peau.

Heureusement qu'ils s'étaient couchés par terre et que la porte d'entrée était en acier.

Les coups de feu cessèrent aussi brusquement qu'ils avaient commencé. Un crissement de pneus sur l'asphalte leur indiqua que le tireur était reparti. Deux minutes plus tard, le hurlement des sirènes de police retentit, annonçant l'arrivée de la cavalerie.

Ricky se redressa prestement et aida son père, sa mère et Mariela à se relever. Tandis qu'il s'assurait que les deux femmes allaient bien, son père alla ouvrir la porte aux policiers.

— Tu n'as rien, *mami* ? demanda Ricky à sa mère qui, d'une main tremblante, remettait de l'ordre dans sa tenue et sa coiffure.

— Non, tout va bien, lui assura-t-elle avant de demander à son tour : Et vous, Mariela, ça va ?

— Oui, répondit cette dernière en regardant autour d'elle d'un air consterné. Votre belle maison. Je suis vraiment désolée, Ricky, murmura-t-elle, les larmes aux yeux.

— Ce ne sont que des dégâts matériels, déclara-t-il d'un ton qu'il voulut léger.

Mais cela lui faisait mal au cœur de voir cet intérieur qu'il avait pris tant de soin à décorer complètement dévasté.

— Tout le monde va bien ? s'enquit le premier policier en rengainant son arme.

Lorsqu'il vit qu'il avait affaire au directeur de SBS, il fit des yeux comme des soucoupes.

— Monsieur Gonzales ? Je ne savais pas que c'était votre maison.

— C'est celle de mon fils, répondit Ramon en faisant un geste en direction de Ricky.

— Tout va bien pour nous, affirma celui-ci, qui aurait aimé pouvoir en dire autant de son salon et de son bureau, qui avaient essuyé la majeure partie des tirs. Les coups de feu avaient brisé un certain nombre d'objets en plus des vitres, et des impacts de balles criblaient les murs, les canapés et les meubles.

Mais ce qui embêtait le plus Ricky, c'était la quasi-certitude qu'il avait maintenant que quelqu'un de la police ou du bureau du procureur avait communiqué son nom et son adresse à l'agresseur de Mariela. Sinon, comment expliquer la fusillade ?

Lorsque son regard croisa celui de son père, Ricky comprit que celui-ci pensait exactement la même chose.

7

Son père sortit son téléphone portable et composa un numéro. Lorsque son interlocuteur prit l'appel, il déclara :

— Il y a une fuite, Trey. Quelqu'un vient de tirer sur la maison de Ricky.

À ces mots, Trey laissa échapper un chapelet de jurons pas piqués des hannetons.

— Nous allons tous bien, *mi hijo*, s'empressa d'ajouter son père. Nous rentrons dès que la police aura fini de nous interroger.

Trey répondit brièvement, et son père hocha la tête.

— Une équipe d'agents de sécurité serait la bienvenue. Peux-tu appeler tes contacts dans la police et leur demander ce qu'ils en pensent ?

Son père mit fin à l'appel et se tourna vers le policier.

— Faites ce que vous avez à faire, dit-il. Et dites-nous comment nous pouvons vous aider.

Hochant la tête, le policier sortir son bloc-notes.

— Pouvez-vous me dire ce qui s'est passé ?

Ricky fit un geste vers la fenêtre de son bureau.

— J'ai vu une voiture s'arrêter et je l'ai immédiatement trouvée suspecte.

— C'était quoi, comme voiture ? demanda le policier.

— Une BMW noire. Récente. Quand le conducteur est sorti, j'ai vu qu'il était masqué et qu'il avait une mitraillette dans les mains.

Lorsqu'il eut fini de prendre leurs dépositions, le policier appela ses collègues de la scientifique pour qu'ils viennent recueillir des indices, puis il sécurisa la scène avec du ruban jaune.

Lorsqu'ils sortirent, ils virent qu'il y avait maintenant une deuxième voiture de patrouille et qu'un attroupement s'était formé devant la maison. Les policiers essayaient tant bien que mal de contenir les badauds venus voir ce qui se passait. Il y avait aussi Trey, accompagné de deux équipes de deux agents de sécurité.

Dès qu'ils eurent franchi le ruban de police, Trey se précipita vers eux et les examina les uns après les autres comme pour s'assurer qu'ils étaient tous quatre sains et saufs.

Rassuré, il déclara :

— Deux agents vont vous escorter jusqu'à la maison. L'accès à l'île étant contrôlé, vous devriez être tranquilles une fois passé le poste de sécurité. Les deux autres agents resteront ici jusqu'à ce que les techniciens de la police scientifique aient terminé. Ils cloueront des plaques de contreplaqué sur les fenêtres en attendant que nous puissions les faire remplacer.

— Merci, Trey, dit Ricky en le serrant dans ses bras en signe de gratitude.

Son frère prolongea un peu son étreinte.

— Il va falloir que tu arrêtes de me faire des frayeurs, lui chuchota-t-il au creux de l'oreille.

— Crois-moi, j'aimerais bien, répondit Ricky en s'écartant pour se tenir à côté de Mariela, en état de choc depuis la fusillade.

Elle s'était remise à enrouler les bras autour d'elle et à se mordiller la lèvre inférieure. Elle était toute pâle.

Il passa la main dans son dos.

— Ça va aller, lui assura-t-il.

Apparemment incapable de dire quoi que ce soit, Mariela se contenta de hocher la tête.

— Chez mes parents, nous serons en sécurité. Je vous le promets.

Elle acquiesça d'un nouveau hochement de tête crispé.

— Allons-y, dit Trey. Et ensuite, nous retrouverons Sophie et

Robbie. Pepe leur a fourni des informations, et ils en ont collecté d'autres sur le site Internet du service municipal de la Construction.

Ricky hocha la tête et, la poussant légèrement dans le dos, il guida Mariela vers la voiture de ses parents. Le silence régna pendant le court trajet sur l'autoroute, puis sur MacArthur Causeway, la route surélevée qui traversait la baie, et à Palm Island, une communauté fermée avec un portail surveillée 24 heures sur 24. Trey ouvrait la voie dans sa Camaro vintage restaurée tandis qu'un SUV Chevrolet dans lequel se trouvaient les deux agents de sécurité assurait leurs arrières.

Une fois sur l'île, ils seraient à l'abri de toute attaque terrestre, mais le danger pourrait venir des airs ou de la mer. Une attaque aérienne semblait improbable, mais n'importe qui pouvait traverser en bateau le canal qui débouchait dans la baie de Biscayne derrière la propriété.

Dès qu'il descendit de voiture, Ricky rejoignit Trey et lui indiqua d'un geste l'arrière de la villa.

— Et le quai ?

Trey hocha la tête.

— C'est peu probable, mais mieux vaut ne pas prendre de risques. On va demander aux gardes de patrouiller le long du ponton. Bien vu, *mi hermano*.

— J'ai été à bonne école, répliqua Ricky avec un sourire qui se transforma en grimace à cause de ses ecchymoses.

L'affection et le respect que se témoignaient les deux frères aidèrent Mariela à évacuer le stress engendré par la fusillade. Le fait de se savoir en sécurité sur cette île, dans la propriété des Gonzales, sous leur protection et celle de deux gardes armés, contribuait aussi à la rassurer. Trey étant un ancien policier, elle savait qu'elle pouvait compter sur lui pour les protéger. Et sur le père de Ricky aussi. Mais ce qui l'impressionnait le plus, c'était de voir à quel point Ricky assurait.

Il avait été le premier à remarquer la BMW noire et à les empêcher de sortir. Il lui avait sauvé la vie. Une fois de plus.

Sans lui, ses parents seraient morts aussi. Mais bizarrement, ils ne semblaient pas vraiment perturbés par ce qui s'était passé. Pas même sa mère. Peut-être parce qu'à cause de l'agence elle avait l'habitude d'affronter le danger.

Lorsque Samantha s'aperçut qu'elle la regardait, elle lui sourit et lui tendit la main.

— Venez, dit-elle. Je vais vous montrer votre chambre pendant que les hommes règlent les détails.

Mariela hocha la tête, mais à la porte elle s'arrêta pour observer les hommes qui discutaient dans la cour devant la villa. C'est alors qu'elle remarqua le beau portail en fer forgé à l'entrée de l'allée. Et la clôture assortie qui ceignait la propriété. On retrouvait le motif floral du portail et de la clôture dans le fer forgé de la double porte à l'entrée de la maison.

Celle-ci était d'un blanc éclatant contrastant avec les différents tons de vert des palmiers, des pelouses et des nombreuses plantes alentour. Des massifs de fleurs aux couleurs vives contribuaient à rompre l'austérité du blanc de la villa et du noir de tout ce fer forgé.

Samantha la fit entrer dans un vaste hall d'entrée, là encore d'une blancheur éclatante. À première vue, cela lui rappela la maison de Jorge. Mais cette impression se dissipa lorsqu'elle découvrit le mobilier colonial espagnol dont le bois aux teintes chaudes réchauffait le blanc des murs, et le magnifique portrait de famille accroché au-dessus de l'imposante cheminée en pierre.

— Votre maison est superbe, dit-elle en tournant lentement sur elle-même pour l'admirer.

— Nous avons de la chance d'avoir cette grande villa et de pouvoir y recevoir toute la famille. Ainsi que nos nombreux amis, dont vous faites maintenant partie.

Mariela n'était pas sûre de pouvoir se considérer comme l'amie de Ricky, mais elle espérait le devenir une fois qu'ils se connaîtraient mieux. Elle ignora sa petite voix intérieure qui lui soufflait que Ricky était le genre d'homme susceptible d'être bien plus qu'un ami. Si toutefois elle parvenait un jour à surmonter le traumatisme inhérent à ce que lui avait fait subir son ex-mari.

Samantha la fit monter à l'étage, jusqu'à un palier très spacieux aménagé en coin salon confortable donnant sur la salle de séjour, juste au-dessous, et offrant une vue imprenable sur l'arrière de la maison et, plus loin, sur le canal, le port de Miami et la baie de Biscayne. Un paquebot de croisière était à quai, dans le port, attendant que les passagers embarquent.

— Ricky et vous serez de ce côté, dans la partie réservée aux invités, expliqua Samantha. Si vous avez besoin de quelque chose, sachez que Ramon et moi sommes de l'autre côté, à ce même étage.

— *Gracias*. Je vous suis très reconnaissante de m'accueillir chez vous, dit Mariela en suivant son hôtesse.

La pièce était immense et très lumineuse. La porte-fenêtre s'ouvrait sur un balcon qui donnait sur le jardin au bord de l'eau. Elle remarqua les deux gardes qui surveillaient la propriété et vit qu'il y avait un hors-bord amarré au quai sur le canal. Une belle piscine et une terrasse étaient également visibles sur le terrain en contrebas.

— Je ferais tout pour Ricky et ses amis, déclara Samantha.

Mais l'inquiétude qui perçait dans sa voix n'échappa pas à Mariela.

— Je n'ai jamais eu l'intention de vous mettre en danger, dit-elle, les mains crispées sur les anses de son sac de voyage.

Samantha posa une main sur les siennes.

— Malheureusement, nous avons déjà été confrontés au danger. Il fait partie des risques du métier. On ne peut y échapper quand on dirige une agence comme la nôtre.

Le geste d'affection de Samantha et ses paroles soulagèrent un peu Mariela, qui s'en voulait d'impliquer toute la famille Gonzales dans ses tracas. Et qui se demandait comment ils arrivaient à supporter cette insécurité jour après jour.

Samantha, qui semblait avoir lu dans ses pensées, déclara :

— C'est plus facile quand on est en famille. J'ai l'impression que la vôtre n'a pas été très présente, ces derniers temps.

Mariela ne pouvait prétendre le contraire.

— Mes parents ne sont pas très en forme. Depuis que leur santé s'est détériorée, notre relation n'est plus la même.

— Vous nous avez, maintenant. Nous allons vous tirer de là. En attendant, je vous laisse vous mettre à l'aise.

— *Gracias*, dit à nouveau Mariela, reconnaissante pour tout ce que ce groupe de quasi-inconnus faisait pour elle.

Elle avait retrouvé une famille et se rendait compte à quel point l'état de santé de ses parents et la violence de Jorge à son égard avaient nui au maintien de leur lien familial.

Elle rangea rapidement les quelques affaires qu'elle avait apportées et s'apprêta à redescendre. Lorsqu'elle sortit de sa chambre, elle percuta Ricky, qui sortait de la pièce juste en face. Il la rattrapa de justesse.

Malgré la douceur de son geste, qui ne manqua pas de la surprendre, elle s'écarta précipitamment. Il la lâcha aussitôt, visiblement conscient de son malaise.

— Ça va ? demanda-t-il.

— Oui. C'est juste que... je n'ai pas l'habitude qu'un homme soit... attentionné, lui confia-t-elle tandis qu'une soudaine vague de tristesse la submergeait.

Il tendit de nouveau la main vers elle avec l'intention de la réconforter puis se ravisa pour ne pas l'effaroucher.

— Ils nous attendent en bas, dit-il en désignant l'escalier. Sophie et Robbie ont des informations pour nous. Roni aussi.

Elle s'empressa de descendre, mais au rez-de-chaussée elle laissa Ricky passer devant. Il la guida vers un bureau qui se trouvait sur l'avant de la maison. Il y avait une petite table de conférence d'un côté de la pièce et un bureau en bois sculpté de l'autre. Des étagères remplies de livres et de bibelots tapissaient deux des murs. Un écran plat, une chaîne hi-fi et un ordinateur occupaient le troisième, tandis que le dernier comportait de grandes fenêtres donnant sur la cour de devant et les jardins luxuriants entourant la maison.

Trey et son père étaient déjà assis à la table, et dans un coin de la pièce une jeune domestique était en train de poser un service à café sur une desserte.

Les deux hommes se levèrent lorsqu'elle entra. Apparemment, les bonnes manières n'avaient pas disparu chez les Gonzales.

— Je vous en prie, servez-vous du café ou du thé. Si vous désirez autre chose, Josie se fera un plaisir de vous l'apporter.

Josie prit la verseuse et une tasse à café, mais Mariela lui fit signe qu'elle ne voulait rien. Elle était déjà bien assez nerveuse. Le café risquait de faire d'elle une pile électrique.

Ricky, lui, accepta une tasse de café. Josie s'empressa de la lui servir. Lorsqu'il la gratifia d'un sourire, elle rougit jusqu'aux oreilles. La jeune domestique avait de toute évidence le béguin pour lui. Mariela la comprenait. Ricky était beau, intelligent, attentionné et courageux.

Une telle perfection n'était-elle pas suspecte ? se demanda-t-elle *in petto*. Au début, Jorge aussi lui avait semblé être l'homme idéal.

Lorsque Ramon se rassit, Mariela prit place à son tour à la table. Dès que Trey et Ricky les eurent rejoints, leur père hocha la tête. Trey appela aussitôt ses cousins en visio. Ils répondirent immédiatement. Leurs visages apparurent sur l'écran accroché au mur.

— Heureux de vous voir tous en un seul morceau, dit Robbie.

Sophie lui flanqua un coup de coude.

— Ne faites pas attention. Il passe trop de temps sur son ordinateur.

Robbie leva les yeux au ciel.

— Dit celle qui a nommé son ordinateur « Blanche » en hommage à son actrice préférée dans la série *Les Craquantes*, ironisa-t-il.

Poussant un profond soupir, exaspérée, Sophie enchaîna :

— Nous avons des informations que Pepe a obtenues en consultant les services officiels.

— Les nouvelles constructions y figurent-elles aussi ? demanda Trey.

Sophie acquiesça.

— Oui, si le constructeur les a fait connaître. Il se peut donc qu'il y ait un nouveau projet qui n'y soit pas encore, expliqua-t-elle.

— Savez-vous si votre ex-mari faisait connaître ses nouveaux projets ? demanda Ricky.

— Il le faisait presque toujours pour des questions de trésorerie, répondit Mariela. Mais ses affaires ne marchent pas fort, en ce moment, d'après ce qu'il m'a dit hier soir.

Trey tapota son stylo sur son bloc-notes.

— Ça va si mal que ça ?

Mariela haussa les épaules.

— Tout ce que je peux dire, c'est que ses bureaux étaient vides. Je ne les avais jamais vus comme ça. Il y avait toujours quelqu'un qui travaillait. Mais il est possible que Jorge ait voulu être seul pour passer son coup de téléphone. J'imagine qu'il n'avait pas envie qu'on l'entende.

— Mais vous, vous l'avez entendu ? demanda Ramon.

— Oui. J'ai fait comme si je venais juste d'arriver, mais j'ai l'impression que ça n'a pas marché.

— Les enjeux doivent être de taille s'il cherche à vous faire tuer juste à cause de ce que vous avez entendu, fit remarquer Ricky, le front plissé.

Mariela essaya de se remémorer les sommes que représentait un nouveau projet de construction.

— Un immeuble de hauteur moyenne comportant deux cents appartements peut rapporter à Jorge dans les cinq millions, dit-elle. Le double s'il s'agit d'un gratte-ciel.

— Assez pour tuer, intervint Robbie en sifflant entre ses dents.

À côté de lui, Sophie feuilletait des papiers, les lèvres pincées sous l'effet de la frustration.

— Nous n'avons qu'un seul projet de gratte-ciel sur la liste fournie par Pepe.

Trey tapota à nouveau son bloc-notes.

— Pouvez-vous envoyer cette liste à Mariela pour qu'elle y jette un coup d'œil ?

— Bien sûr, répondit Robbie. Si elle repère dans cette liste les projets qui, selon elle, pouvaient poser problème, nous chercherons les noms des inspecteurs qui s'en sont occupés pour que vous puissiez les interroger.

— *Gracias*. Trey, je crois que tu as toi aussi des informations à nous communiquer, dit Ramon en regardant son fils aîné.

— Roni a parlé aux policiers qui ont enquêté lorsque Jorge a envoyé Mariela à l'hôpital. Ils en voulaient au procureur de ne pas avoir retenu de charges contre lui. Ils ont donné à Roni une copie du dossier et le nom de ce procureur qu'ils accusent de laxisme vis-à-vis des auteurs d'infraction déférés devant lui.

— Même dans les cas les plus graves ? demanda Ricky, visiblement indigné.

— Même dans les cas où le coupable était armé et dangereux, confirma Trey. Et on se demande ensuite pourquoi le taux de criminalité ne cesse d'augmenter.

— Ce procureur qui refuse d'inculper les gens est celui qui a laissé Jorge s'en tirer, si je comprends bien, dit Mariela.

— Exactement, répondit Trey avec un soupir. Nous pourrions peut-être interroger *tío* Jose à son sujet. Et Sophie et Robbie pourraient aussi essayer de se renseigner sur lui.

Tío Jose, le mari d'Elena, songea Mariela. C'était à cause de lui qu'elle avait hésité à contacter Elena, au début. Aussi fut-elle soulagée de savoir que ce n'était pas lui qui avait fait abandonner les charges contre Jorge. N'empêche que le bureau du procureur l'avait relaxé, et ça, elle ne l'avait toujours pas digéré.

Ricky posa tout doucement une main sur son épaule.

— Nous découvrirons pourquoi il n'a pas été inculpé, lui promit-il.

Elle aurait voulu lui dire que c'était de l'histoire ancienne, mais il lui semblait important que toute la lumière soit faite sur cet éventuel laxisme.

— Je veux savoir pourquoi ce procureur ne l'a pas poursuivi, de manière à ce que d'autres victimes de violences conjugales ne fassent pas les frais de son incompétence.

Ricky songea que ses paroles montraient quel genre de personne elle était. Une personne prête à se sacrifier pour aider ses parents vieillissants. Une personne qui se souciait plus des autres que d'elle-même. Une personne assez courageuse pour ne pas reculer, même face aux abus et aux tentatives d'assassinat.

— Nous y veillerons, lui promit Ricky.

Il ferait tout pour que les violences faites aux femmes ne soient plus ignorées par ce procureur.

Mariela parut soulagée, mais il était évident qu'elle voulait passer à autre chose, car elle déclara :

— Je me pencherai sur la liste de Pepe dès que nous l'aurons.

Un bip sur l'ordinateur de Trey attira l'attention de tout le monde. Il tapota sur son clavier et dit en souriant :

— Vous allez pouvoir vous y mettre, Mariela.

8

— Super ! Mariela et moi allons éplucher tout de suite cette liste, décréta Ricky.

Se souvenant qu'il valait mieux éviter de se montrer autoritaire avec elle, il s'empressa d'ajouter :

— Si vous en êtes d'accord, Mariela.

Elle acquiesça.

— Je suis partante.

— Trey et moi allons vous laisser travailler, dit Ramon. Nous serons au bureau, si vous avez besoin de nous.

— On vous tient au courant, promit Mariela, qui semblait impatiente de s'atteler à la tâche.

— Parfait. Comme *papi* l'a dit, nous serons au bureau, répéta Trey, une pointe d'agacement dans la voix, comme s'il supportait mal que les décisions émanent de leur père.

Après le départ des deux hommes, Ricky se dirigea vers l'imprimante pour récupérer la liste.

Il la posa devant Mariela et s'assit à côté d'elle.

— Vous êtes prête ?

Prête ou pas, elle devait à tout prix s'efforcer de faire progresser l'enquête, d'autant plus que c'était à cause d'elle que les Gonzales étaient maintenant en danger.

Elle prit un surligneur dans l'organiseur au milieu de la table et se pencha sur les projets de construction figurant sur la liste. Ils lui étaient pour la plupart inconnus. Elle marqua d'un astérisque le projet de gratte-ciel.

— Celui-ci comprend quatre cents appartements face à la plage. Si Jorge parvient à tout vendre, il pourrait empocher une quinzaine de millions, voire plus, dit-elle.

— C'est un super quartier, en bord de mer, en plus. Il va forcément tout vendre, dit Ricky en se penchant vers elle pour examiner le projet de plus près.

Plissant les yeux, Mariela essaya de se rappeler ce qu'elle avait entendu au sujet des projets qu'elle avait aidé Jorge à promouvoir.

— Un projet de cette ampleur nécessite beaucoup de liquidités. Je dirais entre quarante et cinquante millions.

— Et vous pensez qu'il ne les a pas ? demanda Ricky.

— Quand nous avons divorcé, il y a un an, Jorge se plaignait déjà d'être sur la paille. Je pensais que c'était juste un stratagème pour réduire la somme qu'il allait devoir me verser, mais peut-être était-il vraiment fauché.

— Et la prévente des appartements ? Cela ne suffirait pas ?

— S'il arrive à en vendre un certain nombre, il obtiendra plus facilement le financement dont il a besoin auprès d'une banque.

— Je sais qui pourrait nous donner cette information, dit Ricky en sortant son téléphone de sa poche.

Mariela supposa qu'il allait appeler son cousin, ce qui lui fut confirmé une seconde plus tard, lorsque la voix de Pepe sortit du haut-parleur.

— Que puis-je faire pour toi ? demanda celui-ci. Tant que je ne me fais pas tirer dessus, je suis prêt à t'aider.

— J'imagine que tu as eu vent de ce qui s'est passé ce matin.

— Tout Miami est au courant, figure-toi. On en a parlé aux infos à l'heure du déjeuner, et je parie que ça repassera au journal de ce soir.

— Super ! marmonna Ricky avant d'enchaîner. Je suis avec Mariela Hernandez. On se demandait si tu savais combien d'appartements avaient été vendus dans le nouveau projet de son ex-mari près de Bal Harbour.

— Laisse-moi regarder, répondit Pepe.

Pendant quelques instants, ils l'entendirent tapoter sur le clavier de son ordinateur.

— Hmm... Ils se vendent bien, apparemment. Je peux vous envoyer le lien de la visite virtuelle pour que vous puissiez voir à quoi ressembleront les appartements une fois terminés.

Joignant le geste à la parole, Pepe pianota à nouveau sur quelques touches, puis un bip leur confirma la réception d'un mail.

— Merci, Pepe. Je sais que généralement tu préfères rester en dehors de ce genre d'histoires...

— C'est le cas. Faites attention à vous, dit Pepe avant de raccrocher.

Mariela avait perçu les non-dits dans les dernières paroles qu'avaient échangées les deux hommes. Intriguée, elle scruta Ricky tandis qu'il transférait le mail et le lien pour la visite virtuelle sur le grand écran accroché au mur du fond.

— J'ai l'impression que Pepe n'avait pas envie d'être mêlé à ça, dit-elle, se sentant à nouveau coupable d'avoir entraîné un autre membre de la famille dans ses histoires.

Ricky haussa les épaules.

— Pepe essaye de rester à l'écart de South Beach Security. C'est à lui seul qu'il doit sa réussite en tant qu'agent immobilier.

— Ça ne doit pas être facile d'être la nouvelle génération dans une famille comme la vôtre, dit-elle.

Il haussa à nouveau les épaules, ce qui semblait traduire chez lui une certaine gêne.

— Je ne veux pas être indiscrète, ajouta Mariela en désignant l'ordinateur pour détourner la conversation de la dynamique familiale.

Ricky la regarda droit dans les yeux, clairement conscient de ce qu'elle essayait de faire.

— Et si on se confiait chacun un truc ?

Il vit Mariela ouvrir de grands yeux avant de dire d'une voix étranglée :

— Chacun un truc ?

Ricky hocha la tête.

— Oui. Par exemple, je vous explique pourquoi c'est difficile pour Pepe et moi d'être la nouvelle génération, et vous, vous me dites pourquoi vous avez abandonné vos études.

En voyant Mariela déglutir avec difficulté, il décida qu'il valait mieux que ce soit lui qui commence.

— Mon *abuelo*, ainsi que *papi*, son frère, Jose, et Trey ont tous été militaires. Des héros qui, une fois rentrés au pays, sont devenus plus grands que nature. *Abuelo* a fondé l'agence, et *papi* l'a fait prospérer.

— Et c'est maintenant Trey qui perpétue l'héritage, compléta Mariela.

Ricky confirma d'un hochement de tête.

— Trey est leur successeur naturel. Il m'arrive de donner un coup de main, mais mon rêve c'est d'ouvrir mon propre cabinet. Et vous ?

Mariela détourna les yeux, évitant son regard. Il comprit que bien qu'il eût joué le jeu, elle n'était pas encore prête à lui raconter sa vie. Il n'insista pas. Elle parlerait quand elle en aurait envie.

— Jetons un coup d'œil à ces appartements, suggéra-t-il en ouvrant le lien que leur avait envoyé Pepe.

Ils firent une visite virtuelle des différents appartements tels qu'ils seraient une fois terminés.

Même si Ricky ne portait pas Jorge dans son cœur à cause de la manière dont il s'était comporté avec Mariela, force lui était d'admettre que les appartements étaient vraiment superbes. Rien d'étonnant à ce qu'ils se vendent comme des petits pains. Il y avait cependant quelque chose qui le titillait.

— Vous pensez que c'est de ce projet dont Jorge parlait l'autre soir, quand vous avez surpris sa conversation téléphonique ? demanda-t-il.

Mariela se mordilla la lèvre en réfléchissant à sa question.

— Il y a des chances. C'est son plus gros projet actuellement.

Gros et coûteux, songea Ricky.

Mais il ne voulait tirer aucune conclusion hâtive, car trop de choses étaient en jeu.

— Jetons un coup d'œil aux autres dossiers en cours, proposa-t-il en se remettant à parcourir la liste.

Ils examinèrent les autres projets : un immeuble près de la plage comprenant une centaine d'appartements et un petit lotissement de six maisons individuelles à l'intérieur des terres. Le premier rapporterait certainement quelques millions à l'ex-mari de Mariela. Les maisons, sans doute moins en raison de leur taille et du quartier.

Ensuite, ils passèrent au crible la liste des projets achevés au cours de ces dernières années, repérant ceux qui, d'après Mariela, avaient posé problème à un moment ou à un autre.

Jorge a été très actif jusqu'à cette année, songea Ricky.

— Depuis notre divorce, il a réalisé moins de projets, confirma-t-elle. Mais bon, ce gratte-ciel coûte cher.

— Vous ne devez pas vous sentir coupable, dit Ricky qui avait détecté quelque chose dans sa voix, et qui supposait qu'elle pensait que le divorce était en partie responsable des difficultés que Jorge pouvait rencontrer.

— N'empêche que je culpabilise. Peut-être que la prestation compensatoire que...

— Que vous méritiez pour le travail que vous avez fait pour lui. Peut-être que son affaire périclite parce que tout ce dont vous vous occupiez, l'événementiel et le marketing, a été négligé, déclara Ricky.

Mariela réfléchit à ses paroles qui lui firent chaud au cœur.

— Je me suis vraiment investie dans ce travail, déclara-t-elle avec un hochement de tête.

— Je vois ça, dit Ricky en désignant la liste qu'ils avaient annotée. On peut attendre que Sophie et Robbie retrouvent les inspecteurs qui ont vérifié la conformité de ces projets immobiliers, mais on peut aussi commencer de notre côté.

Tout en parlant, il s'activait sur l'ordinateur, créant un compte sur le portail en ligne du service d'Inspection des bâtiments afin d'accéder aux rapports des différents projets qu'elle avait identifiés.

Ils s'apprêtaient à consulter les archives du premier projet lorsque Samantha entra et s'approcha de la table.

— Comment ça va ? demanda-t-elle en posant une main sur l'épaule de Ricky dans un geste très maternel.

— Bien, mais si tu es là, j'imagine que c'est parce que tu as besoin de nous pour quelque chose, dit Ricky totalement en phase avec sa mère.

— Exact, *mi hijo*. Tu n'as manifestement pas remarqué qu'il est l'heure de dîner.

Comme elle lui caressait le dos, il leva les yeux vers elle, et elle fit la grimace en voyant les ecchymoses sur son visage.

— *Gracias, mami*. Nous arrivons tout de suite, lui promit Ricky.

— Ne tardez pas, leur recommanda sa mère. Mia, Roni et Carolina sont déjà là. Tes *abuelos* aussi, dit-elle avant de les laisser.

À l'idée de rencontrer les grands-parents de Ricky, et de devoir en plus faire bonne figure auprès des autres membres de la famille Gonzales, Mariela sentit son estomac se nouer.

— Tout va bien se passer, lui assura Ricky qui, une fois de plus, semblait avoir lu dans ses pensées. Ils ne mordent pas, même si Mia et Carolina peuvent parfois se montrer un peu… exubérantes.

Elle ne s'inquiétait pas pour les jumelles, qu'elle connaissait un peu et qu'elle avait vues la veille, mais craignait que les grands-parents de Ricky ne la voient d'un mauvais œil, surtout après tout ce qui s'était passé ces dernières vingt-quatre heures. Elle se mettait à leur place. Comment pourraient-ils ne pas lui en vouloir d'avoir mis leur famille en danger ?

Prenant une profonde inspiration pour se donner du courage,

elle prit la main que Ricky lui tendait et se leva. Il ne la lâcha pas, la guidant vers l'arrière de la villa où se trouvait une grande salle à manger extérieure avec une immense table en fer forgé et en verre.

La famille y était déjà installée, et tous se levèrent lorsque Ricky et elle arrivèrent.

Elle se crispa, mais Ricky serra doucement sa main pour la rassurer.

— Mariela, je vous présente ma famille.

9

Main tendue, un homme âgé avança vers elle, suivi d'une femme si frêle qu'elle lui fit penser à un oiseau.

— Enchanté, Mariela. Ramon Gonzales, dit-il en serrant chaleureusement sa main entre les siennes. Et voici ma femme, Maria.

La femme serra aussi la main de Mariela, qui sentit son appréhension se dissiper.

— *Mis abuelos*, dit Ricky.

Mais elle avait déjà deviné qu'il s'agissait de ses grands-parents. Car c'était de toute évidence de leur grand-père que les membres de la famille Gonzales tenaient leur nez droit et leur menton à fossette. En revanche, c'était à Maria qu'ils devaient le bleu éclatant de leurs yeux. Le couple devait avoir environ quatre-vingts ans, mais rien en eux ne trahissait leur âge. Ils se déplaçaient avec grâce et agilité.

Ramon fit un geste de la main en direction de la famille réunie autour de la table.

— Je suppose que vous avez déjà rencontré le reste de la famille. *Ramoncito* et sa femme, Samantha. Mon petit-fils Ramon, le troisième du nom, que du coup on appelle Trey. Sa fiancée, Roni. Mes petites-filles, Mia et Carolina.

Mariela salua d'un petit geste maladroit les membres de la famille, puis Ricky posa une main dans son dos pour la guider vers les deux chaises libres.

Une seconde plus tard, une femme qui ressemblait à une version plus âgée de Josie entra avec plusieurs grands plats posés sur un chariot qu'elle poussa sur le côté, dans la partie couverte de la salle à manger. Josie et un autre domestique la suivirent avec des plats plus petits qu'ils déposèrent sur une table d'appoint avant de commencer le service.

Pendant qu'ils servaient, Ricky procéda aux présentations :

— Voici Alicia, la mère de Josie. Le jeune homme, c'est Javier, son cousin.

Une affaire de famille, songea Mariela, en regardant les domestiques s'affairer autour des convives.

Entre eux et les Gonzales, il y avait manifestement une réelle affection malgré leur différence de statut social.

On leur servit en entrée un tamal revisité, à base de semoule de maïs légère et moelleuse, garni de *picadillo* et de fromage de brebis.

Des murmures d'appréciation se firent entendre lorsqu'ils goûtèrent le plat, que Mariela trouva elle aussi délicieux. La douceur de la semoule et du fromage contrebalançait la saveur relevée de la sauce tomate et de la viande hachée du *picadillo.*

— Vous vous êtes surpassée, Alicia, dit Ricky après avoir terminé son assiette.

Tandis qu'Alicia, Josie et Javier s'apprêtaient à servir le plat de résistance, Mariela vit avec surprise Trey, Mia et Ricky se lever de table pour aider à débarrasser.

Les autres firent passer les assiettes généreusement garnies d'*arroz con pollo*, servi avec des bananes plantain.

Si Mariela n'avait pas eu très faim au début, trop stressée et absorbée par leur enquête, le succulent tamal revisité ainsi que la convivialité autour de la table lui avaient ouvert l'appétit.

Lorsqu'ils furent tous revenus à table, ils se remirent à manger en discutant de choses et d'autres, mais pas de ce qui s'était passé la veille et ce matin-là. Elle apprécia leur délicatesse et se laissa emporter par cette impression de normalité, au point d'en oublier presque pourquoi elle se trouvait là, à cette table.

« Presque », parce que de sa place elle voyait les deux gardes armés qui patrouillaient sur le ponton, un peu plus bas.

Lorsque la tension s'insinua en elle, Ricky lui passa immédiatement une main dans le dos pour l'apaiser. Contre toute attente, elle ne se crispa pas, comme c'était souvent le cas quand un homme s'approchait d'elle, mais là encore Ricky lui avait montré qu'il était tout sauf un homme ordinaire.

Les plus jeunes se levèrent à nouveau pour aider les domestiques à débarrasser afin que le flan et le café puissent être servis.

Mariela pensait être rassasiée, mais le flan que Josie posa devant elle était trop beau pour qu'elle en laisse une seule bouchée.

Une fois qu'ils eurent terminé, Ricky se pencha vers elle.

— Que diriez-vous d'une petite promenade ?

Comme elle avait hâte de se remettre au travail, elle hésita.

— Ça va nous éclaircir les idées. On sera plus efficaces après, ajouta-t-il.

Comment résister à son sourire qui lui donnait un air presque enfantin malgré les ecchymoses sur son visage ?

Elle acquiesça, et il se leva en disant :

— Si vous voulez bien nous excuser, on va prendre l'air.

— Bien sûr, dit son grand-père. Nous allons reprendre un peu de café, pendant ce temps.

Mariela pressentit que la famille ne se contenterait pas de boire du café.

Elle chassa ces pensées de son esprit pour profiter pleinement de la promenade juste avant le coucher de soleil.

Ricky la guida vers le front de mer, au bout du jardin. Les gardes se retranchèrent aux deux extrémités de la propriété, leur laissant un peu d'intimité.

L'eau clapotait contre la digue et contre la coque du hors-bord amarré là. De l'autre côté du canal et de la route, les lumières du port et du centre-ville s'allumaient peu à peu. Plus loin encore à l'horizon, les tout derniers rayons de soleil teintaient les eaux de la baie de Biscayne de nuances de rose, de violet et de bleu.

Une brise légère balayait la surface de l'eau, faisant bruisser les frondes des palmiers au-dessus de leurs têtes.

— C'est magnifique, dit-elle, admirant la manière dont éléments naturels et artificiels se mêlaient harmonieusement pour créer le paysage époustouflant qu'ils avaient sous les yeux.

— Oui, dit Ricky d'une voix qu'elle trouva bizarre.

Levant les yeux vers lui, elle vit à son regard qu'il la désirait et s'apprêtait à l'embrasser.

— C'est trop tôt, dit-elle.

Il sourit tristement et hocha la tête.

Ils firent demi-tour et se dirigèrent vers la maison, sans se presser. Un silence apaisant s'installa entre eux alors qu'ils profitaient du crépuscule avant que la réalité revienne s'imposer en force.

Ils étaient encore tous à table.

Ricky n'avait aucun doute sur le sujet de leur conversation. Bien que mécontent d'en avoir été exclu, il ne leur en voulait pas vraiment, car il savait qu'ils faisaient de leur mieux. Même Roni, qui n'était fiancée à Trey que depuis peu, participait à la discussion.

D'habitude, Ricky n'était impliqué que de façon marginale dans leurs enquêtes. Il se bornait à donner son avis sur les suspects potentiels ou à conseiller leurs clients.

Mais il pensait avoir prouvé au cours des dernières vingt-quatre heures qu'il pouvait faire bien davantage pour l'agence, qu'il était un membre à part entière de South Beach Security.

Lorsque Mariela et lui approchèrent de la table, Trey leur fit signe de se joindre à la discussion.

— On ne voulait pas t'exclure, lui assura Trey, comme s'il avait lu dans ses pensées.

— Je suis partant, déclara-t-il, bien décidé à s'investir à fond dans cette enquête.

— On le sait, dirent Mia et Carolina presque à l'unisson.

— Asseyez-vous donc, suggéra son père.

Mais avant qu'ils prennent place, les grands-parents de Ricky se levèrent de table.

— Vous voudrez bien nous excuser ; nous aimerions rentrer avant qu'il soit trop tard, dit son *abuelo,* en aidant sa femme à se lever, lui offrant le bras dans un geste galant.

Ricky approcha pour les enlacer, reconnaissant qu'ils soient venus déjeuner avec eux, probablement pour s'assurer qu'il allait bien après les événements de la veille et de la matinée.

Son grand-père se tourna vers Mariela.

— Ce fut un plaisir de vous rencontrer. Je vous promets que nous allons prendre soin de vous, dit-il.

— Merci, répondit Mariela avec un sourire un peu crispé.

Ricky remarqua qu'elle avait de nouveau enroulé les bras autour d'elle en mode défensif.

— N'hésitez pas à appeler si vous avez besoin de moi, dit son grand-père en regardant Ramon et Trey, qui s'empressèrent de hocher la tête.

— Nous n'y manquerons pas, *papi*, dit Ramon.

Et sur ce, les grands-parents s'éloignèrent lentement, bras dessus, bras dessous, têtes penchées l'une vers l'autre, tandis qu'ils bavardaient en marchant.

Ricky eut un petit pincement au cœur en les voyant encore si amoureux après plus de soixante ans de mariage. Et aussi parce qu'il les enviait secrètement et espérait connaître lui aussi le grand amour. Machinalement, il jeta un rapide coup d'œil vers Mariela, qui n'avait pas bougé et semblait mal à l'aise.

Glissant une main dans son dos, il l'incita à s'asseoir à table pour qu'ils puissent discuter de l'enquête.

À peine fut-il installé que Trey enchaîna :

— Roni nous disait justement qu'elle avait eu des retours d'autres inspecteurs qui avaient eu des problèmes avec le procureur de Mariela.

Cette dernière tripotait nerveusement la nappe.

— Quel genre de problèmes ?

Roni secoua la tête et pinça les lèvres.

— Le cas de Mariela n'est malheureusement pas unique. Ce procureur prône l'absence de caution, même pour les délinquants violents. En outre, il engage rarement des poursuites à leur encontre.

— Si je comprends bien, il est possible que mon ex-mari et son avocat n'aient rien eu à faire pour que Jorge ne soit pas inculpé ? dit Mariela en lissant la nappe d'une main tremblante.

Lorsque Ricky passa un bras autour de ses épaules, elle tressaillit puis se détendit.

— C'est tout à fait possible, confirma Roni avec un soupir de frustration. Cela ne nous facilite pas la tâche et compromet la sécurité publique, mais que faire ?

— Et si tu en touchais deux mots à Jose ? Il est très expérimenté, dit sa mère en regardant son mari, qui entretenait une relation étroite avec lui.

— Je vais le faire. Un procureur est censé protéger ses concitoyens, notamment les plus vulnérables. Cela n'a manifestement pas été le cas en ce qui concerne Mariela, dit Ramon.

— Non, en effet. Sinon, les enquêteurs ont pu récupérer les enregistrements vidéo des caméras de surveillance de Ricky, ainsi que ceux de ses voisins. Avec un peu de chance, ils auront des images exploitables du suspect et de la voiture, ajouta Roni.

— Et vous, vous avez trouvé quelque chose ? s'enquit Trey.

Ricky et Mariela se concertèrent du regard.

— Nous avons passé en revue les nouveaux projets immobiliers de Jorge. Deux d'entre eux pourraient lui rapporter beaucoup d'argent. Nous avons aussi la liste de ses anciens chantiers. Nous nous apprêtions à examiner les rapports d'inspection.

— Avez-vous besoin d'aide ? demanda Trey.

— Sophie et Robbie vont nous donner un coup de main. Une fois que nous aurons les noms des inspecteurs, nous pourrons décider de la marche à suivre, dit Ricky.

— Je vais essayer de me rappeler quels inspecteurs travaillaient sur les projets de Jose, ajouta Mariela.

— Roni et moi, on continue de suivre de près l'enquête sur votre agression et sur la fusillade. J'espère que la police nous refilera quelques infos susceptibles de nous aider à y voir plus clair, dit Trey en frappant du plat de la main sur la table, comme pour clore la discussion.

Cela se confirma lorsqu'il se leva et tendit la main à sa fiancée. Glissant docilement la sienne dans celle de Trey, Roni jeta un coup d'œil dans leur direction.

— On va suivre tout ça de près, leur assura-t-elle.

— Nous savons que nous pouvons compter sur vous, dit la mère de Ricky en se levant à son tour.

Puisqu'il était manifestement temps de partir, Ricky se leva, et Mariela fit de même, glissant spontanément la main dans la sienne tandis qu'ils suivaient le reste de la famille à l'intérieur de la maison.

Ce geste le toucha beaucoup, car il prouvait qu'elle commençait à lui faire confiance et à guérir enfin du traumatisme qu'avaient engendré les abus subis pendant son mariage.

Après avoir dit au revoir à tout le monde, Trey et Roni s'en allèrent. Puis les parents de Ricky se retranchèrent dans leurs appartements, à l'étage.

— On se remet au travail ? suggéra Ricky, qui se demandait si Mariela serait d'attaque après les événements de la veille et de la matinée.

Elle acquiesça.

— Oui, je veux bien. Plus vite on découvrira la vérité, mieux ce sera.

Afin de retrouver une vie normale, songea-t-il. *Et de ne plus avoir peur.*

Dans le bureau de son père, ils se réinstallèrent à la table et commencèrent par diviser la liste en trois parties afin d'identifier plus vite les inspecteurs impliqués dans les projets. Ils envoyèrent la première partie à Sophie et Robbie, se partagèrent le reste et se mirent au travail.

En parcourant les rapports d'inspection, Mariela essayait de se remémorer certaines conversations qu'elle avait entendues au fil des ans et qui l'avaient amenée à soupçonner Jorge de tremper dans des affaires louches.

Juste après leur mariage, lorsqu'elle avait commencé à s'investir dans l'entreprise, elle lui avait posé des questions sur certaines pratiques.

Pour la première fois, elle avait alors vu le monstre qu'il pouvait être, et ce simple souvenir lui retourna l'estomac.

Elle aurait dû voir les signes à ce moment-là. La colère soudaine et disproportionnée. Les insultes.

Elle avait mis ça sur le compte du stress, de la pression liée au développement de son entreprise, et des problèmes d'argent, mais avec le temps ce monstre s'était manifesté de plus en plus souvent. D'abord verbalement. Puis il avait commencé à s'en prendre à elle physiquement. Une gifle en pleine figure. Un coup de poing dans le ventre.

La raclée qui l'avait conduite à l'hôpital après qu'elle avait eu l'audace de l'interroger sur des dépenses inhabituelles. L'un des comptables de l'entreprise s'était étonné du coût exorbitant d'un de ses événements promotionnels, alors qu'elle n'avait absolument pas dépensé la somme en question.

Ce qui lui fit dire :

— Jorge dissimulait certaines dépenses en les faisant passer pour des frais liés aux différents événements qu'il me demandait d'organiser.

Ricky leva les yeux de son ordinateur.

— Vous pensez qu'il utilisait cet argent pour soudoyer des gens ?

En repensant à sa réaction explosive lorsqu'elle s'était mise à le questionner, elle n'avait plus aucun doute sur ses agissements.

— Oui, répondit-elle. Mais je ne sais pas comment le prouver.

Ricky se renversa dans son fauteuil, joignit les doigts devant sa bouche et pianota sur ses lèvres tout en réfléchissant à ce qu'elle venait de dire.

— Vous a-t-il fourni des informations financières lorsque vous avez demandé le divorce ? demanda-t-il.

L'accord financier avait été un gros sujet de discorde. Au cours de la procédure, les avocats de son ex-mari avaient envoyé des documents, mais c'était son avocat qui les avait examinés.

— Mon avocat a ces informations. Je peux les lui demander, mais je ne sais pas à quel point elles sont détaillées.

Joignant le geste à la parole, elle se connecta à sa messagerie et envoya aussitôt une demande d'informations.

— Si elles sont suffisamment détaillées, nous parviendrons peut-être à déterminer s'il y a eu des pots-de-vin, et à quel moment ils ont été versés, dit Ricky avant de se replonger dans la liste.

Elle fit de même, mais très vite les rapports commencèrent à se mélanger dans son esprit, et ses paupières se mirent à peser des tonnes.

C'est mal parti, songea-t-elle en jetant un coup d'œil à Ricky.

Penché en avant, il était concentré sur son écran. De temps à autre, il griffonnait quelque chose sur la liste et sur un bloc-notes posé à côté de lui.

Il semblait alerte, contrairement à elle. Même s'il était impératif de faire toute la lumière sur ce qui se passait, elle ne voulait pas risquer de rater quelque chose d'important parce qu'elle était fatiguée.

Il dut sentir qu'elle le regardait, car il se tourna vers elle.

— Vous avez besoin de vous reposer, déclara-t-il.

— C'est vrai. Je suis un peu fatiguée, admit-elle.

Autrefois, elle aurait gardé pour elle cet aveu de faiblesse, de peur des représailles si elle n'avait pas fait ce que Jorge attendait d'elle.

— Moi aussi. On arrête pour ce soir, dit Ricky en refermant son ordinateur.

— Merci, dit-elle, touchée de le voir aussi compréhensif.

Il soupira, se leva de son fauteuil et se planta devant elle. Son regard était intense.

— Avec moi, Mariela, il ne faut pas hésiter à dire quand quelque chose ne va pas.

Au fond d'elle, elle le savait, mais elle restait malgré tout sur la défensive.

— J'ai besoin de temps pour réapprendre à faire confiance, Ricky.

— Je sais. Croyez bien que j'en suis parfaitement conscient, répondit-il.

En tant que professionnel, il le savait d'autant plus, mais même si leur relation avait démarré dans son cabinet, elle avait pris un tour plus personnel après tout ce qui s'était passé.

Cependant, il se garda bien d'insister.

Il s'écarta lorsqu'elle quitta la table, puis la suivit quand elle sortit de la pièce et se dirigea vers l'escalier pour monter dans sa chambre. Arrivée à sa porte, elle posa une main sur le chambranle et se tourna vers lui.

— Je ne sais pas comment vous remercier pour tout ce vous et votre famille faites pour moi.

— C'est notre job, répondit-il, conscient qu'il faisait désormais partie intégrante de South Beach Security, au même titre que les trois Ramon, sa grand-mère et sa mère, les jumelles et ses cousins férus de technologie.

Posant la main sur sa joue, elle caressa du pouce sa barbe naissante, en prenant soin d'éviter les ecchymoses. Et elle lui sourit. Un vrai sourire qui alluma dans ses yeux couleur d'émeraude des reflets vert clair et bleus.

— Bonne nuit.

Il effleura sa main et lui rendit son sourire.

— Bonne nuit, Mariela.

Il attendit qu'elle ait refermé la porte derrière elle, mais ne se dirigea pas tout de suite vers sa chambre.

Redescendant l'escalier à pas de loup, il sortit faire le tour de la propriété pour s'assurer que tout allait bien.

10

Comme il aurait dû s'y attendre, il croisa son père devant la porte d'entrée.

— *Mi hijo*. Tu n'avais pas besoin de descendre.

Ricky lui décocha un sourire, assorti d'une tape amicale dans le dos.

— Je pourrais te dire la même chose, *papi*. Mais puisque nous avons eu la même idée, allons-y ensemble, suggéra-t-il.

Ils sortirent l'un derrière l'autre et se dirigèrent vers le portail, solidement verrouillé.

Alors qu'ils faisaient leur ronde, son père dit :

— Mariela semble être une femme intéressante.

Ricky ne savait pas trop ce que son père entendait par « intéressante », alors il se contenta de répondre :

— Elle a traversé une période difficile, récemment.

Son père leva la main.

— Je sais qu'elle a été victime de violences conjugales, *mi hijo*. Je suis juste inquiet de ce que cela signifie pour notre famille, et pour toi plus particulièrement.

— Parce que je ne suis pas comme *abuelo*, ou toi, ou Trey, dit-il, sentant resurgir en lui ce manque de confiance qu'il avait si longtemps combattu.

Son père laissa échapper un rire rauque.

— Peut-être que nous sommes plus forts physiquement, mais

ce que tu as là-dedans, dit-il en tapotant un point au centre de la poitrine de Ricky, est tout aussi fort. Et peut-être même plus fort.

Ricky s'attendait si peu à ça qu'il en resta coi et se contenta de marcher à côté de son père dans le silence de la nuit. Ils firent tranquillement le tour de la propriété et descendirent jusqu'au ponton. Le clair de lune illuminait les eaux de la baie et du canal. Une rangée de lumières le long du bord supérieur de la jetée s'alluma soudain, révélant les deux gardes postés à chaque extrémité de la propriété.

Son père leur fit signe d'approcher.

— Tout va bien, Esteban ? Patrick ?

— Rien à signaler, *jefe*, répondit Esteban en esquissant un geste en direction du canal. Il n'y a rien à craindre de ce côté-là.

— Merci, dit Ricky en scrutant le canal.

Avec le clair de lune et les lumières le long de la jetée, toute approche semblait bien trop risquée, mais l'attaque de ce matin-là ayant été plutôt audacieuse, il fallait s'attendre à tout.

Après que les gardes eurent repris leurs postes, son père et lui s'acheminèrent vers la maison.

— Je veux être prêt à nous défendre, déclara Ricky.

Son père s'arrêta net et le fixa dans la pénombre, sous un bosquet de palmiers. Une légère brise faisait bruisser les frondes au-dessus de leurs têtes.

— Je sais que tu as appris à te servir d'une arme à feu, dit son père. Mais je pensais que tu n'aimais pas tirer.

— Il y a un temps pour tout, et je crois que le moment est venu, répondit Ricky, qui espérait que l'entraînement qu'il avait reçu au fil des ans se révélerait aussi utile que l'avaient été les arts martiaux la veille au soir.

Son père passa un bras autour de ses épaules.

— Viens avec moi.

Ils regagnèrent la maison au pas de course. Après avoir armé le système de sécurité, son père le conduisit dans son bureau. Au fond de la pièce, il toucha un panneau dissimulé dans l'un des meubles encastrés. Il s'ouvrit comme une porte, révélant l'accès au stand de tir et à la petite armurerie situés sous le rez-de-chaussée.

Ils descendirent l'escalier étroit, et Ricky referma derrière eux. Cela faisait des années qu'il n'était pas descendu au sous-sol. Quand ils étaient plus jeunes, son père les y emmenait régulièrement, son frère, sa sœur et lui, pour qu'ils apprennent à tirer et à manier une arme.

Il leur avait toujours dit qu'il fallait être prêt à défendre son pays. Quand il abordait ce sujet, il ne manquait jamais d'évoquer sa fuite de Cuba et la manière dont son père, leur *abuelo*, s'était battu pour libérer le pays. Souvent, il leur parlait aussi de l'époque où il était dans les marines, puis en opérations à l'étranger, et enfin, dans la police.

Ricky avait écouté et observé. Il avait même tiré lorsqu'il le fallait, même s'il n'aimait pas cela. Mais comme il venait de le dire à son père, il comprenait qu'il puisse y avoir un moment où l'on doive se servir d'une arme.

Il resta près de lui tandis que celui-ci posait la paume sur la serrure biométrique d'un grand coffre-fort au pied de l'escalier secret.

Puis il l'aida à en ouvrir les lourdes portes, révélant une demi-douzaine de fusils, dont certains semi-automatiques, deux fusils de chasse, et une autre demi-douzaine d'armes de poing, pistolets semi-automatiques ou revolvers.

Ricky fit glisser les doigts sur les armes puis prit un Glock 9 mm et vérifia qu'il n'y avait pas de balle dans la chambre – son père ne rangerait jamais une arme chargée, mais il fallait toujours vérifier.

— Veux-tu te familiariser de nouveau avec ce Glock ? demanda son père en sortant du coffre un Smith & Wesson calibre 22, plus petit.

Le stand de tir était insonorisé. Personne au-dessus d'eux n'entendrait quoi que ce soit s'il décidait de tirer quelques balles, histoire de tester ses compétences.

Il hocha la tête. Cela faisait un bail qu'il n'avait pas tiré, mais s'il devait utiliser cette arme, il voulait être prêt. Après avoir pris un chargeur et une boîte de munitions, il chaussa des lunettes de protection et se munit d'un casque antibruit, puis il se dirigea vers l'un des couloirs de tir.

Un bloc de cibles en papier était accroché au mur. Il en arracha une et la fixa sur le porte-cible. D'une simple pression sur un bouton, il envoya la cible au fond du couloir de tir, à environ huit mètres.

Avec précaution, il enclencha le chargeur dans la crosse du pistolet, tira la culasse en arrière et ôta la sécurité.

Son père se plaça derrière lui pour le regarder viser et tirer. Ricky vida tout le chargeur, satisfait de constater que la plupart des balles avaient atteint le centre de la cible. Il retira le chargeur, remit la sécurité, rechargea et tira une nouvelle salve. Cette fois, il visa différentes zones de la cible. Là encore, il fit mouche presque chaque fois.

Enthousiaste, son père lui tapa dans le dos.

— Tu n'as pas perdu la main. Tu pourrais rivaliser avec Mia.

Ricky retira le chargeur, enclencha la sécurité et posa le pistolet sur la table.

— Comment ça ? demanda-t-il après avoir enlevé son casque antibruit.

— Ta sœur est devenue une sacrée tireuse. Meilleure que Trey. Au fait, j'ai gardé ton permis de port d'arme à jour, si tu veux prendre ce Glock, dit son père en désignant le pistolet.

Ricky acquiesça.

— Je vais le prendre. Et toi ? Tu optes pour celui-là ?

Son père secoua la tête.

— Pas assez de puissance.

Glissant la main dans son dos, il leva le bas de sa chemise cubaine et sortit son arme pour la lui montrer. C'était un bon vieux revolver, style Dirty Harry, chargé.

— Ça, ça ne s'enraye jamais.

— C'est bon à savoir, dit Ricky, qui avait néanmoins plus confiance en ses quinze balles qu'en les sept de son père.

Retournant vers la table, il rechargea son pistolet, vérifia que la sécurité était bien mise, puis quand son père lui tendit un étui, il y rangea l'arme et la glissa dans la ceinture de son pantalon, au creux de son dos.

Le poids de ce pistolet à cet endroit lui faisait bizarre. Il n'avait pas l'habitude de porter une arme, mais après ce qui s'était passé la veille au soir et le matin même, il devait se tenir prêt pour la prochaine fois – même s'il priait pour qu'il n'y ait pas de prochaine fois.

Il espérait que les enquêteurs chargés des deux affaires réussiraient à trouver sur les scènes de crime et dans les vidéos des caméras de télésurveillance des indices qui leur permettraient d'identifier le coupable.

Fort de cet espoir, Ricky remonta au rez-de-chaussée avec son père. Ils s'embrassèrent dans le hall d'entrée et, resserrant un peu son étreinte, son père déclara :

— Je suis très fier de l'homme que tu es devenu.

Ces paroles lui firent un bien fou. Ricky avait bien trop longtemps vécu dans l'ombre des trois Ramon, et même des jumelles. Tous étaient des personnes extraordinaires, ce qui expliquait pourquoi il s'était toujours senti plus à l'aise avec ses cousins passionnés de technologie, plus discrets, et avec Pepe, qui fuyait toute implication dans South Beach Security.

— Bonne nuit, *papi*. Dors bien.

Son père avait toujours été là pour lui. Il était gentil, patient, affectueux. Et il n'était pour rien dans le complexe d'infériorité que Ricky ressentait quand il se comparait aux trois Ramon.

Son père lui ébouriffa les cheveux et lui sourit.

— Toi aussi, *mi hijo*. Repose-toi parce que demain sera une journée chargée.

Il hocha la tête et monta dans sa chambre, prenant les marches deux par deux pour aller plus vite, mais s'arrêtant net en apercevant la porte close de Mariela.

Son cœur le poussait à aller voir comment elle allait, mais sa raison lui soufflait qu'il valait mieux la laisser tranquille.

Et ne rien précipiter. Il était trop tôt pour envisager une relation amoureuse entre eux, surtout pour elle, encore si fragile. Il avait vu à quel point elle était sur la défensive lors de son bref passage dans le groupe de soutien, et la manière dont au début elle réagissait à son contact.

Elle avait besoin de temps pour digérer ce qui se passait, et comprendre qu'elle n'était plus seule pour affronter tout ça. Elle avait la police, lui et toute sa famille pour veiller sur elle.

Tout comme il avait relevé les défis qui s'étaient présentés à lui récemment, elle devait à son tour puiser dans la force intérieure qu'elle recélait pour surmonter le passé et construire son avenir.

Cette pensée l'accompagna tandis qu'il rejoignait sa chambre pour se reposer et se tenir prêt à relever les nouveaux défis que la journée du lendemain risquait de lui apporter.

— Je t'ai payé pour lui fiche la frousse, pas pour transformer une maison en passoire ! hurlait Jorge au téléphone en se passant nerveusement une main dans les cheveux. Et pourquoi t'as pas répondu, hier soir ? J'ai dû t'appeler une dizaine de fois.

— J'essayais de faire profil bas, et ce n'est pas moi qui leur ai tiré dessus, répondit son ancien chef de chantier.

Il l'avait viré lorsqu'une fois de plus il s'était présenté au travail ivre mort. Et il était évident qu'il était impossible de compter sur ce type pour quoi que ce soit. Jorge était persuadé qu'il mentait quand il prétendait ne pas avoir tiré sur Mariela.

Furieux, il allait et venait dans son salon, tel un fauve en cage.

— Tout ce que t'avais à faire, c'était la prévenir de la boucler.

— Je n'ai pas eu le temps, se défendit son sbire d'un ton

geignard. Elle était accompagnée d'un type qui s'est tout de suite mis en mode ninja ou quelque chose comme ça.

En mode ninja, songea Jorge, moqueur.

Son ancien chef de chantier avait sans doute encore bu quand il était allé chez Mariela. Peut-être même aussi quand il s'était mis à canarder la maison de Gables by the Sea.

— Tu as tout fait foirer. Il faut que tu disparaisses pendant quelque temps, dit Jorge, angoissé à l'idée qu'on découvre que c'était lui qui avait commandité l'attaque.

— Comment ça, que je disparaisse ? Je ne peux pas me payer des vacances. J'ai besoin de plus de fric.

Avec ce qu'il avait déjà donné à cet abruti, il aurait pu prendre pas mal de congés. Mais Jorge avait d'autres projets pour son ancien salarié.

— Tu sais où se trouve le gratte-ciel que je suis en train de construire ?

Son interlocuteur émit un grognement en guise de réponse.

— Rejoins-moi là-bas à minuit, dit Jorge. J'aurai le fric que tu demandes.

— Merci, *jefe*, dit l'homme avant de raccrocher.

Jorge cessa de faire les cent pas et s'immobilisa devant les baies vitrées qui donnaient sur les jardins paysagers entourant sa piscine et son spa hors de prix. Puis il se retourna et contempla les meubles design de son salon et, au-delà, sa cuisine de rêve, tout droit sortie d'un magazine de décoration.

Il ne connaissait aucune femme qui n'aurait pas voulu vivre dans un tel luxe.

En dehors de Mariela, bien sûr.

Ça n'avait pas toujours été ainsi. Au début, ils avaient été heureux. Mais Mariela n'avait pas compris qu'à cause de son boulot il était en permanence sous pression. Et que tout ce qu'il faisait, c'était pour elle.

Rien que pour elle. Mais c'était fini, tout ça. Maintenant, il allait penser à lui.

Le lendemain en fin de matinée, ils avaient dressé la liste des inspecteurs en bâtiment qui s'étaient occupés des différents projets que Mariela avait identifiés comme étant problématiques. Ils avaient relevé un schéma récurrent dans ces projets et dans d'autres : les inspecteurs revenaient systématiquement examiner des éléments jugés non conformes une première fois et, comme par miracle, les bâtiments recevaient alors leur agrément.

Les dates de certaines de ces secondes inspections coïncidaient d'ailleurs avec des dépenses inexpliquées dans les registres comptables de l'entreprise, que l'avocat de Mariela leur avait transmis. Comme elle l'avait soupçonné, son ex-mari versait des pots-de-vin qu'il faisait passer pour des frais de marketing ou de promotion.

— Je me souviens qu'il y a eu quelques plaintes concernant cet immeuble, dit-elle en passant le doigt sur une des entrées de leur liste.

Ricky hocha la tête.

— Il y en a peut-être eu d'autres. Et même des procès, si la situation est vraiment grave. Il faudrait qu'on cherche dans les archives des tribunaux.

— Il y en a eu au moins un, il me semble, dit Mariela en plissant les yeux pour essayer de s'en souvenir.

Elle les rouvrit brusquement quand ça lui revint et désigna une autre entrée dans la liste des constructions suspectes.

— Cela concernait cet immeuble.

— Bien joué ! Appelons Sophie et Robbie pour savoir où ils en sont et leur demander s'ils peuvent nous aider à récupérer les dossiers judiciaires, dit Ricky.

Ses cousins répondirent à la première sonnerie.

— Bonjour, Ricky, dit Sophie. On s'apprêtait justement à te faire un retour au sujet de la liste que tu nous as envoyée. Il y a plein de choses louches, là-dedans.

— Je te mets sur haut-parleur, Sophie. Nous aussi, on a trouvé des choses suspectes. On espérait que vous pourriez nous aider à obtenir des infos sur d'éventuelles plaintes déposées contre la boîte de Hernandez, dit Ricky.

— On va s'en occuper. Et si on creusait un peu sur ces inspecteurs en bâtiment ? suggéra Robbie.

Ricky consulta Mariela du regard, quêtant son approbation.

— Cela pourrait nous aider à savoir s'ils touchent des pots-de-vin, dit-elle en hochant la tête.

— Que pourriez-vous nous apprendre sur eux ? demanda Ricky.

— Tout un tas de choses. Tu n'imagines pas ce qu'on trouve dans le domaine public, et tout ce que les gens partagent sur les réseaux sociaux, répondit Sophie avec un petit rire rauque.

Mariela n'en était pas surprise. Elle trouvait parfois dérangeant ce que les gens publiaient sur les réseaux sociaux.

— Tout ce que vous pourrez trouver est bon à prendre, dit-elle.

— On vous recontacte plus tard. En attendant, vous devriez peut-être parler de tout ça avec *tía* Elena, suggéra Robbie avant de raccrocher.

Un ding sonore retentit, signalant l'arrivée d'un mail. Ricky l'ouvrit et imprima la liste envoyée par ses cousins. En l'examinant, ils remarquèrent que les deux mêmes noms revenaient de manière récurrente.

— Vous pensez que votre tante peut faire quelque chose avec ces infos ? demanda Mariela, doutant qu'ils aient suffisamment de preuves à ce stade pour engager des poursuites pénales.

— Peut-être pas, mais si elle pense qu'on est sur une piste, elle saura probablement à qui s'adresser.

Ricky appela aussitôt sa tante. La conversation fut brève mais encourageante, Elena pensant qu'il y avait peut-être assez d'éléments pour contacter les autorités, qui décideraient s'il y avait lieu d'ouvrir une enquête.

— Parfait, *tía*. On rassemble tout ce qu'on a et on te l'envoie dès que possible, promit Ricky.

— Et maintenant ? dit Mariela, qui craignait de ne pas avoir fait tout ce qu'il fallait pour que leurs vies reprennent leur cours normal.

Même s'il y avait bien longtemps que la sienne n'avait pas connu de cours « normal ». Mais lorsqu'elle croisa le regard de Ricky, un espoir naquit en elle. Tout n'était pas perdu : ce moment viendrait peut-être bientôt...

11

Ricky mit en marche les moteurs du hors-bord et s'éloigna du ponton, Mariela assise à côté de lui. Ils avaient laissé les deux agents de sécurité à terre pour protéger ses parents, même s'il était certain que son père saurait gérer le genre de problèmes susceptibles de se produire. Surtout après la discussion qu'il avait eue avec lui et Trey quelques minutes plus tôt, pendant que Mariela et sa mère débarrassaient la table du déjeuner.

Son père et son frère étaient tous deux convaincus que l'homme qui avait tenté par deux fois d'éliminer Mariela n'était pas un professionnel. Si cela avait été le cas, elle aurait sans doute été tuée lors de la première attaque. Quant à la fusillade, Trey avait appris que la police disposait d'un numéro de plaque d'immatriculation partiel, grâce à la caméra d'un de ses voisins. Un professionnel se serait montré plus prudent et aurait pris soin de masquer sa plaque.

Sachant tout cela, il estima qu'ils pouvaient sans trop de risques prendre le bateau et se rendre sur l'un des sites de construction identifiés la veille. Avec un peu de chance, un simple examen visuel leur permettrait d'avoir une idée de ce qui se passait.

L'immeuble en construction, une résidence de luxe, se trouvait près de Bal Harbour, aussi le trajet en bateau serait-il rapide.

— Vous êtes sûr qu'on ne craint rien ? demanda Mariela, scrutant les alentours tandis qu'il quittait le canal pour entrer dans les eaux de la baie de Biscayne.

Il se sentit coupable de ne pas lui avoir transmis le rapport reçu dans l'après-midi.

— Je suis désolé de ne pas vous en avoir parlé plus tôt, mais il y a eu des avancées dans l'enquête, dit-il en lui rapportant la discussion qu'il avait eue avec Trey et son père.

— C'est une bonne nouvelle.

— Oui. Avec ça et les infos transmises à *tía* Elena, on espère pouvoir progresser davantage et assurer votre sécurité, dit Ricky en mettant le cap sur le nord de Miami Beach.

— Ma sécurité, ironisa-t-elle avec un rire amer.

Du coin de l'œil, il la vit se raidir et croiser les bras sur sa poitrine.

— Je comprends votre scepticisme. Cela fait si longtemps que vous n'avez pas été en sécurité, dit-il en posant la main sur la manette des gaz. Vous êtes bien attachée ?

Elle tira sur les sangles de sa ceinture et acquiesça.

— Accrochez-vous ! lança-t-il avant d'accélérer progressivement.

Dès qu'ils se furent suffisamment éloignés des côtes, il poussa le moteur à fond.

Le hors-bord fendait allègrement la houle, soulevant des gerbes d'eau qui éclaboussaient la proue et le pare-brise. À cause des embruns, ils furent vite trempés, mais cela n'entama en rien la bonne humeur de Ricky, qui riait comme un gosse. Mariela semblait bien s'amuser, elle aussi, et il était content qu'elle apprécie la balade.

Il prit quelques virages, histoire de faire le fou, en restant cependant à prudente distance des autres bateaux. Mariela riait aux éclats.

Lorsqu'ils arrivèrent en vue du nouveau chantier de son ex-mari, il commença à ralentir. Puis il coupa le contact et sortit une paire de jumelles pour observer le site.

Alors que le bateau tanguait sous l'effet d'une vague provoquée par une autre embarcation, Mariela le heurta.

Il passa un bras autour de sa taille pour la stabiliser et lui tendit les jumelles.

— Je ne vois rien d'anormal, dit-il tandis qu'elle les prenait et les portait à ses yeux.

— Il y a très peu d'ouvriers sur le chantier. D'habitude, sur un projet de cette envergure, il y a beaucoup plus d'activité, fit-elle remarquer en désignant la structure encore sommaire du bâtiment.

Devant son regard interrogateur, elle ajouta :

— Quand on travaille dans le bâtiment, on finit par apprendre deux ou trois trucs, précisa-t-elle.

Puis elle montra à nouveau le site du doigt.

— Pourriez-vous vous rapprocher un peu plus ?

— Bien sûr. Attachez votre ceinture.

Elle obtempéra, et il s'engagea dans le chenal entre Bay Harbour et Bal Harbour de manière à voir le chantier de plus près.

Autant que Ricky puisse en juger, une vingtaine d'ouvriers traînaient sur le chantier, semblant ne pas faire grand-chose.

— Cela vous paraît normal, ça ? demanda-t-il, surpris qu'on puisse construire un immeuble avec si peu de main-d'œuvre et, surtout, des ouvriers qui se tournaient les pouces.

Mariela porta à nouveau les jumelles à ses yeux pour observer le site. Ricky avait raison de s'étonner : ce n'était pas normal du tout. Elle avait souvent fait visiter des chantiers à des investisseurs, et il y avait toujours eu une grande effervescence.

— Non, ce n'est pas normal, répondit-elle en zoomant sur un groupe d'ouvriers assis sur un tas de poutrelles en acier, en train de jouer aux cartes. On dirait qu'ils ont déjà planté les pieux pour fixer les fondations. Normalement, à ce stade, ils devraient couler le béton.

Elle lui tendit les jumelles.

Il allait les porter à ses yeux quand soudain le pare-brise du hors-bord se fissura tandis qu'un jet-ski passait devant eux à toute vitesse. Le pilote, dont le visage était en partie masqué par la cagoule de sa combinaison, fit aussitôt demi-tour et tira à nouveau, brisant une autre partie du pare-brise.

Mariela se baissa, mais Ricky sortit un pistolet et ouvrit le feu sur le jet-ski. Renonçant à leur tirer dessus, le pilote prit la fuite, bondissant sur les vagues créées par un bateau qui venait de passer.

— Accrochez-vous ! s'écria Ricky en faisant pivoter brusquement le bateau pour poursuivre le jet-ski, qu'il rattrapa facilement grâce à la puissance bien supérieure du hors-bord.

Il resta dans le sillage du jet-ski, dont il essayait de mieux voir le pilote. Mais lorsque celui-ci se dirigea vers la terre ferme, Ricky dut ralentir puis s'arrêter. Le gros moteur du hors-bord qui lui avait permis de rattraper l'assaillant l'empêchait maintenant d'entrer dans les eaux peu profondes.

Il poussa un juron.

— Il s'est enfui, dit-il, furieux, en frappant du poing sur le volant. Ça va ?

— Un peu secouée, mais sinon, ça va.

— Il faut qu'on rentre, mais d'abord...

Il sortit son téléphone et appela Trey, qui répondit tout de suite.

— On a encore été attaqués, déclara Ricky tout à trac. Un gars sur un jet-ski. Il a filé en direction de la côte est de Bal Harbour.

— Comment sais-tu que c'est un homme ? demanda Trey.

— À sa silhouette. Il est grand et costaud. Et il avait la même carrure que le type qui nous a tiré dessus, hier.

— Je vais appeler quelques potes flics là-bas et leur demander d'enquêter dans les marinas du coin. Ton gars va bien accoster quelque part.

— Merci. On rentre, dit Ricky avant de s'affaler sur son siège, les jambes soudain flageolantes.

— Ça va ? demanda à son tour Mariela en posant une main sur sa poitrine, juste au-dessus de son cœur.

Il prit sa main et la porta à ses lèvres.

— Ça va, lui assura-t-il. Je suis juste un peu secoué, moi aussi.

— Rentrons à la maison, dit Mariela avec un sourire.

« La maison. » Ces deux mots sonnaient si joliment dans sa bouche, sur ses lèvres charnues sur lesquelles il avait fantasmé la nuit précédente avant de s'endormir. Il se rapprocha d'elle, attiré irrésistiblement par ces lèvres qu'il crevait d'envie de goûter, jusqu'à ce que le vrombissement d'un moteur lui rappelle qu'ils n'étaient pas en sécurité ici, en pleine mer.

Il lui caressa la joue, dessinant du pouce le contour de ses lèvres.

— D'accord. On rentre.

Guettant anxieusement leur retour, sa mère faisait les cent pas sur le ponton. Elle s'immobilisa en voyant le hors-bord, puis se précipita au bord de l'eau pour attraper la corde que Mariela lui lança pendant que Ricky manœuvrait.

Un des gardes accourut pour attacher la corde à un taquet, tandis que l'autre s'assurait qu'ils ne couraient aucun danger.

Ricky coupa le contact pendant que Mariela lançait une deuxième corde. Puis il s'empressa de vérifier que les pare-battage étaient bien en place. Une fois le bateau amarré, il sauta sur le ponton et aida Mariela à descendre.

Dans les yeux bleus de sa mère, il lut une réelle inquiétude. Il se força à sourire.

— Ne t'en fais pas, je gère, lui assura-t-il.

Elle secoua la tête, les yeux brillants de larmes.

— Je sais. C'est juste que j'espérais qu'en ne rejoignant pas l'agence, tu resterais à l'abri du danger. Sauf que maintenant...

— Ça va aller, *mami*. Trey est déjà sur le coup.

Elle hocha la tête et se précipita vers la maison.

Il soupira.

— Elle est juste inquiète, dit Mariela en passant un bras autour de sa taille.

— On le serait à moins, répondit-il en l'attirant contre lui. Allons vite nous changer. *Papi* et Trey ne vont pas tarder à rappliquer. Ils voudront un compte rendu de ce qui s'est passé.

— Alors allons-y !

Ils s'acheminèrent vers la maison, bras dessus, bras dessous, leurs hanches se frôlant à chaque pas.

Ils ne se séparèrent pas une fois à l'intérieur et montèrent l'escalier ensemble. Arrivés sur le palier, ils s'écartèrent enfin l'un de l'autre et se fixèrent en silence.

Ricky lui caressa la joue et se rapprocha d'elle jusqu'à ce qu'il sente sur ses lèvres son souffle chaud. D'abord doux et régulier, il s'accéléra lorsqu'il posa une main sur sa taille et combla la distance qui les séparait.

Se hissant sur la pointe des pieds, elle effleura ses lèvres d'un baiser. Tendre et hésitant. Comme si elle n'avait embrassé personne depuis longtemps.

Il n'insista pas, conscient qu'après ce qu'elle avait enduré, mieux valait ne pas la brusquer. Il voulait avant tout l'apprivoiser, gagner sa confiance.

Il la laissa donc mettre fin au baiser, lui rendant l'autonomie dont elle avait longtemps été privée.

Lorsqu'elle se fut écartée, il passa le dos de sa main sur sa joue.

— Je vous retrouve en bas dès que vous serez prête.

La gorge nouée par l'émotion, Mariela ne put prononcer la moindre parole. Elle se contenta d'acquiescer avant de filer dans sa chambre pour se débarrasser des embruns de leur virée en mer et de la peur qui l'avait saisie au bruit de la première balle qui avait percuté le pare-brise du hors-bord.

Une fois de plus, Ricky l'avait défendue, au péril de sa vie.

Ce ne serait pas la dernière fois, elle en était persuadée. Mais elle ne se laisserait plus surprendre. Tout comme Ricky, elle se tiendrait prête. Elle avait été étonnée lorsqu'il avait sorti une arme pour mettre en fuite leur assaillant, et plus étonnée encore de le voir la manipuler avec aisance.

En fin de journée, elle comptait lui demander de lui apprendre à se défendre. Elle ne se laisserait plus jamais prendre au dépourvu.

— Vous êtes sûre que c'est bien ce que vous voulez ? demanda Ricky en se déchaussant avant d'avancer sur le tapis de la salle de sport familiale.

— Oui. Je veux apprendre à me défendre.

Retirant ses baskets, Mariela rassembla ses cheveux couleur caramel et se confectionna en un tournemain un chignon qu'elle fixa sur le haut de son crâne. Elle se sentait fin prête pour son premier cours de self-défense dans le T-shirt avec le logo de l'université de Miami et le legging qu'elle avait enfilés après le dîner et une petite promenade au bord de l'eau.

Lorsqu'elle le rejoignit sur le tapis, il secoua la tête, visiblement sceptique. Il commença néanmoins la leçon.

— On va d'abord voir ce qu'il faut faire si quelqu'un vous attrape par-derrière.

Se positionnant dans son dos, il lui fit une clé de cou.

— La meilleure parade consiste à lui asséner un grand coup de coude dans l'abdomen, expliqua-t-il en lui montrant le mouvement.

Elle l'imita, et il se plia en deux, feignant d'avoir réellement pris un coup dans l'estomac.

— C'est au nez qu'il faut le frapper ensuite, soit avec le coude, soit avec la paume de la main.

Elle essaya, mais à cause de la différence de taille, elle n'y parvint pas.

— Je n'y arrive pas, dit-elle, toute penaude.

— Ce n'est pas grave. À défaut, vous pouvez lui écraser le pied, surtout si vous portez des talons.

Elle fit semblant de le faire, et Ricky la lâcha. Ils se retrouvèrent face à face.

— Il va maintenant falloir utiliser vos jambes. Il faut savoir que les jambes des femmes sont leur meilleur atout en cas d'agression. Visez l'entrejambe. Ou le genou. Mais allez-y franco.

Mariela hésita, visiblement réticente à l'idée de lui faire mal.

— J'ai compris.

Ricky hocha la tête.

— Une fois qu'il est plié en deux, il ne vous reste plus qu'à lui porter le coup de grâce, en lui cassant le nez ou en le frappant à la gorge. Au choix.

— Et je fais quoi après ?

— Vous criez. En fait, commencez à crier dès qu'il vous attrape. Si ça ne le fait pas fuir, il y aura peut-être quelqu'un qui vous entendra et appellera la police. Si vous avez vos clés dans la main, servez-vous-en pour le frapper. Visez de préférence les yeux ou la gorge pour être sûre de le neutraliser.

Ricky allait lui montrer une autre technique lorsque son téléphone sonna.

— C'est Trey, dit-il. Je le mets sur haut-parleur.

— J'ai une bonne et une mauvaise nouvelle, annonça Trey tout de go. Tu veux laquelle en premier ?

Ricky croisa le regard inquiet de Mariela.

— La mauvaise, répondit-il.

— La plaque d'immatriculation de la BMW a parlé. Mais c'est une voiture volée, apparemment.

Ricky laissa échapper un juron et secoua la tête.

— C'est tout pour les mauvaises nouvelles ?

— Oui. La bonne, c'est qu'on a d'autres images vidéo de la voiture, prises dans une marina à Bal Harbour. Probablement des plaques volées, là aussi, mais on a pu confirmer la marque et le modèle. C'est une BMW 330 noire, une berline récente.

Ricky émit un petit sifflement.

— Il doit y en avoir des milliers dans le comté de Miami-Dade.

— C'est vrai. Mais celle-ci a deux caractéristiques : un aileron aérodynamique et une jupe de pare-chocs avant. Et sur une vitre latérale, elle a un autocollant qui semble venir d'une université locale.

— Voilà qui devrait nous aider, dit Mariela d'un ton qui manquait un peu de conviction. Et en ce qui concerne le conducteur ?

— Aucune image de la marina. Juste ce qu'on a grâce à la caméra du voisin. Mais la police a lancé un avis de recherche pour le véhicule et dispose d'une description sommaire du conducteur. Sophie et Robbie bossent sur la liste des propriétaires de BMW 330 noires et essayent d'améliorer les images que la police nous a communiquées.

— Combien de temps cela va-t-il prendre ? demanda Ricky, inquiet de voir qu'ils avaient aussi peu d'éléments alors que leurs vies étaient en jeu.

— Robbie a promis de nous faire un retour au plus tard demain après-midi, répondit Trey. Attends une seconde, Ricky. Roni m'appelle. Il faut que j'y aille. Mais je vous tiens au courant dès qu'on a du nouveau. En attendant, restez tranquilles, recommanda-t-il avant de couper la communication.

Fixant son téléphone désormais silencieux, Ricky poussa un soupir de dépit.

— Je pense qu'il vaut mieux qu'on reste tranquille, en effet. Je ne tiens pas à ce qu'on nous tire encore dessus.

Mariela perçut la frustration de Ricky, si intense qu'elle en était presque palpable. Elle posa une main sur son avant-bras tandis qu'il restait là, à fixer son téléphone.

— Ils vont finir par découvrir qui est derrière tout ça, lui assura-t-elle. Mais on peut sûrement faire quelque chose de notre côté.

— Je suis d'accord. Vous aviez l'air d'en savoir beaucoup sur ce qui se passe sur ce chantier, dit-il en lui prenant la main.

— C'est très instructif de faire visiter les chantiers à des investisseurs potentiels. Ils posaient tout un tas de questions auxquelles je mettais un point d'honneur à répondre. Allez-y, posez-moi une question, si vous voulez.

Un petit sourire se dessina sur ses lèvres.

— D'après vous, pourquoi le chantier est-il quasiment à l'arrêt, malgré la présence des ouvriers sur le site ?

Elle haussa les épaules.

— Peut-être tout simplement parce qu'ils attendent une inspection, ou parce qu'ils ont rencontré des problèmes avec les fondations.

Ricky dodelina de la tête, réfléchissant à ce qu'elle venait de dire.

— Qui pourrait savoir ce qui se passe ?

— Plein de gens, répondit-elle en haussant à nouveau les épaules. Jorge, bien sûr. Mais aussi les ingénieurs qui ont travaillé sur le projet. Et les inspecteurs en bâtiment.

— Pensez plutôt à ceux qui sont plus bas dans la hiérarchie. À des gens qui seraient peut-être prêts à parler, dit Ricky en l'entraînant vers le bord du tapis où ils ramassèrent leurs chaussures avant de quitter la salle de sport.

Le séjour était vide. Ses parents étaient montés dans leurs appartements peu après le dîner.

Une lumière douce baignait la pièce grâce aux lampes posées aux deux extrémités, créant une atmosphère chaleureuse.

Ils prirent place sur un canapé faisant face à de grandes fenêtres qui offraient une vue imprenable sur la piscine et les jardins, le canal, les gratte-ciel du centre-ville de Miami et les eaux de la baie de Biscayne.

— Plus bas dans la hiérarchie ? dit-elle dès qu'elle fut assise. Le chef de chantier. Son adjoint. Les ouvriers, bien sûr. Ils parlent beaucoup de ce qui se passe sur le chantier, parce que leurs emplois dépendent de son bon déroulement.

Se tournant vers elle sur le canapé, Ricky prit ses mains dans les siennes.

— Y a-t-il quelqu'un qui accepterait de vous parler ? Quelqu'un en qui vous auriez confiance ? Comme un de ces ouvriers, peut-être ?

En qui elle aurait confiance ? Cela faisait si longtemps qu'elle vivait dans sa bulle que cette question la prenait un peu de court. Trop occupée à aider Jorge, elle n'avait pas eu le temps de nouer des amitiés. Quand elle avait dit à ses parents qu'elle allait demander le divorce, ils n'avaient pas compris pourquoi elle voulait quitter Jorge, un homme qui leur avait tant donné, à elle et à eux. Ils avaient surtout vu ce qu'ils allaient perdre.

— Mariela ? insista Ricky, ne sachant manifestement que penser de son silence prolongé.

— Peut-être l'un des contremaîtres. Rafael Lopez. On est devenus amis, surtout après que je l'ai recommandé pour qu'il prenne la place du chef de chantier que Jorge venait de renvoyer, expliqua-t-elle, se rappelant à quel point Rafael lui avait été reconnaissant d'avoir plaidé sa cause.

— Vous pensez qu'il parlerait ? Qu'il vous dirait ce qui se passe sur le site ?

— Il y a des chances.

Mais peut-être s'avançait-elle un peu trop, car Rafael avait une femme et des enfants. En lui parlant, il risquait de perdre son emploi. Mais elle le pensait suffisamment honnête pour parler si quelque chose clochait sur le site.

— On peut toujours le contacter. On verra bien, dit-elle en sortant son téléphone de sa poche.

— On peut aussi rester tranquilles, objecta Ricky, qui n'avait pas oublié les consignes de son frère.

— C'est vraiment ce que vous voulez ? demanda-t-elle en brandissant son téléphone.

— Non. Je veux savoir ce qui se passe. Beaucoup trop de choses sont en jeu.

12

Il les avait encore ratés et se maudissait pour sa fichue maladresse. C'était vraiment stupide de les attaquer en pleine mer, et il avait été imprudent en quittant la marina où il avait abandonné le jet-ski volé.

L'avis de recherche concernant la BMW ayant été diffusé sur la radio de la police, il allait devoir faire plus attention. Il faudrait attendre le bon moment pour frapper à nouveau.

Il ne gagnerait rien à se montrer impatient. Cela ne l'aiderait pas à atteindre son objectif.

Patience, s'enjoignit-il mentalement en montant le son de la radio de la police.

Tout en se servant un verre, il se demandait s'ils avaient d'autres infos sur lui.

Il sirota une gorgée de rhum et sourit en constatant qu'on ne parlait plus de lui ou de la BMW. Il pouvait donc planifier la suite des opérations.

Rafael Lopez ne s'était pas montré très coopératif, au début. Lorsqu'elle l'avait appelé, Mariela avait eu un mal fou à l'entendre à cause des rires surexcités de ses enfants derrière lui. Elle avait craint qu'il ne raccroche, jusqu'à ce qu'elle lui dise que la vie d'une ou plusieurs personnes dépendait peut-être de ce qu'il pourrait leur apprendre. À ces mots, il avait accepté de mauvaise grâce de la rencontrer le lendemain matin, et lui avait donné le nom d'un petit café à South Beach.

À l'heure dite, Ricky et elle s'étaient attablés dans le café pour l'attendre. Mariela tapait du pied nerveusement, se demandant s'il tiendrait sa promesse et viendrait. Elle regarda autour d'elle, mais ne repéra aucun visage familier et aucun ouvrier. Situé au cœur, de South Beach, sur Collins, le café était surtout fréquenté par des touristes et des amateurs de plage qui passaient prendre un café ou un petit déjeuner.

Eux aussi s'étaient laissé tenter et avaient commandé des *cafés con leche* et du pain cubain grillé. En face d'elle, Ricky trempait son pain dans son café et mangeait de façon presque machinale, comme s'il cherchait juste à tuer le temps.

Elle balaya à nouveau la salle du regard, mais toujours pas de Rafael. Fixant le téléphone de Ricky, elle demanda :

— Des nouvelles ?

Ils avaient donné à Rafael le numéro de Ricky plutôt que le sien parce que, comme le leur avait conseillé Sophie, ils avaient désactivé son téléphone, craignant que Jorge ne la suive à la trace.

C'était une crainte fondée, car on l'avait forcément pistée. Sinon comment Jorge aurait-il pu savoir qu'ils étaient allés chez Ricky et, le lendemain, voir le nouveau chantier.

Elle prit une tranche de pain grillé et la grignota sans conviction. Elle non plus n'avait pas très faim. L'attente lui mettait les nerfs à vif et lui coupait l'appétit. Comme Ricky, elle mangeait juste pour passer le temps. Elle avait fini son *café con leche* et son pain, et commençait à perdre espoir, quand Rafael fit brusquement irruption dans le café.

Il portait un jean délavé et une chemise enfilée à la va-vite par-dessus un T-shirt. Ses lourdes bottes de chantier claquaient sur le carrelage tandis qu'il approchait d'eux.

Mariela se leva et procéda aux présentations.

— Rafael Lopez. Je vous présente Ricky Gonzales. Lui et sa famille...

— Je sais qui ils sont. Mais qu'ont-ils à voir avec le chantier ? demanda Rafael en s'asseyant en face d'elle.

Elle hésita, craignant de lui en dire trop. Mais après tout, il risquait gros en acceptant de leur parler.

— Quelqu'un m'a agressée, avant-hier soir.

— Et a tiré sur sa maison, dit Rafael en désignant Ricky de sa grosse main rugueuse de travailleur manuel. On en a beaucoup parlé aux infos.

— En effet, acquiesça Ricky. La personne qui a agressé Mariela, ou qui a commandité l'agression, pense probablement qu'elle sait qu'il y a un gros problème avec l'un des derniers projets de Jorge Hernandez.

— On veut la faire taire, c'est ça ? dit Lopez avant de pointer un doigt sur sa propre poitrine. J'ai une femme et des enfants, mec. Je ne veux pas être mêlé à un truc qui pourrait les mettre en danger.

— On comprend. On ne trahira pas votre confiance, Rafael, lui assura Mariela en posant la main sur la sienne.

Mais elle sentit sous sa paume que sa main tremblait. Il s'empressa de la retirer, craignant sans doute qu'elle ne s'aperçoive qu'il crevait de peur.

— Vous pourriez sauver des vies, fit remarquer Ricky, jouant clairement sur la corde sensible.

Rafael baissa les yeux et posa les mains à plat sur la table. Des mains calleuses, pleines d'entailles et d'éraflures. Il les fit glisser sur le dessus de la table en bois puis leva les yeux vers eux.

— Que voulez-vous savoir ?

Ricky avait des dizaines de questions, mais il laissa Mariela conduire la conversation, car elle maîtrisait mieux que lui les processus de construction.

— Le chantier semble être à l'arrêt. Il y a un problème ? demanda-t-elle.

Rafael haussa les épaules, ses muscles noueux tendant le tissu de sa chemise.

— L'ingénieur structure est passé et a dit qu'il fallait que les poutres soient plus profondes, mais le marteau-pilon avait déjà été déplacé sur un autre chantier. On doit attendre qu'il revienne.

— Il n'y a donc rien qui cloche sur ce chantier ? demanda Mariela.

— Non, rien. L'immeuble a été inspecté l'autre jour, et tout s'est bien passé… Sauf que j'ai remarqué qu'il y avait des fissures à certains endroits. Ce n'est pas normal. Il va sûrement y avoir bientôt une autre inspection.

— Vous pensez qu'il y avait un problème avec cette première inspection ? demanda Mariela tandis que Ricky sortait son smartphone, lançait une recherche et leur montrait l'écran.

— Ce sont les rapports d'inspection. Est-ce que les noms des inspecteurs vous disent quelque chose ?

Rafael scruta les noms puis se carra sur sa chaise. Mariela jeta elle aussi un coup d'œil aux rapports, bien qu'elle les eût déjà vus la veille.

— Je connais ces deux-là, Smith et Levy. Ils ont inspecté plusieurs de nos bâtiments, dit Rafael en passant à nouveau les mains sur le dessus de la table, comme s'il voulait l'épousseter. Parfois, reprit-il après un silence, l'inspection se passait mal parce qu'il y avait un problème. Je faisais en sorte de le résoudre au plus vite, mais il arrivait qu'avant même que j'aie entrepris quoi que ce soit, on me dise que c'était bon, qu'on pouvait continuer.

— Comme si tout avait été OK à l'inspection ? demanda Ricky, qui voulait être sûr d'avoir bien compris.

— Oui, exactement, confirma Rafael. Sauf qu'autant que je m'en souvienne, il n'y a jamais eu de nouvelle inspection. Il faut que j'y aille, ajouta le contremaître en se levant d'un bond. Sinon, je serai en retard au travail.

Il avait déjà fait trois pas en direction de la porte lorsque Mariela le rattrapa par le bras.

— Vous vous souvenez de quels immeubles il s'agissait ? demanda-t-elle.

Rafael hocha la tête.

— Je vous enverrai la liste. Dès que possible. Là, je dois filer, dit-il en s'éclipsant.

Ricky le suivit des yeux tandis qu'il sortait du café et s'empressait de descendre la rue.

— Il m'a l'air d'être un type bien, dit-il.

Mariela confirma d'un hochement de tête avant de boire la dernière goutte de son café, qui avait refroidi au fond de sa tasse.

— Cette liste, vous pensez qu'il va nous l'envoyer ? demanda Ricky, qui craignait que Rafael ne change d'avis de peur de s'attirer des ennuis ou de mettre en danger sa famille.

Mariela fronça les sourcils, réfléchissant à sa question avant d'acquiescer.

— Je pense que oui. Mais pas tout de suite. Qu'est-ce qu'on fait en attendant ?

Comme un fait exprès, le téléphone de Ricky émit un ding signalant de l'arrivée d'un message. C'était Sophie et Robbie.

Voici la liste des procès intentés contre Jorge Hernandez.

Il montra le téléphone à Mariela pour qu'elle lise le message.

— On a de quoi s'occuper, dit-il.

La liste était plus longue que ce qu'elle avait imaginé, constata-t-elle alors qu'ils venaient de s'installer dans le bureau pour l'étudier de près.

Elle avait parfois surpris Jorge en pleine discussion téléphonique avec son avocat. Elle avait cru comprendre qu'il avait des ennuis avec la justice, mais quand elle l'interrogeait, il éludait ses questions et lui disait de ne pas s'inquiéter.

En voyant la liste, elle se demanda comment Jorge avait réussi à lui cacher tout cela, et ce qui se passerait s'il perdait ces procès.

— Il y en a un sacré paquet, dit-elle en faisant glisser le doigt le long de la liste des actions en justice intentées contre la boîte de son ex-mari.

— Plus d'une douzaine, fit remarquer Ricky. Voyons quelles résidences sont concernées par ces procès et croisons ces données avec les noms des inspecteurs en bâtiment qui sont intervenus sur ces projets.

Mariela attrapa un bloc-notes et un stylo pendant que Ricky recherchait sur Internet les adresses des résidences.

— Ce serait bien d'avoir aussi les noms des plaignants, dit Mariela. On pourrait peut-être les contacter pour essayer d'en savoir plus.

— D'accord.

À partir de la liste que Sophie et Robbie avaient établie, il put retrouver les adresses des bâtiments concernés et les noms des plaignants. Il les lui lut à voix haute.

Il leur fallut beaucoup de temps pour trier toutes les infos et les recouper.

Ils venaient juste de terminer quand la mère de Ricky fit irruption dans le bureau, accompagnée de Josie, qui poussait un chariot de service chargé de victuailles et de boissons.

— Vu l'heure, on s'est dit que vous deviez avoir faim, dit-elle tandis que Josie leur montrait les sandwichs cubains et les chips de plantain qu'elle avait préparés.

— Merci, c'est vraiment gentil, dit Mariela en se levant pour serrer les deux femmes dans ses bras.

— C'est un plaisir, Mariela. D'autant plus que Ricky peut être odieux quand il a faim, dit Samantha en riant. Vous serez là pour le dîner, j'espère.

Ricky comprit que la question n'était pas anodine. Sa mère savait probablement que Trey leur avait demandé de rester tranquilles, et elle craignait qu'il n'en fasse qu'à sa tête et ne se mette à nouveau en danger. Mais même si sa sollicitude maternelle le touchait beaucoup, il estimait être assez grand pour savoir ce qu'il avait à faire.

— Je ne sais pas, *mami*. On va peut-être devoir sortir pour parler à certaines personnes.

— Ricky..., commença-t-elle.

Mais il l'interrompit aussitôt.

— Nous ferons attention, lui promit-il.

Sa mère pinça les lèvres, qui devinrent aussi fines qu'une lame de rasoir.

— Je comprends, marmonna-t-elle.

Après le départ de sa mère et de Josie, il se leva pour aller chercher des boissons pendant que Mariela posait sur la table les assiettes avec les sandwichs.

— Ta mère est vraiment adorable, dit-elle lorsqu'ils se rassirent pour manger.

Tout comme il avait perçu la question implicite de sa mère dans le ton de sa voix, ce que Mariela n'avait pas dit était tout aussi clair pour lui.

— Mais elle s'inquiète trop.

— Ça doit être dur de voir sa famille en danger.

— En effet. Ça me brisait le cœur de l'entendre pleurer quand mon père avait été blessé dans une opération, ou quand Trey s'est fait tirer dessus, il y a quelques semaines, lui confia-t-il avant de mordre dans son sandwich.

Le rôti de porc sentait la marinade aux agrumes, le jambon était moelleux, le fromage suisse avait un goût de noisette, et la moutarde jaune aux pickles relevait parfaitement tous les arômes.

— Ça doit être effrayant, insista Mariela en picorant des chips plantain bien croustillantes.

— Maintenant qu'ils font tous les deux partie de l'agence, ça ne l'est plus tant que ça.

— Mais vous aussi, vous en faites partie, non ?

Ricky haussa les épaules.

— Plus ou moins.

Le regard perplexe de Mariela l'invitant à développer, il ajouta :

— Je les aide sur certaines affaires, surtout quand il s'agit de personnes traumatisées ou victimes d'abus. Je fais aussi parfois du profilage de suspects potentiels, même si ce n'est pas vraiment mon domaine.

Un long silence suivit puis Mariela se mordit la lèvre inférieure avant de lâcher :

— Des personnes comme moi, quoi. Des clientes dans mon genre.

Prenant une profonde inspiration, Ricky expira lentement.

— Je ne vous considère pas comme une cliente. Plus maintenant, admit-il sans détour.

Elle lui décocha un petit sourire, et quand il croisa son regard, il constata que ses yeux vert émeraude brillaient comme jamais.

— Voilà qui fait plaisir à entendre, dit-elle.

Elle était irrésistible. Il lui caressa la joue et se pencha jusqu'à ce que leurs lèvres se touchent presque.

— Vous êtes sûre de vous ? demanda-t-il avant d'aller plus loin.

13

— Oui, répondit Mariela dans un souffle en comblant la distance qui les séparait.

Les lèvres de Ricky étaient chaudes, et douces au début, mais à mesure que leur baiser s'intensifiait, elles devinrent plus fermes. Plus insistantes. Et quelque chose dans cette intensité la fit frissonner de peur.

Le sentant, Ricky modéra son ardeur et s'écarta légèrement, avant de caresser du pouce sa joue puis ses lèvres.

— Je ne vous ferai jamais de mal, Mariela.

— Je sais. C'est juste que... Je sais, répéta-t-elle, se rappelant que Ricky n'avait rien à voir avec Jorge.

Il était prévenant et bienveillant. Le genre d'homme que toute femme rêvait d'avoir pour compagnon. Mais elle avait senti qu'il avait ses propres démons.

— Bon, alors, ces inspecteurs, dit-il en se rasseyant.

Ils se remirent au travail, ajoutant sur la liste de Mariela les noms des inspecteurs en bâtiment qui étaient intervenus sur chacun des projets. Les mêmes noms revenaient sans cesse.

— Il ne peut pas s'agir d'une simple coïncidence, déclara Ricky en se carrant dans son fauteuil et en se frottant pensivement le menton.

— Du coup, on fait quoi, maintenant ?

Ricky jeta un coup d'œil à sa montre puis scruta à nouveau la liste.

— Procurons-nous les numéros de téléphone de tous les plaignants et appelons-les pour voir s'ils acceptent de nous parler. S'ils refusent, nous contacterons leurs avocats, qui se montreront peut-être plus coopératifs.

— Je suis l'ex-femme de Jorge. Ils vont probablement m'envoyer promener, objecta Mariela en poussant le bloc-notes vers Ricky.

— Bien vu. Mais vous n'êtes mentionnée dans aucune des plaintes.

Mariela se passa les doigts dans les cheveux.

— Je n'en reste pas moins son ex-femme. Il y a de fortes chances pour qu'ils pensent que j'ai été mêlée à tout ça.

Ricky acquiesça et poussa un gros soupir.

— Ils ne soupçonnent pas forcément des magouilles. Ils peuvent supposer qu'il s'agit juste de malfaçons.

Mariela ne pensait pas non plus, au début, qu'il puisse y avoir quelque chose de louche. Quand elle avait commencé à avoir de sérieux doutes sur les pratiques de Jorge, elle était déjà trop occupée à éviter ses insultes puis ses coups. Entre ça, ses études et les problèmes de santé de ses parents, elle n'avait plus eu qu'une seule idée en tête : se séparer au plus vite de son mari violent.

— Vous ne pouvez pas vous reprocher de n'avoir rien fait, dit Ricky, qui semblait décidément lire dans ses pensées.

— Je ne me le reproche pas, lui assura-t-elle. J'essayais juste de survivre. Mais maintenant, je suis prête à faire ce que je n'ai pas pu faire à l'époque.

Ricky lui caressa le dos pour la réconforter.

— Nous le ferons ensemble, déclara-t-il.

— Ensemble, répéta-t-elle, reconnaissante de ne plus avoir à porter ce fardeau seule.

Il leva le bloc-notes et sourit.

— Commençons déjà par passer ces coups de téléphone.

Ricky regardait Trey leur servir des scotchs bien tassés.

Roni, Mariela et leur mère étaient sorties faire une promenade digestive dans le jardin.

— Mariela et toi avancez bien sur l'enquête ? demanda Trey en lui tendant un verre.

— Oui, pas mal. On a listé les résidences qui posent problème et les inspecteurs en bâtiment qui s'en sont occupés. On a rendez-vous demain avec quelques-uns des copropriétaires ayant des appartements dans ces résidences et un des avocats, expliqua Ricky en allant s'asseoir sur le canapé.

Son père était assis dans l'un des fauteuils à oreilles. Trey lui apporta un verre avant de rejoindre Ricky. Mais au lieu de s'asseoir, il resta debout, son verre à la main, la mine sombre.

— Crache le morceau, Trey ! dit Ricky, habitué aux stratégies d'évitement de son frère.

— La police n'a pas beaucoup avancé en ce qui concerne la BMW. Sophie, Robbie et moi non plus. Mais il y a une bonne nouvelle. Ils ont relevé des empreintes partielles sur la porte de Mariela et sont en train de les analyser, dit Trey, l'air préoccupé.

— C'est effectivement une bonne nouvelle, fit remarquer Ricky. Alors pourquoi fais-tu cette tête d'enterrement ?

— Parce que j'ai l'impression que ce n'est pas avec ça qu'on va pouvoir assurer ta sécurité, répondit Trey avant d'avaler une grande gorgée de scotch.

Ricky baissa les yeux sur son verre, qu'il agita, faisant tournoyer les glaçons.

— On a pris soin de vérifier qu'on n'était pas suivis. Aucun nouvel incident ne s'est produit aujourd'hui. Je pense que Sophie avait raison : Hernandez avait sûrement mis un traceur sur le téléphone de Mariela.

Trey le désigna de la main qui tenait le verre.

— J'aurais dû y penser tout de suite.

Peut-être, mais Trey ne devait plus savoir où donner de la tête avec tout ce qu'il avait eu à faire récemment. Ricky allait le faire remarquer, mais son père lui coupa l'herbe sous le pied.

— *Mi hijo*, tu as dû t'occuper de beaucoup de choses à la fois, entre ta démission de la police, tes fiançailles avec Roni, et toutes les responsabilités que je t'ai confiées à l'agence. À moi non plus, il ne m'est pas venu à l'esprit que le téléphone de Mariela pouvait être tracé.

— Je ne ferai plus ce genre d'erreur, Ricky. Je te le promets, dit Trey avant de s'affaler enfin sur le canapé, à côté de lui.

Un léger grincement de la porte-fenêtre leur indiqua que les femmes revenaient de leur promenade.

Mariela et sa mère marchaient bras dessus, bras dessous, comme de vieilles amies. Roni avait la tête penchée vers Mariela, et toutes trois souriaient, comme si elles n'avaient pas le moindre souci. Cela lui rappela à quel point sa mère avait toujours été forte, quoi qu'il se passât dans leur vie. Elle avait toujours fait bonne figure devant eux et minimisé les problèmes, même dans les moments les plus difficiles.

Exactement comme ces trois femmes le faisaient à ce moment-là.

Sa mère lâcha le bras de Mariela, qui vint s'asseoir à sa droite. Puis elle prit place dans le fauteuil à oreilles voisin de celui de son père, tandis que Roni se glissait à côté de Trey, sur le grand canapé en cuir.

N'eût été l'absence de Mia, on aurait dit qu'ils posaient pour la photo de famille – mais à peine cette pensée lui avait-elle traversé l'esprit que Mia entra en trombe, Carolina sur les talons. Les jumelles virevoltèrent entre le canapé et les fauteuils pour embrasser tout le monde, puis allèrent se chercher des chaises dans la salle à manger.

— On dirait que vous allez à une fête, dit Ricky, en remarquant les robes élégantes et les talons hauts que toutes deux portaient.

— On va au Del Sol, confirma Mia en rougissant.

— Vous allez voir John Wilson ? Le gamer millionnaire ?

demanda Trey, visiblement amusé par la gêne grandissante de sa sœur.

— Il n'est pas ce qu'il paraît, et il m'a donné des infos sur Hernandez, répliqua Mia en redressant fièrement le menton.

— Quel genre d'infos ? demanda Ricky, qui se demandait ce que quelqu'un comme Wilson pouvait bien avoir à faire avec l'ex-mari de Mariela.

— Apparemment, Hernandez avait entendu dire que Wilson cherchait des locaux pour la boîte de logiciels qu'il vient de créer. Il lui a proposé de lui vendre l'un des biens qu'il commence tout juste à développer. Et John...

— C'est *John* maintenant ? la taquina Trey en haussant un sourcil.

Mia leva les yeux au ciel et fit signe à Carolina de prendre le relais.

— Du coup, John s'est renseigné auprès d'autres professionnels de l'immobilier. On a fait de même, dit Carolina. On a interrogé leurs épouses. Leurs domestiques. Le bruit court que Hernandez est lourdement endetté et qu'il risque de ne pas pouvoir finir son projet de gratte-ciel, à moins de réussir à vendre rapidement tous les appartements de son autre projet, plus modeste.

— On pense qu'il y a quelque chose de louche avec ce projet, lâcha Ricky.

— Pourquoi ça, *mi hijo* ? demanda son père.

Ricky consulta du regard Mariela, qui hocha la tête.

— Nous tenons cette information d'une source fiable, répondit Ricky.

— Fiable à quel point ? insista Trey.

— Nous ne pouvons pas en dire plus, répondit Ricky, soucieux d'honorer la promesse faite à Rafael.

Après une courte hésitation, Trey hocha la tête.

— Il est tard, mais je vais appeler Sophie et Robbie pour leur demander de se renseigner sur ce projet. S'ils pouvaient se procurer les plans, les rapports et tout ça, cela nous aiderait.

— Nous avons déjà examiné les rapports d'inspection. Et pris rendez-vous avec les gens qui ont porté plainte contre Hernandez pour malfaçons dans d'autres résidences, expliqua Ricky, répétant ce qu'il avait dit un peu plus tôt à son père et à son frère.

— Nous pensons qu'il pourrait y avoir des problèmes dans d'autres immeubles, ajouta Mariela.

— Vous me tiendrez au courant de ce que vous trouvez ? demanda son père.

— Et vous ferez attention, surtout, recommanda sa mère, toujours aussi mère poule.

— Promis, répondirent d'une même voix Ricky et Trey, ce qui fit rire leurs parents.

— On serait bien restées, mais on doit faire notre entrée au Del Sol, dit Mia en se hissant sur ses talons de dix centimètres et en lissant le stretch noir de sa robe sur ses courbes généreuses.

Se levant aussi, Carolina tira sur le bas de sa robe argentée pour couvrir un peu plus ses cuisses.

— Passe le bonjour à John de ma part, dit Roni, qui avait fait la connaissance du millionnaire lors de sa dernière enquête, alors qu'elle se trouvait sous couverture.

— Je n'y manquerai pas. D'ailleurs, il a dit que tu devrais retourner jouer avec lui. Que tu es la meilleure jusqu'à présent, déclara Mia en souriant et en décochant un clin d'œil à Trey, qui s'empressa de passer un bras possessif autour de Roni.

— Je vais y réfléchir, dit Roni en riant.

Les jumelles leur firent un signe de la main pour leur dire au revoir et sortirent en gloussant et en plaisantant.

— Est-ce qu'elles sont toujours en train de rire ? chuchota Mariela à l'oreille de Ricky.

— Oui, la plupart du temps. Mais elles savent être sérieuses quand il le faut, répondit-il, se souvenant de leur inquiétude lorsque Trey s'était fait tirer dessus quelques semaines plus tôt.

— Il est temps pour nous aussi d'y aller. Demain, je suis du matin, dit Roni en se levant et en tendant la main à son fiancé, à qui elle décocha un clin d'œil.

Ricky se retint de faire un commentaire sur ce clin d'œil, trop content que Trey ait enfin dans sa vie autre chose que son ancien boulot de flic.

Le couple prit congé, laissant Ricky et Mariela seuls avec ses parents. Mais moins d'une minute plus tard, son père se leva à son tour et fit signe à son épouse d'en faire autant. Elle obtempéra, glissa la main dans celle de son mari et se blottit tendrement contre lui.

— Nous allons vous laisser un peu d'intimité, déclara son père.

D'intimité ? pensa Ricky en jetant un coup d'œil à Mariela, qui piqua un fard, exactement comme Mia un peu plus tôt.

— Merci, mais nous avions prévu de nous remettre au travail, déclara-t-il, au cas où ses parents se feraient des idées sur la nature de ses relations avec Mariela.

Même s'il souhaitait qu'entre Mariela et lui les choses évoluent, il ne voulait rien précipiter.

Ses parents échangèrent un regard, visiblement peu convaincus. Mais ils n'insistèrent pas.

— On se voit demain matin, dit sa mère.

Après leur avoir fait un petit signe, ses parents montèrent l'escalier, main dans la main et tête contre tête. À une remarque que fit son père, sa mère s'esclaffa avant de l'embrasser sur la joue.

— De vrais tourtereaux. Comme Roni et Trey, fit remarquer Mariela avec un gros soupir.

— Oui. Ça me donne de l'espoir. J'espère connaître ça, un jour, moi aussi, dit Ricky en la regardant.

Mais elle détourna vite les yeux, troublée par ses paroles.

— Oui, peut-être. Bon, on ferait mieux d'aller se coucher aussi. Demain, on a une grosse journée, dit-elle en levant d'un bond et en se tapant sur les cuisses.

Elle n'avait pas tort. Avec tous les rendez-vous qu'ils avaient pris, la journée du lendemain s'annonçait chargée.

Il monta l'escalier derrière elle, en veillant à ne pas trop la coller. À sa porte, elle s'arrêta et se tourna vers lui. Il comprit tout de suite qu'elle avait envie d'être seule, aussi glissa-t-il les mains dans les poches de son jean pour ne pas être tenté de la toucher.

— Bonne nuit, dit-il doucement.

— Bonne nuit. Et merci pour tout, Ricky.

Elle resta un instant à se balancer d'un pied sur l'autre, puis elle déposa un baiser sur sa joue avant de se précipiter dans sa chambre.

Il resta un long moment à fixer sa porte close. Puis il fit demi-tour et redescendit pour aller dans le bureau de son père.

Il était bien trop tendu pour dormir et avait l'intention de passer en revue toutes les informations qu'ils avaient recueillies ce jour-là. Avec un peu de chance, il découvrirait quelque chose qui leur avait échappé, quelque chose qui les aiderait à comprendre ce que Jorge trafiquait et pourquoi il cherchait à tuer Mariela.

14

— J'espère que vous comprenez pourquoi je suis réticent à discuter du procès de mon client en présence de Mme Hernandez, déclara l'avocat en se calant au fond de son fauteuil.

Il posa les coudes sur les accoudoirs, joignit les doigts devant ses lèvres et fixa tour à tour Ricky et Mariela.

Cette dernière se pencha en avant sur sa chaise.

— Je vous rappelle que nous sommes divorcés, Maître Angelo, et qu'il ne s'agissait pas d'un divorce à l'amiable.

L'avocat garda le silence, les fusillant du regard.

— Nous n'allons pas vous faire perdre davantage de temps, dit Ricky en se levant d'un bond.

Mariela s'apprêtait à le suivre lorsque d'un geste brusque l'avocat ouvrit le dossier posé devant lui.

— Asseyez-vous, monsieur Gonzales, dit-il en en sortant une épaisse liasse de papiers, qu'il poussa au bord du bureau. Je connais très bien votre famille.

Les lèvres de Ricky se pincèrent en une ligne dure.

— Il s'agit non pas de marquer des points auprès de ma famille, mais de nous aider à mettre au jour la vérité, répliqua-t-il sèchement.

— Peu importe. Voici le rapport qu'un ingénieur du bâtiment a fait sur la résidence. Elle a été construite sur un terrain remblayé.

— Mais à Miami et dans d'autres villes côtières, on ne compte plus les bâtiments qui ont été construits sur des terrains remblayés, fit remarquer Mariela.

— C'est aussi le cas de la majeure partie des Pays-Bas, souligna l'avocat avant de poursuivre : Le problème, c'est que cette résidence a été construite n'importe comment. Vu l'état du sol sous le bâtiment, les poutres porteuses auraient dû être enfoncées plus profondément.

Tout comme celles du gratte-ciel, songea Mariela.

— C'est ce que prétendent les copropriétaires que vous représentez ? demanda Ricky.

Me Angelo acquiesça.

— Absolument. Nous voulions engager des poursuites collectivement, mais nous n'avions pas assez de plaignants. C'est pourquoi il n'y a pas une seule action en justice, mais plusieurs.

— Pouvons-nous en faire une copie ? demanda Ricky en désignant le rapport.

— C'est une copie que j'ai faite à votre intention.

— Nous vous remercions, dit Mariela en se levant, consciente que leur entretien touchait à sa fin.

Ricky fit de même, mais alors qu'ils se dirigeaient vers la porte, l'avocat les arrêta.

— Encore une chose. Quand le conseil d'administration a suggéré aux copropriétaires de porter plainte, ceux-ci ont été harcelés. Ce n'était pas bien méchant au début, des pneus crevés et des pannes d'ascenseur à répétition.

Mariela comprit immédiatement où il voulait en venir.

— Sauf que ça, c'était « au début ». C'est bien ça ?

L'avocat hocha la tête et se leva pour les raccompagner à la porte.

— Un des membres du conseil s'est fait agresser sur un parking. La voiture d'un autre a été vandalisée. Je ne vous ai rien dit, mais beaucoup de gens pensent que Hernandez est derrière tout ça.

— Merci pour l'avertissement, Maître Angelo, dit Ricky en jetant un coup d'œil à Mariela.

— Merci encore de nous avoir reçus, ajouta-t-elle en glissant la main dans celle de Ricky.

Ils sortirent du cabinet de l'avocat, passèrent devant son assistante et se retrouvèrent dans le couloir.

Ricky s'arrêta pour la regarder à nouveau.

— Nous devrions peut-être renoncer à rendre visite aux copropriétaires pour ne pas leur causer plus d'ennuis, dit-il.

— Je suis d'accord. Nous pourrons sans doute obtenir les réponses dont nous avons besoin par téléphone.

Des réponses, à défaut de voir *de visu* les problèmes pour lesquels ils avaient porté plainte.

— Rentrons à la maison et appelons-les, suggéra Ricky.

« À la maison. » Comme ces mots sonnaient bien à ses oreilles. Elle devait reconnaître qu'elle se sentait un peu comme chez elle chez les parents de Ricky. Peut-être parce que la maison abritait une famille soudée, dont les membres s'aimaient et se souciaient les uns des autres.

Ils avaient presque rejoint la voiture de Ricky lorsque le téléphone de celui-ci sonna. Il s'empressa de répondre.

— *¡ Hola, hermano !*

Il écouta ce que Trey avait à lui dire.

— C'est super. On te retrouve là-bas, dit-il avant de jeter un coup d'œil à sa montre. On sera là dans un petit quart d'heure.

Il mit fin à l'appel et déclara :

— La police a levé les scellés sur nos deux maisons. Trey nous retrouve chez moi pour que je voie quels travaux sont à envisager pour rendre la maison à nouveau habitable. Au besoin, on passera chez vous ensuite.

Levant les mains, elle l'arrêta tout de suite, car elle ne se sentait toujours pas prête à retourner chez elle… et n'avait aucune envie de se retrouver seule, à nouveau.

— Ce n'est pas la peine.

Il hocha la tête.

— Comme vous voulez. Allons-y. Nous pourrons appeler les

copropriétaires en chemin et leur expliquer que nous préférons finalement ne pas les rencontrer en personne.

Après qu'ils eurent quitté le parking, ils contactèrent tous ceux qui avaient accepté de leur parler, et contre toute attente presque tous voulurent maintenir leur rendez-vous.

— Mon père m'a toujours dit que quand on avait affaire à un voyou, il ne fallait pas courber l'échine, mais lui tenir tête, avait déclaré leur dernier interlocuteur avant de raccrocher.

— Vous êtes prête à aller voir tous ces gens ? demanda Ricky en lui lançant un regard du coin de l'œil tout en conduisant.

— Bien sûr. Pas question que je me dégonfle, répondit Mariela, bien décidée à reprendre le contrôle de sa vie.

Et à ne plus jamais se laisser intimider par personne.

Ricky lui jeta un autre regard et vit à quel point elle semblait déterminée.

— Je suis fier de vous, Mariela.

Il admirait la force dont elle avait fait preuve en divorçant de Jorge et en s'investissant dans cette enquête. Une autre, à sa place, aurait peut-être fait profil bas par souci de sécurité.

— Merci, répondit-elle d'un ton qui lui laissa penser qu'il y avait sans doute longtemps qu'on ne lui avait dit ce genre de choses.

Lorsqu'il s'engagea dans sa rue, une dizaine de minutes plus tard, il constata que Trey était déjà là : sa voiture était garée dans l'allée circulaire. Ricky se gara en face, coupa le contact et regarda sa maison, les mains crispées sur le volant.

De grands panneaux de contreplaqué remplaçaient les baies vitrées de son salon et de son bureau. Des éclats de verre provenant des fenêtres et de la porte d'entrée jonchaient le sol, et des impacts de balles marquaient l'enduit normalement lisse de la façade.

— Je suis vraiment désolée, dit Mariela en le serrant dans ses bras, le surprenant par cette marque d'affection.

— Merci.

Lui rendant son étreinte, il la garda contre lui de longues secondes.

Un coup frappé à la vitre côté conducteur les fit sursauter et mit brutalement fin à leurs effusions. Trey se pencha pour regarder à l'intérieur du véhicule.

Ricky se sentit rougir, mais il ignora le sourire entendu de son frère et ouvrit la portière, forçant Trey à reculer.

Il sortit et se dirigea vers la porte d'entrée, son frère marchant à côté de lui, tandis que Mariela restait en retrait juste derrière eux.

— Les inspecteurs ont fermé à clé, dit Trey lorsqu'ils atteignirent la petite terrasse devant la maison.

Une balle avait pulvérisé l'une des jardinières bleu turquoise encadrant l'entrée. Il y avait de la terre et des impatiens fanées partout autour.

Ricky prit une grande inspiration en prévision de ce qui l'attendait à l'intérieur. Il inséra sa clé dans la serrure, déverrouilla la porte et entra.

Des éclats de verre tapissaient le parquet de l'entrée, du salon et de son bureau. Aux débris de verre se mêlaient des morceaux de lampes, de cadres photo et de bibelots pulvérisés par les rafales de coups de feu.

Son frère lui donna une tape dans le dos, tandis que Mariela passait un bras autour de sa taille.

— On va tout réparer, *hermano*, dit Trey en lui pressant l'épaule.

Un sanglot discret attira son attention sur Mariela, dont les joues étaient baignées de larmes.

Il la prit dans ses bras, embrassa le sommet de son crâne et murmura :

— Ce ne sont que des objets. Rien d'irremplaçable.

À ces mots, elle se calma un peu. Il la tint contre lui, la consolant en lui caressant le dos tout en examinant à nouveau les dommages considérables causés à sa maison.

— *Papi* m'a recommandé une entreprise. Je peux l'appeler, si tu veux, et rester ici pour faire établir quelques devis, proposa Trey.

Les mains enfoncées dans poches de son pantalon, il se balançait sur les talons, visiblement bouleversé lui aussi par ce spectacle désolant.

— Ce serait cool. Mariela et moi devons rencontrer des gens cet après-midi, dit Ricky, ajoutant aussitôt, en regardant Mariela : Si toutefois vous vous sentez toujours d'attaque.

Elle ne se sentait pas vraiment d'attaque, mais elle lui devait bien ça après tout le mal qu'il s'était donné et après ce que Jorge ou son homme de main avait fait à sa maison.

— Je suis partante. Je veux découvrir qui a fait ça, répondit-elle en balayant d'un geste du bras le chaos autour d'eux. Je veux que Jorge paye pour tout ça.

— L'agence et la police sont sur le coup. Nous trouverons le coupable et le ferons payer, assura Trey.

— Comme Jorge a payé quand il m'a battue au point de m'envoyer à l'hôpital ? répliqua-t-elle, haussant les sourcils en signe de défi.

— Mon oncle s'occupe de ça. Il a récupéré les dossiers de ce procureur et va les examiner avec le procureur en chef.

Les paroles de Trey la prirent au dépourvu, car elle ne pensait pas qu'on puisse faire quelque chose, si longtemps après, contre ce magistrat qui avait prononcé la relaxe de Jorge.

— Je ne savais pas. Encore merci, dit-elle, se sentant plus que jamais redevable pour tout ce qu'il faisait pour elle.

— Vous devriez filer à vos rendez-vous, dit Trey en désignant la porte d'un coup de menton.

Ricky serra son frère dans ses bras.

— Merci de ton aide, Trey.

Puis il tendit la main à Mariela, qui s'empressa de la prendre, et ils sortirent de la maison en toute hâte. Au moment de franchir le seuil, Ricky jeta un dernier regard à son intérieur dévasté. Son visage était fermé, ses lèvres pincées, et un éclat dur assombrissait ses yeux bleus.

— On va réparer tout ça, dit-elle en serrant doucement sa main.

« *On* va réparer ? » se répéta Ricky, qui craignait qu'avec toutes les émotions en jeu chez Mariela et lui ils ne puissent pas vraiment se fier à ce qu'ils ressentaient.

Il l'aida à monter dans la voiture, prit le volant et se dirigea vers la résidence qui faisait l'objet de poursuites judiciaires. En arrivant devant l'immeuble, force fut de constater qu'aucun problème structurel ne leur sauta aux yeux. Mais en approchant de la porte d'entrée, Ricky remarqua de fines lézardes dans les coins supérieurs des portes vitrées, qu'il eut d'ailleurs du mal à ouvrir.

Une fois à l'intérieur, ils se dirigèrent vers l'ascenseur. Une grande pancarte Hors Service était scotchée sur la porte métallique.

— Je suppose qu'il poursuit les représailles, dit Mariela.

— Ça m'en a tout l'air. Il va falloir monter à pied, ajouta Ricky en cherchant des yeux la porte d'accès à l'escalier.

Ils avancèrent dans le couloir, prirent l'escalier et montèrent au troisième étage, où les attendait le premier copropriétaire de leur liste.

Mais lorsqu'il leur ouvrit la porte, ils découvrirent qu'il y avait chez lui d'autres habitants de l'immeuble.

— Nous avons pensé qu'il serait plus simple pour vous de nous rencontrer tous en même temps, dit-il. Ça vous évitera d'avoir à vous répéter.

C'était un homme d'un âge certain, probablement septuagénaire. D'un geste de la main, il les invita à entrer. Puis il prit place à côté d'une femme aux cheveux gris qui devait être son épouse.

Il y avait deux autres couples. Ricky supposa que les deux types d'une trentaine d'années assis sur un canapé en osier blanc vivaient ensemble. L'autre couple, un homme et une femme quadragénaires, était assis dans des fauteuils à oreilles, laissant la causeuse en osier blanc pour Mariela et lui.

L'homme qui les avait accueillis fit les présentations.

— Je suis Russ Smith, et voici ma femme, Betty, dit-il en posant une main sur l'épaule de son épouse. Tim et Bob sont dans l'appartement 400. Elaine et Jerry sont juste au-dessus, au 500.

— Merci pour les présentations. Je suis Ricardo Gonzales et voici Mariela Hernandez, dit-il, ce qui provoqua une vague de surprise et d'inquiétude parmi les copropriétaires.

— Euh… Hernandez comme…, balbutia Tim.

— Oui, le coupa Mariela. Jorge Hernandez est mon ex-mari. Nous avons divorcé il y a un an parce qu'il… était violent. Il me maltraitait, physiquement et mentalement, expliqua-t-elle d'une voix vibrant d'une émotion sincère qui sembla toucher les copropriétaires.

Bob prit la main de Tim dans la sienne.

— Je sais ce que c'est, Mariela, dit-il. J'ai vécu une relation similaire, mais un jour j'ai dit stop, et aujourd'hui je suis incroyablement heureux avec Tim.

— Merci, dit-elle.

Une fois ce moment de gêne passé, Ricky et Mariela commencèrent à interroger les copropriétaires sur les problèmes qu'ils avaient rencontrés et sur ce que l'ex-mari de Mariela avait fait en représailles aux poursuites judiciaires.

Ricky les écouta attentivement, prenant mentalement des notes. À un moment, Russ se leva, traversa la pièce et montra du doigt les fissures près des encadrements des fenêtres, puis un coin de la pièce où une énorme lézarde s'était creusée entre les deux murs.

— Dans les appartements d'angle, comme celui-là, les effets de l'affaissement de l'immeuble sont plus flagrants que dans les autres appartements.

— Hernandez refuse de régler le problème, dit Tim avec un soupir.

— L'ingénieur en structure à qui nous avons demandé conseil a dit qu'il faudrait entreprendre de gros travaux, ajouta Elaine en secouant la tête.

— Au lieu de faire le nécessaire, Hernandez préfère nous intimider pour qu'on laisse tomber. Mais pas question de baisser les bras ! s'emporta Jerry en posant une main sur celle de sa femme pour montrer qu'ils étaient solidaires.

Ricky ne baisserait pas les bras non plus, d'autant plus qu'il avait encore en mémoire de tragiques effondrements d'immeubles restés dans les annales.

— L'ascenseur en panne, c'est de l'intimidation ? demanda-t-il.

Russ secoua la tête.

— Pas cette fois. Mme Wilson, de l'appartement 320, a déglingué la porte avec son Caddie.

Ricky jeta un dernier coup d'œil à l'appartement, notant quelques autres fissures par-ci par-là, avant de déclarer :

— Je pense qu'on a ce qu'il nous faut. Vous avez d'autres questions, Mariela ?

Elle secoua la tête et se tourna vers les copropriétaires.

— Merci beaucoup de nous avoir reçus. Je suis désolée pour tout ça. J'espère que les choses finiront par s'arranger pour vous.

— Nous l'espérons aussi. Nous avons un bon avocat, qui va faire pression pour que le nécessaire soit fait, dit Russ en se levant pour les raccompagner à la porte.

Mariela et Ricky redescendirent au rez-de-chaussée. Lorsqu'ils prirent le couloir en direction de la sortie, ils virent que deux hommes étaient en train de réparer l'ascenseur, tandis qu'un troisième, en costume cravate, semblait observer ce qu'ils faisaient.

Mariela se figea et attrapa le bras de Ricky.

— C'est Jorge.

Lorsqu'il les aperçut, l'ex-mari de Mariela se redressa comme un ressort. Après avoir attrapé une grosse clé à molette dans la boîte à outils des techniciens, il avança lentement vers eux, tapant la clé contre sa paume d'un air menaçant.

Ricky passa devant Mariela, qu'il prit par la main pour l'inciter à avancer.

Mais Jorge leur barra le passage.

— Mariela, c'est qui ton chéri ?

L'ex-mari de Mariela était un homme bien bâti, mais dont le tour de taille commençait sérieusement à s'épaissir. Il pesait une vingtaine de kilos de plus que Ricky et était plus grand que lui – sans parler de la clé à molette qu'il avait dans la main. Mais Ricky ne se dégonfla pas.

— Veuillez vous écarter, dit-il d'un ton ferme en regardant Jorge droit dans les yeux.

Jorge se mit à rire et se pencha en avant jusqu'à être nez à nez avec Ricky.

— On dit : « s'il vous plaît », quand on est poli.

— Écartez-vous, répéta Ricky, sans bouger d'un poil.

Comme l'avait dit l'un des copropriétaires, quand on se trouvait face à un voyou, il fallait lui tenir tête.

Après une brève hésitation, et un regard vers Mariela, qui se tenait un peu en retrait, Jorge fit un pas de côté pour les laisser passer. Il continua cependant à frapper sa paume avec la clé à molette, si bien que Ricky veilla à ne pas le quitter des yeux, prêt à riposter si nécessaire.

Dehors, Mariela l'enlaça et prit son visage entre ses mains.

— Merci. Je ne sais pas ce que j'aurais fait sans vous.

Il lui sourit.

— Vous êtes plus forte que vous ne le croyez.

Avec un petit sourire triste, elle se hissa sur la pointe des pieds et déposa un baiser sur ses lèvres. Puis elle lui confia dans un murmure :

— Je pourrais vous aimer.

Je pourrais vous aimer aussi, songea-t-il, brûlant de la prendre dans ses bras et de lui montrer à quel point il tenait à elle.

Mais la sonnerie intempestive de son téléphone l'en empêcha.

Il le sortit de sa poche. C'était Trey.

— Qu'est-ce qu'il y a ? demanda-t-il.

— La police a trouvé une correspondance pour les empreintes digitales.

15

Ricky et Mariela rejoignirent Trey, Sophie et Robbie dans les bureaux de South Beach Security. Ils étaient impatients de découvrir l'identité de l'homme qui l'avait agressée chez elle deux jours plus tôt.

L'agence était une véritable ruche dans laquelle une dizaine de personnes s'affairaient. Trey les conduisit dans une des salles de conférences, où Sophie et Robbie, les cousins experts en informatique, étaient déjà installés avec leurs ordinateurs.

Quand ils furent tous assis, Trey se plaça en bout de table et fit signe aux cousins qu'ils pouvaient commencer.

La photo d'un homme apparut à l'écran. Mariela étouffa un cri en voyant son visage.

— Vous le connaissez ? demanda Ricky.

Elle hocha la tête. Son cœur battait à tout rompre dans sa poitrine.

— Oui. Il s'appelle Hector Ramirez. Il est chef de chantier et a travaillé pour Jorge pendant quelques années.

— Nous avons consulté ses antécédents, mais cela n'apparaît pas, dit Sophie en montrant à l'écran le casier judiciaire et les divers emplois qu'avait occupés Ramirez.

— Peut-être qu'il travaillait au noir, suggéra Mariela. Jorge m'avait pourtant promis qu'il arrêterait d'employer des gens non déclarés.

— N'empêche que Ramirez touchait des allocations chômage

et des prestations sociales, volant l'argent à ceux qui en ont vraiment besoin, dit Ricky, dégoûté.

— Il a eu de la chance que votre ex-mari accepte de l'embaucher avec le casier judiciaire qu'il se trimbale. Du vol à l'étalage, il est passé au cambriolage. Deux affaires de coups et blessures, mais il n'a purgé une peine que pour l'une d'entre elles grâce à un accord de plaider-coupable, dit Trey en approchant de l'écran pour pointer du doigt les entrées du casier judiciaire de Ramirez.

— Et si Hernandez l'avait viré à cause de ce passé criminel ? dit Ricky.

Mariela secoua la tête.

— Non, Jorge l'a renvoyé parce qu'il est venu au travail ivre à plusieurs reprises. Comme cela posait des problèmes sur le chantier, il a fini par le licencier.

— Ce Ramirez est donc un ancien employé de votre ex-mari et un ancien délinquant, autrement dit le coupable tout désigné de l'agression dont vous avez été victime, déclara Trey. Mais il reste un dernier point à éclaircir. Je suppose que Ramirez n'a jamais mis les pieds chez vos parents pour quelque raison que ce soit.

Mariela fouilla dans ses souvenirs.

— Non, jamais. Il n'avait aucune raison d'y aller.

Trey acquiesça.

— On va transmettre cette info aux inspecteurs en charge de l'affaire. Ils ont d'ores et déjà lancé un avis de recherche. Avec un peu de chance, ils vont le retrouver rapidement.

Mariela esquissa un sourire, soulagée de savoir qu'on avait identifié son agresseur et qu'il serait bientôt derrière les barreaux.

— C'est une bonne nouvelle, dit-elle.

— Nous avons d'autres informations à vous communiquer, déclara Robbie en faisant apparaître à l'écran les photos de deux autres hommes.

— Les avez-vous déjà vus ? demanda Trey.

— Non, leurs têtes ne me disent rien, répondit Mariela.

— Quand Robbie et moi avons passé en revue les listes des

inspecteurs et des inspections, ces deux noms revenaient sans cesse – James Smith et Elliot Levy.

Ricky hocha la tête.

— Ce sont les mêmes noms qui sont ressortis de notre côté aussi.

— Mais je ne me souviens pas qu'ils aient été invités aux fêtes que Jorge organisait, dit Mariela en fixant à nouveau l'écran. Je suis à peu près sûre de ne les avoir jamais vus, confirma-t-elle.

Les photos disparurent de l'écran, sur lequel s'affichaient à présent les bulletins de salaire des deux hommes.

— Les salaires des fonctionnaires sont consultables en ligne, expliqua Sophie. Smith et Levy sont tous deux inspecteurs en chef en bâtiment et gagnent environ cent dix mille dollars par an.

Aux fiches de paye succédèrent les photos de villas de luxe situées dans des quartiers très prisés de Miami.

— En supposant que leurs épouses aient des salaires similaires et qu'il ne s'agisse pas de leur premier achat immobilier, ils pourraient s'offrir des maisons à un million de dollars, peut-être un million et demi, continua Sophie.

Ricky désigna l'écran.

— Ces maisons-là ne sont pas du tout dans leur budget.

— Effectivement, dit Sophie en faisant apparaître des chiffres au-dessus des photos. Selon un site immobilier, ces villas sont estimées à cinq ou six millions de dollars. Comment des inspecteurs en bâtiment pourraient-ils se les payer ?

— Ils touchent des pots-de-vin, c'est la seule explication, répondit Mariela.

— À moins qu'ils n'aient hérité d'un grand-oncle fortuné, persifla Trey.

— Y a-t-il un moyen légal de savoir s'ils ont des crédits en cours ? demanda Ricky.

Sophie secoua la tête.

— Il faudrait avoir une « raison valable » au regard de la loi pour avoir accès à ce type d'informations. Or, ce n'est pas notre cas.

— Et la police ? Ou le procureur ? N'avons-nous pas assez

d'éléments pour faire bouger les choses ? demanda Mariela, frustrée de ne pouvoir rien faire contre son ex-mari et ces inspecteurs corrompus, qui avaient allègrement contourné le système et mis en danger la vie de plusieurs centaines de personnes.

— On a déjà transmis tout ce qu'on avait à *tía* Elena. On leur fera part à elle et à *tío* Jose de nos dernières découvertes. Mais je pense qu'il nous faut plus d'informations sur les projets immobiliers les plus récents, dit Trey en faisant signe à ses cousins, qui leur montrèrent alors des photos de deux immeubles en construction. C'est à cause de l'un de ces projets, Mariela, qu'on vous a agressée, déclara-t-il.

— Probablement à cause de celui-ci, dit Ricky en pointant du doigt l'immeuble qu'ils étaient en train d'examiner depuis le hors-bord quand ils s'étaient fait attaquer.

— Qu'est-ce qui te fait dire ça ? demanda Trey.

— Comme j'ai déjà eu l'occasion de le mentionner, nous avons parlé à une source fiable qui souhaite rester anonyme.

— En effet, confirma Mariela, qui répéta ce que Rafael leur avait dit. Notre source a remarqué des fissures dans le bâtiment, des fissures qui ne devraient pas déjà apparaître. Il était censé nous envoyer une liste d'autres projets dont les inspections lui avaient semblé suspectes.

— Mais vous ne l'avez pas encore reçue ? demanda Trey.

Ricky haussa les épaules.

— Le gars craint pour la sécurité de ses proches si Hernandez découvre qu'il a parlé.

Trey hocha la tête et se tourna vers ses cousins.

— Vous avez déjà trouvé pas mal d'infos en ligne, mais y aurait-il moyen d'obtenir des rapports d'inspection plus détaillés, des plans de construction, ce genre de choses ?

— On va essayer de vous avoir ça pour demain, répondit Sophie.

— Si près du but et pourtant encore si loin d'arrêter Hernandez, se lamenta Ricky, laissant transparaître sa frustration.

— N'empêche que nous avons bien progressé, fit remarquer

Mariela, pleine d'optimisme et persuadée que le cauchemar serait bientôt terminé.

Ricky lui adressa un sourire crispé.

— Vous avez raison. Nous avons déjà pas mal d'éléments à charge contre votre ex-mari. Espérons que cela suffise pour que *tío* Jose puisse faire quelque chose.

— En attendant, vous devriez rentrer à la maison et nous laisser travailler, suggéra Trey.

— C'est une bonne idée, concéda Ricky. On va rentrer. Telle que je connais *mami*, elle est déjà en cuisine, en train de préparer le dîner pour tout le monde.

— Qu'elle nous mette une assiette de côté. On passera plus tard, Roni et moi. Et vous ? demanda Trey en se tournant vers ses cousins.

— On va peut-être faire une pause, répondit Robbie, mais Mariela devina que sa sœur aurait préféré qu'ils continuent sur leur lancée.

Ricky dut le sentir aussi, car il ajouta :

— Tu ne peux pas bosser non-stop, Sophie. Il n'y a rien de tel qu'une pause pour se remettre les idées en place.

— D'accord, dit-elle.

Mais son ton manquait de conviction.

— On se retrouve tous plus tard, dit Ricky.

Ils quittèrent les bureaux de SBS et rejoignirent le parking.

Quelques instants plus tard, ils roulaient sur Brickell Avenue, puis sur Biscayne Boulevard pour prendre l'autoroute menant au pont de Palm Island.

Le traceur que j'ai planqué sous la voiture de Gonzales fonctionne à la perfection, songea-t-il.

Les yeux rivés sur sa tablette, il observait le point clignotant qui approchait de l'endroit où il se trouvait.

Dans son rétroviseur latéral, il vit l'Audi arriver. Il laissa passer deux ou trois véhicules avant de quitter discrètement son emplacement pour la suivre.

Il passerait à l'attaque à un moment précis. Il avait vérifié la circulation, et par chance tout était normal, sans travaux sur la chaussée ni accidents susceptibles de tout faire foirer.

Patience, s'exhorta-t-il, lorsque devant lui l'Audi s'engagea sur le pont menant à Watson Island. Il changea de voie et se prépara à agir. Dès qu'ils seraient à hauteur de Jungle Island, il leur foncerait dessus.

Heureusement, M. Ricky Je-fais-tout-comme-il-faut respectait les limitations de vitesse sur la voie de droite, ce qui allait grandement lui faciliter les choses.

Dans la descente, il appuya sur l'accélérateur et fonça.

Portée par son bel optimisme, Mariela se délectait de la vue sur la baie de Biscayne, qui scintillait sous le soleil de fin d'après-midi.

Un choc brutal l'arracha à sa félicité.

Quelqu'un les avait percutés par-derrière. Elle se retourna et reconnut tout de suite la BMW noire et le conducteur masqué. Un autre choc dans l'aile arrière gauche, et Ricky faillit perdre le contrôle du véhicule. Il redressa le volant tant bien que mal, mais la BMW accéléra et les percuta à nouveau, poussant l'Audi au bord du pont et des eaux de la baie.

Mariela hurla, mais Ricky parvint in extremis à redresser à nouveau le volant.

Le conducteur de la BMW recommença son manège, tentant de toute évidence de les faire tomber à l'eau.

Braquant de toutes ses forces à gauche, Ricky riposta en percutant à son tour la voiture de leur assaillant. On aurait dit deux béliers en train de s'affronter. Le métal grinçait, crissait, gémissait sous les chocs répétés tandis que les deux conducteurs se disputaient le contrôle.

Tout à coup, Ricky écrasa la pédale de frein, et la BMW fut

projetée en avant et à un cheveu de passer par-dessus le parapet du pont. L'homme masqué réussit néanmoins à s'enfuir, filant à toute vitesse sans demander son reste.

•

De la sueur inondait le corps de Ricky, dont chaque parcelle tremblait sous l'effet de l'adrénaline qui parcourait ses terminaisons nerveuses. Il parvint à immobiliser la voiture à moins d'un mètre du bord du pont.

Par réflexe, il alluma ses feux de détresse. Puis il se tourna vers Mariela.

— Ça va ? demanda-t-il.

Visiblement secouée, Mariela hocha la tête.

— Oui, répondit-elle d'une petite voix.

— Je vais appeler le 911.

Il s'apprêtait à composer le numéro lorsque deux voitures de police arrivèrent. L'une s'arrêta devant eux ; l'autre, derrière.

Un policier approcha de la vitre, main sur son arme. Ricky garda les mains bien visibles sur le volant jusqu'à ce qu'il soit à leur hauteur et se penche pour regarder à l'intérieur.

— Ricky ? C'est toi, mon vieux ? demanda le policier en posant un bras sur le toit de l'Audi.

Le regardant plus attentivement, Ricky le reconnut et sourit. C'était l'un des amis de lycée de Trey.

— Danny ? Tu as l'air en forme, déclara-t-il, un peu remis de sa frayeur.

Danny s'écarta pour regarder la voiture.

— On ne peut pas en dire autant de ton Audi. Que s'est-il passé ?

— Quelqu'un nous a foncé dessus et a essayé de nous faire sortir de la route. Une BMW noire. Le conducteur était masqué, répondit Ricky en se tournant vers Mariela pour qu'elle confirme.

— C'est exactement ce qui s'est passé, dit-elle en hochant la tête.

— Cette BMW noire, c'est celle qu'on recherche, je suppose ? demanda Danny.

Ricky acquiesça.

— Oui, probablement.

Levant un doigt, Danny leur fit signe d'attendre un instant, puis il se dirigea vers la voiture garée devant la leur en parlant dans sa radio. Lorsqu'il eut rejoint son collègue, tous deux écoutèrent ce que Ricky supposa être des instructions.

— Qu'est-ce qui se passe ? demanda Mariela en se penchant en avant pour mieux voir les deux policiers.

— Ils vont probablement devoir garder la voiture, expliqua Ricky.

Lorsque Danny revint, ce fut effectivement pour le leur annoncer.

— Désolé de vous faire ça, mais nous devons sécuriser la scène jusqu'à l'arrivée de la police scientifique. Si vous voulez bien sortir du véhicule, j'ai quelques questions supplémentaires à vous poser avant de vous laisser partir.

— Comment allons-nous partir, si vous gardez la voiture ? demanda Ricky.

— Trey est en route, mais je suis sûr qu'il voudra rester pour s'assurer qu'on fait tout dans les règles, répondit Danny en levant les yeux au ciel. Dès qu'on aura fini, je peux demander à mon collègue de vous ramener chez vous. Ce n'est pas si loin que ça.

— Merci.

Danny le fixait maintenant avec un regard dur, tout sourire amical disparu.

Ricky répondit du mieux qu'il le put à ses questions, essayant de se souvenir de tout ce qui s'était passé entre le premier impact et, quelques instants plus tard, le moment où il avait bien cru qu'ils allaient plonger dans les eaux de la baie de Biscayne. C'était par pur réflexe qu'il avait écrasé la pédale de frein pour stopper l'attaque.

— C'est conforme à vos souvenirs ? demanda Danny à Mariela.

Elle regarda la route qu'elle pointa du doigt en précisant :

— Il nous a percutés une première fois quasiment au début de Watson Island.

— Sur la partie plate du pont ? demanda le policier.

Elle acquiesça.

— Puis ça a été choc après choc, comme Ricky vient de le dire.

Danny griffonna quelques notes dans son carnet, glissa le stylo dans son support et le referma.

— Je pense que j'ai ce qu'il me faut pour l'instant.

Un coup de klaxon attira leur attention, et Ricky vit Trey passer au volant de sa vieille Camaro et se garer plus loin, devant la voiture de patrouille. Deux secondes plus tard, la police scientifique arriva à son tour et se gara derrière la voiture de Danny.

— La cavalerie est là, dit ce dernier avant d'aller s'entretenir avec ses collègues.

Ricky caressa la joue de Mariela, encore bien pâle.

— Vous êtes sûre que ça va ? demanda-t-il.

Elle leva la main pour prendre la sienne.

— Oui, ça va, mais je ne comprends pas comment l'ancien chef de chantier de Jorge a fait pour savoir où nous étions.

— Moi non plus, mais je suis sûr que Trey et les flics vont le découvrir, répondit Ricky en regardant son frère discuter avec ses anciens collègues puis venir vers eux.

— Je vous ramène à la maison, dit Trey lorsqu'il les rejoignit.

— Ça va aller ? demanda Ricky en désignant d'un coup de menton les flics et les techniciens de la police scientifique.

— Quand ils ont vu ton nom, ils ont envoyé leurs meilleurs éléments. Je ne doute pas qu'ils mèneront une enquête approfondie, répondit Trey, avant d'ajouter : Allons-y, avant que le contrecoup de ce que vous venez de subir se fasse sentir.

16

Trey avait vu juste, songea Mariela. Ils avaient bien fait de rentrer, car ses jambes l'avaient lâchée juste après leur arrivée. Samantha lui avait tendu un verre de scotch et l'avait incitée à s'asseoir.

Elle s'était effondrée sur le canapé, la glace tintant dans le verre jusqu'à ce qu'elle stabilise sa main tremblante sur l'accoudoir rembourré. Elle but une petite gorgée de scotch, qui lui mit la gorge en feu, mais lui fit du bien.

Ricky s'assit à côté d'elle, passa un bras autour de ses épaules et la serra contre lui. La chaleur de son corps chassa les derniers frissons qui persistaient en elle.

— Je ne comprends pas comment ils ont pu savoir où nous étions, Trey. Le téléphone de Mariela est éteint depuis plusieurs jours, dit Ricky.

— Je sais, *hermano*. Ils vous surveillaient peut-être. Il est possible aussi qu'ils aient installé un traceur sur ta voiture. La police scientifique devrait avoir bientôt fini. S'il y a un traceur, nous le saurons rapidement.

— En attendant, venez donc dîner. Josie et moi avons passé une partie de la journée à vous préparer une *ropa vieja*, dit Samantha en se levant et en lissant l'avant de son chemisier en lin.

Ce geste révélait sa nervosité malgré le calme apparent qu'elle affichait.

— J'adore la *ropa vieja*. À la maison, nous en préparions

toujours pour l'anniversaire de mon père, déclara Mariela en se levant pour donner un coup de main à Samantha.

La mère de Ricky glissa un bras sous le sien, et elles se dirigèrent vers la cuisine en bavardant.

Tandis qu'elles s'éloignaient, Ricky sentit son cœur se serrer en voyant à quel point tout cela semblait naturel, alors qu'autour de lui rien ne l'était.

Quelqu'un avait essayé de les tuer. Une fois de plus.

Et malgré les avancées de l'enquête, ils ne savaient toujours pas ce que Hernandez manigançait, et ils n'étaient pas en mesure d'éliminer la menace qui pesait sur Mariela et sur lui.

— *¡ Vamos, mi hijo !* dit son père en le voyant soucieux. Tu dois lâcher prise, ne serait-ce qu'une heure ou deux.

— C'est que tu faisais, toi, *papi* ? Tu lâchais prise ? demanda-t-il, même s'il connaissait déjà la réponse.

Malgré le métier de son père, dans le corps des marines puis dans la police, Ricky avait eu une enfance aussi normale que possible. Bien sûr, les contraintes inhérentes à ces métiers avaient été contrebalancées par le soutien de ses grands-parents et par le succès croissant de South Beach Security, surtout après que son père eut quitté la police pour rejoindre son grand-père à l'agence. Ils avaient alors connu une plus grande stabilité, tant sur le plan familial que financier.

— C'est important pour ta famille et pour toi-même, dit son père en l'invitant à passer à la salle à manger.

Alors qu'il s'asseyait à table, il entendit le doux murmure des voix venant de la cuisine, où Mariela, Josie et sa mère s'affairaient à finir de préparer le dîner. Ce bruit de fond avait quelque chose de réconfortant, et Ricky se prit à imaginer le jour où tout serait rentré dans l'ordre, et où chaque soir ressemblerait à celui-là. Cette pensée lui mit du baume au cœur.

Quelques instants plus tard, les femmes arrivèrent avec des

assiettes bien garnies, l'effiloché de bœuf à la tomate trônant sur des montagnes de riz. La *ropa vieja* étant son plat préféré, il sentit son estomac gargouiller.

Mariela posa une assiette devant lui avant de retourner à la cuisine chercher les bananes plantain. Puis elle prit place à table entre Trey et lui. Une fois sa mère assise aussi, ils commencèrent à manger.

Le repas se déroula dans une ambiance détendue et conviviale : tout le monde fit honneur à la *ropa vieja*, et on ne vit pas le temps passer. Alors qu'ils s'apprêtaient tous à se lever de table, son frère jeta un coup d'œil à son téléphone et prit connaissance d'un message qui sembla assombrir son humeur.

Alarmé, Ricky se demanda quelle mauvaise nouvelle venait encore de tomber.

— Quelque chose ne va pas ? demanda Mariela, à côté de lui.

— Non, rien, lui assura-t-il pour ne pas l'inquiéter inutilement.

N'insistant pas, elle se leva pour aider sa mère à débarrasser, se joignant à Josie, venue prêter main-forte.

Ricky vit son frère se pencher pour murmurer quelque chose à l'oreille de son père, qui tourna la tête vers lui et lui indiqua le salon.

Très intrigué, Ricky se leva et les suivit. Ils prirent place sur le canapé. Trey leur montra une image sur l'écran de son téléphone.

— Mon contact à la police scientifique m'a envoyé ça.

Ricky se pencha pour mieux voir.

— C'est un traceur ?

Trey hocha la tête.

— Oui. Ils l'ont trouvé sous le passage de roue de ta voiture.

— Quand a-t-il été posé ? Quelqu'un en a la moindre idée ? demanda leur père.

— Les techniciens vont essayer d'accéder à l'historique du dispositif. Peut-être qu'on en saura plus à ce moment-là.

— Si on ne sait pas quand il a été posé, on sait *qui* l'a posé, fit remarquer Ricky.

— Oui, c'est Hernandez, ou un des gars qu'il paye pour faire le sale boulot à sa place.

Trey se passa une main dans les cheveux et ajouta :

— Je n'aime pas ça, Ricky. J'ai l'impression qu'on fait fausse route. Il s'agit d'autre chose. Qui n'a peut-être même rien à voir avec Mariela.

— Comme quoi ?

— Comme quelque chose de plus personnel, répondit Trey en fixant tour à tour Ricky et leur père. Qui pourrait te concerner *toi*, Ricky. Ou la famille.

— Ça n'a aucun sens. Pourquoi est-ce qu'on m'en voudrait ? Ou en voudrait à notre famille ? On aide les gens, dit Ricky, qui n'arrivait pas à croire qu'il puisse s'agir d'une espèce de vengeance contre le clan Gonzales.

— C'est vrai, concéda son père, Mais chaque fois qu'on aide quelqu'un, on s'attire peut-être l'inimitié de quelqu'un d'autre.

À la seule pensée que c'était peut-être lui qui avait mis Mariela en danger, Ricky commença à se sentir mal.

— Il faut que j'aille prendre l'air, dit-il en se levant brusquement. Mariela venait d'entrer avec sa mère. Il lui tendit la main.

— Que diriez-vous d'aller faire un tour ?

Le désarroi de Ricky se lisait sur son visage aux traits tendus. Tentant de lui apporter un peu de réconfort, Mariela serra doucement sa main crispée tandis qu'ils se dirigeaient vers la porte-fenêtre pour sortir dans le jardin.

Ils descendirent au bord de l'eau et s'arrêtèrent sur le ponton. S'adossant à un poteau, Ricky l'attira contre lui.

— Que se passe-t-il, Ricky ? Je vois bien que quelque chose vous tracasse.

Évitant son regard, il répondit :

— Il y avait un traceur sur la voiture. Du coup, Trey n'est plus aussi certain que Jorge soit le responsable de l'attaque.

— Quoi ? Mais qui d'autre aurait pu faire ça ?

Ricky secoua la tête.

— Tout a commencé quand je suis allée voir votre tante, lui rappela Mariela.

— Je sais. Mais les fusillades et cette dernière attaque sur le pont laissent penser que les enjeux sont encore plus importants que ce qu'on imaginait. Sinon, votre ex-mari ou son chef de chantier n'en viendrait pas à de telles extrémités.

Mariela se rappela ce qu'elle avait entendu quand elle avait surpris Jorge au téléphone.

— Je l'ai rarement vu aussi paniqué que le soir où je suis passée à son bureau et qu'il était au téléphone. Il était vraiment aux abois. Je pense qu'il est prêt à tout pour que ses combines ne soient pas découvertes. Surtout si cela risque de lui coûter des millions.

— Espérons que vous ayez raison et que nous puissions rapidement le neutraliser.

— Tout cela ne sera bientôt plus qu'un mauvais souvenir, lui assura-t-elle en se haussant sur la pointe des pieds pour l'embrasser sur les lèvres.

Il répondit à son baiser, tendrement d'abord, puis de plus en plus voracement, au fur et à mesure que le désir grandissait, la serrant si fort contre lui qu'elle sentait son érection.

Faisant preuve d'une audace dont elle ne se serait jamais crue capable, elle se frotta doucement contre lui.

— Mariela, murmura-t-il en posant les mains sur sa taille pour qu'elle arrête.

— J'en ai envie, Ricky. Ce que je ressens pour vous, je ne l'ai jamais ressenti avant pour personne, dit-elle en le regardant droit dans les yeux pour lui montrer qu'elle savait ce qu'elle voulait.

— C'est pareil pour moi, *mi amor*. Que diriez-vous de rentrer ?

— Je dirais que c'est une très bonne idée.

Main dans la main, ils regagnèrent la maison. En approchant, elle vit que Trey était sur la terrasse et semblait les attendre.

À l'expression dure et fermée de son visage, elle comprit qu'il y avait un problème.

Ricky, dont la main se crispa dans la sienne, l'avait compris aussi.

— Accouche, dit Ricky à son frère en passant un bras autour des épaules de Mariela pour la sentir plus près de lui, comme s'il se préparait à encaisser un coup.

— Hector Ramirez est mort. La police vient de retrouver son corps, annonça Trey.

17

— Où ça ? demanda Mariela.

— Non loin de Collins Bridge, vers Haulover Park, répondit Trey.

Ricky fit immédiatement le rapprochement.

— Autrement dit, juste à côté de l'immeuble de Hernandez.

— En effet, concéda Trey en esquissant une petite grimace. Et je sais où tu veux en venir. Le problème, c'est que Ramirez a été assassiné hier soir.

— Cela ne veut pas dire que ce n'était pas Hernandez qui était au volant de la BMW noire cet après-midi, fit remarquer Ricky, qui ne pouvait pas adhérer à la théorie de Trey selon laquelle tout cela n'aurait rien à voir avec Mariela.

Trey acquiesça de mauvaise grâce.

— Tu as raison, mais mon instinct de flic me souffle que c'est loin d'être aussi simple.

— La police va-t-elle interroger Jorge au sujet de son ancien chef de chantier ? demanda Mariela.

— Mon contact m'a dit que dès qu'ils auraient terminé l'autopsie et qu'ils en sauraient plus, il m'appellerait pour me tenir au courant, répondit Trey avant de se tourner vers la maison, car on l'appelait.

Roni les rejoignit. Elle embrassa Trey et le serra dans ses bras puis elle les salua.

— Comment prenez-vous la nouvelle ? demanda-t-elle.

Ricky jeta un rapide coup d'œil à Mariela, qui répondit :

— On gère.

Roni poussa un gros soupir.

— Je sais à quel point c'est frustrant. Je ressens exactement la même chose quand je n'arrive pas à avancer sur une affaire, même quand elle nous concerne, Trey et moi.

— C'est frustrant, mais je sais que vous faites tous de votre mieux, déclara Ricky, résigné.

— Nous allons continuer de mettre la pression aux enquêteurs, et dès que nous avons du nouveau, nous vous tenons au courant, leur promit Roni en lançant un regard à Trey, qui hocha la tête pour confirmer.

— Et Sophie et Robbie nous en diront plus demain matin, rappela Trey. Les informations qu'ils nous communiqueront devraient nous aider à y voir plus clair.

— Il semblerait qu'on ne puisse rien faire de plus ce soir, dit Mariela.

— Vous devriez aller vous coucher. Le légiste aura peut-être fini l'autopsie dans quelques heures, mais il va falloir attendre jusqu'à demain pour avoir les premiers résultats.

— Comme l'a dit Roni, on vous tiendra au courant s'il se passe quoi que ce soit, dit Trey, qui devait sentir que Ricky en avait assez de cette conversation qui tournait en rond.

— Merci. Vous devriez aller vous coucher aussi, dit-il en serrant dans ses bras sa future belle-sœur et son frère.

Mariela l'imita, embrassant elle aussi Roni et Trey, puis elle prit sa main pour rentrer dans la maison et monter à l'étage.

Sur le palier entre leurs deux chambres, il lui fit face, se demandant si elle avait envie de prolonger la soirée.

Il désigna sa chambre d'un coup de menton.

— Vous voulez prendre un verre ?

Mariela avait envie de bien davantage, même si elle avait encore du mal à se l'avouer.

Mais ce soir-là, elle se contenterait d'un verre et de sa compagnie, qu'elle appréciait énormément.

Elle voulait mieux le connaître. Savoir ce qui le faisait vibrer.

— Avec plaisir, répondit-elle en le suivant dans sa chambre.

Il y avait un très grand lit en entrant, et au fond, un coin salon donnant sur le jardin et sur la baie.

Elle s'assit sur le canapé deux places, s'enfonçant dans les coussins moelleux.

Se dirigeant vers le bar, Ricky leur servit des scotchs et vint la rejoindre sur la causeuse.

Ils restèrent un long moment sans rien dire, à siroter leur scotch en contemplant la vue sur la baie de Biscayne. Mais lorsqu'elle se souvint qu'ils avaient bien failli finir dans ces eaux limpides, Mariela frissonna et avala d'un trait la moitié de son verre.

Voulant chasser de son esprit ces sombres pensées, elle demanda :

— Comment avez-vous décidé de devenir psychologue ?

Ricky haussa les épaules.

— Je n'en sais trop rien, à vrai dire. J'étais un rat de bibliothèque, mais en même temps j'étais sociable. Je me suis rendu compte que les gens se confiaient facilement à moi, et que j'avais un don pour les écouter et les aider à résoudre leurs problèmes.

— Comme vous le faites avec le groupe de soutien, dit-elle, se rappelant sa visite à son cabinet.

— Et aussi dans les séances de thérapie, précisa-t-il en glissant un bras autour de ses épaules.

— Mais vous travaillez également pour l'agence familiale, si j'ai bien compris.

— Oui, mais comme mon cousin Pepe, j'ai été réticent, au début. Je ne voyais pas comment je pourrais être utile. Et puis, petit à petit, je me suis laissé entraîner, et au final je dois reconnaître que j'aime bien travailler pour SBS.

— Il faut dire que vous avez une famille formidable, dit

Mariela, qui avait été chaleureusement accueillie et très bien traitée par les Gonzales.

— Oui, c'est vrai. Un peu trop protectrice, parfois. Surtout ma mère, qui a tendance à materner tout le monde à l'agence. Une vraie mère poule ! dit Ricky en riant.

— Ça doit être agréable, fit remarquer Mariela.

Mais Ricky ne fut pas dupe de son sourire et perçut sa tristesse.

— Cela fait bien trop longtemps que personne n'a été gentil avec vous, déclara-t-il.

À son tour, elle haussa les épaules, mal à l'aise à l'idée de se confier.

— Depuis que mes parents sont malades, ce n'est pas très facile, admit-elle d'une voix mal assurée.

— Qu'est-ce qu'ils ont ? demanda-t-il en caressant doucement le haut de son bras.

— *Papi* commence à avoir des troubles cognitifs, un début de démence précoce. Il pourrait peut-être encore vivre à la maison, mais *mami* s'est cassé la hanche et a encore beaucoup de mal à se déplacer.

— Ils n'ont que vous pour s'occuper d'eux ? Vous n'avez pas de frères et sœurs ?

— Non, je suis fille unique. C'est donc à moi de payer leur résidence senior et d'entretenir leur maison, en espérant qu'un jour ils puissent rentrer chez eux, et que ce soit comme avant, quand ils étaient pleins de vie et qu'on était heureux.

— J'espère que ce jour viendra, dit Ricky en posant son verre vide sur la table basse.

Puis il se tourna vers elle.

— Et d'ici là, j'espère que je tiendrai le coup, dit-elle avec un hochement de tête déterminé, comme pour se convaincre qu'elle y arriverait.

Glissant une main sous son menton, il l'obligea à le regarder et lui caressa tendrement la joue avec le pouce.

— Ils ont de la chance d'avoir une fille comme vous. Vous êtes une bonne personne, déclara Ricky, qui la sentait triste à l'idée de ne pas pouvoir reprendre ses parents à la maison.

Elle eut un petit rire.

— Jorge n'était pas de cet avis.

— Jorge est un imbécile, décréta-t-il d'un ton sans appel avant de déposer sur sa joue un baiser léger comme un souffle, puis de descendre vers ses lèvres, dont il traça les contours à coups de minuscules baisers.

Il voulait l'apprivoiser, l'inviter à s'ouvrir à lui et à accepter ce qui pourrait advenir entre eux.

Elle se pencha vers lui, et ses lèvres trouvèrent les siennes, d'abord hésitantes, puis de plus en plus ardentes et insatiables tandis qu'ils s'embrassaient fougueusement, jusqu'à ce qu'il la veuille plus proche, qu'il veuille sentir son cœur battre contre le sien, au même rythme endiablé.

Il s'adossa au bras du canapé et l'attira à lui. Elle grimpa sur ses genoux, plaquant le bas-ventre contre le sien, contre cette érection qu'il ne pouvait plus dissimuler.

Il se détacha d'elle un court instant pour murmurer son prénom, presque comme une prière, puis ils recommencèrent à s'embrasser fougueusement.

Entrouvrant les lèvres, il se réjouit de l'intrusion de sa langue et se délecta du goût de sa bouche : un mélange de scotch et de douceur.

La douceur de Mariela, songea-t-il en gémissant tandis qu'elle frémissait dans ses bras.

Il ne voulait pas mal interpréter les signes, aussi s'écarta-t-il légèrement avant de déclarer d'une voix rauque :

— On peut arrêter quand vous voulez.

— Je n'ai pas envie d'arrêter, répondit-elle en caressant sa joue avant d'enfoncer les doigts dans ses cheveux, l'incitant à l'embrasser à nouveau.

Il y avait très longtemps qu'elle n'avait pas été traitée de la sorte – à supposer même qu'elle l'eût été un jour. Elle avait l'impression d'être quelqu'un de spécial. Quelqu'un qui méritait d'être aimé et qui pouvait aimer en retour.

Éperdue de tendresse, elle se blottit contre Ricky, savourant la sensation que lui procurait son corps ferme et musclé. La douceur avec laquelle il la serrait contre lui, les mains plaquées dans son dos. La force évidente de son désir tandis que grandissait en elle l'envie de sentir ses mains partout sur elle.

— Touche-moi, Ricky. S'il te plaît, dit-elle sans crainte, car elle savait qu'il ne lui ferait jamais de mal.

Il gémit, troublé, mais répondit avec douceur à sa demande, prenant un de ses seins pour en caresser le mamelon durci puis le titiller entre le pouce et l'index.

Cette caresse lui arracha un gémissement rauque.

— Ne t'arrête pas. C'est tellement bon, murmura-t-elle contre ses lèvres.

Il gémit à son tour, éperdu de désir, et recommença à caresser ses seins, des deux mains, cette fois.

— Tu es si douce, s'extasia-t-il.

Elle observait ses mains sur elle, des mains d'artiste, longues et fines. Élégantes. À la fois fortes et incroyablement tendres. Lorsqu'il se pencha pour mordiller un de ses mamelons, elle sursauta et sentit son ventre se contracter. Aspirant à une plus grande proximité, à une intimité plus profonde, elle attrapa le bas de sa tunique ample et la fit passer par-dessus sa tête, tandis que Ricky, gagné par la même impatience, s'empressait de la débarrasser de son soutien-gorge et de libérer ses seins, qu'il se mit aussitôt à embrasser et à caresser avec ferveur.

— Que tu es belle ! murmura-t-il.

Elle aimait la sensation de sa bouche chaude et humide sur sa peau. Le poids de sa tête contre ses seins. Sa prévenance et sa patience qui l'incitaient à bouger sur lui, tandis qu'en elle le désir se faisait de plus en plus impérieux. Son corps, sous elle, se tendant.

Soudain, il la prit par les hanches pour l'immobiliser et murmura :

— Je ne suis pas sûr de pouvoir me retenir plus longtemps.

— Je ne veux pas que tu te retiennes.

— *¡ Dios !* marmonna Ricky.

Il ne sut pas comment, mais il se retrouva debout, portant Mariela dans ses bras et courant vers le lit de l'autre côté de la pièce. La faisant glisser le long de son corps, il la reposa par terre. Comme elle vacillait, il posa les mains sur sa taille pour la stabiliser pendant qu'elle déboutonnait fébrilement sa chemise mexicaine et le déshabillait.

Ses mains se posèrent aussitôt sur lui, lissant les muscles de son torse, effleurant ses abdominaux bien dessinés, couvrant son sexe, qu'elle caressa à travers le tissu de son jean. Son geste était hésitant, timide, mais il tempéra son désir, conscient de l'importance de ce moment pour elle. Du pas immense qu'elle franchissait après ce qu'elle avait vécu pendant son mariage.

Il la laissa prendre son temps, l'explorer à son rythme, se familiariser avec les contours de son corps. Mais lorsqu'elle tendit la main vers le bouton de son jean, il l'empêcha d'aller plus loin.

— Toi d'abord, dit-il en l'aidant à se débarrasser de son jean, lui laissant le minuscule bout de coton noir qui épousait ses hanches voluptueuses.

— Tu es si belle, murmura-t-il à nouveau.

Elle lui décocha un petit sourire mutin et terriblement sexy, et dit en lui caressant la poitrine :

— Toi aussi, tu es beau.

Ce sourire lui fit perdre ce qui lui restait de retenue. Il enleva ses chaussures et ses chaussettes à la va-vite, et s'extirpa de son jean et de son boxer, sautant d'un pied sur l'autre dans sa hâte de la rejoindre.

Il la fit s'allonger et s'étendit à côté d'elle sur le lit *king-size*, pas trop près pour ne pas l'étouffer. Ils passèrent plusieurs minutes à se caresser, à s'explorer et à s'embrasser, et lorsqu'ils furent tous deux pantelants de désir, Mariela glissa les mains sur ses épaules et le fit passer au-dessus d'elle, l'invitant à s'unir à elle.

— Une seconde, marmonna-t-il en se précipitant hors du lit pour fouiller fébrilement dans les poches de son pantalon.

Il sortit de son portefeuille un préservatif et pria secrètement pour qu'il ne soit pas périmé.

Lorsqu'il revint vers le lit, Mariela le lui prit des mains, déchira l'emballage et le sortit avec difficulté tant ses doigts tremblaient.

Il voulut le reprendre, mais elle secoua la tête.

— Laisse-moi faire, dit-elle d'un ton sans appel.

Il acquiesça, comprenant son besoin de prendre les rênes. D'être celle qui décide quand et comment. Il était l'heureux élu, celui qui avait su gagner sa confiance, et il ne voulait surtout pas risquer de la perdre en commettant un impair.

Il s'adossa contre les oreillers et la tête de lit et, assise à califourchon sur lui, elle lui enfila le préservatif, manœuvre délicate qui obligea Ricky à serrer les dents pour ne pas perdre son sang-froid.

Puis elle se hissa au-dessus de lui, et il lui agrippa les hanches pour la guider vers le bas. Elle l'accueillit en elle, au cœur de son intimité chaude et humide.

— Ricky, souffla-t-elle, son regard émeraude presque noir de désir.

— Tout ce que tu veux, *mi amor*. Je suis là pour toi.

Se mordillant la lèvre inférieure, elle baissa les yeux sur ses seins, communicant silencieusement sa demande.

Il se pencha en avant pour les couvrir de baisers, les caresser et en titiller les pointes durcies.

Elle gémit, tint sa tête contre sa poitrine et commença à

bouger sur lui, imprimant à ses hanches un lent mouvement de va-et-vient, qui attisa un peu plus le désir qui brûlait en eux.

Lorsqu'il accentua la pression de ses lèvres sur l'un de ses tétons tout en pinçant l'autre avec les doigts, un soupir rauque lui échappa, et elle s'effondra sur lui, au bord de l'extase.

— Lâche prise, *mi amor*. Je suis là pour te rattraper quand tu tomberas, dit-il en posant les mains à plat sur son dos.

Elle se pencha et blottit la tête contre son épaule, le souffle de plus en plus court tandis qu'elle le chevauchait avec vigueur.

Sa propre respiration devenait plus hachée alors qu'il luttait pour garder le contrôle de manière à ne pas jouir avant elle.

— Ricky, s'il te plaît, le supplia-t-elle en s'agrippant à ses épaules avant de basculer sur le dos en l'entraînant avec elle. S'il te plaît, répéta-t-elle, ses yeux verts plantés dans les siens.

N'y tenant plus, il s'enfonça en elle au plus profond, ses coups de reins se faisant plus vigoureux et plus rapides tandis que sous lui Mariela gémissait de plaisir et l'encourageait à continuer.

Après un dernier coup de reins, il atteignit l'orgasme, et sentit Mariela se cambrer en enfonçant les ongles dans son dos et en criant son prénom.

Comme si elle avait senti ses muscles tressaillir, elle l'incita à s'allonger sur elle.

— Je suis trop lourd, dit-il

— Tu es parfait, lui assura-t-elle en le serrant contre elle.

Puis elle caressa doucement son dos de haut en bas, et il s'abandonna à la douce félicité de leur étreinte.

Lorsque la respiration de Mariela s'apaisa, il se laissa glisser à côté d'elle.

— Je reviens tout de suite, dit-il en se levant.

— Je ne vais nulle part, le taquina-t-elle, d'un ton léger, un sourire illuminant son visage et faisant briller ses incroyables yeux verts.

Ces paroles le touchèrent, car il savait quel courage il avait fallu à Mariela pour lui accorder sa confiance et partager son lit, pour lui offrir son corps et peut-être aussi une place dans son cœur.

Il fila prendre une douche rapide puis revint vite se remettre au lit. Mariela dormait déjà profondément, une main glissée sous la joue, l'autre tendue vers sa place vide dans le lit, comme si elle le cherchait.

Il se glissa entre les draps et sous son bras. Elle vint se blottir contre lui, toujours avec ce sourire paisible sur les lèvres.

Souriant aussi, il enroula un bras autour de sa taille et ferma les yeux. Mais son esprit, lui, tourbillonnait encore, Ricky repensant à tout ce qui s'était passé ce jour-là et à ce qui les attendait dans les jours à venir.

Quoi qu'il arrive, il espérait de tout cœur qu'ils feraient un long bout de chemin ensemble.

18

Les pensées qui avaient empêché Ricky de trouver le sommeil le tirèrent du lit de bonne heure le lendemain matin.

Il ramena la couverture sur Mariela, s'habilla sommairement et fila se préparer un café à la cuisine, avant d'appeler Trey pour lui demander s'il en savait plus concernant le meurtre de Ramirez et s'il avait des nouvelles de Sophie et Robbie.

Mais il trouva Trey assis avec leur père à la table de la salle à manger, devant un café et un énorme monticule d'œufs brouillés, de bacon et de toasts cubains. Trey avait la bouche pleine lorsqu'il remarqua sa présence.

— On dirait que tu as passé une bonne nuit, lança-t-il avec un sourire entendu.

— Tu n'as pas de maison ? répliqua Ricky pour le taquiner en se dirigeant vers la desserte pour se servir un *café con leche*.

Trey finit d'avaler ce qu'il avait dans la bouche et sourit.

— Si, mais Roni a dû partir tôt, et Josie sait exactement ce que j'aime pour le petit déjeuner.

— C'était une question rhétorique, *hermano*, dit Ricky, qui n'avait pas envie de se coltiner les commentaires de son frère ou de son père.

Ce dernier semblait un peu largué, n'ayant visiblement pas saisi les allusions de Trey.

— Est-ce que tout va bien avec Mariela ? demanda-t-il en haussant un épais sourcil poivre et sel.

— Tout va parfaitement bien, *papi*, lui assura Ricky en rajoutant du sucre dans son café. Mais ça irait encore mieux si on pouvait boucler cette enquête, de manière que Mariela puisse reprendre le cours de sa vie.

— Et toi, reprendre celui de la tienne ? demanda son père d'un ton dans lequel perçaient l'inquiétude et une pointe de désapprobation.

— Mariela est une femme bien, répondit Ricky si vivement que son frère leva une main en signe d'apaisement.

— Personne ne dit le contraire. C'est juste que c'est... un peu soudain, dit Trey en reposant sa fourchette, l'appétit apparemment coupé.

— Parce que pour toi et Roni, ça ne l'est pas, peut-être ?

Ricky s'en voulut d'avoir pris la mouche. Il savait que son père et son frère s'inquiétaient pour lui, tout comme lui s'était inquiété pour Trey.

— Je suis désolé, dit-il en s'installant entre son frère et son père, assis en bout de table. Je sais que tout cela part d'un bon sentiment, et que c'est parce que nous sommes une famille soudée que vous vous inquiétez pour moi.

Un silence s'ensuivit puis Trey reprit sa fourchette et déclara :

— Les enquêteurs qui bossent sur l'affaire Ramirez ont reçu les premières constatations du légiste. L'heure du décès est estimée à minuit. La veille.

— Ce qui confirme que ce n'est pas lui qui conduisait la BMW noire qui nous a attaqués hier, dit Ricky.

— En effet, acquiesça son père avec un hochement de tête. Hernandez a dû se disputer avec son ancien chef de chantier et le tuer. Il est possible qu'il ait commis l'agression lui-même ou qu'il ait recruté quelqu'un d'autre.

Trey faisant la grimace, Ricky s'empressa de demander :

— Tu n'es pas de cet avis ?

— J'ai un peu de mal à adhérer à cette théorie. Comme je le

disais hier, quelque chose me chiffonne dans ces trois dernières attaques.

Trey avait été un excellent flic, doté d'un flair infaillible, aussi Ricky ne comprenait-il pas pourquoi son frère semblait si hésitant sur cette affaire.

— Si Hernandez n'est pas à l'origine de ces attaques, alors qui est-ce ? demanda-t-il.

— Je ne sais pas. Mais on finira par le découvrir. Les enquêteurs vont nous envoyer le rapport préliminaire. Dès que nous l'aurons, nous pourrons l'examiner et décider de la marche à suivre.

Lorsqu'elle entrouvrit les paupières et qu'un rayon de soleil filtra entre ses cils, Mariela s'empressa de refermer les yeux. Elle n'avait pas envie de se lever. Elle voulait traîner au lit avec Ricky, se blottir contre lui. Mais en tendant la main en travers du lit, elle se rendit compte qu'il était déjà parti.

Comme elle s'étirait, ses muscles ankylosés lui rappelèrent que Ricky et elle n'avaient pas beaucoup dormi.

Elle tressaillit au souvenir de la manière dont il l'avait satisfaite, encore et encore, et rougit en repensant à la manière dont elle l'avait fait trembler.

Elle n'aurait jamais imaginé qu'elle coucherait à nouveau avec un homme aussi rapidement. Mais, encore une fois, Ricky n'était pas n'importe quel homme.

Et malgré la nuit de folle passion qu'ils avaient passée, s'ils devaient envisager une relation un tant soit peu sérieuse, ils devaient d'abord se débarrasser de Jorge et du danger qu'il représentait pour eux.

Forte de cette pensée, elle sortit du lit pour aller prendre une douche et se préparer pour ce qu'elle pressentait être une autre journée difficile. Elle espérait que la police et les cousins de Ricky auraient trouvé des informations susceptibles de faire progresser l'enquête.

Au lieu de se prélasser sous le jet d'eau chaude en se remémorant la nuit qu'elle venait de passer avec Ricky, elle se dépêcha de prendre sa douche et de s'habiller, puis retourna dans la chambre qu'elle occupait officiellement, histoire de faire croire qu'elle y avait dormi. Elle n'avait pas envie que toute la maisonnée sache que Ricky et elle avaient partagé le même lit.

Au moment où elle s'apprêtait à descendre, elle croisa Samantha en haut de l'escalier. Celle-ci se mettant à la fixer, Mariela sentit une vague de chaleur monter de son cou à son visage. Samantha avait-elle deviné qu'elle avait couché avec son fils ? se demanda-t-elle, affreusement gênée.

— Comment vous sentez-vous ? Je vous trouve bien rouge, dit Samantha alors qu'elles descendaient ensemble l'escalier menant au rez-de-chaussée.

— Il fait un peu trop chaud dans ma chambre, prétendit Mariela.

— Je vais demander à quelqu'un d'aller vérifier que le thermostat fonctionne correctement.

Mariela balaya d'un geste cette proposition.

— Non, ce n'est pas la peine. En fait, j'étais très bien comme ça.

Samantha jeta un coup d'œil vers la salle à manger. Attablé, Ricky s'était retourné en les entendant descendre, et il dévorait Mariela du regard.

Avec un sourire en coin, Samantha répliqua :

— Je n'en doute pas une seconde.

Mariela réprima un juron et se mordit la lèvre, certaine que la mère de Ricky savait ce qui s'était passé entre elle et son fils.

Les hommes se levèrent et leur laissèrent leurs places.

— Nous avons terminé, dit le père de Ricky en embrassant sa femme sur la joue. Nous allons dans mon bureau pour prendre connaissance du rapport du médecin légiste que Trey vient de recevoir.

— Mariela et moi vous y rejoignons avec nos cafés, dit Samantha.

— Ce n'est pas la peine, *mi amor*. On va se débrouiller, lui assura Ramon.

Mais sa femme leva une main pour l'interrompre.

— Quand il s'agit de la sécurité de ma famille, je me sens concernée et tiens à être informée, et je suis sûre que Mariela pense comme moi, dit Samantha d'un ton ferme.

Puis elle se tourna vers Mariela :

— Comment souhaitez-vous votre café, ma chère ? Et voulez-vous autre chose pour le petit déjeuner ?

— Juste du café, merci. Noir et sucré.

Mariela approcha de la desserte pour prendre sa tasse et attendre Samantha, qui remplissait la sienne.

— Nous sommes prêtes à vous suivre, déclara celle-ci, sa tasse à la main.

Ramon fit une petite révérence et avec un geste théâtral indiqua la direction de son bureau.

— Après toi, *mi amor*.

Les parents de Ricky furent les premiers à prendre place autour de la table du bureau, leurs fils et Mariela les imitant juste après.

Trey s'empressa d'ouvrir son ordinateur portable puis parut hésiter.

— Les photos risquent d'être choquantes, prévint-il.

— Est-ce que ça ira, Mariela ? demanda Ricky, l'inquiétude transparaissant dans sa voix.

— Pas de problème, répondit-elle.

Elle savait mieux que personne ce dont Jorge était capable.

Trey hocha la tête puis projeta le rapport sur le grand écran accroché au mur du fond et commença à lire à voix haute et à commenter les informations les plus pertinentes.

— Comme je le disais tout à l'heure, le décès s'est produit autour de minuit, avant-hier. Ce n'est donc pas Ramirez qui vous a pourchassés hier au volant de la BMW. La cause de la mort est connue aussi : Ramirez a été étranglé avec une corde en nylon.

Trey passa du rapport écrit à une photo montrant un morceau de corde en nylon d'un violet presque fluo. À la vue de cette corde, Mariela sentit son estomac se nouer. Lorsqu'un frisson lui parcourut l'échine, Ricky passa un bras autour de ses épaules.

— Qu'est-ce qui ne va pas ? demanda-t-il.

Des souvenirs terrifiants l'envahirent, mais elle réussit tant bien que mal à les repousser. D'une voix tremblante, elle répondit :

— Jorge avait exactement la même corde. Il s'en servait pour m'attacher avant d'abuser de moi.

— ¡ *Dios* ! marmonna Ricky avant de faire signe à Trey de passer à une autre photo.

Son frère obtempéra et demanda d'une voix pleine de compassion :

— Vous êtes sûre qu'il s'agit bien de la même corde ?

Mariela détourna d'abord les yeux puis, lentement, presque par bravade, elle releva la tête et dit :

— Sûre et certaine. Il la stockait dans le garage pour attacher des choses en cas de tempête.

Pour attacher les choses qu'il ne voulait pas perdre, songea Ricky. *Mariela n'étant rien de plus à ses yeux qu'une de ces choses.*

La rage le submergea à la seule pensée de ce qu'elle avait enduré. Mais il s'efforça de garder son sang-froid.

— Cette information nous permettra-t-elle d'obtenir un mandat de perquisition ? demanda-t-il.

Trey haussa les épaules.

— Peut-être. Je vais transmettre l'info aux inspecteurs chargés de l'affaire. Si Hernandez accepte qu'ils fouillent les lieux, il sera peut-être assez arrogant pour ne pas avoir caché la corde.

— Tu as dit que le corps de Ramirez avait été retrouvé près de Collins Bridge et de Haulover Park. Y a-t-il la moindre chance pour que les caméras de surveillance aient enregistré quelque chose ?

— Les enquêteurs sont sur le coup, répondit Trey.

Leur père tapota la table du bout des doigts et demanda :

— Votre ex-mari a-t-il fait installer un système de vidéosurveillance ?

Mariela hocha la tête.

— Oui. Aussi bien à la maison qu'au bureau. C'est Equinox Security qui l'a installé et qui le gère.

— Equinox. C'est notre fournisseur, il me semble ? dit leur père.

— Oui. Je vais voir s'ils sont prêts à coopérer. Sophie et Robbie peuvent aussi jeter un coup d'œil aux enregistrements des caméras de surveillance dans le secteur, dit Trey en prenant son téléphone, qu'il mit sur haut-parleur.

— Bonjour, Sophie. Vous en êtes où en ce qui concerne les inspecteurs en bâtiment ? demanda Trey.

— On est en train de finaliser, mais je peux déjà te dire que chaque fois qu'une des constructions de Hernandez foirait une inspection, Smith ou Levy rappliquait et rectifiait le tir.

Robbie ajouta :

— Dans le bâtiment, aucun problème n'est vraiment « mineur », mais il s'agissait parfois seulement de petits soucis électriques. D'autres fois, c'était la plomberie qui laissait à désirer. Il est arrivé cependant que des problèmes de fondations soient subitement résolus sans qu'on sache trop comment, et ça, c'est beaucoup plus embêtant.

Ricky échangea un regard avec Mariela.

— Nous connaissons quelqu'un qui dit avoir remarqué des fissures anormales et divers désordres structurels sur le nouvel immeuble de moyenne hauteur de Hernandez.

— Smith a pourtant validé l'inspection, dit Sophie. Mais pour une raison quelconque, une seconde inspection a été demandée. Elle est en attente depuis un moment.

— Si c'est Levy qui s'en charge, il va la valider les yeux fermés, déplora Mariela avec un soupir.

— Probablement, confirma Robbie.

— Si les fondations ne sont pas conformes, y a-t-il un risque que tout l'immeuble s'effondre ? demanda Samantha.

— Oui, sans aucun doute. Tout dépend de la gravité des

dommages, mais sans une inspection indépendante des fondations et du sol au-dessous, il est impossible d'en juger, expliqua Sophie.

— C'est parce que l'immeuble est construit sur des terrains remblayés ? demanda Ricky, se souvenant de la discussion que Mariela et lui avaient eue avec les copropriétaires d'un des immeubles concernés par ces problèmes de fissures.

— Exactement. Si le sol au-dessous n'a pas été suffisamment compacté, ça peut engendrer toutes sortes de problèmes, y compris des infiltrations d'eau qui fragiliseraient un peu plus la structure, répondit Sophie.

— Merci, Sophie, dit Trey. On a besoin de votre aide pour autre chose.

Il expliqua à Sophie et Robbie ce qu'il attendait d'eux concernant les enregistrements des caméras de vidéosurveillance.

— Je m'en occupe tout de suite pendant que Sophie termine le rapport sur les inspecteurs en bâtiment, dit Robbie avant de mettre fin à l'appel.

— Il faut qu'on retourne voir de près cet immeuble de hauteur moyenne, déclara Ricky.

— Est-ce que c'est dans cet immeuble que se trouve l'appartement que, d'après Mia, Hernandez a essayé de refourguer à John Wilson ? demanda sa mère.

— Oui, confirma Ricky.

— Peut-être que Wilson peut nous aider à y jeter un coup d'œil, suggéra Mariela.

Tout le monde autour de la table acquiesça.

— On a du pain sur la planche, conclut Trey. Je me charge de faire le point avec les enquêteurs.

— Pendant ce temps, Mariela et moi allons examiner le rapport sur les inspecteurs et essayer de comprendre pourquoi cet immeuble doit faire l'objet d'une nouvelle inspection, dit Ricky.

— Et moi, dit sa mère en se levant, je vais demander à Mia de voir avec son ami s'il accepterait de nous aider.

— Je file au bureau pour gérer les affaires courantes, déclara son père en sortant à son tour.

Trey se tourna vers Ricky et Mariela.

— Je vous tiens au courant si j'ai du nouveau, leur promit-il. Ne commettez aucune imprudence. Contentez-vous de plancher sur les inspecteurs et laissez-nous gérer le reste.

Sur ces recommandations, il sortit du bureau.

Une fois seul avec Mariela, Ricky lui caressa la joue et dit :

— Je suis prêt à tout pour coincer ce salaud.

Elle le gratifia d'un petit sourire.

— Je sais. Moi aussi je veux le voir derrière les barreaux.

— Je suis content qu'on soit sur la même longueur d'onde, dit Ricky juste au moment où son téléphone émettait un bip.

Il jeta un coup d'œil à l'écran.

— Le rapport est arrivé.

Le sourire de Mariela s'élargit.

— Alors au boulot !

19

Alors que Ricky et elle finissaient de lire le rapport envoyé par Sophie et Robbie, Mariela se passa les doigts dans les cheveux, furieuse contre elle-même.

— Je le savais, se lamenta-t-elle. J'ai toujours eu le pressentiment que Jorge magouillait. Pourquoi diable n'en ai-je pas parlé à ce moment-là ?

— Dieu sait ce qu'il t'aurait fait s'il avait découvert que tu l'avais balancé, répondit Ricky. Au moins, maintenant, nous sommes là pour te protéger.

Il comprenait sa frustration, mais semblait surtout préoccupé par les risques qu'elle aurait pris en agissant seule.

Elle sourit et prit sa main posée sur la table.

— C'est vrai. Toi et ta famille êtes là pour m'aider et me protéger, et je vous en suis infiniment reconnaissante.

Il serra doucement sa main.

— Tu peux aussi compter sur nos relations. Le cabinet d'avocats de *tía* Elena fait aussi du droit immobilier. Appelons-la pour voir si elle peut nous donner le nom de quelqu'un à contacter au service d'Inspection des bâtiments.

Aussitôt dit, aussitôt fait. Ricky soumit sa requête à sa tante, qui promit de leur trouver quelqu'un dans ledit service qui accepterait de leur parler.

Satisfait, Ricky se leva et se tapa sur le ventre.

— Je ne sais pas toi, mais moi, je meurs de faim.

Elle n'avait pris qu'un café au petit déjeuner, et son estomac commençait à gargouiller. Il était grand temps de manger quelque chose. D'autant plus qu'ils se mettraient en route dès que leur tante leur aurait communiqué un nom.

— Moi aussi, j'ai faim. Tu veux qu'on prépare quelque chose ? demanda-t-elle en se levant et en s'étirant pour soulager les tensions causées par le fait d'être restée assise trop longtemps.

Josie et Samantha étaient dans la cuisine, en train d'établir une liste de courses et de menus lorsqu'ils arrivèrent.

— Je peux vous préparer quelque chose à manger, *señor* Ricky, proposa obligeamment Josie avec un sourire de pure adoration.

La jeune fille avait de toute évidence un faible pour le plus jeune des fils Gonzales. Cette confirmation provoqua chez Mariela un pincement de jalousie.

— On va se débrouiller, assura Ricky en ouvrant la porte d'un des grands réfrigérateurs-congélateurs.

Il regorgeait de légumes, de viande et de fromage.

— Je fais une excellente *frittata*, déclara Mariela qui, sans attendre l'approbation de Ricky, sortit un poivron rouge, des champignons et du fromage râpé.

Ricky l'aida en prenant la boîte d'œufs et un pot de crème fraîche.

Comme elle l'interrogeait du regard, il expliqua :

— Ça rend les œufs plus onctueux.

Il sortit un oignon d'un petit panier en osier posé sur le plan de travail.

Tandis qu'ils s'activaient à préparer une *frittata* à quatre mains, Ricky lança :

— Que diriez-vous de partager notre modeste repas, mesdames ?

Josie eut un petit rire nerveux.

— Je dois aller en cours.

— Ton père m'attend au bureau pour déjeuner, dit Samantha. Mais merci pour l'invitation.

Ils coupèrent les légumes en julienne puis les firent sauter dans une grande poêle en fonte, battirent les œufs avec la crème avant de les verser sur les légumes, puis ils recouvrirent le tout de fromage râpé et glissèrent la poêle sous le gril du four.

Les odeurs de cuisine aiguisèrent un peu plus l'appétit de Mariela, qui avait hâte de passer à table.

En attendant que ce soit prêt, Ricky dressa le couvert pour deux dans la salle à manger et remplit deux verres de thé glacé.

Quelques instants plus tard, Mariela découpait la *frittata* et en apportait deux grosses parts à table.

— C'est délicieux, déclara Ricky après quelques bouchées.

Mariela sourit.

— La crème, c'était une bonne idée, dit-elle.

— Je tiens cette astuce d'une de nos anciennes cuisinières.

Après l'avoir resservi, Mariela demanda :

— Ta famille a toujours eu des domestiques ?

Ricky secoua vigoureusement la tête.

— Pas du tout. En fait, quand on était petits, ma mère avait tout juste de quoi nous nourrir. Mon père était dans l'armée, et mon *abuelo* venait de lancer SBS. Les choses se sont un peu améliorées quand mon père est devenu policier. Disons que les soucis n'ont plus été les mêmes.

Elle comprit ce à quoi il faisait allusion.

— Vous vous demandiez chaque soir s'il allait rentrer à la maison, c'est ça ?

Ricky hocha la tête.

— Exactement. Ça a toujours été un métier dangereux, mais il l'est encore plus aujourd'hui. Je suis content que Trey ait quitté la police et j'espère que Roni fera de même. Quelqu'un d'aussi brillant qu'elle nous serait bien utile à l'agence.

— Je ne connais pas beaucoup Roni, mais j'ai l'impression qu'elle adore son boulot, fit remarquer Mariela en finissant sa *frittata*.

— C'est sûr, mais personne ne s'attendait qu'elle entre à l'académie de police après l'université. Même pas les jumelles, avec qui Roni était pourtant amie depuis toujours.

— En ce qui me concerne, je n'aurais jamais pensé me lancer

dans le marketing, lui confia Mariela. Mais j'ai toujours aimé le contact avec les gens, et puisque je m'en sortais bien quand j'aidais Jorge, ça m'a semblé logique de reprendre des études dans ce domaine.

Ils venaient tout juste de finir de ranger quand la tante de Ricky rappela.

— J'ai le numéro de téléphone de quelqu'un que vous pouvez contacter, annonça-t-elle tout de go. Si on a accepté de me le communiquer, c'est uniquement parce que cette personne a vu les nouvelles et est très inquiète.

Il y avait de quoi être inquiet, songea Ricky. On avait déjà essayé plusieurs fois de les assassiner.

— Je comprends, dit-il. Merci d'avoir fait cette démarche.

— Je vais t'envoyer le numéro par texto, dit sa tante, avant d'ajouter : Faites attention à vous, Ricky. Je m'inquiète pour vous deux.

— C'est promis, *tía*. Merci encore.

Après avoir raccroché, Ricky vérifia qu'il avait reçu le texto.

— Allons passer cet appel dehors, suggéra-t-il. J'en ai un peu marre d'être enfermé entre quatre murs.

Ils se dirigèrent vers la terrasse, mais au moment de sortir Ricky hésita et chercha des yeux les gardes qui patrouillaient autour de la propriété. Aucun des deux hommes n'était en vue.

Et s'ils avaient été neutralisés ? songea-t-il, la peur au ventre. En plus de Mariela et lui, la mère de Josie, Alicia, ainsi que son cousin, Javier, se trouvaient probablement dans la maison ou dans le jardin. Si un tueur à gages s'en était pris aux gardes, il n'avait probablement eu aucun scrupule à éliminer aussi les domestiques.

Il tendit son téléphone à Mariela.

— Verrouille tout derrière moi, lui ordonna-t-il. Et si je ne suis pas de retour dans cinq minutes, appelle la police.

Les yeux de Mariela s'agrandirent de surprise lorsqu'il passa la main dans son dos et en ramena le Glock qu'il portait au creux des reins.

— Ne bouge pas d'ici, ajouta-t-il avant de sortir prudemment.

Il attendit qu'elle ait verrouillé la porte-fenêtre pour s'éloigner. Il traversa la terrasse et longea la piscine en scrutant les alentours. Les gardes n'étaient nulle part. Il fut soulagé de constater que la Jaguar de sa mère et la Mini Cooper de Josie étaient également absentes. Au moins n'avait-il pas à s'inquiéter pour elles.

Il remonta en courant jusqu'à l'avant de la maison. Le portail était fermé, et tout paraissait normal. En longeant l'autre côté de la propriété, il repéra enfin les deux gardes, près du ponton, dans une zone non visible depuis la terrasse.

Un bateau s'était approché, et l'un des gardes semblait aider ce plaisancier égaré à retrouver son chemin, tandis que l'autre, un peu en retrait, observait la scène, prêt à intervenir à la moindre alerte.

Lorsque le bateau s'éloigna et que les deux gardes reprirent leur faction aux deux extrémités du ponton, Ricky rengaina son arme et regagna la terrasse.

En le voyant arriver, Mariela ouvrit brusquement la baie vitrée et se jeta dans ses bras.

— J'étais tellement inquiète, dit-elle, la tête enfouie contre sa poitrine.

Il la serra dans ses bras et la réconforta jusqu'à ce qu'elle arrête de trembler.

— Je me suis affolé quand je n'ai pas vu les gardes, expliqua-t-il.

— On n'est jamais trop prudent, dit-elle en s'écartant. Je ne savais pas que tu étais armé même ici.

— Tu m'as demandé de t'apprendre quelques techniques de self-défense, l'autre soir. Juste au cas où. Pour la même raison, j'ai demandé à mon père de me donner de quoi nous défendre.

Elle hocha la tête.

— Et si nous passions ce coup de téléphone ?

— Oh ! zut ! J'ai vraiment besoin de lui parler. Il vient de faire une inspection chez moi, à Indian Creek, et mon entrepreneur a quelques questions à lui poser. Il n'y a aucun moyen de le joindre ?

— Je suis désolée...

— S'il vous plaît. Mon mari va être furieux si on ne peut pas régler ça aujourd'hui, expliqua Mariela, espérant éveiller la compassion de son interlocutrice.

Cela fonctionna.

— Laissez-moi voir si je peux le joindre sur son portable.

Mariela mit son téléphone sur haut-parleur et retint son souffle, attendant que Dillon réponde.

— Allô ? Allô ? dit celui-ci.

Ricky sursauta en reconnaissant sa voix.

— Livan Dillon ? demanda Mariela, histoire d'être sûre.

— Oui, c'est moi. Qui est à l'appareil ? demanda-t-il, excédé.

— C'est Mariela Hernandez et Ricky Gonzales. Je pense qu'il est temps que nous nous rencontrions, monsieur Dillon.

20

Livan Dillon, dit « l'ancien », n'est pas si vieux que ça, songea Ricky. Mais on voyait à son regard qu'il était revenu de tout et en avait pas mal bavé.

— Vous allez tous nous faire descendre, grommela-t-il en regardant autour de lui, dans ce restaurant de Little Havana où ils étaient convenus de se retrouver.

En cette fin d'après-midi, il n'y avait pas grand monde, juste quelques clients qui prenaient un café en terrasse. Des locaux, à en juger par les chemises de style mexicain et les panamas que portaient les plus âgés d'entre eux.

— Vous devez nous dire ce que vous savez sur ce projet, dit Ricky en poussant devant Dillon une feuille de papier avec la photo et l'adresse de la résidence.

Il y jeta un coup d'œil, se renversa contre son dossier et croisa ses bras musclés sur sa poitrine maigre.

— Je n'ai rien à voir avec ces inspections.

— Mais vous savez quelque chose que vous ne dites pas, répliqua Mariela en pointant du doigt l'adresse. Tout est parti de là. C'est là que nos problèmes, et les vôtres, commencent.

À ses mots, il se raidit. Ricky insista :

— Tout ce que vous nous direz pourrait nous aider à rester en vie.

Dillon laissa échapper un rire amer, puis secoua la tête et se pencha à nouveau vers eux. Lissant la feuille des mains, comme s'il la caressait, il leur confia :

— Ma femme avait un cancer, et les traitements n'étaient pas couverts par notre assurance. Je ne savais pas quoi faire, mais j'avais bien conscience qu'accepter un pot-de-vin de Hernandez n'était pas la solution.

Un peu sceptique, Ricky demanda :

— Hernandez vous a offert un pot-de-vin, et vous ne l'avez pas accepté ?

— Non. Mais quelques jours après, j'ai vu Hernandez remettre discrètement une enveloppe à l'un de nos inspecteurs en chef. Pas besoin d'être un génie pour comprendre ce qui se passait, répondit Dillon avec un haussement d'épaules résigné.

— Pourquoi n'avez-vous rien dit ? demanda Mariela.

Nouveau haussement d'épaules.

— Je n'étais pas là depuis longtemps, et Hernandez avait énormément de relations. Je ne pouvais pas me permettre de perdre mon emploi et mon assurance maladie. Alors quand il m'a à nouveau proposé de l'argent pour payer les traitements de ma femme, j'ai craqué. Je ne voulais pas la perdre.

— Comment s'appelle cet inspecteur ? demanda Ricky, qui espérait que chaque révélation ne rendrait pas les choses plus compliquées, et encore plus dangereuses.

Dillon gardant le silence, il insista :

— Son nom ?

Au lieu de répondre, Dillon secoua lentement la tête et détourna les yeux. Mariela posa une main sur son bras.

— Votre femme, dit-elle, elle va bien ?

Des larmes jaillirent des yeux de Dillon et roulèrent sur ses joues. Puis une lueur de joie éclaira ses traits.

— Oui, elle est en rémission depuis six ans. Mais si elle savait ce que j'ai fait, elle en mourrait.

Mariela secoua la tête.

— Je ne pense pas. Elle se dirait sans doute que vous l'aimiez tellement que vous auriez fait n'importe quoi pour qu'elle guérisse.

Dillon sécha ses larmes d'un revers de main.

— Il s'appelle Billy Rooney. C'est l'inspecteur en chef chargé du projet de hauteur moyenne de votre ex-mari.

À table, ce soir-là, ils étaient encore plus nombreux que d'habitude, Mia ayant amené John Wilson, et Sophie et Robbie s'étant également joints à eux.

Observant Mia et John pendant le repas, Ricky fut surpris de constater qu'il se passait de toute évidence quelque chose entre eux. Mia n'avait pas eu de relation sérieuse avec un homme depuis que, bien des années plus tôt, elle avait brusquement rompu avec son petit ami, qui était dans la même fac qu'elle. Le papillon social qu'elle était avait voleté d'un homme à l'autre, n'accordant jamais plus d'un ou deux rendez-vous à chacun d'eux. Avec le millionnaire de la tech, elle avait largement dépassé le cap des deux rendez-vous.

Carolina semblait elle aussi s'en alarmer, à en juger par son air tristounet. Si Mia se mettait à fréquenter sérieusement quelqu'un, Carolina devait craindre que c'en soit fini des jumelles. Sans doute avait-elle de bonnes raisons de s'inquiéter. Ricky avait vu plus d'une amitié féminine compromise dès qu'un homme entrait dans la danse.

Après le dessert et le café, Wilson remercia chaleureusement la maîtresse de maison.

— C'est à nous de vous remercier d'avoir accepté de nous aider dans cette affaire, monsieur Wilson, répondit celle-ci.

— Si cela ne vous dérange pas, j'aimerais en savoir plus sur ce que vous attendez de moi.

Ce fut Trey qui prit la parole plutôt que son père, qui passait doucement le relais à son fils aîné.

— J'espère que vous comprenez que tout ce que nous allons vous dire ce soir est strictement confidentiel.

Wilson gloussa, secoua la tête et regarda Roni, assise à côté de son fiancé.

— Je suppose qu'il ne se souvient pas que je ne vous ai pas dénoncée lors de votre dernière enquête, dit-il.

— Il s'en souvient, John. C'est juste que cette affaire nous touche de très près, car elle vise notre famille, dit Roni en posant une main sur l'épaule de Trey, en signe de solidarité.

Wilson jeta un regard en coin à Mia et acquiesça.

— C'est pour ça que je garde mes proches loin des projecteurs. Que puis-je faire pour vous aider ?

Trey lui fit un résumé de tout ce qu'ils avaient découvert jusqu'à présent. Puis il invita Ricky à exposer à son tour ce qu'il savait sur la corruption des inspecteurs en bâtiment.

— Nous savons qu'au moins trois personnes ont reçu des pots-de-vin de la part de Hernandez, omettant volontairement de mentionner Dillon, car il comprenait le désir de celui-ci d'aider sa femme malade. L'un des immeubles fait déjà l'objet de plusieurs poursuites judiciaires, mais les problèmes ne semblent pas mettre des vies en danger.

Wilson haussa légèrement un sourcil.

— Vous pensez qu'un de ses autres projets *pourrait* mettre des vies en danger ?

— Nous craignons, en effet, que l'immeuble de hauteur moyenne ne soit structurellement instable. Si c'est le cas, l'immeuble pourrait s'effondrer, expliqua Ricky.

— Hmm..., dit Wilson en se calant au fond de sa chaise avant de se redresser brusquement. Ces attaques contre votre famille ont été commanditées par Hernandez, d'après vous ?

— Jorge est mon ex-mari. Je l'ai entendu parler à quelqu'un d'un projet. Il disait que c'était dangereux et qu'il y avait des risques, mais que s'il le faisait, il toucherait le pactole. Une très grosse somme, à ce que j'ai compris, expliqua Mariela.

Wilson pianotait sur la table sans rien dire, réfléchissant à ce qu'il venait d'entendre.

— Avez-vous pu confirmer que c'est bien Hernandez qui est derrière les attaques ?

— Non, admit Trey, avant d'ajouter : Mais son ancien chef de chantier a été assassiné récemment, et nous avons découvert que ce chef de chantier était l'homme qui avait agressé Mariela chez elle.

— Mais il n'est pas l'auteur des fusillades ni de l'attaque sur le pont ? demanda Wilson, sceptique.

— Nous avons des images de vidéosurveillance, mais rien de concluant. La BMW vue sur les différentes scènes de crime avait chaque fois des plaques volées, expliqua Trey. De plus, il était déjà mort quand Mariela et Ricky ont été attaqués sur le pont.

Sophie prit la parole.

— Nous essayons d'obtenir d'autres vidéos de la société de sécurité qui intervient chez Hernandez.

Wilson ne réagissant pas, Mia déclara :

— Ce n'est pas grave si tu ne veux pas nous aider, John. On comprendrait.

Il secoua la tête et regarda Mia.

— Je n'ai pas eu la chance d'avoir une famille, dit-il avant de balayer du regard les personnes réunies autour de la table. Mais je vois à quel point vous tenez les uns aux autres, et ce que vous êtes prêts à faire pour autrui, ajouta-t-il, en posant son regard sur Mariela.

— Tu vas nous aider, du coup ? demanda Mia, surprise par ce revirement.

— Oui, je vais vous aider. Mais pas sûr que Hernandez tombe dans le panneau. Je l'ai envoyé promener quand il a essayé de me convaincre d'acheter certains de ses appartements pour y installer mes bureaux, dit Wilson en prenant sa tasse de café presque vide.

— Laissez-moi vous resservir, proposa la mère de Ricky en se levant.

Mais Wilson l'arrêta d'un geste.

— Non, merci. Par contre, un scotch serait le bienvenu, là, tout de suite, précisa-t-il.

Trey sourit.

— On devrait pouvoir arranger ça.

Après le scotch et l'élaboration détaillée des prochaines étapes de l'enquête, la famille s'était dispersée, et Mia était partie au bras de Wilson.

— C'est un type bien, on dirait, déclara Mariela tandis que Ricky et elle se promenaient dans le jardin, derrière la maison.

— Peut-être, répondit-il avec un haussement d'épaules.

Elle devina à son manque d'enthousiasme qu'il n'approuvait pas la relation de sa sœur avec cet homme.

— Qu'est-ce que tu lui reproches ? demanda-t-elle, surprise de le voir aussi protecteur.

Étant fille unique, elle n'avait jamais eu la chance d'avoir un frère pour veiller sur elle.

Ricky eut un petit rire et secoua la tête.

— C'est ma sœur, et comme mon *abuela* le disait toujours aux jumelles : « Les hommes sont des chiens. »

Mariela s'arrêta net et se tourna vers lui.

— Vraiment ? Mais, dis-moi, ça t'inclut aussi, en ce cas. Devrais-je me méfier de toi, Ricardo Gonzales ?

Esquissant un sourire, il lui caressa la joue.

— Un point pour toi. Mais je te signale quand même que je ne suis pas un millionnaire excentrique qui...

— Juste un millionnaire, plaisanta-t-elle en levant les yeux au ciel.

— Un millionnaire très excentrique qui privatise à l'année

une salle au Del Sol pour y organiser des soirées exclusivement réservées aux femmes.

Même elle avait eu vent des excentricités de Wilson grâce à divers sites Internet et à la chaîne de télévision locale. Mais les rumeurs n'étaient pas pour autant fondées. Et les excentricités en question ne faisaient de mal à personne.

— Fie-toi au jugement de Mia, lui conseilla-t-elle. Et à celui de Roni, qui semble elle aussi apprécier le bonhomme.

— Je vais essayer, promit Ricky. Espérons en tout cas qu'il réussisse à accéder à ce chantier.

La prenant par la taille, il l'incita à reprendre la promenade.

La soirée ne pouvait pas être plus parfaite, songea-t-elle en respirant le parfum d'un buisson de jasmin tout proche. Mais une légère brise rafraîchissait l'air et donnait une impression d'humidité, annonçant peut-être l'arrivée de la pluie. La lune n'éclairait que faiblement la pelouse, les enveloppant d'ombres intimes. Comme ils approchaient d'un bosquet de palmiers qui les cachaient de tout regard indiscret, Ricky s'adossa à un arbre et l'attira contre lui.

Elle ne chercha pas à lui résister, heureuse de sentir son corps ferme épouser le sien et ses mains expertes en caresses remonter vers ses seins.

— Est-ce que tu ne serais pas en train de te comporter comme un chien ? le taquina-t-elle avant de déposer un baiser sur ses lèvres.

— Ouaf ! fit-il, son sourire étincelant même dans la quasi-pénombre.

Elle embrassa ce sourire, exultant de la joie qu'il lui procurait. Ses mains, qui caressaient les pointes sensibles de ses seins, attisèrent en elle une telle passion qu'elle gémit contre sa bouche.

— Rentrons, suggéra Ricky.

Main dans la main, ils regagnèrent la maison au pas de course et montèrent directement dans sa chambre. Contrairement à la nuit précédente, ils sautèrent l'étape boissons et bavardages. Lorsqu'ils atteignirent le lit, ils étaient déjà nus. Ricky fouilla dans le tiroir de sa table de chevet pour en sortir les préservatifs qu'une pharmacie du coin avait discrètement livrés dans l'après-midi.

En voyant leur nombre, Mariela haussa les sourcils.

— Tu ne serais pas un peu présomptueux, là ?

Ricky comprit soudain qu'elle utilisait souvent l'humour comme mécanisme de défense lorsqu'elle était mal à l'aise. Comme à cet instant. Il aurait pu plaisanter à son tour, mais il voulait percer ses défenses et apprendre à mieux la connaître.

— Non, ce n'est pas ça. Il ne s'agit pas juste de t'amener dans ce lit, mais de… bien autre chose.

Ses mots eurent un effet totalement inattendu : elle se ferma d'un coup, comme si quelqu'un lui avait jeté un seau d'eau froide.

Se précipitant vers ses vêtements éparpillés dans toute la pièce, elle les ramassa en vitesse et les serra contre elle comme un bouclier.

Il lui attrapa le bras pour l'empêcher de s'enfuir.

— Lâche-moi ! cria-t-elle en se dégageant d'un geste brusque.

— Dis-moi ce qui ne va pas, Mariela. Dis-moi pourquoi tu t'en vas, la supplia-t-il, les mains tendues vers elle.

— Tu crois qu'entre nous c'est sérieux ? Mais que sais-tu vraiment de moi ? répliqua-t-elle d'un ton cinglant.

— Je sais que tu es intelligente. Positive. Résiliente. Que tu es une battante, dit-il en se souvenant de ce qu'elle avait raconté au sujet des viols qu'elle avait subis.

Des larmes brillaient dans ses yeux, près de déborder derrière ses longs cils.

— Comment peux-tu me regarder comme ça, alors que tu sais ce que Jorge m'a fait ? Que je suis une femme abîmée.

Ses mots expliquaient tant de choses. Il essuya du dos de la main ses joues trempées de larmes.

— Personne n'est parfait. Et parfois, ce sont ces imperfections qui font qu'une personne est unique. Comme toi.

Mariela faillit lui dire qu'*il* était parfait, mais elle se ravisa en repensant aux failles qu'elle avait décelées chez lui.

— Comme la crainte que tu as de ne pas être aussi fort que les autres hommes de ta famille.

Ses lèvres se pincèrent pour ne plus former qu'une ligne mince.

— Oui, par exemple. Nous sommes deux personnes imparfaites, Mariela, mais ensemble... toi et moi formons une sacrée équipe.

Elle ne chercha pas à le nier. Laissant tomber les vêtements qu'elle serrait contre elle comme si sa vie en dépendait, elle prit sa main et le guida vers le lit. Ensemble, ils se glissèrent entre les draps.

En l'enlaçant, elle murmura :

— Je vais tout te raconter.

Il faisait les cent pas dans son atelier, furieux de ne pas avoir réussi à les précipiter dans les eaux de la baie de Biscayne. Maintenant, ils se planquaient dans la propriété familiale des Gonzales.

Étant donné que l'accès à Palm Island était sécurisé, il avait essayé de passer par le canal, mais il était tombé sur deux gardes armés patrouillant le long du ponton. Il leur avait raconté qu'il s'était égaré en se rendant chez son ami sur l'île, mais les gardes, méfiants, s'étaient empressés de le chasser.

Il allait devoir attendre son heure pour tenter une nouvelle attaque. Mais d'ici là, il allait garder un œil sur eux, car il était à peu près certain qu'ils allaient fourrer leur nez dans l'un de ses nouveaux chantiers.

Qu'ils essayent un peu ! Ils trouveront à qui parler.

21

Ils étaient restés éveillés pendant des heures, alors qu'elle lui confiait ce qu'elle avait vécu pendant son mariage.

Il l'avait écoutée, mais comme un amant, pas comme un psychologue. Après qu'elle eut vidé son cœur de tant de peurs et de doutes, il s'était confié à son tour, et c'est dans cet échange qu'ils avaient trouvé une véritable complicité.

Épuisés, ils avaient fini par s'endormir, pour se réveiller peu après pour faire l'amour.

Aux premières lueurs de l'aube, elle l'avait tiré des bras de Morphée à grand renfort de caresses et de baisers, et ils avaient à nouveau fait l'amour, accueillant un nouveau jour – et peut-être un nouveau départ entre eux.

Ils avaient pris – ensemble – une douche rapide et s'étaient dépêchés de descendre pour le petit déjeuner. La mère de Ricky était déjà là, en train de lire le journal. Trey aussi, attablé devant une assiette pleine de pancakes et de bacon.

— Si tu continues à bâfrer comme ça, tu ne rentreras jamais dans ton smoking le jour de ton mariage, plaisanta Ricky.

— Ne t'en fais pas, je vais faire en sorte d'éliminer tout ça, assura Trey avec un clin d'œil appuyé.

— Ce que tu fais avec Roni ne nous regarde pas, *hermano*, répliqua Ricky, qui voulait s'éviter des questions embarrassantes.

— C'est vrai. Désolé.

— Que diriez-vous d'un *café con leche*, Mariela ? demanda sa mère.

— Je veux bien, merci.

Juste à ce moment-là, Josie arriva avec deux assiettes de pancakes et de bacon. Elle les posa devant eux et dit :

— Je vais vous chercher le sirop d'érable.

— Merci, c'est gentil, dit Mariela, s'adressant autant à Josie qu'à Samantha, qui lui tendait une tasse de café au lait fumant.

La mère de Ricky regagna sa place et se tourna vers Trey.

— Votre père est parti tôt, ce matin. Il avait à faire au bureau. Et toi, qu'as-tu prévu, aujourd'hui ? demanda-t-elle à son fils aîné.

— Je vais harceler les enquêteurs pour leur extorquer des informations, en espérant qu'il y ait du nouveau. Et voir aussi où en est le médecin légiste. Avec un peu de chance, il aura découvert sur la corde en nylon de l'ADN qui nous mènera à Hernandez.

Trey piqua un morceau de pancake qu'il laissa en suspens au bout de sa fourchette entre son assiette et sa bouche.

— Vous allez rester en contact avec Wilson et Mia, hein ?

Ricky acquiesça.

— Oui, bien sûr. J'espère que notre plan va fonctionner et que Hernandez va accepter que Wilson visite le chantier.

— Mais Wilson saura-t-il déceler autre chose que les fissures dont on nous a parlé ? demanda Mariela, tandis que Josie revenait avec le sirop d'érable.

Elle sourit à la jeune femme et la remercia.

— Je ne connais pas très bien Wilson, mais j'ai l'impression qu'on peut compter sur lui pour procéder à une inspection visuelle minutieuse, dit Trey avant d'enfourner une dernière bouchée de pancake.

Il s'était levé de table et s'apprêtait à partir lorsque son téléphone sonna.

— Quoi de neuf, Sophie ?

Après avoir écouté pendant quelques instants, Trey dit :

— Attends une seconde, je vais te mettre sur haut-parleur.

La voix de Sophie résonna dans la pièce.

— Sachant que Wilson a l'intention de visiter le chantier, Robbie et moi avons eu une idée.

— Continue, Josefina, dit Samantha, qui donnait souvent à Sophie son prénom de naissance.

— Il y aurait apparemment un affaissement du sol assez préoccupant. On a pensé qu'on pourrait utiliser le LiDAR pour cartographier la topographie du site et voir à quel point ça s'est affaissé. On pourrait ensuite faire des projections pour voir ce qui se passerait si ça s'aggravait, expliqua Sophie.

— Comment ça fonctionne ? demanda Trey en se rasseyant.

— On envoie un drone qui effectue des mesures grâce à un système de laser et on analyse ensuite les informations recueillies à l'aide d'un logiciel, dit Robbie.

— Les ouvriers sur le chantier ne s'apercevront-ils pas de la présence d'un drone au-dessus d'eux ? demanda Mariela, qui se rappelait avoir vu des drones survoler les projets en cours pour prendre des photos et faire des vidéos utilisées ensuite à des fins de marketing.

— On l'enverrait la nuit. En fait, c'est même mieux pour le laser. Et il y a moins de trafic aérien, dit Sophie.

Trey les regarda les uns après les autres, jaugeant leurs réactions. Puis il lâcha :

— Projet adopté à l'unanimité. Sophie et Robbie, vous avez le feu vert.

— C'est comme si c'était fait. Et en attendant, on continue d'analyser les images des caméras de vidéosurveillance, dit Robbie avant de raccrocher.

— Ça semble être une excellente idée ! s'exclama Ricky, admiratif des compétences de ses cousins geeks.

— Je suppose qu'on n'a plus qu'à attendre leur rapport et des nouvelles de Wilson, dit Mariela. Désolée de ne pouvoir faire plus pour aider.

— Tu en as déjà fait beaucoup, déclara Ricky. Si nous en sommes là, c'est grâce à toi et à tes contacts.

— Il a raison. Sans votre aide, nous n'en saurions pas autant, renchérit Trey.

— Merci.

Malgré leurs paroles, un sentiment de culpabilité subsistait en elle. Elle avait bien conscience qu'à cause de ce qu'elle avait surpris, et de ce psychopathe de Jorge, ils étaient tous en danger.

Cela suffit à lui couper l'appétit, malgré la délicieuse odeur des pancakes.

— J'ai besoin de prendre l'air, dit-elle en se levant.

Lorsque Ricky voulut se lever pour l'accompagner, elle l'arrêta d'un geste et quitta la pièce presque en courant.

— Elle se sent responsable, déclara sa mère d'un ton sentencieux.

— N'empêche que si elle n'avait pas surpris cette conversation téléphonique et n'avait pas eu le courage d'agir, il aurait pu y avoir des morts, fit remarquer Ricky.

— Même quand on fait ce qu'il faut, on ressent quand même la culpabilité, dit Trey en s'affaissant sur sa chaise.

Son frère avait toujours été quelqu'un de solide et peu porté aux confidences, du genre beau ténébreux, mais pour la première fois Ricky voyait le défaut de la cuirasse.

— Tu te sens toujours responsable de la mort de ton coéquipier ? demanda-t-il.

Trey serra si fort les barreaux de sa chaise que ses doigts blanchirent aux articulations.

— On a eu raison d'enquêter. J'ai fait tout ce que j'ai pu pour le retrouver. Pour le sauver. Sauf que...

Cela n'a pas été suffisant, compléta mentalement Ricky en regardant Trey sortir précipitamment de la pièce.

— Quel imbécile, je suis ! déplora-t-il à mi-voix.

C'était pourtant son métier de deviner ce que les gens avaient dans la tête, mais avec ses proches, les êtres auxquels il tenait le plus, ça ne marchait pas, apparemment.

— L'amour rend parfois aveugle, déclara sa mère, toujours aussi perspicace.

— Je ne suis pas sûr d'être amoureux d'elle.

Avec ce qui se passait, il avait d'autres choses en tête. En outre, il craignait que tout cela ne soit trop précipité.

Sa mère poussa un profond soupir et se leva pour débarrasser la table. Tout en s'activant, elle déclara :

— Tu as toujours été très organisé et tu as toujours agi de façon responsable, mais l'amour n'est pas quelque chose qu'on planifie, Ricardo. Il te tombe dessus, et tu n'y peux rien.

Elle n'attendit pas sa réponse et le laissa seul à table, face aux restes de son petit déjeuner : des morceaux de pancakes noyés dans un mélange peu ragoûtant de beurre fondu et de sirop d'érable.

Lui aussi se sentait un peu englué dans ce qu'était sa vie en ce moment. Comme l'avait souligné sa mère, il avait toujours eu besoin d'un certain cadre et d'une certaine sécurité, peut-être en réaction aux années d'instabilité vécues dans son enfance. Il ne voulait surtout pas d'une vie comme celle de son père. Ce qu'il voulait, lui, c'était de la stabilité. Et voilà pourtant qu'il était embringué dans une situation aussi dangereuse que celles que son père et son frère avaient été par le passé amenés à affronter.

— Ricky ? dit Mariela, qui était revenue et s'inquiétait de le voir plongé dans ses pensées.

— Je réfléchissais juste à tout ce qu'on a à faire aujourd'hui prétendit-il, ne voulant pas aggraver sa culpabilité.

Si elle vit clair dans son jeu, elle s'abstint de tout commentaire.

— Peut-être qu'on devrait s'intéresser à Rooney ? suggéra-t-elle, faisant référence à l'inspecteur en chef mentionné par Dillon.

— Bonne idée. Je ne me vois pas rester ici à me tourner les pouces, dit-il en se levant, prenant son assiette pour la rapporter à la cuisine.

Le voyant faire, Mariela esquissa un sourire.

— Ta mère t'a bien éduqué, déclara-t-elle.

— Je n'ai pas à me plaindre, répondit-il avant de filer.

Il posa l'assiette près de l'évier, où sa mère était en train de passer sous l'eau la vaisselle du petit déjeuner. Il l'embrassa sur la joue.

— Juste comme ça, dit-il lorsqu'elle l'interrogea du regard.

Puis il regagna la salle à manger, où Mariela l'attendait, le sourire aux lèvres.

Prenant la main qu'elle lui tendait, il entremêla les doigts aux siens avant de la guider vers le salon. Ils s'étaient retrouvés dans cette situation ensemble, et c'est ensemble qu'ils allaient trouver comment en sortir.

Mariela observait Ricky, Trey et leurs cousins tester le drone dans le jardin.

Sophie manipulait les commandes tandis que Robbie surveillait la trajectoire sur son ordinateur portable.

Un peu à l'écart, Trey et Ricky étaient en pleine discussion.

— C'est à partir des images satellite de cette propriété et du chantier que nous avons pu programmer l'itinéraire du drone, expliqua Sophie à Mariela lorsque l'appareil prit son envol.

Il plana dans les airs, juste au-dessus d'eux, et elle ajouta :

— Vas-y, Robbie. Tu peux lancer le programme.

Le frère de Sophie tapota sur son clavier, et le drone commença à survoler la propriété familiale, allant d'un côté et de l'autre pour collecter des informations.

Le drone était équipé de ce qui semblait être une petite caméra, placée en son centre et orientée vers le bas. La désignant, Mariela demanda :

— C'est le laser, ça ?

Sophie hocha la tête en souriant.

— Absolument. Il va effectuer des mesures, et une fois que nous aurons toutes les données, nous utiliserons un logiciel pour cartographier le sol. On peut même enlever la végétation et tout ce qui a été construit par l'homme pour voir ce qu'il y a au-dessous.

— C'est incroyable, dit Mariela en regardant le drone zigzaguer dans le ciel.

— Ce qui est vraiment fabuleux, c'est ce qu'on arrive à découvrir grâce au LiDAR : des cités mayas entières et des pyramides égyptiennes, ajouta Robbie, à côté d'eux, les yeux toujours rivés sur son écran d'ordinateur.

Trey et Ricky, qui observaient eux aussi le drone depuis l'autre côté du jardin, rejoignirent Mariela et leurs cousins.

— On dirait que ça marche super bien, dit Ricky.

— Vous avez programmé le survol du chantier de la même manière ? demanda Trey en se penchant au-dessus de Robbie.

— Oui. On a récupéré une vue satellite du site et programmé le trajet. On pourra lancer le drone depuis le parking de l'immeuble voisin, expliqua Sophie.

— Excellent travail. On ira tous les trois dès qu'il fera complètement nuit, dit Trey, déclenchant aussitôt de vives protestations de la part de Ricky et Mariela.

— On y va aussi, décréta Mariela.

Ricky acquiesça.

— Cette histoire nous concerne tous, donc pas question que nous restions en arrière !

Visiblement contrarié, Trey poussa un soupir.

— Je comprends. Ça ne me plaît pas, mais je me mets à votre place.

Samantha sortit de la maison et cria :

— Venez manger quelque chose !

— Parce que rien ne vous prépare mieux à une mission qu'un ventre plein, dit Trey en riant.

— C'est un témoignage d'amour, *hermano*, déclara Ricky en donnant une tape dans le dos de son frère.

Robbie se leva d'un bond, inspira profondément et se frotta les mains.

— Miam-miam ! Ça sent le *picadillo*, dit-il avec gourmandise. Votre mère fait un *picadillo* d'enfer.

Il se précipita vers la maison, laissant les autres ricaner et le suivre à leur rythme.

Lorsqu'il arriva, Ricky vit que Robbie avait déjà les pieds sous la table et que sa mère et Josie s'empressaient d'apporter de la cuisine de grands plats de riz pour accompagner le fameux *picadillo* qui avait mis l'eau à la bouche à son cousin.

Mariela sourit en s'asseyant, savourant le réconfort que procure un repas pris en famille.

Des remarques affectueuses fusèrent lorsque Robbie se servit une énorme assiettée de riz et de viande mijotée dans une sauce tomate agrémentée d'oignons, de poivrons, d'ail et d'olives.

— Tu fais le meilleur *picadillo*, *tía*, déclara-t-il.

— Merci, Robbie. C'est un beau compliment. D'autant plus que ta mère cuisine très bien, répondit Samantha.

— Quand elle n'est pas occupée à concocter un de ses programmes bizarres, dit Trey, la bouche pleine.

Cette remarque intrigua Mariela.

— Votre mère est programmeuse ? demanda-t-elle aux cousins.

Sophie secoua la tête.

— Plus ou moins. En fait, elle et mon père travaillent pour la NSA.

— Waouh ! la NSA ? Ce sont des espions, alors ? dit Mariela en faisant des yeux comme des soucoupes.

— Plus ou moins, répéta Sophie en haussant les épaules.

— Si nous vous racontions ce qu'ils ont fait, nous serions obligés de vous tuer, ajouta Robbie.

Il l'avait dit sur le ton de la plaisanterie, mais Mariela se douta qu'il n'exagérait pas tant que ça.

— *Tía* Mercedes est la sœur de mon père. Il prétend qu'elle est la plus intelligente des Gonzales, dit Ricky avec un sourire.

Vu à quel point ils étaient tous impressionnants dans cette famille, songea Mariela, Mercedes devait être un vrai génie – et elle l'était probablement puisqu'elle travaillait pour la NSA.

Ils continuèrent à discuter, expliquant à Mariela comment

Mercedes avait rencontré son mari, et comment Samantha et Ramon avaient fait connaissance. Ce qui amena Mariela à se demander quel était leur lien avec Carolina. Ricky s'empressa de le lui expliquer.

— Carolina et Pepe, qui se prénomme en réalité Jose, sont les enfants de mon *tío* Jose, qui est le frère cadet de mon père. Mercedes est leur petite sœur.

— Cela fait beaucoup de monde. Et de noms à retenir, dit-elle.

Il lui tapota la main.

— Ne t'inquiète pas. Tu finiras par tous les rencontrer.

— J'ai hâte, répliqua-t-elle, optimiste quant à la possibilité que sa relation avec Ricky continue après la fin de l'enquête.

Ils en étaient à la moitié du repas quand le père de Ricky arriva enfin. Il avait l'air crevé.

— Tout va bien ? demanda Samantha en se levant pour déposer un baiser sur la joue de son mari.

— Oui, rien de grave. On verra ça tout à l'heure.

Après avoir retiré sa veste de costume, il prit place en bout de table.

— Je peux faire quelque chose ? proposa aussitôt Trey, ce qui fit sourire son père.

— En temps voulu, *mi hijo*, répondit son père avant d'attaquer l'assiettée de *picadillo* que sa femme venait de poser devant lui.

Le dîner se poursuivit d'autant plus tranquillement qu'ils devaient attendre que la nuit soit complètement tombée pour pouvoir faire voler le drone. Ils venaient de prendre le dessert et le café quand Trey jeta un coup d'œil par la fenêtre.

— C'est bon, dit-il.

22

Ils n'eurent aucun mal à se garer sur le parking de la résidence contiguë au chantier de Hernandez, et Sophie et Robbie firent décoller le drone en un rien de temps.

Ricky suivait des yeux les petites lumières clignotantes rouges et blanches tandis que l'appareil exécutait le programme de son cousin pour cartographier la topographie des lieux. À côté de lui, Mariela fixait non pas le drone, mais l'immeuble derrière eux.

— Je ne vois aucune fissure sur cet immeuble, dit-elle.

Trey et Ricky se retournèrent pour examiner le bâtiment. Après une inspection prolongée, Ricky déclara :

— Moi non plus, mais c'est peut-être parce que le sol est plus stable ici.

— Ou parce qu'ils ont fait des travaux pour le stabiliser, dit Trey, ce qui rappela à Ricky une remarque des copropriétaires à l'origine du procès.

— Il paraît que Hernandez ne voulait pas faire les travaux, qu'il estimait trop coûteux.

— D'autant plus qu'il est à court d'argent, d'après ce qu'on a entendu dire, ajouta Mariela.

— Nous verrons à quel point la situation est grave une fois que nous aurons les images et que nous pourrons les analyser, dit Sophie sans quitter le drone des yeux.

Pour autant que Ricky puisse en juger, le drone était déjà à mi-parcours au-dessus du terrain. Or, cela faisait à peine quinze minutes qu'il volait. Ce qui le poussa à demander :

— Combien de temps faudra-t-il pour analyser les données ?

Sophie fit la grimace.

— C'est là le hic. En utilisant nos ordinateurs, ça pourrait prendre jusqu'à vingt-quatre heures.

— Et en utilisant ceux de Wilson ? demanda Trey.

— Il a probablement un superordinateur pour exécuter tous ses programmes. Je dirais quelques heures, répondit Sophie.

— Tu vas encore lui demander un service ? s'alarma Ricky, inquiet de l'impact que tous ces services pourraient avoir sur la relation naissante de Mia avec le magnat de la technologie.

Trey haussa les épaules.

— Oui, je vois où tu veux en venir. Rien ne presse. Wilson ne va pas inspecter la propriété avant demain, de toute façon. Hernandez joue la carte de la décontraction, apparemment, faisant comme s'il n'y avait aucune urgence à vendre.

— C'est presque fini, annonça Robbie.

Mais une seconde plus tard, une série de coups de feu retentit dans la nuit.

— Merde ! Ils tirent sur le drone, dit Trey.

— Encore quelques passages, et ce sera bon, déclara Sophie, concentrée sur l'ordinateur de Robbie, surveillant la progression du drone.

Trey tendit le bras en direction de leur SUV.

— Chargez tout le matériel et montez dans la voiture, ordonna-t-il avant de courir récupérer la mallette du drone.

Ricky rejoignit son frère pour l'aider à porter jusqu'au SUV la lourde mallette de transport. Mariela se chargea de ramasser un sac de sport contenant également du matériel.

Des voix s'élevèrent dans l'obscurité, mais ils ne comprirent pas ce qu'elles disaient. Puis quelqu'un cria :

— Abattez ce drone !

Une salve de coups de feu éclata, visant le drone.

— Je le ramène à sa base, dit Sophie, tandis que Robbie se levait et se dirigeait vers le SUV, son ordinateur sous le bras.

— J'ai les données, déclara-t-il.

En quelques secondes, Sophie avait fait atterrir le drone, qu'ils s'empressèrent de charger à l'arrière du SUV.

Le bruit sourd de pas précipités de l'autre côté de la clôture se rapprochait dangereusement, mais ils s'engouffrèrent tous dans le véhicule, et Trey démarra.

Jetant un coup d'œil par-dessus son épaule en direction de la clôture, Ricky vit une tête apparaître furtivement, pas assez longtemps pour qu'il puisse distinguer quoi que ce soit de précis.

— On l'a échappé belle, fit-il remarquer.

Mais juste au moment où ils allaient sortir de la résidence, un SUV noir leur bloqua le passage, et des agents de sécurité armés en descendirent.

Trey passa immédiatement la marche arrière et recula à toute vitesse, effectuant un virage brusque qui les projeta tous d'un côté à l'autre de leurs sièges, puis il sortit par une entrée de service de la résidence.

Ricky se retourna pour s'assurer qu'ils n'étaient pas suivis. Il fut soulagé de constater que trois voitures de police avaient encerclé le SUV noir et neutralisé les agents de sécurité, qui avaient les mains levées au-dessus de la tête.

Trey jeta un rapide coup d'œil dans le rétroviseur.

— Quelqu'un a dû signaler les coups de feu.

— Dieu merci, dit Mariela, assise à côté d'eux. Ils allaient nous tirer dessus.

Trey secoua la tête.

— Je ne pense pas. Ils voulaient juste le drone.

— On aurait quand même eu les données, dit Robbie. Elles ont été transférées dans notre *cloud*.

— Mais ils auraient deviné qu'on sait que quelque chose cloche sur ce chantier. Or, Hernandez était prêt à tuer Mariela justement pour ça, rappela Ricky.

— Je suis désolée de vous avoir tous entraînés là-dedans, dit Mariela, qui tremblait comme une feuille.

— Arrêtez de vous excuser. Vous avez fait ce qu'il fallait, et grâce à vous, des vies pourraient être sauvées, répliqua Trey d'un ton un peu brusque.

— Du calme, Trey, dit Ricky en passant un bras autour de Mariela pour la réconforter.

— Désolé. C'est juste que ça m'énerve que ça prenne autant de temps. J'ai hâte de vous savoir tous en sécurité, déclara Trey les mains crispées sur le volant.

— Nous allons commencer à traiter les données immédiatement. Nous vous tiendrons au courant dès que nous aurons les informations, déclara Sophie pour tenter d'apaiser sa frustration.

— Merci, Sophie. Je sais qu'on peut compter sur toi. Vous avez tous été formidables. C'est grâce à vous qu'on est à deux doigts de coincer Hernandez, dit Trey en levant une main, le pouce et l'index espacés d'à peine un centimètre pour illustrer ses propos.

Ricky savait qu'une partie de sa frustration était due au fait que les enquêteurs avaient trouvé peu de preuves sur les différentes scènes.

— Tu as eu des nouvelles du médecin légiste ? demanda-t-il, espérant qu'il y ait quelques avancées de ce côté-là.

— Il a trouvé de l'ADN sur la corde en nylon, mais aucune correspondance dans les bases de données, répondit Trey.

— Mais ça pourrait être celui de Jorge, non ? demanda Mariela, qui commençait elle aussi à manifester une certaine frustration.

— C'est possible. Les enquêteurs lui ont demandé un échantillon quand ils l'ont interrogé au sujet de Ramirez, mais il s'est empressé de prendre un avocat, et nous n'avons pas assez d'éléments à charge pour obtenir un mandat, expliqua Trey en prenant l'autoroute pour regagner la propriété familiale.

— Et si on interrogeait un site de généalogie ? Jorge en a consulté un il y a quelques années, dit Mariela.

— Il faut un mandat, là aussi, répondit Trey.

— Il a dans sa famille quelqu'un qui serait fâché avec lui ? demanda Ricky, pensant qu'ils pourraient au moins tenter une correspondance familiale.

— Il est fils unique, précisa Mariela.

— Alors on devra attendre d'avoir plus d'éléments, conclut Ricky, remarquant que les mains de son frère se crispaient toujours plus sur le volant.

Sophie se pencha en avant pour presser l'épaule de Trey.

— On aura bientôt plus d'éléments, lui assura-t-elle.

— Oui, j'espère, dit Trey.

Mariela glissa la main dans celle de Ricky et lui chuchota à l'oreille :

— Ça va aller.

Il lui sourit avant de déposer un baiser sur ses lèvres.

Le silence régna pendant le reste du trajet, chacun semblant perdu dans ses pensées. Lorsque, après avoir ouvert le portail, ils entrèrent dans la cour devant la maison, ils tombèrent sur une Lamborghini rouge vif garée sur le côté.

— Seigneur ! Une Veneno ! s'exclama Robbie, qui semblait ne pas en croire ses yeux. Elle vaut plusieurs millions, dit-il en sautant à bas du SUV pour aller examiner le bolide.

— Je suppose que Wilson est là, dit Trey avec un sourire.

— Ça m'en a tout l'air, confirma Ricky en allant admirer à son tour la Lamborghini.

Trey ricana.

— Qu'est-ce qu'il cherche à prouver avec sa bagnole ?

Sophie jeta à peine un regard à la voiture.

— Ah ! les garçons et leurs joujoux !

Mariela prit la main de Ricky et l'entraîna vers la maison.

— Allons voir pourquoi Mia et John sont là, dit-elle.

Il se détourna de la Lamborghini à regret.

À l'intérieur, Mia et John étaient assis à la table de la salle à manger avec ses parents, en train de boire un café.

Son père se leva en les voyant, l'inquiétude creusant de profonds sillons sur son front.

— La radio de la police a indiqué qu'il y avait eu des coups de feu à proximité du chantier.

— Les gardes ont tiré sur le drone, puis ils nous ont poursuivis, mais Trey a réussi à nous sortir de ce guêpier, expliqua Ricky en désignant son frère et ses cousins, qui venaient juste d'entrer.

— Des gardes armés sur un chantier, c'est un peu extrême, dit Wilson en haussant un sourcil châtain clair.

— En effet, et cela pourrait compliquer votre visite du site, dit Ricky.

— Ce drone dont vous parliez, il a un LiDAR, je suppose, dit Wilson en regardant Sophie et Robbie.

Hochant la tête, Sophie prit place à table.

— Pour voir s'il y a un affaissement du sol, on va cartographier la topographie du site.

— Et enlever le bâtiment et toute autre structure, ainsi que la végétation, afin de pouvoir observer précisément ce qui se passe au-dessous, ajouta Robbie.

— Impressionnant. Vous allez avoir besoin d'une grosse puissance de calcul, j'imagine, dit Wilson.

Les cousins échangèrent un regard, que Wilson déchiffra immédiatement.

— Si ça peut vous aider, j'ai un superordinateur que nous avons assemblé pour un nouveau projet. Je serais ravi de vous en faire profiter.

— Ça accélérerait vraiment les choses, dit Sophie avec un sourire de gratitude.

Wilson sortit une carte de visite de la poche de sa chemise en lin et la leur tendit.

— Voici mon numéro, et aussi celui de Miles, mon demi-frère, qui se trouve être également mon associé. Prévenez-le dès que vous serez prêts à envoyer les données, et nous les traiterons immédiatement.

— Merci, John, dit Mia.

Elle était assise à côté de lui, mais à en juger par son langage corporel, Ricky sentit que quelque chose n'allait pas entre Wilson et elle.

En fait, il se demandait pourquoi Wilson se montrait aussi serviable avec eux alors qu'il les connaissait à peine.

Trey devait ressentir la même chose, car il intervint.

— C'est très gentil de votre part, mais…

Wilson leva une main pour l'interrompre.

— C'est trop. Je sais. La plupart des gens penseraient que j'attends quelque chose en retour, dit-il en jetant un regard en coin à Mia.

Ricky vit sa sœur se raidir, et les traits de son beau visage se durcir un peu plus.

— Ce n'est pas le cas, assura Wilson. Mais si un jour j'ai besoin d'aide, j'espère que vous me rendrez la pareille.

Un ange passa. Sans se presser. Puis Trey répondit :

— Bien sûr. Vous n'aurez qu'à demander.

Wilson sourit, ses yeux noisette brillants et dépourvus de toute trace de duplicité, pour autant que Ricky puisse en juger.

— J'espère que je n'aurai pas à le demander, répondit-il.

— Vous êtes prêt pour votre visite de demain ? demanda le père de Ricky, l'air toujours aussi soucieux.

Cela préoccupait Ricky, car son père montrait rarement ses émotions. Mais depuis la veille au soir, quelque chose semblait le turlupiner, et Ricky se demandait bien quoi.

— Oui, bien sûr, mais je ne suis pas sûr qu'une simple inspection visuelle vous apprenne grand-chose. Ce dont vous avez besoin, en plus de ce que font Sophie et Robbie, c'est de voir ce qui se passe sous terre, dit Wilson.

— Vous voulez dire qu'il faudrait utiliser un radar à pénétration de sol ? demanda Sophie, l'esprit visiblement en ébullition.

Wilson acquiesça, mais Trey répondit aussitôt :

— S'il sait qu'il y a un problème, Hernandez refusera tout net.

— Vous avez raison. Il semblait pressé que j'achète le bien en l'état, sans poser de questions. Rien que ça, c'est un signal d'alarme, dit Wilson.

Tout le monde autour de la table approuva d'un hochement de tête.

Mariela avait écouté attentivement tout ce qu'avait dit Wilson, mais quelque chose ne lui semblait pas logique.

— Jorge était prêt à soudoyer un inspecteur pour que cette résidence voie le jour. Et maintenant, il la vend ? Pourquoi ? Pour éviter de payer un pot-de-vin ?

— Ou parce qu'il s'est rendu compte qu'elle risquait de s'effondrer, suggéra Ricky.

Tel qu'elle connaissait son ex-mari, et vu la manière dont il l'avait traitée, Mariela le pensait bien capable de refiler le bébé à quelqu'un d'autre.

— Ça ne m'étonnerait pas de lui.

— Il n'y a qu'un seul moyen de le savoir. Après avoir jeté un coup d'œil, je lui dirai que la propriété ne m'intéresse pas, déclara Wilson.

23

— J'ai cru qu'il allait avoir une attaque, leur rapporta Wilson, le lendemain en mimant la scène. Il était rouge comme une écrevisse et avait les yeux exorbités.

— Jorge est du genre sanguin, expliqua Mariela, alors qu'ils déjeunaient en famille sous une tonnelle.

— Cela ne fait aucun doute, mais nous avons une excellente nouvelle, déclara le père de Ricky, d'un ton enjoué. J'ai transmis à *tío* Jose toutes les informations que nous avons recueillies. Ça n'a pas été facile, mais j'ai fini par le convaincre d'ouvrir une enquête sur le service d'Inspection des bâtiments.

— Voilà qui fait plaisir à entendre, dit Ricky, qui pensa alors que c'était peut-être parce qu'il avait des soucis avec Trey en ce qui concernait le passage de relais à l'agence que son père était rentré aussi soucieux, l'avant-veille au soir.

Il était soulagé pour son père, mais se demandait pourquoi Mia n'était pas venu avec Wilson pour écouter celui-ci raconter sa visite du chantier.

— Mais est-ce qu'ils surveilleront Jorge à temps pour l'attraper en train de verser le pot-de-vin ? demanda Mariela.

Le père de Ricky pinça les lèvres.

— Rien n'est moins sûr, admit-il sans détour.

Si près du but, ils n'avaient encore aucune certitude quant au dénouement de l'enquête, songea Mariela, malade à l'idée que son ex-mari puisse à nouveau s'en sortir sans être inquiété pour ce qu'il avait fait – et ce qu'il s'apprêtait encore à faire.

— Il faut faire plus, affirma-t-elle, cette inquiétude la poussant à s'exprimer. Et ce radar dont Sophie a parlé ?

— Le problème, c'est d'accéder au site. C'est pour le moins risqué avec ces fichus gardes armés, dit Trey.

Mais elle voyait bien qu'il réfléchissait déjà à un plan.

— Et si on faisait diversion ? proposa Ricky, comme s'il lisait dans les pensées de son frère.

— Avec le drone, ajouta Sophie, totalement en phase avec ses cousins.

— Il suffit de le faire décoller pour détourner l'attention des gardes pendant qu'on utilise le géoradar pour faire des relevés, dit Robbie.

— Je peux me renseigner et voir où on peut se procurer ce radar, proposa Wilson.

— C'est très gentil. On apprécie tout ce que vous avez fait, John, dit Trey. Mais il est hors de question que vous fassiez quelque chose d'aussi risqué.

— Je comprends, répondit Wilson avec un haussement d'épaules. Je vous enverrai les données du LiDAR dès que possible, promit-il en se levant de table.

Trey, Ricky et leur père se levèrent également et lui serrèrent la main.

— Encore merci, John, dit Ricky.

Les autres firent écho à ses paroles.

— *No problema.* J'imagine qu'on se reverra, dit Wilson avant de s'éloigner, laissant Mariela se demander s'il n'y avait pas de l'eau dans le gaz entre Mia et lui.

D'autant plus que Mia n'était pas venue avec lui et que la veille Mariela avait eu l'impression qu'il y avait entre eux un peu de tirage.

Wilson parti, les trois hommes reprirent place à table et commencèrent à discuter de la manière dont ils allaient procéder. Elle resta en retrait, écoutant. C'était comme regarder des généraux préparer une campagne militaire. Tandis que Trey et son père définissaient l'objectif principal, Ricky, Sophie et Robbie suggéraient des moyens de l'atteindre.

Elle fut impressionnée de voir Ricky défendre son point de vue et tenir tête aux autres, alors que ce n'était pas là son domaine de compétence, même s'il leur donnait parfois un coup de main.

Elle se sentait un peu inutile, assise là à les écouter sans rien dire. Mais lorsqu'ils commencèrent à répartir les tâches pour l'opération qu'ils allaient tenter ce soir-là, elle déclara :

— J'en suis. Pas question que je reste ici à attendre en me rongeant les sangs.

Trey s'apprêtait à protester, mais Ricky prit la parole.

— Cette enquête est la sienne, encore plus que la nôtre, fit-il remarquer.

— Absolument, dit-elle, touchée par son soutien.

Après cette mise au point, ils travaillèrent tous ensemble pour finaliser le plan visant à s'introduire sur le site cette nuit-là.

Il est terriblement sexy tout en noir, songea Mariela tandis que Ricky finissait de s'habiller. Cela faisait encore plus ressortir ses cheveux bruns et ses yeux bleu clair. Son œil au beurre noir et les ecchymoses sur son visage s'estompaient enfin, et les ombres laissées sur ses joues et son menton par sa barbe naissante le rendaient encore plus séduisant.

Elle approcha de lui et caressa sa joue, faisant glisser la main sur ses poils durs. La prenant par la taille, il l'attira contre lui.

— Tu n'es pas obligée de venir, dit-il en appuyant le front contre le sien.

— C'est important pour moi de participer à cette opération.

Je veux qu'il soit puni pour ce qu'il a fait, déclara Mariela avant d'effleurer ses lèvres d'un baiser.

Lorsqu'elle s'écarta, il la retint contre lui et l'embrassa avec fougue, approfondissant le baiser jusqu'à ce qu'ils se pressent fébrilement l'un contre l'autre, alors qu'ils avaient fait l'amour à peine une heure plus tôt.

Un raclement de gorge mit brusquement fin à leur étreinte.

Trey se tenait à la porte, les observant d'un air soucieux.

— Il est temps d'y aller. Êtes-vous sûrs de vouloir faire ça ?

Mariela croisa le regard de Ricky et répondit :

— Sûrs et certains !

— Alors en route ! dit Trey avant de taper sur le chambranle de la porte et de tourner les talons pour redescendre en vitesse.

Ricky prit Mariela par la taille, et ils descendirent à leur tour, rejoignant Trey à la salle à manger.

Sophie avait disposé plusieurs feuilles imprimées sur la table, à côté de laquelle se tenait Robbie, son ordinateur portable à la main. Les parents de Ricky étaient assis, tendus, une radio et un ordinateur posés devant eux.

— Voici les rendus que nous avons pu créer à partir des données LiDAR fournies par le drone, expliqua Sophie en faisant courir les doigts sur ce qui ressemblait à des cartes topographiques.

— Il y a un affaissement anormal tout le long de cette zone et sous le bâtiment, ajouta Robbie pendant que Sophie leur montrait les endroits concernés sur les cartes. Nous avons pu calculer la vitesse à laquelle le bâtiment s'affaisse ainsi que ce qui pourrait se produire, si personne ne fait rien.

Il ouvrit son ordinateur pour lancer la simulation.

Ils regardèrent le bâtiment s'incliner progressivement d'un côté, jusqu'à ce que l'inclinaison soit si prononcée que la moitié de l'immeuble se détache complètement du reste et s'effondre.

— Cela pourrait tuer beaucoup de gens, dit Ricky avec un sifflement sourd.

— Je sais que Jorge est aux abois, mais de là à faire une chose pareille, s'indigna Mariela, scandalisée.

— C'est pour ça qu'on doit l'arrêter, déclara Ricky en la serrant contre lui.

Trey désigna les cartes.

— On veut utiliser le radar à pénétration de sol sur ces zones visibles sur la simulation pour regarder ce qui se passe au-dessous. Ricky et moi, on s'occupera du radar. Mariela fera le guet.

Il reporta son attention sur Sophie et Robbie.

— Vous êtes sûrs de pouvoir utiliser le drone pour éloigner les gardes ?

— Dès lors que tu nous trouves un bon chauffeur, on se charge de détourner l'attention des gardes, répondit Sophie sans la moindre hésitation.

Mariela lui envia son assurance.

— On aura un chauffeur, nous aussi ? demanda-t-elle.

— Oui. J'ai fait appel à deux des meilleurs chauffeurs de la South Beach Security. Et Roni sera disponible également, en cas de besoin, dit Trey. Quant à *mami* et *papi*, ils suivront les véhicules et les communications, au cas où nous devrions faire appel à Roni et à ses collègues policiers.

Des murmures d'approbation fusèrent autour de la table, puis Ricky demanda :

— Et maintenant, on fait quoi ?

— Laissez-moi vous équiper avec ces systèmes de communication pour qu'on puisse tous rester en contact, dit Trey en approchant avec une grosse valise noire qu'il posa sur la table.

Il l'ouvrit, en sortit le matériel et équipa tout le monde.

Une fois qu'ils eurent confirmé qu'ils pouvaient tous communiquer les uns avec les autres, y compris avec les parents de Ricky et Trey, ils passèrent à l'action.

Trey descendit au trot les quelques marches du perron. Deux SUV avec chauffeurs les attendaient dans la cour. Dans un tourbillon d'activité, Mariela monta dans un véhicule avec Ricky et Trey, et ils démarrèrent, l'autre SUV les suivant de près.

Il les regarda s'éloigner de la propriété des Gonzales dans les deux SUV noirs. D'après ce qu'il pouvait voir à travers le portail, deux des héritiers de l'agence se trouvaient dans le véhicule de tête, probablement en route vers le chantier.

Il les y attendrait de pied ferme et leur réservait une surprise, grâce à la complicité d'un garde prêt à détourner le regard en échange d'une belle liasse de billets.

Il sourit en pensant à ce qu'il avait planqué dans le bâtiment, qu'il voyait déjà s'effondrer sur tous les membres de la famille Gonzales.

Reposant les jumelles sur le siège passager, il fit demi-tour et s'engagea sur le pont pour se rendre sur le chantier, en veillant à rester à prudente distance des deux SUV.

Quelques minutes plus tard, l'un des véhicules bifurqua, mais il garda les yeux rivés sur sa cible : le véhicule transportant les héritiers Gonzales.

Le SUV s'arrêta à quelques pâtés de maisons du chantier.

Il fit alors demi-tour pour aller se garer sur le chantier, savourant d'avance le moment où il leur donnerait à tous une bonne leçon.

— Quand tu veux, Sophie, dit Trey depuis le siège passager.

Ricky serra plus fort la main de Mariela, inquiet que le plan qu'ils avaient mis au point tous ensemble ne se déroule pas comme prévu, la réussite de leur mission dépendant peut-être d'un trop grand nombre de paramètres.

Par l'oreillette qu'il portait, il entendit Sophie annoncer :

— Je vais faire décoller le drone au-dessus du site. Robbie a piraté leur vidéosurveillance pour vérifier s'il reste des gardes sur place.

— Bien reçu. Préviens-nous quand on pourra entrer, répondit Trey.

— Ça marche, dit Sophie.

Ricky inspira un grand coup pour se donner du courage.

Le cœur battant, il appréhendait le moment où ils devraient pénétrer dans le site.

De longues minutes s'écoulèrent, et il se mit à taper du pied nerveusement jusqu'à ce que Mariela pose une main sur son genou.

— Je suis nerveux, lui confia-t-il en entrelaçant les doigts aux siens.

— Moi aussi. Cette attente est interminable.

— C'est bon ! annonça Trey. Robbie dit que les gardes se sont tous lancés à la poursuite du drone.

À ces mots, le chauffeur démarra et fonça vers l'entrée du chantier.

Les gardes avaient laissé le portail ouvert dans leur précipitation à poursuivre le drone et celui qui le contrôlait.

Lorsqu'il sortit du SUV, Ricky aperçut les lumières rouges et blanches du drone qui s'éloignait du chantier. Sophie et Robbie s'étaient acquittés de leur tâche. Maintenant, c'était à eux de jouer.

Il se précipita à l'arrière du véhicule où Trey et lui sortirent du coffre à la force des bras le radar à pénétration de sol. Il était plus gros qu'une tondeuse à gazon, et beaucoup plus lourd, mais à deux ils arrivaient encore à le soulever. Lorsqu'ils l'eurent posé au sol, Trey lança au chauffeur :

— Fais demi-tour pour qu'on puisse partir rapidement.

Mariela se tenait à côté d'eux, les mains crispées sur les jumelles qu'ils lui avaient confiées.

Ricky observait l'ossature du bâtiment déjà partiellement construite.

— Tu devrais pouvoir faire le guet depuis le troisième étage.

Il se pencha pour l'embrasser sur les lèvres, et elle partit comme une flèche vers le bâtiment.

— Mettons le géoradar en place, suggéra Trey.

Ensemble ils le poussèrent jusqu'au bord du bâtiment, là où le LiDAR avait relevé les plus grands signes d'affaissement.

— J'espère que je souviens comment le faire fonctionner, déclara Trey lorsque l'appareil fut positionné.

Le contact qui le leur avait prêté leur avait fourni quelques explications, que Ricky avait bien retenues.

— Laisse-moi faire, dit-il en écartant son frère.

Il appuya sur deux ou trois boutons, et le géoradar se mit en marche. Ricky le poussa alors lentement le long du bâtiment, collectant des données qui leur permettraient de savoir si ce qui se passait sous terre pourrait réellement entraîner l'effondrement du bâtiment, comme Sophie et Robbie l'avaient prévu dans leur simulation.

Ses mains étaient moites sur les poignées, et Ricky sentait son cœur battre à tout rompre tandis qu'il se concentrait sur sa tâche. S'il poussait l'appareil trop vite, les données ne seraient pas fiables, mais chaque seconde qui passait augmentait le risque que les gardes armés reviennent, et Dieu seul savait ce qui se passerait alors.

S'efforçant de respirer calmement et d'avancer lentement, il continua, déterminé à aller jusqu'au bout.

Après être entrée dans la carcasse du bâtiment en construction, Mariela avait trouvé un escalier qu'elle monta rapidement jusqu'au troisième étage. Il n'y avait qu'un étage au-dessus, mais d'après les plans qu'elle avait vus dans l'annonce immobilière l'immeuble en compterait au moins deux de plus. En montant, sa lampe torche braquée devant elle, elle chercha des signes de dommages sur la structure, mais ne vit rien d'inquiétant, l'escalier se trouvant du côté opposé à la zone de tassement.

Arrivée au troisième étage, elle éteignit sa lampe, sortit les jumelles et chercha le drone, puis le SUV transportant Sophie et Robbie, ainsi que l'autre SUV noir avec les gardes du chantier.

Aucun des deux véhicules n'était en vue, ce qui la rassura : ils auraient largement le temps de finir de tester le sol avant de devoir décamper.

Elle se dirigea ensuite vers l'autre côté du bâtiment, et ralluma sa lampe torche, veillant à en masquer le faisceau avec son corps pendant qu'elle inspectait les colonnes de soutien. Comme l'avait indiqué l'ancien chef de chantier de Jorge, de fines fissures de l'épaisseur d'un cheveu commençaient effectivement à apparaître tout autour.

Elle se précipita vers la colonne suivante et constata le même type de dommages. Elle allait éteindre sa lampe lorsqu'elle capta du coin de l'œil une masse sombre à la base de la colonne, près de l'escalier.

Sa lampe braquée devant elle, elle approcha prudemment et constata qu'il y avait plusieurs masses semblables fixées à toutes les colonnes de cette rangée. Des fils les reliaient les unes aux autres et, en les suivant du regard, elle découvrit qu'ils menaient tous à un boîtier muni d'un voyant LED rouge qui clignotait et affichait des chiffres.

2 : 58.

2 : 57.

2 : 56.

Son cœur s'arrêta net. Une bombe ! Et il ne restait qu'un peu de moins de trois minutes avant qu'elle explose.

— Trey. Ricky. Vite ! Il y a une bombe au troisième étage. On a deux minutes et demie pour sortir d'ici avant que tout saute, les prévint-elle en courant vers l'escalier.

Un court instant, Ricky se demanda s'il avait bien entendu.

— Quoi ? Une *bombe* ? demanda Trey pendant que Ricky terminait un passage avec le géoradar avant d'entamer le dernier.

— Bombe. Deux minutes. Boum ! répondit Mariela, son souffle haletant dans l'oreillette.

Trey cria au chauffeur :

— Prépare-toi à démarrer !

Aussitôt, le moteur du SUV se mit à rugir.

— Allez, Ricky. Arrête cette machine, ordonna Trey.

Mais Ricky voulait finir ce dernier passage, craignant que sans cela ils n'aient pas assez de données pour confirmer leurs craintes.

— Je dois finir, insista-t-il, bien que son instinct lui hurlât de déguerpir.

Trey jeta un coup d'œil à sa montre.

— Il nous reste à peine plus d'une minute, dit-il, juste au moment où Mariela les rejoignait en courant.

— Il faut qu'on y aille ! lança-t-elle d'un ton dans lequel filtrait l'urgence.

Mais Ricky ne céda pas, poussant le géoradar avec une lenteur exaspérante sur les deux derniers mètres.

— On y va ! cria-t-il enfin en l'éteignant.

À trois, ils le soulevèrent, le traînèrent jusqu'au SUV et le balancèrent à l'arrière.

Puis ils s'engouffrèrent dans le véhicule, et le chauffeur démarra en trombe.

Juste à ce moment-là, la première détonation retentit, suivie de trois autres explosions.

Le sol trembla sous eux, mais agrippé au volant le chauffeur réussit à garder le contrôle du véhicule. Ils sortirent du chantier sur les chapeaux de roueset se retrouvèrent dans la rue alors qu'un grondement sourd emplissait l'air.

Dès qu'ils se furent un peu éloignés, Trey, Ricky et Mariela se retournèrent sur leurs sièges pour voir un des côtés du bâtiment s'effondrer et s'écraser au sol. Le souffle de l'explosion fut si fort qu'il secoua le SUV et déclencha les alarmes de plusieurs voitures stationnées à proximité du chantier.

Il ne fallut que quelques secondes pour qu'au hurlement des alarmes se mêle celui des sirènes de police, et que la voix de Roni résonne dans leurs oreillettes.

— Trey, dis-moi que tout le monde va bien.

— On est tous sains et saufs, mais il faut que tu viennes. Quelqu'un a mis une bombe et fait exploser l'immeuble, expliqua Trey.

La police les avait interrogés sur place, puis emmenés au commissariat le plus proche, où Roni, *tío* Jose et *tía* Elena étaient venus les soutenir pendant les auditions menées par les inspecteurs en charge de l'enquête.

Ricky et les autres avaient dit tout ce qu'ils savaient au sujet des pots-de-vin et des tentatives de meurtre dont ils avaient été victimes, n'omettant que le nom du chef de chantier actuel de Hernandez et celui de Dillon. Son oncle avait confirmé à la police que son bureau disposait déjà de tous les éléments nécessaires et diligentait sa propre enquête contre les inspecteurs en bâtiment et contre Hernandez.

Semblant satisfaits, les inspecteurs s'apprêtaient à les laisser partir quand ils reçurent un appel des officiers de police qui avaient enquêté sur les attaques précédentes.

— Je vais vous mettre sur haut-parleur, dit l'inspecteur qui avait pris l'appel.

Il s'interrompit pour regarder tour à tour les membres de la famille Gonzales puis lança à son interlocuteur :

— On vous écoute. Allez-y !

— Nous nous sommes rendus au domicile de Hernandez pour l'informer de l'incident sur son chantier, mais personne n'a répondu. Ayant remarqué une présence dans l'une des pièces à l'avant de la maison, nous avons insisté. Sans plus de succès. Alors nous sommes entrés.

Pris d'un mauvais pressentiment, Ricky passa un bras autour des épaules de Mariela.

D'un ton mécanique, le policier continua.

— Nous avons trouvé un homme à l'intérieur avec une blessure par balle à la tête. Il a été identifié comme étant Jorge Hernandez, mais nous aurons besoin que quelqu'un vienne confirmer son identité à l'institut médico-légal.

Sous le choc, Mariela inspira profondément et déclara :

— J'irai l'identifier, mais ça ne peut pas être Jorge. Il ne ferait jamais une chose pareille.

L'officier de police poursuivit du même ton plat.

— N'ayant relevé aucun signe d'effraction, nous supposons qu'il s'agit d'un suicide.

— Ne fais aucune supposition, Pete, dit Roni à son collègue.

— Compris, Roni. Mais tout semble indiquer qu'il s'agit d'un suicide. On a aussi trouvé une BMW dans le garage. D'après l'état de la carrosserie et les plaques, on pense que c'est la voiture qui a essayé de faire sortir Ricky Gonzales de la route.

Roni et Trey échangèrent un regard que Ricky ne réussit pas à interpréter.

— Il faut demander à la police scientifique de passer cette voiture au peigne fin afin d'y retrouver des empreintes, ou autre chose, histoire de confirmer que c'était bien Hernandez qui la conduisait, dit Roni.

— Qui ça pourrait être d'autre ? demanda Mariela.

— Je me fie à mon instinct, dit Trey, répétant ce qu'il avait dit quelques jours plus tôt à propos de ses doutes sur l'affaire.

Ricky ne voulait pas contredire son frère, même si, à première vue, tout était parfaitement clair et limpide.

Lorsque le policier eut raccroché, ils filèrent à l'institut médico-légal.

Mariela tremblait lorsqu'on lui présenta le corps de son ex-mari, mais elle prit sur elle, et l'identifia. Une fois cela fait, ils furent autorisés à partir et rentrèrent chez les parents de Ricky.

Ce n'est qu'en arrivant qu'il se rendit compte qu'il n'y avait plus vraiment de raison pour que Mariela et lui restent là. Quelle qu'elle soit, la menace que représentait Jorge Hernandez n'existait plus.

Tandis qu'ils montaient à l'étage, chaque pas lui semblant

aussi lourd que celui d'un condamné en route vers la chaise électrique, il devina que Mariela s'était fait la même réflexion.

Ils s'arrêtèrent sur le palier, devant leurs chambres.

— Je suppose que je peux rentrer chez moi demain matin. Je passerai voir mes parents dans leur résidence pour seniors et je leur raconterai ce qui s'est passé, déclara Mariela.

— Oui, bien sûr, dit Ricky en lui prenant la main et en l'attirant doucement à lui. Mais tu pourrais aussi rester avec moi, et on irait voir tes parents ensemble.

Elle se mordilla la lèvre, perplexe.

— C'est une décision importante, alors qu'on ne sait pas si tout ça est bien réel, et pas juste dû aux circonstances, lié à tout ce qu'on a traversé, dit-elle d'un ton grave.

C'était une question légitime, et il y répondit de la seule manière possible.

— Laisse-moi te prouver que c'est réel. Ce soir, et tous les autres soirs de notre vie ensemble, dit-il comme on se jette à l'eau, mais sachant au fond de lui que c'était exactement ce qu'il voulait.

Il la voulait dans sa vie pour toujours.

Le sourire de Mariela s'élargit, montant jusqu'à ses yeux et les illuminant de bonheur.

— Je veux bien, Ricky. Je t'aime.

— Moi aussi, je t'aime, *mi amor*, répondit-il, glissant la main dans la sienne et l'entraînant dans sa chambre.

Il n'y avait plus d'urgence, plus de craintes, alors qu'ils se déshabillaient mutuellement et se glissaient dans le lit pour sceller la promesse qu'ils s'étaient faite.

Après avoir fait l'amour, ils se blottirent l'un contre l'autre, tandis que les rayons rosés de l'aube filtraient dans la chambre.

La nuit avait été longue et éprouvante, mais le cauchemar était enfin terminé, et c'était le cœur gonflé d'espoir que Ricky pensait à sa vie future avec Mariela.

Mariela avait toujours aimé se lever tôt pour voir la lumière du jour chasser les ténèbres.

Des ténèbres qui avaient trop souvent obscurci sa vie jusqu'ici. Mais, allongée à côté de Ricky, elle savait que désormais sa vie serait remplie de la lumière de son amour pour elle.

Glissant sur lui, elle murmura contre ses lèvres :

— Je t'aime, Ricky. Je ne m'imagine pas vivre sans toi.

Il sourit et roula sur le côté, l'emprisonnant sous son corps. Elle eut un moment de panique, se souvenant d'un autre homme et de ses abus. Mais lorsqu'elle croisa le regard de Ricky, la douceur de ses yeux bleus la rassura. Persuadée que dans ses bras elle ne connaîtrait que la joie, elle s'abandonna à son étreinte.

Quelques jours plus tard, Ricky dut se rendre à l'évidence : son frère n'acceptait pas les conclusions de l'enquête menée par les inspecteurs sur le suicide de Hernandez et sur la BMW retrouvée dans son garage.

— Cette voiture n'était pas là la première fois qu'ils sont allés chez lui, protesta Trey, alors qu'il discutait avec sa femme, assis à la table de la salle à manger de la maison familiale.

— Hernandez l'avait peut-être cachée dans un des entrepôts dans lesquels il stockait ses matériaux de construction, fit remarquer Roni. La corde en nylon violette, ils ne l'avaient pas vue non plus, et elle était pourtant là, dans un tiroir.

— Les résidus de poudre sur sa main sont suspects, dit Trey.

— Mais ils n'en restent pas moins compatibles avec ceux que l'on trouve après un suicide, répliqua Roni.

C'était comme regarder un match de tennis : à chaque argument de Trey, Roni répondait du tac au tac, jusqu'à ce qu'il n'ait plus rien à objecter.

Roni posa une main sur son bras, qu'elle pressa légèrement.

— Je fais confiance à ton instinct, Trey. Mais je pense que

cette fois il s'est planté. L'affaire est bouclée. Il n'y a plus lieu de s'inquiéter.

Trey haussa les épaules et soupira.

— Tu as raison. Depuis que j'ai été blessé par balle, j'ai tendance à voir des menaces partout, admit-il.

Ricky comprenait. Il s'était demandé si son frère ne souffrait pas de stress post-traumatique depuis qu'il avait failli se faire tuer lors de sa précédente enquête. Cela pourrait expliquer ce qu'il ressentait. Mais le fait qu'il ait récemment démissionné de la police pour rejoindre SBS, sans parler de la perspective de son mariage prochain avec Roni, était aussi de nature à le perturber.

— Je peux te recommander un confrère, au besoin, commença-t-il.

— Pas la peine, décréta Trey, déterminé à rester le mâle alpha de la famille.

Mais Ricky n'allait pas le lâcher. Il voulait être là pour lui. Et pour Mariela, songea-t-il en jetant un regard dans sa direction.

C'était le bon moment pour partager avec son frère la nouvelle qu'ils avaient annoncée à ses parents la veille au soir.

— Je sais que ça peut paraître soudain, mais Mariela et moi allons nous marier, dit-il, s'attendant que son frère proteste en arguant que c'était, comme il l'avait lui-même dit, trop rapide et prématuré.

À sa grande surprise, Trey sourit et applaudit.

— Félicitations ! J'étais un peu inquiet, au début, mais mon instinct me dit que c'est la bonne décision pour vous deux.

— Waouh ! Vraiment ? demanda-t-il tandis que son frère et Roni se levaient pour les serrer dans leurs bras.

— Vraiment, *hermano*. Je reconnais le véritable amour quand je le vois, lui répondit-il, remplissant Ricky de soulagement.

Tout allait bien pour lui et pour Mariela. Ils étaient allés rendre visite aux parents de Mariela pour leur annoncer la nouvelle, et ceux-ci s'étaient déclarés ravis que leur fille ait trouvé quelqu'un qui l'aimait et la respectait. Puis ils avaient prévenu ses propres parents qu'ils risquaient de squatter chez eux jusqu'à ce que les travaux chez lui soient terminés et qu'ils puissent s'installer dans sa maison pour y vivre ensemble le reste de leur vie.

Tout est parfait, songea-t-il en se penchant pour embrasser tendrement sa future épouse.

Il les observait avec ses jumelles et avait envie de vomir en les voyant se dire au revoir avec force embrassades, dans la cour devant la maison.

Pendant que tous ces enfoirés nageaient dans le bonheur, sa propre famille souffrait. Tandis que les uns se construisaient un royaume à Miami, les autres devaient se contenter des miettes.

Il s'en voulait d'avoir raté plusieurs fois Ricky, le petit dernier de la famille.

La bombe était censée le tuer, en faisant quelques dommages collatéraux par la même occasion. Mais sa petite amie était bien trop observatrice.

La prochaine fois, ils auraient peut-être moins de chance, pensa-t-il en redémarrant.

Sa famille avait besoin de lui, et il ne décevait jamais sa famille.

Vous avez aimé ce roman ?

Retrouvez le clan Gonzales sur harlequin.helloromance.fr :

Enquête au cœur de la nuit

Un cœur à reconstruire

NICHOLE SEVERN

Au nom de notre enfant

Traduction française de
FLORENCE BERTRAND

BLACK ROSE
HARLEQUIN

Titre original :
PRESUMED DEAD

1

Battle Mountain avait perdu son innocence.

À cause de lui.

L'officier de réserve Kendric Hudson monta la rampe aménagée qui menait à la porte du chalet. Entourée d'arbres et dominée par les sommets enneigés des montagnes environnantes, la petite propriété semblait suffoquer. Le ravisseur n'avait eu aucun mal à entrer et sortir sans être vu.

Personne n'aurait pu entendre les cris de Sabrina Bryon.

Il balaya du regard le petit séjour, à l'affût de signes de lutte. En vain. La pièce ne payait guère de mine. Le décor démodé dégageait une impression de négligé. Exactement comme le reste de la ville.

Une cuisine toute simple, équipée d'un plan de travail bleu vif, occupait le côté droit, tandis qu'à gauche trônait un poêle à bois de style ancien, semblable à ceux qu'utilisaient les pionniers du siècle passé. D'après l'appel passé au 911 par le mari, l'enlèvement avait eu lieu au petit matin. La victime se trouvait sans doute au lit, endormie.

Ses bottes résonnaient sur le plancher usé. Il enfila une paire de gants en latex. Les vues splendides, le silence impénétrable et son affection pour la solitude ne devaient pas lui faire oublier qu'il était sur une scène de crime. Il ne pouvait se permettre de commettre une erreur.

Kendric gagna l'arrière du logement et entra dans la première chambre : papier peint rose, tapis à longs poils et mobile suspendu au-dessus d'un berceau vide. Le soleil entrait à flots par les stores ouverts, et son estomac se noua brusquement, le prenant par surprise. Il continua à avancer. En dépit de son expérience, il n'était jamais à l'aise dans les enquêtes qui concernaient les enfants. Contrairement aux agents avec qui il avait travaillé par le passé. Des policiers détachés. Ambitieux. Focalisés sur leur carrière. Pour eux, il ne s'agissait pas de s'intéresser aux victimes affectées par les psychopathes qu'ils cherchaient à neutraliser. Il s'agissait de résoudre l'affaire, d'élucider le crime et d'arrêter le coupable.

Pendant un temps, il s'était convaincu qu'il était l'un d'eux.

Et puis Battle Mountain avait été ravagé par les flammes.

Une ville où il n'avait jamais mis les pieds, une ville où il n'avait aucune intention de s'attarder. Et maintenant, il était prêt à tout pour compenser la souffrance que les gens de cette ancienne cité minière avaient endurée.

— Gregson.

Il avança vers le chaos contrôlé qui régnait dans la chambre à coucher principale et l'ancien expert en déminage du comté de Latimer devenu agent de police. Un flash jaillit de l'appareil-photo que Gregson tenait entre ses mains. En tant que protecteurs de Battle Mountain, les policiers de la localité se devaient de savoir tout faire. Rassembler des indices, documenter les scènes de crime, prendre les dépositions des témoins, sécuriser les périmètres, et s'acquitter d'une multitude d'autres tâches nécessaires à la découverte de la vérité. Tout cela sans financement extérieur. Ce manque de soutien était le facteur décisif qui avait poussé Kendric à tout plaquer pour recommencer à zéro. C'était le moins qu'il puisse faire après que la rue principale de Battle Mountain avait été le siège d'un attentat à la bombe.

— Le ravisseur s'est manifesté ?

Des cicatrices de brûlures récentes étaient visibles sur le visage intelligent et réfléchi de l'agent récemment recruté. Kendric sentit ses propres cicatrices le picoter au souvenir de la douleur. Il scruta la scène de son œil valide. Un incendie avait tout changé pour eux deux. Et bien failli leur coûter la vie. Si Gregson ne s'était pas comporté en héros, Kendric serait mort.

— Pas que je sache.

Gregson contourna le lit.

— Alma est à l'hôpital avec le mari. On ne sait pas encore s'il va s'en sortir. Les secouristes ont dû le plonger dans un coma artificiel. D'après ce que j'ai pu constater, le ravisseur est entré par la porte principale puis venu droit dans la chambre. Le mari s'est réveillé, a essayé de le repousser dans le couloir, mais l'intrus lui a tiré deux balles dessus avant de le laisser dans une flaque de sang et d'enlever notre victime. Sabrina Bryon. Vingt-huit ans. Mariée à Elliot Bryon depuis presque deux ans.

— Le ravisseur connaissait la disposition des lieux, commenta Kendric. Il s'était renseigné. Ou alors il était déjà venu.

Pourtant, pourquoi ne pas avoir réclamé de rançon ? Pourquoi se donner tout ce mal – et risquer une condamnation pour meurtre – sans contrepartie ? Kendric désigna la porte située derrière lui.

— Et le bébé ? Je suis passé dans une chambre d'enfant.

— Sabrina Bryon est enceinte. De huit mois environ, d'après une échographie scotchée au frigo. C'est une petite fille.

Bon sang !

— Tu veux dire qu'il a pensé faire d'une pierre deux coups ? Enlever la mère et l'enfant, et demander une rançon pour les deux ? Le mari a parlé ?

— Ce n'est pas facile quand on a un trou dans la poitrine, lança une voix par trop familière derrière lui. On a frôlé un pneumothorax sur la route de Grand Junction. Malheureusement pour nous, Elliot Bryon ne va sûrement pas nous dire grand-chose de sitôt.

Le sang se glaça dans les veines de Kendric. Il pivota pour faire face à la blonde aux yeux bleus qui hantait sa mémoire. Un ensemble pantalon épousait sa silhouette mince, soulignant les courbes que Kendric avait essayé d'oublier. Des boucles soyeuses ondulaient sur ses épaules et dans son dos, réveillant en lui le souvenir de leur douceur.

Campbell Dwyer parcourut la pièce du regard comme s'il n'existait même pas. Cela dit, il avait été on ne peut plus clair sur ses intentions lorsqu'il avait quitté Loveland. Tout avenir entre eux était impossible. Elle avait projeté de rejoindre le bureau du shérif du comté de Latimer, et puisqu'il était démineur il avait su qu'il n'avait pas sa place dans ce projet. Aussi, il avait pensé agir pour le mieux en partant. Pour leur bien à tous les deux.

— Agent Dwyer. J'ignorais que le FBI s'intéressait aux enlèvements dans les trous perdus du Colorado. Ça n'est pas indigne de vous ?

— Et jouer au flic dans une ville dont personne n'a entendu parler ? Ça n'est pas indigne de toi ?

Elle entra dans la chambre, passant bien au large de lui, aussi sérieuse et aussi susceptible qu'avant. Et elle savait toujours où frapper pour faire mal.

Kendric avait quitté son poste après qu'une de ses collègues avait tenté de raser Battle Mountain au moyen d'une série de bombes afin de couvrir un meurtre. Les habitants étaient encore sous le choc. Kendric étudia les poignets crémeux de Campbell, ses ongles coupés court, son maquillage subtil mais complexe. Elle était toute en contradictions. Même après tout ce temps.

Il se força à reporter son attention sur Gregson. Histoire de se prouver qu'elle n'avait plus de pouvoir sur lui.

— J'imagine que les gros bonnets veulent qu'un de leurs éléments soit mêlé à l'enquête pour garder l'œil sur ce qui se passe. Veiller à ce que les campagnards fassent leur boulot comme il faut.

— Tu n'as rien perdu de tes pouvoirs de déduction, apparemment, souligna-t-elle.

Ayant enfilé une paire de gants en latex, Campbell sortit un sachet plastique de sa veste et s'accroupit, la main tendue vers la montre cassée sur le sol à côté du lit.

— Je peux ?

— Vas-y. On a tout ce qu'il faut.

— Battle Mountain a connu toute une série de tueurs en moins d'un an. Même toi, tu peux comprendre que cela soulève un certain nombre de questions.

Elle se tourna vers Kendric, la montre encore à la main.

— À propos, c'est quoi ton nouveau titre ?

Kendric serrait les dents si fort qu'il en avait la mâchoire crispée. Elle savait très bien ce qu'il faisait. Exactement comme il avait suivi sa carrière après qu'une bombe avait failli le défigurer, elle s'était renseignée sur lui avant d'accepter cette mission.

— Agent de police.

— Ah bon ? Agent de police...

Le regard de Campbell descendit sur son torse, et son expression s'adoucit.

— Tu as toujours eu tendance à voler au secours des plus faibles, Kendric. Cet endroit te va comme un gant.

— Dwyer.

Gregson tendit la main pour la saluer, faisant irruption dans l'univers parallèle que Kendric s'était créé, où seuls existaient Campbell et lui.

— Ça fait un bail.

Kendric se força à revenir au présent. La scène de crime. Une jeune mère disparue. Un mari à l'hôpital. Et toute une liste de questions sans réponses.

— Tu te souviens de Cree Gregson ?

— Naturellement. C'est bien de voir qu'il y a quelqu'un ici qui maintient Kendric sur le droit chemin. J'ai lu ton rapport au sujet de la dernière affaire. Celui de ta partenaire aussi. Vous avez fait un travail impressionnant. Tous les deux.

En dépit du compliment, le ton de Campbell trahissait sa perplexité. Elle se demandait sûrement pourquoi son ami avait renoncé à une carrière prometteuse dans le service du déminage pour jouer à l'agent de police dans une ville perdue. Comme lui. Leurs regards se croisèrent, et il songea aux paroles qu'elle venait de prononcer.

Aussitôt, le soupçon se logea dans son estomac. Pour autant qu'il déteste admettre que leurs échanges lui avaient manqué, cela ne changeait rien au fait qu'elle n'était pas censée être là.

— Allons droit au but, Campbell. En quoi un enlèvement ordinaire dans le Colorado intéresse-t-il le Bureau ? Notre service est plus que capable d'obtenir le retour de Sabrina Bryon saine et sauve. À moins que tu n'aies été invitée par le chef Ford en personne, tu n'as aucune compétence ici.

— Détrompe-toi.

Campbell glissa la montre dans le sachet avant de tirer une feuille de papier pliée en deux de la poche de sa veste. Elle la lui présenta, et il sentit chaque cellule de son corps le picoter.

— Vois par toi-même.

Gregson se plaça derrière l'épaule de Kendric pour scruter le document. Kendric lut la brève note, signée par le directeur du FBI dans le Colorado en personne.

Que diable... ?

— Ceci dit que...

— C'est exact, le coupa-t-elle, en scellant le sachet. Ce document confirme que, dans l'intérêt de la sécurité du public, cette affaire tombe sous la juridiction du Bureau et que, par conséquent, l'agent chargé des disparitions est dépêché sur place afin de prendre la tête des recherches pour retrouver Sabrina Bryon. Au cas où tu aurais du mal à saisir, cet agent, c'est moi.

Comment était-ce possible ? Campbell ne possédait pas assez d'influence seule pour prendre ce genre de décision. Elle avait dû convaincre quelqu'un de haut placé de l'envoyer ici. Pourquoi ? Et en contrepartie de quoi ?

Le claquement sourd de ses talons résonnait aux oreilles de Kendric tel un écho au mal de tête qui lui vrillait la nuque. Elle lui tendit la main, envahissant son espace personnel.

— Sois positif, Kendric. On dirait que toi et moi allons faire équipe de nouveau.

Les mains tremblantes, elle retira ses gants et sortit du chalet.

Campbell avait impatiemment attendu ce moment. Avait imaginé des conversations, s'était préparée à rester détachée, à maîtriser le stress qu'elle éprouverait en le revoyant. Rien n'avait fonctionné. Pas pour elle en tout cas. Kendric, en revanche... n'avait pour ainsi dire manifesté aucune émotion lorsqu'il l'avait vue. Après toutes ces années, était-ce ainsi que leur relation devait se conclure ?

Elle fit le tour de la petite propriété ceinte par sa muraille de verdure. Kendric était un citadin pur et dur. Qu'est-ce qui avait bien pu le pousser à quitter sa vie à Denver, sa famille, ses amis et sa carrière pour s'installer au milieu de nulle part ?

La poussière recouvrait le bout de ses chaussures. Songeuse, elle fit le point sur le dossier.

Sabrina Bryon, vingt-huit ans, mariée à Elliot Bryan depuis un peu moins de deux ans. Pas de famille. Aucune trace de disputes conjugales. Pas de dettes. Rien qui suggère qu'elle ait été en danger. Elle travaillait comme professeur d'anglais en ligne. Pas le genre de profession qui génère d'énormes gains financiers, mais les Bryon ne vivaient pas non plus dans la pauvreté.

Sur le calendrier punaisé à côté de la porte d'entrée figuraient deux rendez-vous récents, tous les deux avec le gynécologue obstétricien que Campbell comptait interroger dès qu'elle en aurait terminé ici.

Le cœur soudain serré, elle se força à aspirer une goulée d'air. Battle Mountain était devenu un terrain de jeux pour les pires criminels, et cette victime s'ajoutait à une longue série de raisons pour lesquelles elle avait été envoyée ici. Cependant, en l'absence de tout contact avec le ravisseur, rien ne permettait d'avancer.

Comment ce dernier avait-il pu arriver jusqu'à la maison et

y entrer sans en réveiller les occupants ? S'il avait emprunté la route principale, il y aurait des traces de pneus, des indices révélateurs de son arrivée et de son départ.

Or, les seules traces sur place menaient au garage des Bryon, où seule une voiture était présente. Où était donc passée la deuxième ? Et si le ravisseur avait pris la fuite avec la voiture d'un des époux Bryon, où était le véhicule avec lequel il était arrivé sur les lieux ?

À l'arrière du chalet, Campbell remarqua des empreintes de pas. Elle sortit son téléphone et les prit en photo. Du 43, ou du 44 peut-être. La semelle en relief suggérait des chaussures de marche. Difficile de savoir si quelqu'un d'autre était passé là. L'individu qui avait surpris les Bryon s'était préparé pour le terrain.

— Il fallait qu'il soit plutôt costaud, conclut-elle à voix haute.

D'après son expérience, les femmes prenaient environ douze kilos durant une grossesse. Il n'avait pas pu être facile de la porter seul. Sauf si la victime n'avait pas résisté.

— Tu parles toute seule ?

La voix grave de Kendric se réverbéra en elle, déclenchant une réaction en chaîne qui commença par un nœud dans son estomac et s'acheva par une brusque montée de rougeur sur son cou. Elle avait eu beau essayer de se protéger de l'effet qu'il avait sur elle, il avait toujours réussi à la troubler.

Et elle devait s'avouer que cela lui avait plu.

— Les voix dans ma tête s'énervent si je ne leur réponds pas.

Elle se redressa et pivota vers lui. L'air entre eux sembla se charger de tension et de rancune, et elle se raidit malgré elle. L'intensité de son regard vert accentuait le malaise qu'elle éprouvait à s'immiscer dans son enquête, mais ni lui ni elle n'avait vraiment le choix. Ils avaient été formés pour obéir aux ordres. Même dans le nouveau poste de Kendric, cela n'avait pas changé.

— Je plaisante, ajouta-t-elle.

— Je vois que ton sens de l'humour ne s'est pas amélioré.

Il s'adossa contre la maison, les bras croisés sur son torse puissant. Sa barbe bien taillée était assortie à ses cheveux bruns. Elle était là pour une raison, pour cacher une gêne qu'il n'avait de toute évidence pas surmontée, mais les cicatrices qui labouraient un côté de son visage n'avaient jamais dérangé Campbell. Kendric s'en était juste servi comme prétexte pour s'éloigner de tout le monde.

— Mes blagues nulles te faisaient rire autrefois.

Malgré ses efforts acharnés pour se libérer du passé, le bannir, il rôdait toujours sous la surface. Guettant le moment propice pour lui planter un couteau dans le cœur.

— J'ai trouvé une série d'empreintes, reprit-elle. Dans les deux sens. Elles vont vers ces arbres là-bas. Je ne les ai pas encore suivies, mais elles ont l'air d'appartenir à la même personne. Tu as de quoi les relever ?

— Nous ne sommes pas aussi attardés qu'on pourrait le penser, agent Dwyer. Je vais chercher un kit dans ma voiture.

Sur ces mots, il disparut au coin du chalet.

« Agent Dwyer. » Cette formulation la hérissait. S'il était aussi affecté qu'elle par leur rencontre, il le dissimulait sous une épaisse couche d'irritation. Ou peut-être s'était-elle bercée d'illusions en l'imaginant aussi malheureux qu'elle depuis leur rupture, cinq ans plus tôt.

— Reprends-toi, Dwyer.

Des pas résonnèrent derrière elle. Cette fois, Kendric faisait un effort pour annoncer son arrivée. Il déposa le kit à côté d'elle et en ouvrit le couvercle. Sans même un regard dans sa direction, il lui tendit une règle et sortit une cartouche de pâte de moulage. Elle positionna la règle à côté de l'empreinte et prit une photo pendant qu'il mélangeait une solution à la pâte dans un petit bol à l'aide d'une spatule. Puis il se pencha par-dessus elle pour verser la mixture obtenue sur l'empreinte.

On aurait dit qu'ils avaient répété ces gestes des centaines de fois. En un sens, c'était le cas. Kendric et elle avaient fait équipe lors d'une multitude d'enquêtes, elle en tant que policière, lui en tant que spécialiste en explosifs. C'était ainsi qu'ils s'étaient rencontrés et qu'ils étaient tombés amoureux. En rassemblant des indices, en arpentant des scènes de crime, en suivant des pistes. Elle n'aurait pu élucider ces affaires sans l'expertise de Kendric, et il n'aurait pu mettre en place toutes les pièces du puzzle sans ses talents d'enquêtrice.

Ils avaient formé une équipe hors pair.

Et créé un lien fantastique en même temps.

Jusqu'au jour où il avait failli périr dans un attentat.

— J'ai été surprise d'apprendre que tu avais accepté un poste ici.

Elle observa la mixture qui durcissait petit à petit. Plus ils mettaient longtemps à analyser la scène, plus ils risquaient de manquer des indices. Ils n'avaient pas le temps d'attendre que le moulage soit solidifié avant de suivre la piste qui se dirigeait vers les arbres, mais elle ne pouvait pas davantage rompre ce moment. Pas encore.

— Je n'imagine pas ce qui a pu te pousser à quitter l'ATF. Je croyais que tu avais toujours rêvé d'y être formateur.

— C'était le cas.

Kendric changea de position, sans pour autant paraître près de se départir de son flegme légendaire. C'était agaçant, au fond. Parce que l'homme qui relevait cette empreinte n'était plus du tout celui qu'elle avait connu.

— Jusqu'au moment où une de mes collègues a mis le feu dans cette ville pour couvrir un meurtre.

— Christine Freehan.

Campbell avait encore du mal à croire qu'un agent fédéral ait pu recourir à ses connaissances en matière d'explosifs pour s'en servir contre le public qu'elle avait fait le serment de protéger.

— J'ai lu les rapports. Elle a provoqué toute une série d'explosions pour dissimuler le meurtre de sa sœur, et a même déclenché un incendie de forêt.

Kendric souleva le moulage. La pâte fléchit sous sa prise mais garda la forme exacte des marques dessous. Ils devraient le comparer aux chaussures des propriétaires afin d'éliminer tout risque d'erreur. Il le glissa dans un sachet et remit l'ensemble dans le kit.

— Je suppose que ça devait arriver tôt ou tard.

— Que veux-tu dire ?

— Peu importe.

Il se releva et partit en direction des arbres.

— Il faut qu'on voie jusqu'où vont ces traces. Le ravisseur était peut-être assez fort pour porter Sabrina Bryon sur une petite distance, mais il avait forcément un moyen de transport quelque part à proximité.

La distance se rétablit entre eux. Au moment précis où Campbell espérait avoir brisé la glace. Elle le suivit, la boue collant à ses talons. Le ravisseur avait été préparé à ce terrain. Elle, non.

Kendric disparut entre les arbres, tel un chasseur. Elle ne s'y attendait pas. Il était à l'aise ici, dans son élément. Un goût amer se répandit dans la bouche de Campbell. Il n'avait rien d'un agent de police ordinaire. Il avait enquêté sur des attentats, servi son pays et sauvé des vies à grande échelle. Ce travail n'était pas pour lui.

— Par ici.

Elle continua à avancer sur le sol inégal, les jambes traversées par des douleurs sous l'effort. Le givre qui s'accrochait aux buissons et aux arbustes fondait au contact de sa peau. Un pressentiment l'envahit alors qu'elle s'enfonçait dans la forêt de plus en plus dense, que les rayons de soleil ne pouvaient pénétrer. Le silence sembla s'intensifier autour d'elle. Son haleine formait de petits nuages devant sa bouche.

— Kendric ?

Aucun mouvement. Aucun signe de lui devant. Les traces avaient disparu dans un enchevêtrement de broussailles et de rochers. Jamais ils ne réussiraient à fouiller tout ce périmètre. Pas avec les ressources limitées de la police de Battle Mountain.

Elle se recroquevilla dans sa veste mince. Le froid s'immisçait dans ses muscles et ses tendons, ses genoux menaçaient de se dérober sous elle.

Une main lui agrippa le bras.

En un éclair, Campbell dégaina son arme, une fraction de seconde avant de reconnaître Kendric. Elle relâcha son souffle, partagée entre soulagement et exaspération.

— Qu'est-ce que tu fabriques ? J'aurais pu tirer sur toi.

— Je parierais que ce n'est pas la première fois que tu y penses.

Il lui offrit sa main pour l'aider à enjamber un gros buisson. Elle sentit sa paume calleuse contre la sienne alors qu'il la guidait vers une souche rongée par les vers et les intempéries. Là, il lâcha sa main.

— Regarde, dit-il en désignant l'extrémité.

Campbell le rejoignit. Et se figea.

— C'est... ?

Jonchés de feuilles, des cheveux auburn emmêlés se détachaient sur le bois pourri. Envahie par la nausée, Campbell observa le visage cireux, le sang séché et les vêtements déchirés de la victime, à peine visible dans son cercueil de bois. Celui qui l'avait placée là n'avait pas voulu qu'on la retrouve.

— Ce n'est pas Sabrina Bryon.

Kendric tira une torche de sa veste et la braqua sur le visage de la femme. Même couleur de cheveux, même stature. La ressemblance avait beau être frappante, il y avait une différence de taille : cette femme-là n'était pas enceinte.

— Mais quelqu'un s'est donné beaucoup de mal pour nous faire croire que c'est elle.

2

Ils n'avaient pas réussi à identifier la victime.

La femme que Campbell et lui avaient découverte possédait de nombreux points communs avec la disparue, mais maintenant que le médecin légiste l'examinait, il remarquait d'autres différences. Ses dents étaient bien trop inégales en comparaison avec les photos récentes de Sabrina Bryon. Pas assez blanches non plus. D'après le dentiste local, la future mère prenait grand soin de ses dents et avait porté un appareil des années durant. Leur victime n'avait probablement jamais consulté d'orthodontiste.

— Tu n'as pas la moindre idée de qui elle est ?

Campbell croisa les bras sur sa poitrine, impénétrable. Elle avait enquêté sur quantité d'homicides au sein du bureau du shérif, et avait appris à se détacher émotionnellement pour mieux faire son travail. Pourquoi en aurait-il été autrement dans cette affaire ?

— Non.

Il regarda Chloe Pascale enfoncer un thermomètre dans le foie de la victime et réprima une grimace. Il était relativement ignorant en matière de médecine et d'autopsie, et n'avait pas l'intention d'approfondir ses connaissances.

— J'ai envoyé une photo au chef Ford pour voir si Macie ou lui la reconnaissaient, mais non. Son frère, Easton, et l'agent Majors vont interroger les habitants des environs dans l'espoir d'obtenir une identification. Vu sa proximité avec la scène de crime, il est difficile de croire qu'elle n'a pas été mêlée aux événements qui se sont produits chez les Byron.

— C'est un coussin de grossesse, commenta-t-elle en désignant l'oreiller que Cree Gregson extirpait de la souche. Qui qu'elle soit, je crois que tu as raison. Elle est forcément liée à l'enlèvement de Sabrina Bryon.

Il ne pouvait la contredire. Ce n'était pas une coïncidence : ils avaient suivi les seules traces partant de la scène de crime. Leur victime ne s'était pas suicidée dans la souche d'arbre. Cela dit, le lien entre elle et les Bryon leur échappait encore.

— C'est drôle que tu saches ça. Tu as une vaste expérience des coussins de grossesse ?

Il avait à peine formulé sa question qu'il la regretta. Il n'avait aucunement le droit de l'interroger sur sa vie. Il en était sorti parce qu'il n'avait pu supporter l'idée qu'elle se sacrifie pour une cause perdue. Son visage défiguré n'avait été que le début. Il l'avait sauvée du naufrage.

— Pardon. Ça ne me regarde pas.

— Je t'ai demandé pourquoi tu avais déménagé à Battle Mountain. Je suppose qu'il est légitime que tu me poses aussi des questions personnelles.

Au lieu de développer sa réponse, elle fit le tour de la bâche que le médecin légiste avait étalée sous le corps avant de déclarer :

— La plaie qu'elle a dans le dos semble avoir été causée par une balle de petit calibre. Il n'y a pas beaucoup de sang. Je dirais qu'elle a été faite par un calibre 22. Savons-nous avec quel genre d'arme le mari a été blessé ?

Kendric sentit une pointe d'admiration le gagner malgré lui. Bien qu'il déteste l'idée que Campbell travaille avec lui sur cette enquête, il devait admettre qu'elle était mieux formée que lui pour analyser les affaires d'homicide. Pour sa part, lorsqu'il avait affaire à une bombe comme celle qui avait dévasté le centre-ville de Battle Mountain, il était capable de jauger le niveau d'expertise du responsable, d'extraire des échantillons d'ADN des composants de l'explosif et de reconstituer l'engin les yeux fermés. Là, en revanche, il n'était pas dans sa zone de confort.

Ce qui n'expliquait pas pourquoi elle avait été envoyée ici.

— Aucune nouvelle de Grand Junction jusqu'à présent, mais je vais leur demander une comparaison.

Le Dr Pascale glissa des sachets protecteurs autour des mains de la victime afin de préserver d'éventuelles traces d'ADN sous les ongles. Et avec un peu de chance, elle pourrait l'identifier par ses empreintes digitales.

— Apparemment, ce n'était pas un tir à bout portant. La balle a traversé l'arrière de la cage thoracique et percuté l'atrium droit du cœur. Il n'y a aucun signe de plaie de sortie, mais j'en saurai davantage une fois qu'elle aura été transportée aux pompes funèbres.

— Aux pompes funèbres ? répéta Campbell, perplexe. Vous plaisantez ?

— Merci, docteur Pascale, intervint Kendric. On reste en contact.

Il se fraya un chemin dans les broussailles, laissant Gregson et le médecin légiste achever leur examen de la scène. Chaque seconde comptait pour la survie de Sabrina Bryon. Ils n'avaient pas de temps à perdre.

Campbell le rattrapa, légèrement hors d'haleine. Il ne put s'empêcher d'éprouver un léger sentiment de satisfaction en la voyant si mal à l'aise en pleine nature. Elle avait toujours eu un peu de mal à s'adapter aux circonstances.

— Elle était sérieuse ? Elle procède aux autopsies dans un établissement de pompes funèbres ? Battle Mountain n'a pas de labo non plus, je présume ?

Il s'arrêta net et lui fit face.

— Que fais-tu réellement ici, Campbell ? Pourquoi es-tu sur cette affaire ?

— Tu as lu la lettre de mon supérieur.

Elle était sur la défensive, la mâchoire crispée.

— Étant donné l'augmentation soudaine de la criminalité ici, le Bureau veut garder l'œil sur ce qui se passe. C'est moi qui suis chargée des disparitions. Il était logique que ce soit moi qui vienne.

— Ne me raconte pas de salades. Tu n'as jamais accepté d'enquête sans t'être renseignée au préalable. Tu savais que j'avais quitté l'ATF. Tu es venue me retrouver ici. Pourquoi ?

Son instinct lui soufflait de ne pas insister, de lâcher prise, mais il n'avait jamais été du genre à écouter son instinct. Pas quand il s'agissait d'elle.

Toute couleur avait déserté le visage de Campbell. Elle le regardait, bouche bée.

— Tu ne manques pas de culot ! explosa-t-elle. De nous deux, c'est moi qui ai le plus d'expérience ici. Ton commissariat n'a ni les ressources ni les compétences nécessaires pour ramener Sabrina Bryon chez elle. Le mot que tu cherches, Kendric, c'est « merci ». Alors, allons droit au but, veux-tu ? Ma mission ici n'a rien à voir avec toi. Quoi que te dise ton ego, je suis allée de l'avant. Et au cas où tu l'aurais oublié, je ne laisse jamais ma vie privée influer sur ma carrière.

Elle enfonça les mains dans les poches de sa veste.

— Maintenant, tu vas m'aider à ramener Sabrina Bryon ou faut-il que je demande à Gregson d'être mon équipier ? Réfléchis bien.

Sans attendre sa réponse, elle recommença à marcher, en équilibre précaire sur ses hauts talons. Bon sang, le compte à rebours avait déjà commencé pour leur victime, et il avait perdu un temps précieux à soupçonner à tort Campbell d'avoir intrigué pour se retrouver ici. Elle avait raison. Ils avaient une tâche à accomplir. Même si cela signifiait travailler avec la seule personne au monde qu'il s'était promis de ne jamais revoir.

Il se hâta derrière elle, monta les marches de la galerie qui faisait le tour du chalet et s'interposa entre elle et la porte.

— Très bien. Tu as raison. Tu es plus qualifiée que moi pour retrouver Sabrina Bryon, mais ça ne signifie pas que tu vas prendre les commandes de l'enquête. Je connais cette ville et ses habitants. La dernière chose dont ils ont besoin, c'est d'une enquêtrice du FBI qui leur rend la vie encore plus difficile qu'elle ne l'est déjà. Alors, on fait les choses à ma manière. Compris ?

Campbell se redressa.

— Compris.

— Bien. Dans ce cas, oui, je te confirme que le Dr Pascale parlait sérieusement quand elle disait qu'elle allait effectuer l'autopsie à l'établissement de pompes funèbres. Et, non, nous n'avons pas de labo. Tout ce que nous prélevons sur le corps et sur la scène de crime devra être envoyé à Denver.

Il ignorait ce qu'elle voulait savoir de plus, mais il éprouvait un désir intense de faire la paix avec elle.

— Dis-moi ce dont tu as besoin pour retrouver Sabrina Bryon, et tu l'auras.

Les épaules de Campbell se détendirent.

— Je ne crois pas que l'argent soit le mobile de l'enlèvement. Elliot Bryon est le seul à pouvoir payer une rançon, mais le ravisseur l'a éliminé de l'équation à la première occasion.

Elle avait raison. Pourquoi tenter d'abattre la seule personne à même de verser une rançon ? Cela n'avait pas de sens.

— Tu penses que les choses ont mal tourné ?

— Non.

Son visage s'était radouci, la compassion se lisait dans son regard.

— L'individu qui a tiré sur Elliot Bryon avait apporté un pistolet. Il est possible qu'il ait toujours eu l'intention de le tuer, et l'inconnue avec, auquel cas notre disparue est encore plus en danger que nous ne le pensions. Quoi qu'il en soit, l'identification de la morte devrait nous aider à y voir plus clair.

— Tu veux dire que tout tourne autour de Sabrina Bryon ?

Une fois de plus, il sentit une bouffée d'admiration l'envahir. Elle semblait avoir un don pour faire le lien entre les différents éléments d'une enquête.

— Le ravisseur avait une raison précise de l'enlever.

— Elle ou son bébé.

Le regard de Campbell se souda au sien, et il se sentit soudain glacé.

— La plupart des enlèvements sont commis par des proches, souvent par des femmes. Parfois elles croient que l'enfant est en danger et agissent par désir de le protéger. D'autres fois, c'est par jalousie ou pour des motifs financiers, mais là… je ne crois pas qu'une femme soit derrière tout cela.

— Qu'est-ce qui te fait dire ça ?

Elle enfonça les mains dans les poches de son pantalon.

— Les femmes ont tendance à internaliser leurs problèmes. Elles ne manifestent pas leurs frustrations ou leurs blessures émotionnelles par l'agression. Elles vont plutôt s'autodétruire en sombrant dans la drogue ou l'alcoolisme, ou bien tenter de se suicider. Rares sont celles qui pourraient tirer deux fois sur un homme innocent. Si on ajoute à cela le fait que Sabrina Bryon a été portée par son ravisseur, il est probable qu'on a affaire à un coupable de sexe masculin.

— Eh bien, on dirait que tu n'as pas besoin de mon aide, commenta-t-il avec un léger rire qui l'étonna lui-même.

— Oh ! Eh bien, quand on a travaillé sur autant d'enquêtes de ce type que je l'ai fait, on apprend quelques trucs.

Son visage redevint grave.

— Et on en manque d'autres.

Le poids de cette remarque – et le changement de ton de sa voix – indiquait que cela s'était déjà produit pour elle, et il sentit son cœur battre plus vite.

— Je vais demander à Gregson et à Majors où en est le porte à porte. Peut-être qu'un des voisins a vu ou entendu quelque chose.

— Il faudrait aussi contacter le gynéco. Des prises de sang ont sûrement été effectuées sur les deux parents durant la grossesse pour effectuer des tests génétiques.

Campbell tira son téléphone de sa poche.

— Il serait bon de comparer l'ADN d'Elliott Bryon avec celui du fœtus.

Toutes les femmes en savaient-elles autant qu'elle sur les bébés et les grossesses ?

— Tu penses que l'enfant n'est pas de lui ? Et qu'il le savait ?

Campbell acquiesça, son regard balayant la galerie.

— C'est le truc avec les secrets. Trois personnes peuvent en garder un, à condition que deux soient mortes.

Le porte à porte n'avait rien donné de probant.

Les propriétés du voisinage étaient si éloignées les unes des autres que Campbell ne s'était guère fait d'illusions. Néanmoins, personne n'avait entendu de coups de feu, de cris, ni même de bruit de moteur. Le seul appel au 911 était celui d'Elliot Bryon, après l'enlèvement de Sabrina. Apparemment, les détonations n'étaient pas rares dans une ville où la chasse était une activité majeure.

Campbell parcourait des dossiers tout en grignotant un plat qui devait compter parmi les meilleurs qu'elle ait jamais mangés. Mais comme elle n'avait pas pris le temps de se poser au cours des vingt-quatre heures précédentes, cela ne signifiait sans doute pas grand-chose. Le café de Greta dans la rue principale était de taille modeste mais impressionnant. L'odeur de fumée s'accrochait toujours aux murs et avait noirci les vieilles pancartes vissées au carrelage mural. Contrairement à d'autres commerces, l'établissement avait eu la chance d'échapper à l'attentat qui avait ravagé les environs quelques mois plus tôt.

Elle ouvrit le dossier suivant, et son cœur manqua un battement lorsqu'elle vit la photo d'identité épinglée à la première page. Kendric. Avant qu'une explosion ait détruit une partie de son visage. Vêtu d'un uniforme de policier, il regardait droit vers l'objectif, comme pour la mettre au défi de détourner les yeux.

Il avait toujours été séduisant. Charmant, chaleureux. Jusqu'au jour où une attaque terroriste avait tout changé. Pour lui, pour eux. Elle traça du pouce le contour de la photo. Elle détestait la froideur qu'elle avait sentie chez lui ce matin-là, même si elle savait ce qui se cachait derrière toute cette rancune, toute cette amertume. Il avait le droit d'être en colère. Pourtant, ses blessures ne l'avaient pas empêché d'être l'homme le plus fort qu'elle connaisse.

Le temps et la distance auraient dû émousser les émotions qu'elle éprouvait face à lui, mais c'était le contraire qui s'était produit. Elle se rappelait quel pouvoir il avait exercé sur elle dès le début de leur relation. Elle avait essayé d'enfouir la douleur que lui avait causée leur rupture, mais celle-ci remontait à la surface. Leur complicité, le sourire de Kendric, le sentiment d'être en sécurité et protégée, tout cela lui avait manqué. Désormais, il ne restait plus qu'une carapace sous les cicatrices.

— Je ne m'attendais pas à te trouver ici.

Une pointe de détachement dans la voix, il pénétra dans le champ de vision de Campbell. Elle referma le dossier qu'elle était en train de lire et posa la pile sur la banquette en cuir à côté d'elle, puis mit les mains autour de sa tasse de café presque vide alors qu'il s'installait en face d'elle.

— Je ne savais pas que nous déjeunions ensemble aujourd'hui.

— La victime est en route pour l'établissement de pompes funèbres, et le Dr Pascale a promis de m'appeler dès qu'elle l'aurait identifiée. Les échantillons prélevés ont été envoyés à Denver. Je me suis aussi permis de comparer le moule des empreintes à celles des Bryon. Elles ne correspondent pas.

Il noua les doigts, puis les dénoua, comme s'il ne savait au juste comment se comporter avec elle.

— Tant que nous n'aurons pas les résultats de l'analyse du sang et de la poudre relevés sur la scène de crime, nous ne pouvons pas faire grand-chose.

Campbell posa sa veste sur les dossiers, un nœud de culpabilité dans la gorge. Il y avait une raison pour laquelle elle avait été assignée à cette mission, une raison qui n'avait rien à voir avec la disparition d'une femme. Elle devait être plus prudente en présence de Kendric. Une seule erreur suffirait à détruire son avenir au sein du FBI.

— C'est vrai.

Les secondes s'égrenèrent en silence tandis qu'une serveuse posait une tasse devant lui et remplissait celle de Campbell. Elle ne savait que dire, que penser. Son cerveau s'efforçait de se convaincre que l'homme en face d'elle n'était qu'un inconnu, mais son cœur lui disait le contraire.

— C'est bien de voir que les gens du coin continuent à venir ici après tout ce qui s'est passé.

— C'est pour ça que tu as débarqué au milieu de mon enquête ? Pour parler d'un restaurant qui a connu des jours meilleurs ? demanda Kendric, avant de boire une longue gorgée de café.

— Tu préférerais qu'on parle de la nuit où je suis rentrée du travail pour trouver ton côté du lit vide, toutes tes affaires disparues et une pile de billets sur la table de cuisine avec un mot qui disait : « Je suis désolé » ?

Elle n'avait pas eu l'intention de laisser le passé s'immiscer dans le présent, mais refouler la colère ne signifiait pas que celle-ci s'était évanouie. Elle était juste devenue moins omniprésente.

— Que veux-tu que je dise, Campbell ? Nous savons l'un et l'autre pourquoi je suis parti comme je l'ai fait.

Ah bon ? Première nouvelle.

— Tu sais, je suis une enquêtrice plutôt compétente, mais même après toutes ces années je n'ai pas la moindre idée de ce que j'ai pu faire pour te pousser à bout.

À la perspective d'une confrontation, elle avait les joues en feu et le cœur qui cognait, mais elle était impuissante à maîtriser le ressentiment qui l'avait rongée pendant toutes ces années.

— C'est dur pour moi aussi, tu sais, ajouta-t-elle. Tu crois que j'ai voulu venir ici ? Que je voulais m'immiscer dans ton enquête ou te revoir ?

— Je sais ce que tu pensais de moi après mon retour de l'hôpital, Campbell. J'ai lu la pitié dans tes yeux.

Il pressa un doigt sur la table comme pour canaliser l'émotion qu'il avait déjà maîtrisée sur la scène de crime.

— Chaque fois que tu me regardais, ta voix changeait, comme si j'étais un animal blessé. Tu étais là pour moi, mais tu n'en avais pas vraiment envie. Tu voulais rompre autant que moi. Sauf que j'ai été le seul à avoir le courage de passer à l'acte.

— Je ne...

Son sang s'était glacé dans ses veines, sapant son désir de mener cette conversation jusqu'au bout. Ce n'était pas du tout ce qui s'était passé.

— Tu voulais rompre ? réussit-elle finalement à demander.

— Tu t'étais détachée de moi avant l'attentat qui a fait de moi ce que je suis, Campbell.

La colère de Kendric parut le quitter aussi brusquement que la sienne l'avait fait. Aussi vite et aussi douloureusement qu'elle était arrivée.

— Tu étais malheureuse, c'était évident. Qu'étais-je censé faire ?

Envahie par l'envie irrépressible de le toucher, de s'expliquer, elle posa sa main libre sur la sienne. Il se raidit à son contact.

— L'attentat n'avait rien à voir avec...

— Standard à Hudson. Le chef est de mauvais poil, fit une voix dans la radio qu'il portait à l'épaule.

Au son de cette voix féminine – aussi douce que du miel mais pleine de personnalité –, la tension de Kendric se dissipa aussitôt, et Campbell retira la main tout aussi vite. Si elle ne s'en était pas rendu compte avant, c'était chose faite désormais : elle prétendait être allée de l'avant, mais lui avait réussi.

— C'est à propos de cet agent du FBI qui vient fourrer son nez dans notre enquête comme la fouine qu'elle est.

Une fraction de seconde, le sourire en coin de Kendric menaça de faire fondre toutes les femmes du voisinage. Il tourna la tête vers son épaule, pressant le pouce et l'index autour de la radio.

— Je vais l'appeler, Mace. Au fait, la fouine te dit bonjour.

Mace. Macie Barclay, l'unique standardiste du poste de police de Battle Mountain. Le recours au diminutif aurait dû laisser Campbell indifférente, mais les émotions déferlaient en elle, hors de contrôle au point de lui donner la nausée. Où était le problème s'il donnait un surnom à quelqu'un avec qui il avait travaillé ces derniers mois ? C'était tout Kendric. Autrefois il avait un surnom affectueux pour tous ceux qu'il connaissait, elle y compris. D'ailleurs, ce n'était pas comme si elle avait son mot à dire sur sa vie à présent. Il avait sans doute eu d'autres relations au cours des cinq années qui s'étaient écoulées depuis leur rupture. C'était logique. Il était absurde de sa part de s'en émouvoir.

Malgré tout, cela lui faisait un pincement au cœur d'entendre le changement dans sa voix lorsqu'il s'adressait à Macie. Elle était plus douce, plus légère. Il lui parlait ainsi par le passé. Et puis, Macie Barclay était si différente d'elle, aussi bien physiquement que par sa personnalité. Rousse et bohème, elle vivait dans une maison perchée dans un arbre.

Si Kendric avait voulu l'effacer de sa vie, il n'aurait pu mieux choisir.

Campbell prit sa veste, dissimulant les dossiers dessous. Venir chez Greta n'avait pas été sa meilleure idée, mais elle n'avait pu résister à la tentation du café et des frites au fromage et au piment.

— Tu es très demandé, à ce que je vois.

Bon sang. Pourquoi n'avait-elle pu empêcher sa voix de trembler ?

— Ça fait partie du boulot. Le chef et le Dr Pascale viennent d'avoir un bébé, Easton est débordé avec le centre de réhabilitation qu'il a fondé, et Cree et Alma terminent tout juste leur service.

Kendric sortit son portefeuille de sa poche arrière et lança un billet de vingt dollars sur la table.

— Il faut bien que quelqu'un garde la tête froide par ici.

— Tu te plais dans cette ville.

Elle n'aurait su dire d'où lui venait cette pensée ni pourquoi elle avait éprouvé le besoin de la formuler à haute voix, mais elle ne voulait pas la retirer. Tant de choses avaient changé depuis la dernière fois qu'ils s'étaient vus, au point qu'elle n'était plus sûre de le connaître du tout.

— Ça se voit.

— C'est plus calme ici.

Il promena son regard sur les occupants du café.

— Plus simple. J'ai l'impression de pouvoir respirer vraiment, et c'est la première fois depuis...

Depuis l'attentat.

Elle comprenait. Parce que, bizarrement, elle ressentait la même chose. Campbell se glissa hors de la banquette et enfila sa veste, veillant à ne pas laisser échapper les dossiers.

— Eh bien, la fouine a besoin d'appeler son chef. Merci pour le café.

— Je te raccompagne.

Kendric lui emboîta le pas et la suivit dans la rue froide et humide. Il se tassa légèrement dans son manteau, désignant les dossiers.

— Du pain sur la planche ?

— On peut dire ça.

Elle serra davantage les dossiers contre sa poitrine.

— Tiens-moi au courant à propos de l'autopsie. J'aimerais y assister si possible.

Elle descendit la rue principale, choquée par la dévastation causée par la bombe, mais plus encore par l'effet que l'attention de Kendric avait sur elle. À cet instant, elle ne pouvait s'empêcher de comparer la reconstruction de cette petite ville à la reconstruction qui s'opérait en lui. Ils étaient abîmés tous les deux.

Mais pas irrémédiablement.

— Je te dépose au poste si tu veux, proposa-t-elle.

— Ce serait difficile, vu qu'il a sauté il y a deux mois.

Il désigna le bout de la rue, où des ouvriers s'affairaient dans les décombres.

— Deux engins. Gregson a réussi à en désamorcer un, mais il

n'a pas vu le second. Nous sommes basés au ranch de Whispering Pines pour le moment.

— Ça a l'air sympa.

Elle pivota vers la voiture de location qu'elle avait récupérée à Boulder.

Et se figea.

La perplexité déferla en elle alors qu'elle fixait la magnifique boule à neige qui trônait sur le capot du 4x4.

— Je savais que tu avais un faible pour les boules à neige, déclara-t-il, mais pas au point d'en faire monter une sur ton capot.

— Je n'ai rien fait de tel, murmura-t-elle, la gorge nouée. C'est une voiture de location.

Le paysage à l'intérieur s'était animé, comme si quelqu'un avait secoué la boule un instant plus tôt, et puis s'était éloigné. Elle parcourut la rue du regard, mais rien ne la frappa.

— Je... elle était dans les bagages que j'ai laissés au motel.

Elle enfonça la main dans sa poche, attrapa un gant en latex et prit la boule.

Une feuille glissée dessous tomba à ses pieds.

Kendric la ramassa et la déplia. Ce fut alors qu'elle comprit. Il tourna le papier vers elle, lui montrant l'écriture penchée.

— Apparemment, notre ravisseur ne s'intéresse pas qu'à Sabrina Bryon.

3

Arrête de la chercher.

Ces quatre mots tournaient en boucle dans sa tête, au point qu'il ne parvenait plus à séparer ses propres pensées de celle du salaud qui cherchait à intimider Campbell.

Kendric déverrouilla la porte d'entrée, en franchit le seuil et désactiva le système d'alarme qui clignotait rouge. Tout cela sans pouvoir se défaire de l'impression qu'il était observé.

— Le ravisseur de Sabrina Bryon sait que tu enquêtes sur sa disparition. Il ou elle s'est renseigné, connaît ton parcours et n'a pas peur de le faire savoir. Tu seras en sécurité ici.

Campbell souleva le sac de voyage qu'elle avait récupéré à son motel et le hissa sur son épaule en entrant. Elle tapa des pieds pour faire tomber la neige accumulée sous ses chaussures, puis retira sa veste. Le rose sur ses joues et au bout de son nez soulignait la perfection de son teint, et il réprima de nouveau l'envie de la toucher. Il sentait encore le contact de sa peau contre la sienne au café, comme si elle l'avait marqué au fer rouge. En un sens, c'était le cas, mais céder à la tentation ne ferait que les ramener là où ils avaient terminé. Fermés l'un à l'autre. Distants. Affamés d'amour.

— Sois franc. Tu n'avais pas vraiment envie de jouer les baby-sitters ce soir.

Non, en effet, mais la dernière fois qu'il avait désobéi aux ordres de son supérieur, il avait fini gisant sur le sol au milieu des flammes.

— Ce n'est que temporaire.

Comme tout le reste. C'était une leçon que la vie lui avait apprise.

— La chambre d'amis est au bout du couloir, sur la gauche. La salle de bains est en face. Tu peux prendre une douche et t'installer avant qu'on réfléchisse à notre plan d'action.

Campbell posa son sac, fixant son regard vif sur lui. Les mains sur les hanches, elle étudia l'intérieur du chalet comme si elle mettait au point une stratégie de défense. Il sut instinctivement qu'aucun détail n'allait lui échapper. C'était cela qui faisait d'elle une enquêtrice aussi talentueuse, mais l'avoir chez lui... Il voulait créer une bonne première impression. Il n'aurait su dire pourquoi. Elle ne faisait plus partie de sa vie depuis près de cinq ans, et il ne se souciait absolument pas de l'opinion que les autres avaient de lui ou de son mode de vie.

— Waouh ! C'est trop sympa pour une maison sécurisée. Vous aimez l'espace par ici.

— C'est chez moi.

Kendric jeta ses clés sur la table basse. Le séjour et sa mezzanine avaient besoin d'être améliorés. Il n'avait pas encore eu le temps de faire grand-chose en matière de décoration.

— Tu parles sérieusement ?

Le regard de Campbell se souda au sien, et un soupçon de la passion qu'il avait admirée autrefois assourdit sa voix.

— Kendric, à quoi penses-tu ? Quelqu'un s'est introduit dans ma chambre au motel et a fouillé dans mes affaires pour m'envoyer des menaces, et ta première idée est de m'amener chez toi ?

— Crois-moi, si j'avais eu une autre possibilité, tu ne serais pas là...

Du tout.

Il laissa cette phrase en suspens entre eux, n'étant guère d'humeur à enfoncer plus profondément le couteau invisible qui le transperçait.

— Tu es peut-être habituée aux ressources de l'État, mais ici on se débrouille par nos propres moyens. Pas de maison sécurisée. Pas de labo. Pas de service dédié à l'examen des scènes de crime, aux homicides ou aux personnes disparues. Il y a moi, un chef de police en mal de sommeil, un vétéran à mi-temps, un ex-démineur usé et une novice qui a tout juste survécu à sa première enquête.

Il ouvrit les bras en grand.

— Bienvenue à Battle Mountain. Tu vas adorer.

Il se dirigea vers la cuisine et ouvrit la porte du réfrigérateur à la volée. Il avait les nerfs à cran depuis le moment où il l'avait vue débarquer sur sa scène de crime. Il avait besoin de se changer les idées. Il décapsula une canette avec son pouce et but une gorgée de bière pour se calmer un peu.

Les jointures de ses doigts blanchies par la tension, elle se hissa sur un tabouret de l'autre côté de l'îlot.

— Je n'ose pas imaginer à quel point ces derniers mois ont dû être éprouvants pour tes collègues. Trois tueurs, dont cet agent que tu connaissais. Ils ont de la chance de t'avoir recruté.

La colère de Kendric s'évanouit face à la sincérité de son expression, et il tendit la main vers le réfrigérateur pour prendre une seconde canette. Elle écarquilla les yeux, et il fut récompensé par un mince sourire et un hochement de tête en guise d'acceptation. Ils n'étaient pas partenaires. À vrai dire, ils n'étaient même pas amis, mais puisqu'ils avaient été assignés ensemble à cette mission, ce petit geste était ce qu'il avait de mieux à lui offrir. La liste de leurs différences était trop longue. La capacité de Campbell à se détacher émotionnellement et à prendre du recul pour avoir une vue d'ensemble avait toujours été de loin supérieure à la sienne. Seulement, il avait fallu des brûlures au troisième degré sur 10 % de son corps pour qu'il affronte la vérité. Ni elle ni lui n'étaient prêts à changer pour l'autre.

Il but une nouvelle gorgée de bière et s'adossa au plan de travail en granit, l'observant.

— Je regrette juste de ne pas avoir pu empêcher cette ville d'être ravagée par les flammes.

— C'est fatigant, non ?

Il la dévisagea, perplexe.

— Quoi ?

— De porter le monde sur tes épaules. De toujours endosser la responsabilité d'essayer de réparer les fautes des autres.

Elle inclina sa canette et but une gorgée de bière, puis se laissa glisser à bas du tabouret et contourna l'îlot. Le pouls de Kendric s'accéléra alors qu'elle comblait la distance entre eux.

— Tu es dans les forces de l'ordre depuis assez longtemps pour comprendre les motivations de l'agent Freehan. Elle a tué sa sœur par jalousie. Elle a caché des explosifs partout dans cette ville pour détruire les indices qui auraient pu permettre d'identifier sa victime. Elle aurait tué n'importe qui pour éviter d'être capturée. Alors pourquoi essayes-tu de te convaincre que c'est toi qui as déclenché les bombes ?

Parce que, en un sens, c'était le cas. Kendric termina sa bière, sentant le regard pénétrant, intelligent, de Campbell jauger chacun de ses gestes.

Le cœur cognant dans la poitrine, il laissa la vérité s'échapper de là où il avait tenté de l'enfouir.

— Parce que c'est moi qui lui ai appris à confectionner ces engins.

Elle eut un haut-le-corps.

— Tu étais formateur à l'ATF. C'était ton travail.

— Non.

Il secoua la tête.

— Christine Freehan travaillait pour l'ATF depuis quinze ans quand j'y ai été transféré. C'est moi qui lui ai appris à fabriquer les engins dont elle s'est servie pour tuer sa sœur, pour essayer de tuer l'agent Majors, et ceux qui ont failli anéantir cette ville.

— Je... je ne comprends pas.

Campbell recula d'un pas, réveillant la partie de lui qui souffrait toujours de son absence, qui se demandait s'il avait fait le bon choix en partant.

— Elle avait passé des années à étudier les explosifs. Elle savait...

— Non. Elle est venue me voir environ un mois avant que sa sœur soit découverte au fond d'un ravin près d'ici. Elle a prétendu qu'elle travaillait sur une affaire.

Les mains tremblantes, il se remémora la conversation en apparence anodine qui s'était révélée meurtrière.

— Une victime d'homicide avait été tuée à l'aide d'un engin petit, mais assez efficace pour que le corps soit endommagé au point de rendre toute identification impossible. Elle voulait savoir quelle quantité de C4 était nécessaire pour contenir l'explosion au maximum, où le tueur avait pu planter l'engin sur le corps. C'était mon travail de préparer les agents à tous les cas de figure possibles. J'ai cru l'aider dans une enquête en cours.

— Au lieu de quoi elle s'est servie de toi et de tes compétences pour mettre au point sa propre bombe.

Ce n'était pas une question. Campbell croisa les bras sur sa poitrine, une vieille habitude qu'elle n'avait pas perdue. Elle avait souvent adopté cette posture les derniers temps de leur vie ensemble. Comme si elle essayait de se protéger de lui. Il avait détesté cela. Détesté le fait qu'elle ne pouvait être elle-même avec lui, qu'elle devait lui mentir. Mais lui avait-il vraiment donné le choix ?

— Je suis désolée. Je ne savais pas. Rien de tout cela... rien de tout cela ne figurait dans le rapport officiel.

— Je ne l'ai su que trop tard.

Il avait envie d'une autre bière, mais recourir à l'alcool pour se donner un faux sentiment de sécurité ne leur ferait du bien ni à l'un ni à l'autre. Et cela ne ramènerait pas Sabrina Bryon chez elle. Que cela lui plaise ou non, Campbell et lui étaient les seuls agents assez qualifiés pour enquêter sur ce genre d'affaire.

— Mais c'est grâce à toi que Freehan a été arrêtée.

Campbell redressa le menton.

— C'est vers toi que l'équipe de Battle Mountain s'est tournée quand elle piétinait. C'est toi qui as été appelé pour organiser son transfert dans une prison fédérale. Tu as sauvé des vies. Ça ne compte pas ?

— Je ne suis pas sûr que ça suffise.

Il n'était pas sûr que quoi qu'il fasse soit suffisant. Parce qu'il ne s'agissait pas seulement de cette conversation. Pas seulement de la dévastation qu'une de ses collègues avait causée.

— Pourquoi ? insista-t-elle. Kendric, l'agent Freehan aurait tué sa sœur d'une manière ou d'une autre. Tu ne peux pas dire que tu es responsable de ce qui est arrivé dans cette ville. Pourquoi te torturer ainsi ? Pourquoi rester ici ?

— Peu importe.

Il ne pouvait entrer dans cette discussion. Pas avec elle. Cela ne se terminerait pas de la manière dont elle le pensait.

Il se dirigea vers le couloir qui conduisait aux chambres, s'efforçant de refouler la honte, le remords et la gêne qui le submergeaient de nouveau. En vain. Campbell avait toujours su toucher ses points sensibles. Des années d'éloignement n'avaient rien changé à cela.

— Si, le contredit-elle en lui emboîtant le pas. Tu es venu ici pour une raison, Kendric. Tu as renoncé à ta carrière de démineur pour devenir formateur à l'ATF parce que c'était ton rêve. Je comprends que ce qui s'est passé avec Freehan ait ébranlé ta confiance en toi, mais tu as quitté Denver, ta famille, tes amis, tout ce que tu connaissais pour venir jouer les agents de police dans un coin perdu. Pourquoi ? À cause d'un sentiment de culpabilité déplacé envers une ville que tu n'avais jamais vue ?

— Pour les protéger de moi !

Il avait parlé avec tant de dureté qu'elle accusa le coup, et il regretta aussitôt d'avoir cédé à la colère. L'écho de sa voix résonnait dans le séjour, et jusqu'au tréfonds de lui-même. L'hostilité avait toujours été son terrain de prédilection. Une stratégie pour empêcher toute autre émotion de s'échapper. Pourtant, il avait beau s'évertuer à étouffer la vérité, elle refusait de mourir.

L'amertume et la rage bouillonnaient sous la surface, mais il aurait dû se maîtriser davantage. Refouler ses sentiments était devenu une habitude ces dernières années. Ce soir-là, il n'y parvenait pas. La plaie avait été rouverte, et il ne pouvait plus reculer. Pas face à Campbell.

Il relâcha le dernier souffle d'air qu'il avait dans les poumons.

— Parce qu'ils méritent d'être libérés de l'obligation d'aider un pauvre type qui n'a même pas vu venir la menace quand il l'avait sous les yeux. Et c'est pareil pour toi.

Chaque minute qui s'écoulait élargissait le champ des recherches pour retrouver Sabrina Bryon, mais rien de cela ne comptait pour Campbell à cet instant-là. Elle était trop occupée à assimiler les paroles de Kendric.

Il était parti pour la libérer du devoir de s'occuper de lui. Pour libérer tous ceux qui l'aimaient.

Les murs de l'étroit couloir semblaient s'être resserrés autour d'elle. Ça avait été différent avant, quand elle avait entendu son échange avec la standardiste du poste de police. Il avait suffi de cette conversation pour enflammer son sentiment d'insécurité et réveiller la blessure qu'elle portait depuis des années. À présent... c'était différent. Elle sentait la douleur de Kendric. La voyait. Entendait la tension dans sa voix. Et elle avait l'impression que son cœur était comprimé dans un étau.

L'explosion qui l'avait défiguré et qui avait bouleversé le cours de sa vie n'appartenait pas au passé.

Il vivait encore ces secondes terrifiantes. Chaque jour, alors que le reste du monde allait de l'avant.

Campbell fit un pas vers lui.

— Écoute-moi, parce que je ne me répéterai pas, Kendric Hudson. Tu n'es pas un pauvre type. Les voix dans ta tête qui te disent le contraire te racontent des mensonges, et t'éloignent de ceux qui peuvent t'aider. Elles te forcent à revivre le même cauchemar après toutes ces années. Tu es plus fort qu'elles. Tu ne l'as pas encore compris, voilà tout.

Il ne répondit pas, ne parut pas même respirer. Les muscles de sa mâchoire étaient raidis par la tension. Il l'avait entendue, mais c'était à lui de réagir. Parce qu'elle ne faisait plus partie de sa vie.

Une enquête les attendait. Ils devaient retrouver une future mère, et identifier le meurtrier de l'inconnue qui reposait à la morgue. Compartimenter. Se détacher. Elle était devenue si douée en la matière au fil des années. Pourquoi était-ce si difficile à présent ?

Campbell s'éclaircit la voix.

— Tu sais quoi ? Je crois que je vais accepter ton offre d'aller me rafraîchir avant qu'on se mette à travailler sur un plan. Mes chaussures sont encore pleines de boue, et je ne veux pas salir toute ta maison.

Elle le contourna, pressée de s'enfuir, de se cacher. Car pour rien au monde elle ne voulait lui montrer ce qu'elle éprouvait réellement. Il avait été l'amour de sa vie. Son plus grand soutien pendant un temps. Et pourtant elle ne pouvait l'amener à voir la vérité. Bien qu'elle désire se battre pour lui, elle avait deux enquêtes à mener.

— Je n'ai jamais cessé de penser à toi, avoua-t-il.

Elle se passa une main sur le visage avant de pivoter vers lui, à deux pas de la chambre qui lui offrait un refuge, un espace où se ressaisir. Elle ne pouvait travailler dans cet état. Ne pouvait enquêter sur un homicide et une disparition, et obéir aux ordres du Bureau alors que le passé venait de faire irruption dans le présent. Retourner à Denver les mains vides était impensable, mais oserait-elle courir le risque de rester ici, de faire équipe avec Kendric – de retomber amoureuse de lui ?

— Nous avons tous des regrets.

— Je ne regrette pas une seule minute passée avec toi, Campbell.

La douceur avec laquelle il avait prononcé son prénom

déclencha un raz-de-marée d'émotions en elle. Une bouffée de familiarité et de chaleur qu'elle n'avait pas ressenties depuis des années. Un mot. C'était tout ce qu'il avait fallu pour l'arrêter net.

Kendric enfouit les mains dans les poches de son pantalon.

— Quand je suis parti, j'ai essayé de t'oublier. J'ai tout fait pour ne plus t'avoir dans la peau. J'ai obtenu mon transfert, j'ai pris un nouvel appartement. Je suis sorti avec des femmes qui ne te ressemblaient pas. Rien n'a fonctionné.

Campbell s'obligea à se remémorer les résolutions qu'elle avait prises avant de venir à Battle Mountain.

— Je ne sais pas ce que tu veux que je réponde à ça.

— Je n'ai pas pu t'effacer de ma vie. J'ai eu beau essayer, je n'ai pas réussi. Tu as toujours été là.

Il déglutit avec difficulté.

— Avec les autres... ça n'a jamais été pareil. Je n'ai jamais pu être moi-même. Je pensais être sûr d'avoir pris la bonne décision, mais je n'étais pas heureux. Pas comme je l'avais été avec toi. Et je m'en suis voulu chaque minute depuis que je suis parti.

Le cœur de Campbell bondit dans sa poitrine. Le besoin de tendre la main vers lui – de tester les limites de leur partenariat, de se tester elle-même – explosa en elle. Ce qui l'effrayait le plus, c'était le désir qu'elle avait de le toucher. Elle avait passé des années à s'endurcir contre le rejet, contre le chagrin, mais pour la première fois depuis qu'il l'avait quittée, elle sentait le fardeau qu'il avait porté sur ses épaules. Un fardeau énorme, étouffant, écrasant. C'était si dur de souffrir seul. Comment avait-il survécu tout ce temps ?

Kendric fit un pas en avant, puis un second. Avant qu'elle ait eu le temps de deviner ses intentions, il avait noué les bras autour de sa taille.

Elle respira son odeur, un mélange de fumée et de terre, et sentit refluer le vide au fond d'elle alors qu'elle se raidissait, les yeux fermés, déchirée entre la colère et l'envie de se presser contre lui. Ses mains posées sur le dos de Kendric effleuraient des pics et vallées de muscles et de cicatrices, et elle baissa la garde un peu plus.

— Je suis content que tu sois ici.

Le souffle de Kendric chatouilla son menton une fraction de seconde avant qu'elle capitule. Il referma les mains autour d'elle, se cramponnant à elle comme si elle était sa seule chance de survie. Il n'était plus l'agent de police irrité qu'elle avait rencontré sur la scène de crime ce matin-là. Il était Kendric, l'homme qui s'était engagé à la faire sourire chaque jour, qui avait ri avec elle des absurdités de la vie et qui l'avait encouragée à progresser dans sa carrière. Le cœur battant à l'unisson, ils restèrent enlacés alors que les secondes s'égrenaient. Et après des années à s'être demandé ce qu'elle avait fait pour l'inciter à s'en aller et si elle aurait pu l'aider davantage à surmonter le traumatisme de l'attentat, elle aurait voulu que cet instant ne finisse jamais.

— Tu sais à quoi je pensais l'autre jour ? À cette maison à Loveland.

Elle la revoyait clairement. Le jardin négligé, la chaîne cassée sur le portail. Le trou béant dans le toit. Un terroriste avait commis une erreur en fabriquant son engin et était mort dans l'explosion qu'il avait provoquée. Ça avait été leur première enquête ensemble.

— La maison en brique, aux fenêtres peintes en vert tilleul.

Kendric se détacha légèrement d'elle, gardant les mains serrées autour de sa taille. Un coin de sa bouche se releva, suggérant un sourire, mais il était évident qu'il manquait d'entraînement.

— Tu veux dire la scène de crime où tu m'as demandé de sortir avec toi ?

— Ça n'a pas été facile. Surtout parce que tu essayais de faire évacuer tout le monde avant que la maison s'effondre.

Elle laissa échapper un rire, plus léger, plus libre que depuis des années.

— Mais je n'ai pas renoncé. Parce que je savais qu'on ferait une bonne équipe.

— Et ça a été le cas.

L'expression de Kendric se fit plus distante et, trop vite, il retira les mains de sa taille et fit un pas en arrière.

— Pendant un temps, du moins.

L'estomac noué par la distance physique et émotionnelle qu'il venait de réinstaurer entre eux, Campbell s'efforça de se reprendre. Ils avaient franchi un premier obstacle, mais la douleur ne s'en irait pas si vite.

— Oui, pendant un temps.

— Je vais nous trouver quelque chose à manger pendant que tu te rafraîchis, dit-il en se retournant.

En serait-il toujours ainsi entre eux ? Un des deux essayant de s'enfuir alors que l'autre tentait de le faire rester ? Leur relation était-elle mauvaise au point qu'ils étaient condamnés à d'éternels tiraillements ?

— Au café, tu as dit que je m'éloignais de toi avant l'attentat, et que j'étais malheureuse.

— Nous avons une enquête à mener, Campbell.

Revenu dans la cuisine, Kendric sortit un paquet de pâtes d'un placard, puis des champignons, des tomates et des épinards du réfrigérateur.

— Nous n'allons pas tout résoudre entre nous ce soir.

— Tu as raison. J'étais malheureuse, mais ça n'avait aucun rapport avec toi. Je voulais être là pour toi. Surtout après l'attentat. Tu avais besoin de moi, et je ne savais pas comment... Je ne voulais pas ajouter à ton stress pendant que tu essayais de te rétablir. Je ne pensais pas que tu sois capable de gérer la vérité, et quand j'ai été prête à te la dire, tu étais parti. Tu ne répondais pas à mes appels, tu avais bloqué mes mails et mes messages. J'ai même essayé de te joindre par l'intermédiaire de tes parents, mais tu n'as jamais répondu.

Il fronça les sourcils.

— De quoi parles-tu ?

— J'étais enceinte.

La vérité éteignit la dernière étincelle de colère en elle, la laissant vide et épuisée.

— De huit semaines environ. Je l'avais appris une semaine avant l'attentat. J'avais prévu une soirée surprise pour ton retour, et puis ton supérieur m'a téléphoné pour me dire ce qui s'était passé.

— Tu étais enceinte.

Ses paroles résonnèrent dans la cuisine trop étroite. Soudain blême, Kendric se passa une main dans les cheveux.

— Quand tu as reconnu cet oreiller à côté du cadavre, c'était parce que tu... tu avais une expérience personnelle de tout cela.

Ses yeux se soudèrent aux siens, et sa voix se durcit.

— Et tu ne m'as rien dit jusqu'à maintenant ?

— Je voulais attendre le bon moment.

Elle secoua la tête, comme si elle pouvait retourner en arrière de quelques minutes, mais il n'y avait pas d'échappatoire cette fois. Elle avait lancé la machine. Elle devait aller jusqu'au bout.

— Tu m'as révélé un secret. Je me suis dit que c'était mon tour.

Kendric tituba en arrière comme si elle l'avait frappé. Sa pomme d'Adam monta et descendit dans sa gorge alors que le silence tombait entre eux.

— Nous avons un bébé ?

— Ce n'est plus un bébé. Elle vient d'avoir quatre ans. Elle s'appelle Penny. Mes parents la gardent quand je suis en mission. Je peux te montrer une photo.

Campbell dégrafa sa plaque, et tira de l'étui en cuir la photo d'une blondinette souriante. Elle était tout le portrait de son père, mais avait hérité des cheveux blonds et des yeux bleus de sa mère.

— La grossesse a été difficile. Surtout au début.

La main tremblante de Kendric se referma sur la photo.

— Elle est superbe.

— Elle a aussi son caractère.

Campbell fit un pas en avant.

— Tu comprends à présent ? J'ai essayé de tenir le coup pour toi, Kendric. De te donner ce dont tu avais besoin. Mais entre l'attentat et la grossesse… je n'ai pas réussi. Je comprends pourquoi tu as eu le sentiment que je n'étais pas là pour toi au moment où tu en avais le plus besoin. C'est vrai, en un sens. Ton départ… a failli me briser, mais j'étais prête à tenir pour nous.

Son cœur menaçait de bondir hors de sa poitrine.

— Pourquoi n'as-tu pas pu en faire autant ?

La voix de Macie grésilla alors dans la radio, coupant court à toute explication.

— Standard à Hudson.

Kendric braqua son regard sur la photo alors que la réalité faisait irruption dans leur univers. Il lui rendit sa plaque et répondit.

— Hudson, j'écoute.

— Le chef a retrouvé la voiture de Sabrina Bryon sur la boucle des Alpes. Il faut que vous y alliez le plus vite possible. Oh ! Et à propos, elle est en train de brûler.

4

Les flammes avaient noirci la falaise qui surplombait la route.

La boucle des Alpes, ainsi nommée parce qu'elle englobait les sommets principaux de la région, traversait les cols Cinnamon et Engineer dans les monts San Juan pour relier Silverton, Ouray et Battle Mountain.

Des pics déchiquetés se dressaient autour d'eux, surmontant des forêts denses et des vallées profondes. Kendric n'avait jamais vu paysage plus sauvage. Avec le début de la fonte des neiges, cette route isolée, à une seule voie, était l'endroit idéal pour détruire des pièces à conviction. En cette saison, il n'y avait pas de touristes, et peu de circulation. Pas de témoins.

Devant lui, Campbell contourna le capot du 4x4 pour approcher de la scène. Kendric la suivit, la boue collant à ses chaussures.

Battle Mountain comptait moins de mille habitants et avait disposé d'une force de police à l'effectif très restreint avant que Weston Ford, qui en était le chef, parvienne à créer une équipe solide. En l'espace de quelques mois, aidé de son frère, Easton, il avait arrêté non pas un mais deux tueurs en série en plus d'avoir dirigé l'enquête sur l'ancienne collègue de Kendric. Ensemble, ils avaient protégé Battle Mountain avec seulement une partie des ressources auxquelles il avait pu avoir accès dans sa carrière, et donné à la ville une raison de croire aux héros.

Weston Ford se tourna vers eux, sa silhouette éclairée par

les dernières lueurs de l'incendie qui avait ravagé la berline de Sabrina Bryon.

Une barbe de quelques jours accentuait les traits décidés de son visage ovale. Il portait son habituel chapeau, et un T-shirt foncé qui épousait son torse d'athlète, désormais maculé de poussière et de cendre. En dépit des températures plutôt fraîches à cette altitude, la sueur perlait sur son front. Il fit un pas de côté pour leur montrer le véhicule.

— Juste à temps. Les pompiers viennent de nous autoriser à examiner la scène.

— Vous avez trouvé un corps ? demanda Campbell en enfilant une paire de gants.

Déjà concentrée sur sa tâche, elle approcha de la carcasse du véhicule tandis que Kendric en faisait le tour pour gagner le côté passager.

— Non, mais vu l'état du véhicule et l'accélérant qu'on sent d'ici, je dirais que s'il y en avait un, il n'en restera pas grand-chose.

Le chef Ford lui tendit la main.

— Vous devez être l'enquêtrice du Bureau. Je suis Weston Ford.

— Campbell Dwyer, répondit celle-ci, focalisée sur son examen. Qui a signalé le sinistre ?

— Le pilote d'un avion privé nous a envoyé un message radio. Il a survolé les lieux jusqu'à l'arrivée des pompiers pour s'assurer que l'incendie ne se propage pas. Une nouvelle évacuation est la dernière chose dont cette ville a besoin. Heureusement pour nous, c'est l'hiver.

— Je ne vois pas de traces laissées par d'autres véhicules quittant la scène, observa Campbell. Et pas de bidons d'essence non plus.

Elle se redressa, puis avança lentement le long de la voiture calcinée.

— L'individu qui a mis le feu a probablement utilisé l'essence qui se trouvait dans le réservoir. Ça n'a pas l'air d'avoir été prémédité. Le ravisseur a improvisé pour s'enfuir.

Elle désigna le sol, pointant la bande d'herbe aplatie qui longeait le précipice de l'autre côté de la route.

— Il s'est servi de l'herbe pour dissimuler ses empreintes.

Bon sang, elle avait analysé toute la scène en moins d'une minute. Une bouffée d'admiration gagna Kendric. Une bombe aurait pu exploser à côté d'elle sans briser la concentration de Campbell. Même dans ses meilleurs jours, son équipe et lui auraient passé des heures à inspecter les lieux avant de parvenir aux moindres conclusions. Elle était douée, et Sabrina Bryon avait de la chance d'avoir quelqu'un comme elle sur sa piste.

— Les pompiers sont du même avis, mais ce n'est pas tout. Le coupable s'est préparé avec soin, il est peut-être même formé en science forensique. J'ai trouvé les restes d'un sac de voyage sur la banquette arrière. Il y avait deux tenues de rechange, des chaussures et des affaires de toilette à l'intérieur. Tout est brûlé mais reconnaissable malgré tout.

Le chef se dirigea vers une bâche bleue étalée sur le sol, où on avait disposé divers fragments d'objets.

Il tira un stylo de sa poche et souleva un bout de tissu pour étayer ses dires.

Kendric le regarda, l'estomac noué. Le scénario commençait à lui sembler un peu trop familier.

— Tu penses que c'est peut-être un flic ?

Il n'avait pas voulu formuler cette hypothèse, mais après ce que les habitants de la ville avaient enduré, il était impossible de rejeter cette possibilité. Les deux tueurs en série et l'agent Freehan avaient anéanti tout sentiment de sécurité à Battle Mountain. Il fallait à tout prix empêcher que cela se reproduise.

— Je n'en suis pas certain, admit le chef, le visage grave. Chloe va essayer de prélever des traces d'ADN à partir de ces restes de vêtements. On verra si elles donnent quelque chose. Pour l'instant, nous avons une femme disparue, une morte qui faisait semblant d'être enceinte et un mari éploré qui est entre la vie et la mort. Qu'est-ce qui se passe ici ?

Les craquements et grésillements des braises mourantes s'entendaient par-dessus le murmure du vent qui balayait la vallée. Kendric parcourut les yeux du regard.

— Une liaison qui aurait mal tourné ?

— Elliot Bryon aurait cherché une maîtresse qui ressemblait à sa femme comme deux gouttes d'eau et lui aurait demandé de feindre une grossesse ?

Campbell haussa les épaules.

— D'après mon expérience, quand un homme délaisse sa femme enceinte, trouver quelqu'un qui lui ressemble n'est pas une priorité.

— Peut-être que le partenaire de la victime a découvert cette liaison. Qu'il a voulu se venger de l'amant de sa femme en enlevant Sabrina.

Kendric passa mentalement en revue la liste des amis et parents de la famille Bryon. Il faudrait des jours entiers pour tous les interroger. Il étouffa un juron. Après douze heures d'enquête, trop de questions demeuraient sans réponse. Et sans l'identité de la morte, il ne savait pas s'ils allaient parvenir à en trouver.

— Quoi qu'il en soit, nous n'arriverons à rien avant de pouvoir parler au mari.

— Je vais appeler l'hôpital.

Le chef sortit son téléphone de sa poche arrière.

— Restez ici, vous deux. Le ravisseur a détruit cette voiture parce qu'elle aurait pu nous conduire à lui. Je veux qu'elle soit passée au peigne fin.

Sur quoi il retourna vers son véhicule, laissant Campbell et Kendric seuls.

— Un feu d'essence dégage une chaleur de plus de mille degrés. Toute trace d'ADN appartenant au ravisseur aura été détruite, commenta Kendric.

Il contourna le véhicule. Des fragments de métal tordu fumaient sous les derniers rayons du soleil. Ils n'avaient guère plus d'une heure de lumière devant eux. Le temps pressait.

Campbell ne répondit pas, ne parut pas même respirer. Elle fixait les débris noircis.

— C'est la voiture de la victime.

— D'après Macie, le numéro de châssis correspond, oui. Et c'est la même marque et le même modèle. Quelle importance ?

— Nous n'avons pas trouvé de traces de pneus quittant le domicile des Bryon à part les leurs. Celles du pick-up de Bryon et celles-ci. D'abord j'ai cru que le ravisseur et la morte étaient venus des bois, peut-être en quad ou sur des vélos tout-terrain, mais Gregson et Majors n'ont rien vu qui confirme cette hypothèse.

Bon sang. Elle avait raison. Cela ne l'avait pas frappé jusqu'alors. La fumée pénétra dans ses poumons, lui picotant l'arrière de la gorge.

— Très bien. Par conséquent, comment le ravisseur est-il arrivé chez les Bryon ?

— Supposons que tu aies eu raison tout à l'heure. Que la morte et Elliot Bryon aient eu une liaison. Qu'il l'ait amenée au chalet pendant que sa femme était sortie, mais que Sabrina Bryon soit rentrée plus tôt que prévu et les ait surpris en flagrant délit ?

Un rire sans joie s'échappa de ses lèvres sensuelles, et elle cessa d'être l'enquêtrice implacable pour redevenir la femme qu'il n'avait jamais pu oublier.

— Elle est bouleversée. Elle attend un bébé, elle est émotive, et elle vient de découvrir que son mari la trompe. Avec une femme qui lui ressemble de façon frappante.

Il contourna le véhicule pour venir du même côté qu'elle.

— La situation dégénère. Ils se disputent. Soit Sabrina est armée, soit elle sait où Elliot range son arme. Elle tire sur la maîtresse de son mari.

— Celle-ci essaye de s'échapper. Sabrina n'arrive pas à la suivre à cause de sa grossesse, par conséquent elle tire de loin et l'atteint dans le dos. Ensuite, elle s'en prend à son mari. Elle tire sur lui, puis s'enfuit à bord de sa voiture avec l'arme du crime et des vêtements de rechange.

Campbell avait brillamment mis toutes les pièces du puzzle en place, mais ce n'était que le début. Elle leva les yeux vers lui, son intense concentration soudain rompue.

— Quelles informations avons-nous sur Sabrina Bryon ?

— Les choses de base. Sa situation financière, son parcours professionnel, l'historique de ses appels téléphoniques.

En somme, les informations classiques quand on avait affaire à une disparition.

— D'après ce que nous en savons, elle n'a pas de famille. Pas de dettes. Elle s'est installée ici il y a quelque temps et a épousé Elliot Bryon peu après. Macie dit que c'était dans tous les journaux. Une sorte de conte de fées. Elliot Bryon est issu d'une famille riche. Sabrina avait du mal à trouver du travail. Ils se sont rencontrés et nageaient dans le bonheur depuis. Tout cela remonte à deux ans environ.

— D'où est-elle originaire ?

Le léger changement d'intonation dans la voix de Campbell suggérait qu'elle ne croyait pas à l'histoire en question.

— Elle a fait des études ? Elle a déjà été mariée ?

— Il va falloir que je creuse davantage quand je serai de retour au ranch, admit Kendric.

De mémoire, il compara la photo de leur fille avec Campbell face à lui. Même nuance de bleu dans les yeux, même chevelure. Magnifique. Elle soutint son regard sans fléchir, éveillant une vague de désir au fond de lui. Il savait une chose : Campbell n'allait pas partir. Que cela lui plaise ou non, ils étaient liés.

— Pourquoi ces questions ? À quoi penses-tu ? lui demanda-t-il.

— L'individu qui a tiré sur Elliot Bryon lui a mis deux balles au beau milieu de la poitrine. C'est quasi impossible à accomplir si on n'a jamais tenu d'arme avant. Et celui ou celle qui a brûlé cette voiture a pris soin de détruire l'ADN et les indices éventuels. Les civils, surtout s'ils ont peur et qu'ils sont en cavale, ne pensent pas à ce genre de choses.

Elle désigna le véhicule.

— Je pense que Sabrina Bryon n'est pas la personne qu'elle prétend être.

Sidéré, Kendric eut un haut-le-corps malgré lui.

— Dans ce cas, qui diable est-elle ?

L'odeur de fumée et d'essence imprégnait sa veste lorsqu'elle la retira. La nuit était tombée, éliminant toute possibilité d'examiner davantage le véhicule de Sabrina Bryon sans éclairage. Comme Kendric l'avait présumé, il n'en restait que peu de choses. L'incendie avait détruit tout ce qui aurait pu les aider dans leur enquête. Easton Ford avait sécurisé la scène pour la nuit, et ils devraient attendre le lendemain matin pour reprendre leurs recherches.

Comment la police de Battle Mountain parvenait-elle à mener à bien la moindre enquête avec le peu de ressources qu'elle avait à sa disposition ? Enfin, c'était pour trouver la réponse à cette question qu'elle était là, n'est-ce pas ? Pour découvrir la source des maux qui s'étaient abattus sur la ville au cours de l'année écoulée.

Campbell retira ses chaussures recouvertes de boue et les jeta sur le sol. La chambre que Kendric lui avait prêtée depuis qu'on s'était introduit dans sa chambre de motel était sobre. Comme lui. Un décor simple, des couleurs neutres, des lignes épurées. Pas de photos ni d'objets personnels, mais elle avait compris à sa manière d'être dans la ville qu'il n'avait nullement l'intention de retourner à Denver un jour. Peut-être même pas pour sa fille. Elle ne savait trop ce qu'elle ressentait à ce sujet. Penny et elle avaient été heureuses seules pendant toutes ces années, mais maintenant que Kendric connaissait son existence, elle s'était attendue à... davantage. Plus de curiosité. Voire un désir de la rencontrer.

Elle était épuisée, et mourait de sommeil. Elle acheva de se déshabiller, songeant qu'elle avait besoin de prendre une douche et un repas chaud. De dormir vingt heures durant.

D'entendre la voix de Penny.

Elle sortit sa plaque de sa poche, prit la photo de sa fille et l'adossa à la lampe de chevet. Puis elle enfila sa tenue pour la nuit – un T-shirt trop grand et un caleçon long – et se dirigea vers la cuisine, l'estomac criant famine.

— J'entends gronder ton ventre d'ici.

Un rire grave lui parvint. Assis à la table de cuisine, Kendric leva les yeux des papiers qu'il parcourait.

— J'en conclus que tu as faim.

— Excuse-moi de te déranger. Apparemment, les frites au fromage n'ont pas suffi.

Elle désigna le réfrigérateur.

— Je peux ?

— Je t'en prie. Et ne t'excuse pas. De toute façon, il y a belle lurette que je ne vois plus ce que je lis.

Il se passa une main sur le visage. Il paraissait aussi exténué qu'elle, mais ce n'était rien comparé à la dernière fois qu'elle l'avait vu, à Denver.

— J'en suis au point où je ne pourrais même pas te dire l'heure qui est affichée sur l'horloge du four, ajouta-t-il.

— Merci.

Une bouffée d'air froid lui percuta le visage et le cou alors qu'elle inspectait l'intérieur du réfrigérateur. Il était vide. Exactement comme le reste de la maison. Seul un morceau de cheddar dans un des tiroirs pourrait lui permettre de soulager sa fringale.

— On dirait que tu aurais bien besoin d'un de mes fameux sandwichs grillés au fromage.

Kendric se cala sur sa chaise.

— Je donnerais mon bras droit pour un manger un.

— Ça vient tout de suite.

Elle eut du mal à réprimer un sourire. Elle avait presque oublié à quel point il pouvait être charmant. Elle se mit au travail et s'affaira dans la cuisine comme si elle était chez elle, sentant son regard fixé sur elle. Si elle était honnête avec elle-même, elle devait s'avouer que leur familiarité lui avait manqué. Qu'il lui avait manqué.

— Quel nom figure sur l'acte de naissance de Penny ?

La tension succéda au sourire qui s'attardait sur ses lèvres. Elle appuya sur le couteau qui tranchait le fromage, veillant à ne pas se couper un doigt. Ils n'avaient pas eu le temps de discuter avec la découverte de la voiture de Sabrina Bryon.

— Le tien.

— Je dois dire que ce n'est pas la réponse à laquelle je m'attendais.

Sa voix s'était assourdie, à peine plus audible qu'un murmure.

Campbell posa le couteau et se tourna vers lui.

— Je n'ai jamais essayé de te cacher son existence, Kendric. Je voulais te faciliter les choses autant que possible au cas où tu déciderais que tu voulais faire partie de notre vie. C'est toi qui as refusé d'avoir le moindre contact avec moi.

— Je sais.

Il prit son mug vide et se leva. Puis il ouvrit un placard mural et en sortit un paquet de pain tranché, effleurant la hanche de Campbell au passage. Ce fut comme si un courant électrique la traversait des pieds à la tête.

Il posa le paquet sur le plan de travail et remplit sa tasse de café.

— Je voulais juste dire... je pensais que tu aurais voulu quelqu'un d'autre. Que tu te serais mariée, que tu l'aurais laissé adopter Penny et lui donner son nom. Que tu te serais construit une famille.

La bouche soudain sèche, Campbell sentit des vagues de chaleur déferler en elle. Un simple contact. Cela avait suffi à affoler ses terminaisons nerveuses. Elle resserra sa prise sur le couteau pour terminer ce qu'elle avait commencé. Elle coupa un peu de fromage supplémentaire et sortit quatre tranches de pain.

— Les familles ne sont pas toutes uniformes. Penny me suffit.

Kendric changea de position, et but une gorgée de café. Un arôme de cannelle flotta dans l'air.

— Parle-moi d'elle. Notre... fille.

— Tu dis ça comme si c'était un gros mot. Enfin, bon.

De la légèreté chassa la violence et l'incertitude qui lui avait noué l'estomac tout au long de la journée.

— Elle refuse de mander de la viande et adore les brocolis. Et tous les légumes verts, d'ailleurs.

— Les brocolis ?

Les traits de Kendric se durcirent, rappelant à Campbell l'expression de Penny quand elle se rebellait contre une décision. Elle ne put s'empêcher de rire.

— Tu es sûre que c'est ma fille ? Quel enfant aime les brocolis ?

— Cette enfant-là.

Elle tartina les tranches de beurre et d'ail en poudre qu'elle avait trouvé dans un des tiroirs.

— Elle adore inventer des histoires. Elle imagine des conversations entre les objets. L'autre jour elle a trouvé deux pailles dans la voiture. Avant que j'aie eu le temps de dire ouf, une des pailles accusait l'autre d'avoir chipé un cookie dans le garde-manger.

Le rire grave de Kendric résonna en elle, ouvrant une brèche dans le mur qu'elle avait bâti autour d'elle au fil des années pour se protéger de lui.

— Elle a l'air géniale.

— Elle l'est.

Campbell disposa les sandwichs sur le gril, et l'odeur du fromage emplit le petit espace entre eux.

— Elle ne manque pas de confiance en elle, c'est sûr. Je dis tout le temps à ma mère qu'elle va devenir soit chef d'entreprise, soit tueuse en série.

— Pourquoi pas les deux ?

— C'est possible, tu as raison.

Elle pivota pour prendre une spatule sur le plan de travail et s'immobilisa. Kendric lui en tendait une. À cet instant, il lui parut infiniment plus... imposant. Plus réel. Plus accessible. L'amertume avait déserté sa voix, elle ne lisait plus de colère sur son visage. À cet instant, il ressemblait à l'homme dont elle était tombée amoureuse toutes ces années plus tôt. À son partenaire.

Le regard de Kendric se posa sur ses lèvres. Une fraction de seconde plus tard, il avait comblé la distance entre eux.

Sa bouche s'écrasa sur la sienne.

Il plaqua une main sur sa tête. Résolu à l'empêcher de se dérober ? Leurs haleines se mêlèrent, elle savoura le goût du café et celui de Kendric, si masculin. Adossée au réfrigérateur, elle sentait son corps pressé contre elle. Instinctivement, elle ouvrit les lèvres davantage. Aussitôt il accentua son baiser. Le cœur de Kendric cognait à tout rompre contre sa poitrine. Chaque caresse de sa langue sapait un peu plus la barrière qu'elle avait érigée entre eux, au point qu'elle ne savait plus où son corps finissait et où commençait celui de Kendric.

La douleur surgit sur son ventre.

— Oh ! mon Dieu ! Ça brûle !

Elle se dégagea, tira sur son T-shirt. Saturé de café bouillant, le tissu mince lui brûlait le ventre et les cuisses.

— Oh ! zut ! Attends. Laisse-moi t'aider.

Il posa la tasse sur le plan de travail, attrapa un torchon et s'accroupit devant elle, épongeant autant de café que possible sur ses pieds et ses jambes.

— C'est... Ça va. Je peux le faire.

Campbell se baissa pour prendre le torchon, mais il se redressa au même moment. La douleur explosa dans son visage, et elle retomba contre le réfrigérateur, des étoiles dansant devant ses yeux.

Kendric se massa l'arrière de la tête.

— Bon sang ! Tu aurais pu dire non. Tu n'avais pas à me frapper.

— Oui, bon, ce n'est pas toi qui saignes.

Elle inclina la tête en arrière afin de juguler le filet de sang qui coulait de son nez.

— Tu pourrais me donner une feuille d'essuie-tout ?

— Mince !

Kendric en arracha une feuille, passa l'extrémité sous le robinet et se tourna vers elle.

— Fais voir.

— Je crois que tu as fait assez de dégâts pour ce soir.

Psychologiquement et physiquement. Campbell secoua la tête, accablée par l'absurdité des deux minutes écoulées. Comment avaient-ils pu s'y prendre pour transformer un moment de passion en chaos pur et simple ?

— Je veux vérifier que tu n'as rien de cassé.

Il promena sa main libre sur le côté du cou de Campbell, lui poussant doucement la tête en arrière avec son pouce.

Le pouls tambourinant dans ses veines, elle se laissa faire, bouleversée par l'importance de cet instant – le fait qu'ils étaient réunis après toutes ces années. Jusqu'à quelques jours plus tôt, elle s'était demandé si elle le reverrait jamais, et voilà qu'ils enquêtaient sur la même disparition, dans une affaire encore pleine de questions non résolues.

— Je suis désolé.

Elle releva les yeux tandis qu'il pressait le papier humide sous son nez.

— C'était un accident. Je ne compte pas porter plainte.

— Je ne parlais pas du nez, dit-il en lui tapotant doucement le nez et la bouche. Enfin, si, mais surtout du reste. Je suis désolé que tu aies pensé que je n'aurais pas pu faire face à l'annonce de la grossesse en plus du reste. Et tu avais sans doute raison.

Il s'excusait. Le cœur de Campbell se serra plus qu'il n'aurait dû.

— Tu avais beaucoup de choses à gérer à ce moment-là.

— Plus que ce qu'il restait de mon visage, ironisa-t-il.

Il l'avait quittée sans un mot. Aucune excuse ne suffisait. Il lui avait fait du mal, il avait privé Penny de son père.

— Je donnerais cher pour retourner en arrière. Tout changer. Si seulement j'avais accompli le travail dont on m'avait chargé...

— Arrête.

Campbell mit la main sur la sienne et prit la feuille d'essuie-tout.

Baissant la tête, elle acheva de retirer les traînées de sang de son visage.

— Tu as failli mourir, Kendric. Si Cree Gregson ne t'avait pas jeté au sol quand la deuxième bombe a explosé, tu ne serais même pas là. Je sais que tu ne vois pas les choses ainsi, mais je suis reconnaissante. Tu es vivant. Beaucoup de démineurs ne peuvent pas en dire autant. Tu peux encore choisir comment tu veux vivre ta vie. Est-ce que ce sera ici, où tu es hanté par la dévastation causée par ta collègue, ou à Denver, où ta famille et tes amis attendent ton retour ? Où ta fille attend de faire la connaissance de son père ?

Il ne répondit pas, ne parut pas même respirer, et ce fut alors qu'elle comprit. À ses yeux, il n'avait pas le choix. L'homme qu'il avait été n'existait plus. La vie qu'il avait eue n'existait plus. Il avait rompu avec tout et tous ceux qui le liaient à cette époque. Elle incluse. Seulement, en fin de compte, c'était lui qui souffrirait. Le cœur de Campbell se brisa encore un peu plus.

— Tu étais tellement en colère après l'attentat que tu ne voulais parler à personne. Pas même aux membres de ton unité. Pas même à moi.

Elle leva la main pour effleurer son visage, et il tressaillit. L'estomac noué, elle songea à l'homme passionné qu'il avait été un instant plus tôt. Celui qui lui avait fait tout oublier par un unique baiser.

— Tu es toujours en colère. Je l'entends dans ta voix.

Kendric recula contre le plan de travail, prisonnier de sa propre cuisine. Il n'avait nulle part où s'enfuir. Où se cacher. Ils étaient là tous les deux, avec la longue liste d'erreurs qu'ils avaient commises au fil des années.

Elle sentit le froid la gagner. Son cerveau était incapable d'analyser ce qui s'était passé entre eux durant ces quelques minutes. La fatigue et le trop-plein d'émotions avaient eu raison d'elle.

— Nous avons toujours été plus doués dans notre carrière que dans notre vie privée, n'est-ce pas ?

Elle pointa le doigt vers la poêle fumante.

— Tu devrais retourner les sandwichs avant qu'ils brûlent.

Son appétit évanoui, elle pivota et se dirigea vers sa chambre sans attendre sa réponse. Compte tenu de la véritable raison pour laquelle elle se trouvait à Battle Mountain, elle ne pouvait se permettre de l'entendre.

5

Il avait commis une erreur.

Il avait eu tort d'embrasser Campbell. De regretter que les choses se soient déroulées ainsi entre eux. Tort d'engloutir les deux sandwichs. Se passer et repasser en boucle dans la tête la conversation qu'ils avaient eue la veille au soir n'avait pas arrangé les choses. Kendric entra d'un pas lent dans la cuisine, réprimant en vain un bâillement. Elle avait espéré une réponse. Elle avait voulu l'entendre dire qu'il projetait de retourner à Denver, de reprendre le cours de sa vie et de faire partie du quotidien de sa fille.

Il ne pouvait pas.

Cette petite fille – végétarienne ou pas – méritait un meilleur père que lui. Campbell méritait mieux que l'ombre de l'homme qu'il avait été. Ce qu'elle voulait, ce dont leur fille avait besoin, il ne pouvait pas leur donner. Peut-être n'en serait-il jamais capable.

Il saisit un mouvement dans le séjour.

— Je ne savais pas que tu étais déjà debout, dit-il en tendant la main vers une tasse qu'il remplit aussitôt de café.

— Je suis réveillée tous les jours à 5 heures par une petite fille qui veut regarder des dessins animés. C'est dur de perdre l'habitude.

Ses doigts habiles balayaient le pavé tactile de l'ordinateur posé sur ses jambes croisées. Elle s'était changée après qu'il eut renversé une tasse presque entière de café sur elle, mais sa nouvelle tenue était presque identique à la première : un T-shirt et un caleçon. Et la voir si détendue au milieu de son salon était le spectacle le plus sexy qu'il lui avait été donné de contempler.

Il s'éclaircit la voix.

— Campbell, à propos d'hier soir...

— J'ai dressé une liste des amis les plus proches de Sabrina Bryon à partir des appels relevés sur son téléphone. Celui-ci n'a pas été utilisé depuis sa disparition, et il est éteint, ce qui nous empêche de le localiser, mais si elle est en cavale, elle va chercher de l'aide auprès de quelqu'un qu'elle connaît. En me fondant sur l'historique des appels, je crois que cette personne pourrait être Chelsea Ingar.

Elle posa l'ordinateur sur une vieille table en bois qu'il avait héritée de Gregson quand ce dernier avait emménagé avec sa partenaire, Alma.

— Donne-moi une demi-heure pour prendre une douche et m'habiller, et je suis prête.

Le détachement était de retour dans sa voix, et Kendric se reprocha amèrement d'avoir tout gâché entre eux.

— Attends. S'il te plaît.

— Tout va bien, Kendric. Je ne suis pas venue ici pour te ramener à Denver et, pour être franche, je n'aurais rien dû dire.

Elle fit mine de le contourner, mais il lui barra le chemin. Elle s'arrêta, puis tendit une main vers lui.

— Tu ne me dois rien, dit-elle d'une voix claire, détachant chaque syllabe. Vraiment rien du tout, et je n'avais pas le droit de te demander des explications. D'ailleurs, nous avons une enquête à mener. Tout va bien. Promis.

— Non, pas du tout. C'est même tout le contraire.

Il serra le poing, le passé menaçant de s'engouffrer dans le présent. La vision des flammes, de la douleur et de la mort persistait, mais la refouler tout au fond de lui comme il l'avait fait durant toutes ces années ne l'avait pas aidé.

— Tu ne sais pas comment c'était. Couché dans cet hôpital, capable de tout voir, de tout entendre et de tout ressentir, et être complètement impuissant. Ma gorge était tellement brûlée que je ne pouvais même pas hurler quand les infirmières changeaient mes pansements. Je ne pouvais pas bouger. Le moindre contact était insupportable.

Campbell baissa les yeux au sol, croisant les bras sur sa silhouette mince.

— Je suis désolée. Ça devait être atroce... et terrifiant.

— Gregson était encore plus brûlé que moi, mais il peut dissimuler ses cicatrices. Moi pas.

Les nerfs morts sur le côté droit de son visage le picotèrent. Une sensation fantôme.

— Je sens encore ma peau se détacher quand je m'autorise à y penser. J'entends encore les cris de Gregson dans mes cauchemars. J'étais responsable de cette mission, Campbell. J'ai passé outre l'ordre d'évacuer parce que je pensais pouvoir désamorcer l'engin avant qu'il explose. J'étais censé protéger mon équipe, et j'ai échoué. Et toi... tu me dis que je peux choisir la manière dont je vis le reste de mes jours, que je peux retourner à Denver pour être auprès de ma famille et de mes amis. Avec ma fille. Mais la vérité, c'est que je ne peux pas. Parce que la vie qu'ils auraient avec moi ne vaut pas la peine d'être vécue.

Le choc se lut dans les yeux de Campbell. Elle fit un pas vers lui.

— Ce n'est pas vrai. Tu...

— Je ne peux pas te donner ce que tu veux, Campbell. Et je ne peux pas être le père que cette petite fille mérite. Pas avec ce visage et tout le bagage qui va avec. Par conséquent, je ne retournerai pas à Denver.

Il désigna les cicatrices qui lui déformaient la joue. En un sens, formuler ses peurs les plus profondes, des peurs qu'il avait gardées enfouies en lui-même, était libérateur. L'acceptation était le premier pas. N'était-ce pas ce qu'affirmaient tous les psys ?

Il retourna vers le couloir.

— Jamais, conclut-il.

— Tu as tort, tu sais. Tu n'es pas endommagé, Kendric. Tu

n'es pas moins facile à aimer à cause de ce que tu as enduré, et je suis désolée que tu aies accepté cette voie comme étant la seule possible pour toi. Parce que tu as tellement à offrir. Plus que tu ne t'en rends compte.

Sa voix s'adoucit.

— J'espère seulement que tu en prendras conscience avant qu'il soit trop tard.

Les doigts de Kendric se crispèrent sur sa tasse.

— Je n'ai pas besoin de ta pitié, Campbell. Seulement de ton expérience d'enquêtrice pour élucider cette disparition.

— Dans ce cas, nous ferions mieux de nous mettre au travail. D'après son GPS, Chelsea Ingar est chez elle. L'historique des appels de la victime montre qu'elles ont été en contact plusieurs fois par jour au cours de ces derniers mois. Elle va peut-être pouvoir nous donner des informations sur la vie de Sabrina.

Elle le dépassa, les lames de plancher craquant sous ses pas alors qu'elle regagnait la chambre d'amis.

Kendric retourna dans sa propre chambre et entra dans la salle de bains attenante. L'eau chaude devint froide avant qu'il ait terminé de se frictionner la barbe et le menton. C'était aussi bien comme ça. Chaque seconde que Campbell et lui gaspillaient à tenter de combler le fossé entre eux était une seconde perdue pour Sabrina Bryon. Il ne pouvait se permettre de laisser sa vie privée faire obstacle à cette enquête. Et Campbell non plus. Il enfila son uniforme, plaça son arme dans le holster sur sa hanche et sortit dans le couloir.

Le son du jet d'eau sur le carrelage de la douche atteignit ses oreilles. Campbell n'en avait pas terminé dans sa salle de bains. Pourtant, l'eau ne devait pas y être plus chaude que dans la sienne.

Il était fermement décidé à passer devant la porte de sa chambre sans même jeter un coup d'œil à l'intérieur par respect pour son intimité, mais un petit rectangle posé contre la lampe de chevet attira son attention.

La photo que Campbell lui avait montrée la veille.

Penny.

Ses pieds le conduisirent dans la chambre comme si la fillette avait enroulé un lasso autour de sa taille. Avant de s'être rendu compte de ce qu'il faisait, Kendric prit le cliché pour le regarder de plus près. Une cascade de cheveux blonds brillants et bouclés entourait un visage en forme de cœur. Elle courait vers l'appareil, ses grands yeux bleus fixant l'objectif, les mains pleines de feuilles multicolores. Elle semblait prête à affronter le monde entier. La photo datait sans doute de quelques mois – l'aperçu d'une vie qu'il n'aurait jamais –, mais Kendric avait l'impression que la fillette était à côté de lui. Avec lui.

— Elle a ton sourire.

La voix de Campbell le fit tressaillir. Il ne l'avait pas entendue sortir de la salle de bains. Il se hâta de remettre la photo sur la table de chevet.

— Je ne voulais pas m'immiscer dans ton intimité. C'est juste...

Il ne savait comment terminer sa phrase.

— Bon sang ! je ne sais pas ce qui m'a pris. Excuse-moi.

— Le jour où quatre infirmières, un gynéco et une étudiante en médecine ont assisté à mon accouchement, j'ai dit adieu à mon besoin d'intimité.

Campbell laissa tomber son pyjama et sa trousse de toilette sur le lit à côté d'un sac de voyage ouvert, dont le fond était tapissé de dossiers. Ceux qu'elle avait essayé de lui cacher au restaurant. Elle s'empressa de refermer le sac.

— En plus, Penny pense que les seins sont une invention géniale et essaye de toucher les miens dès qu'elle en a l'occasion. Même en public.

— À vrai dire, elle n'a pas tort.

Il se surprit à imaginer la scène malgré lui. Quel hypocrite il faisait ! Il avait clairement dit ne pas pouvoir faire partie de sa vie et de celle de Penny, mais son subconscient n'avait manifestement pas compris le message.

— Je... euh... je vais te laisser finir de te préparer. Je te retrouve à la voiture.

— Pas la peine.

Campbell glissa son arme dans son étui et enfila une veste gris foncé qu'elle boutonna aussitôt. Des mèches de cheveux blonds humides tombaient sur ses épaules, et il dut lutter contre la tentation d'y enfouir les doigts, comme avant.

— On peut y aller.

— Je te suis.

Quelques minutes plus tard, il était assis au volant de sa voiture, Campbell à côté de lui, et ils roulaient vers le sud.

Située en plein centre de la ville, la maison de Chelsea Ingar jouissait d'une vue imprenable sur les dégâts causés par son ancienne collègue, qui était désormais derrière les barreaux. Le spectacle de la rue dévastée rappela à Kendric pourquoi Battle Mountain était devenu son nouveau foyer, sans pour autant parvenir à chasser de son esprit la photo de sa petite fille.

Ils empruntèrent le trottoir crevassé pour s'approcher du pavillon qui avait connu des jours meilleurs. Des arbres dénudés et des buissons mourants bordaient le jardin rectangulaire, délimité par une clôture en bois en piteux état. L'ensemble offrait un contraste frappant avec la porte d'entrée rouge vif.

— Il vaut sans doute mieux que ce soit moi qui l'interroge. Les gens d'ici se méfient des étrangers.

Kendric toqua, et des pas résonnèrent à l'intérieur. La porte s'ouvrit, révélant une petite jeune femme blonde qui réprimandait par-dessus son épaule trois enfants occupés à semer la pagaille derrière elle.

— Oui ?

Son regard alla de lui à Campbell, puis revint à lui.

— Madame Ingar, excusez-nous de vous déranger. Je suis Kendric Hudson, de la police de Battle Mountain, et voici l'agent Dwyer. Je suis sûr que vous avez entendu parler de ce qui s'est passé chez les Bryon. Nous voudrions vous poser quelques questions, si cela ne vous ennuie pas.

— Je ne sais pas si je peux vous aider.

Chelsea Ingar jeta un coup d'œil derrière elle, exposant des cicatrices d'acné sur sa joue. Était-elle nerveuse ?

— Nous n'habitons pas à proximité. Nous n'avons rien vu ni rien entendu.

— Mais vous connaissez Sabrina Bryon, la femme qui a disparu, intervint Campbell.

Chelsea croisa les bras.

— Je ne sais que ce que j'ai lu dans les journaux. Je l'ai peut-être croisée quelques fois en ville. C'est tout.

La suspicion déferla en Kendric.

— Madame Ingar, d'après l'historique du téléphone de Sabrina Bryon, vous avez échangé des appels quotidiens ces derniers mois. Je dirais que vous la connaissez mieux que cela.

— Désolée. Vous faites erreur.

Chelsea Ingar fit un pas en arrière et commença à refermer la porte.

— Je n'ai jamais parlé à cette femme de ma vie.

— Elle cache quelque chose.

Campbell se repassa la conversation dans la tête. Encore et encore, jusqu'à ce que chaque mot soit gravé dans son cerveau. Chaque syllabe. Le paysage défilait derrière la vitre, la neige d'un blanc étincelant succédant à la boue accumulée sur les trottoirs. Les nuages gris formaient une chape sombre et froide au-dessus d'eux. Elle regrettait le confort et la chaleur du lit où elle s'était réveillée ce matin-là. Celui qui sentait l'odeur de Kendric, bien qu'il ait été dans la chambre voisine.

Le trajet jusqu'à Grand Junction allait leur prendre le plus clair de la journée, ce qui les empêcherait d'explorer des pistes plus locales. Mais étant donné que leur principal témoin était maintenant réveillé et en mesure de répondre à leurs questions, ils ne pouvaient manquer cette opportunité. Elliot Bryon se trouvait dans la maison lorsque sa femme avait disparu. Il détenait la clé de cette enquête.

— Chelsea Ingar sait où est Sabrina. Elle nous a menti.

— Nous ne pouvons pas en être sûrs. Je t'ai dit que les gens de cette ville sont à cran. Tu n'as pas idée de ce qu'ils ont subi au cours de l'année écoulée.

Kendric regardait droit devant lui. Ses yeux verts semblaient gris, une illusion d'optique due au changement de perspective. Il en allait de même pour Penny : ses yeux bleus paraissaient virer au gris les jours couverts.

— D'abord un type qui enterrait des femmes dans des réfrigérateurs, puis le Bourreau et enfin l'agent Freehan. Ils s'attendent au pire. Ils ont peur de trouver la police à leur porte, venue leur annoncer qu'un de leurs proches est mort. Souviens-toi qu'ils ont du mal à joindre les deux bouts depuis que les compagnies minières ont déserté la ville. Et voilà qu'Elliot Bryon a été pris pour cible, sa femme enlevée et qu'on a une inconnue à la morgue. Chelsea Ingar a peut-être le droit de vouloir rester en dehors de tout ça.

— Pourquoi Battle Mountain ?

Elle n'avait pas eu l'intention de poser cette question, qui la taraudait depuis qu'elle avait accepté cette mission, mais il était trop tard pour la retirer. Elle arracha son regard au paysage désolé et le braqua sur Kendric.

— Qu'est-ce qui attire les tueurs en série ici ?

Il ne répondit pas tout de suite, et son expérience de policière tenta aussitôt de remplir les blancs. Corruption, mensonges, secrets. Tous étaient présents dans chaque ville – chaque poste de police et chaque agent sur lesquels elle avait enquêté –, mais elle ne pouvait imaginer que cela s'applique à l'homme assis près d'elle. Pas sciemment.

— Je crois que la ville attire les êtres troublés plus que les tueurs. Contrairement à beaucoup d'autres lieux, elle est isolée.

Loin de tout. Paisible. Les gens du coin sont plus amicaux que dans les grandes villes. Ils ont grandi ensemble, ils élèvent leurs enfants ensemble. Ils sont sincères, accueillants. Il n'y a pas de tromperie. Pas de manipulation. Ils vivent simplement et sont heureux. Ce n'est pas courant.

La mélancolie perçait dans sa voix, comme s'il avait fait personnellement l'expérience de tout cela.

— C'est ce qui t'a attiré ici ? Le calme ? L'esprit de communauté ?

— Ce n'était pas Denver, et ça me suffisait.

Il se cala davantage sur son siège, et elle vit saillir les muscles et les tendons de son cou. Il était séduisant. Maintenant plus que jamais, bien qu'il soit marqué et qu'il ait perdu son chemin. Son passé le rongeait, et il n'avait pas encore trouvé la force de se relever.

— Après tout ce qui s'est passé avec Freehan, j'ai su que je pouvais faire une différence ici. Je ne sais pas comment te l'expliquer, sauf que j'ai senti que j'avais trouvé ma place. Que j'étais censé être là.

Elle ne savait que répondre à cela, que penser. Elle éprouvait un sentiment similaire. Avec lui. Cependant, puisqu'il avait d'ores et déjà décidé de ne pas chercher à construire une relation avec elle et leur fille, elle ne voyait pas comment aller de l'avant. Pas encore. Et peut-être jamais.

Elle focalisa son attention sur la vitre, sur les immenses champs tapissés de neige immaculée. Des nuages bas et sombres dissimulaient les montagnes à l'horizon.

Le reste du trajet se déroula en silence. Moins d'une heure plus tard, Kendric garait le 4x4 sur le parking de l'hôpital St. Mary. Les rayons de soleil de l'après-midi se reflétaient faiblement sur les fenêtres de l'imposant bâtiment. Quoique nichée dans un paysage superbe de falaises couleur ocre, Grand Junction ne possédait pas la même beauté ni la même atmosphère paisible que Battle Mountain.

Ils franchirent ensemble les portes vitrées et se rendirent à l'accueil.

Elliot Bryon n'était plus aux urgences mais, compte tenu des circonstances de son admission et de ses besoins médicaux, les visites étaient limitées aux représentants des forces de l'ordre et aux membres de sa famille, lesquels n'étaient d'ailleurs pas venus.

Campbell suivit Kendric dans le couloir. Le carrelage blanc, l'éclairage fluorescent et l'odeur de désinfectant qui flottait dans l'air réveillaient en elle les souvenirs pénibles de sa dernière visite dans un hôpital similaire.

— Tout va bien ? demanda-t-il.

— Pourquoi me demandes-tu ça ? répondit-elle, choquée d'être aussi transparente.

— Ta respiration a changé, et tu as l'air d'être sur le point de vomir.

Comment avait-il remarqué tout cela ? L'attention qu'il lui portait apaisa sa nervosité, l'ancrant dans le présent au moment précis où elle risquait de craquer. Elle regarda droit devant elle et replaça une mèche vagabonde derrière son oreille pour se ressaisir, tactique qui ne fonctionna pas complètement.

— Je ne suis pas fan de ce genre d'endroits, avoua-t-elle.

Kendric ralentit le pas.

— Pour des raisons particulières ?

— Peu importe.

Elle secoua la tête, pressée d'atteindre la chambre d'Elliot Bryon.

— Tout va bien. Promis. Mes sentiments personnels concernant l'hôpital ne vont pas m'empêcher de faire mon travail.

Il tendit la main et lui prit le bras. Une vague de chaleur déferla en elle. Son pouls se mit à tambouriner dans ses veines. C'était comme si elle ne voyait et n'entendait que lui.

— Ça importe pour moi.

Elle prit une inspiration douloureuse.

— Penny... a cessé de respirer durant l'accouchement. Elle est restée coincée. L'obstétricienne m'a dit qu'elle n'allait pas survivre et qu'ils ne pouvaient rien tenter sans mettre ma vie en danger. En somme, ils me choisissaient moi, plutôt qu'elle.

Campbell enfonça les mains dans les poches de son pantalon, évitant le regard de Kendric.

— Tu ne peux pas imaginer à quel point c'était terrifiant. J'étais en salle d'accouchement depuis plus de vingt-quatre heures, à bout de forces. J'ai commencé à paniquer. Je ne savais pas quoi faire. Toutes ces infirmières me regardaient avec de la pitié et des larmes dans les yeux, et je... je n'ai pas pu le supporter. Je l'avais portée neuf mois durant. Elle faisait partie de moi. Je ne voulais pas la laisser partir.

À ce souvenir, elle sentit ses yeux la picoter.

Kendric leva la main et lui caressa la joue. Elle sentit sa mâchoire se détendre, et s'abandonna au réconfort qu'il lui offrait.

— Mais elle a survécu.

Elle eut un rire sans joie.

— J'ai exigé qu'une autre équipe remplace la première. La seconde obstétricienne l'a sauvée. Elle nous a sauvé la vie à toutes les deux. Mais venir ici... c'est difficile.

— Je suis désolé que tu aies dû traverser cette épreuve toute seule. Désolé de ne pas avoir été là.

Il désigna sa joue droite, les cicatrices qui avaient bouleversé le cours de sa vie. Une fois de plus, elle songea à quel point il était séduisant.

— Ça t'aiderait si je te disais que je ne suis pas fan non plus ? Cet endroit me donne la chair de poule.

— La chair de poule ? C'est du jargon médical ?

Elle se rendit compte qu'il la tenait toujours et sourit, savourant la chaleur de son contact. Un chaos organisé les entourait, pourtant ils avaient réussi à créer une bulle entre eux et le reste du monde. Ils étaient seuls. La recherche de Sabrina Bryon, l'enquête sur les tirs qui avaient blessé son mari, l'identification de la morte – rien de tout cela ne comptait plus à cet instant. Pour la première fois depuis des années, elle eut l'espoir de ne pas être destinée à terminer sa vie toute seule.

Le haut-parleur crachota au-dessus d'eux, rompant la magie du moment. Kendric retira sa main.

— Il faut qu'on y aille. Les heures de visite tirent à leur fin.

— Oui.

Elle le suivit, mais resta à quelques pas derrière lui pendant qu'il se dirigeait vers la chambre d'Elliot Bryon. Elle avait besoin de se reprendre. Il avait été parfaitement clair. Il n'avait aucune intention de revenir. Il ne voulait pas faire partie de sa vie. Pas plus que le jour où il l'avait quittée.

Et il ne voulait pas avoir de relation avec sa fille. Campbell prit une profonde inspiration. Au moins était-elle plus calme à présent. Grâce à lui.

Elliot Bryon occupait une chambre individuelle. Un drap le couvrait, et il regardait dans la direction opposée à la porte. Ses cheveux bruns coupés court, presque ras, ne parvenaient pas à dissimuler sa calvitie naissante. Ses yeux se tournèrent vers eux, un peu dans le vague, comme on pouvait s'y attendre chez un individu qui avait eu la poitrine transpercée par deux balles.

— Monsieur Bryon, je suis Kendric Hudson, de la police de Battle Mountain. Voici l'agent Dwyer. Nous aimerions vous poser des questions à propos de ce qui s'est passé chez vous hier matin.

Kendric prit une chaise placée contre le mur et la rapprocha du lit, puis répéta son geste avec une seconde.

— Je comprends qu'il vous soit difficile de parler. Prenez votre temps, je vous en prie.

— Vous... vous l'avez trouvée ?

En dépit de l'aide du masque à oxygène, Elliot Bryon avait eu du mal à poser sa question.

— J'ai déjà parlé à la police d'ici. Vous avez du nouveau ?

— Concernant votre femme, Sabrina ?

Campbell s'installa sur la chaise tirée par Kendric, plus proche d'Elliot Bryon. Elle était assez près pour compter les fils gris dans ses sourcils peignés avec soin. Son nez, légèrement tordu, avait dû être cassé une fois de trop. Il ne paraissait éprouver ni crainte, ni douleur, ni la moindre nervosité. Il était impassible.

— Nous faisons tout notre possible. Pouvez-vous nous dire ce dont vous vous souvenez ? Savez-vous qui a tiré sur vous et sur la jeune femme que nous avons retrouvée près de chez vous ?

Elliot Bryon acquiesça.

— Sabrina. C'est Sabrina qui a essayé de nous tuer.

6

— Vous dites que c'est votre épouse qui a tiré sur vous ? répéta Kendric abasourdi. Et qu'elle a tué la femme que nous avons retrouvée ?

Ils s'étaient trompés sur toute la ligne – enfin, lui. Campbell avait évoqué cette hypothèse, et voilà qu'elle avait raison. Il ne s'agissait pas d'une enquête au sujet d'une disparition. C'était une chasse à l'homme, et il avait perdu près de trente heures en se fondant sur des informations erronées. À l'heure qu'il était, Sabrina Bryon pouvait être à l'autre bout du pays. Et avoir une nouvelle identité.

— Vous êtes certain de ce que vous affirmez ?

— Elle a découvert quelque chose à mon sujet.

Une quinte de toux le secoua soudain, interminable et visiblement douloureuse. Le cou et les épaules raidis par la tension, Elliot Bryon se laissa retomber contre les oreillers et tendit une main tremblante vers le gobelet posé sur sa table de chevet.

— La femme que vous avez trouvée... c'était une amie.

— Vous aviez une liaison, résuma Campbell en lui donnant l'eau.

— Oui.

Elliot Bryon but une gorgée de liquide et se racla la gorge. Son visage reprit un peu de couleur.

— Je n'en suis pas fier, mais Sabrina a changé après m'avoir annoncé qu'elle était enceinte. C'était comme si elle était devenue quelqu'un d'autre. Elle n'était plus la femme que j'avais épousée.

— Que voulez-vous dire ? demanda Kendric.

— Elle se mettait en colère pour un rien. Elle semblait… furieuse tout le temps. Lointaine. Elle ne suivait plus sa routine, ne faisait plus d'exercice. Rien de ce que je lui disais ou de ce que je faisais pour l'aider n'était suffisant. Je ne sais même pas si elle dormait. Je ne l'avais jamais vue comme ça.

— La grossesse affecte chaque femme différemment, observa Campbell.

Elle jeta un coup d'œil vers Kendric, qui songea aux neuf mois qu'elle avait passés à porter leur fille sans son aide. Une bouffée de remords l'envahit.

— Hormis le bébé, y a-t-il une autre raison qui pourrait expliquer ce brusque changement d'attitude chez elle ? Aviez-vous projeté de fonder une famille ?

Elliot secoua la tête.

— Non. Elle avait clairement dit dès le début ne pas désirer d'enfants. Quelque chose à voir avec son histoire familiale. Je ne sais pas. Je n'ai jamais rencontré les membres de sa famille. Sabrina a toujours affirmé qu'ils ne faisaient plus partie de sa vie. Mais au départ, quand elle a vu le résultat du test de grossesse, elle était excitée. Elle a redécoré la chambre d'amis en une semaine, sans même attendre de savoir si nous allions avoir un garçon ou une fille.

— Et vous, comment avez-vous pris la nouvelle ? s'enquit Kendric.

— Moi ?

Les yeux d'Elliot se plissèrent légèrement. Sa main parut se crisper autour du gobelet qu'il tenait toujours. Comme s'il se donnait du temps pour répondre.

— Je suis issu d'une famille nombreuse. J'ai toujours voulu avoir des enfants.

Son expression s'adoucit.

— Si vous retrouvez Sabrina et qu'elle va en prison, que va-t-il arriver au bébé ? Elle doit naître dans moins d'un mois. C'est ma fille. Je ne veux pas qu'il lui arrive quoi que ce soit.

— Monsieur Bryon, ne nous emballons pas. Dans l'immédiat, notre objectif est de retrouver votre femme. La question de la garde pourra être réglée après.

L'estomac de Kendric s'était noué. Lui aussi avait un enfant dont il était responsable. Campbell ne lui avait réclamé aucun soutien financier, mais il avait des obligations envers sa fille. Et il s'en acquitterait, même s'il ne pouvait pas faire partie de sa vie autrement.

— Pouvez-vous nous relater ce qui s'est passé hier matin ?

Elliot Bryon tenta de changer de position sur son lit, la douleur peinte sur ses traits.

— Sabrina était censée être en ville avec une amie. Elles devaient aller faire du shopping pour des affaires de bébé toute la matinée, mais elle est rentrée plus tôt que prévu. Je ne sais pas pourquoi. Peut-être qu'elle soupçonnait quelque chose et qu'elle avait menti sur ses projets, qu'elle voulait voir ce qui se passait. Tout ce que je sais, c'est qu'elle nous a trouvés ensemble, Rachel et moi.

— Rachel ? La femme avec qui vous aviez une liaison ?

Campbell sortit un calepin et un stylo de sa poche, prête à prendre des notes.

— Quel est son nom de famille ?

— Stephenson. Rachel Stephenson.

Elliot fixait le pied du lit, une occupation que Kendric ne connaissait que trop bien pour s'y être adonné lui-même lors de son séjour à l'hôpital des mois durant.

— Nous nous sommes rencontrés au travail. Je tiens le magasin de pièces automobiles en ville. Elle est une des responsables. Enfin... elle était.

Il serra les poings sur l'ourlet du drap.

— Elle était gentille. Elle me souriait. On s'est mis à déjeuner ensemble, à se parler de nos vies. Je n'ai jamais eu l'intention de pousser les choses plus loin. Hier… c'était la première fois. Elle était si gentille, c'est arrivé tout naturellement. Je n'arrive pas à croire qu'elle est morte. Sabrina ne lui a pas laissé la moindre chance. Elle s'est mise à tirer.

— Possédez-vous une arme, monsieur Bryon ? demanda Kendric.

— Oui. Je l'ai achetée à une foire-exposition l'année dernière.

Il se passa une main sur la poitrine, comme si le simple fait d'évoquer le pistolet réveillait sa blessure. Il avait eu de la chance. Deux centimètres plus à gauche, et il n'aurait pas survécu. Cette conversation n'aurait jamais eu lieu.

— Sabrina venait d'apprendre qu'elle était enceinte et voulait une protection supplémentaire. Je n'ai jamais imaginé qu'elle utiliserait ce fichu truc contre moi. Je croyais qu'on était heureux.

Manifestement non, puisqu'il avait été pris en flagrant délit d'adultère. Du coin de l'œil, Kendric nota que sa partenaire prenait de nouvelles notes, son stylo menaçant de transpercer son calepin.

— Nous n'avons pas retrouvé d'arme sur place.

— Sabrina a dû l'emporter, répondit Elliot. J'avoue que j'étais si préoccupé par l'idée de survivre que je n'y ai pas prêté attention.

— Votre femme avait-elle déjà l'arme sur elle quand elle est rentrée dans la maison, ou est-elle allée la chercher durant votre dispute ? insista Campbell, le stylo en suspens.

— Je ne… je ne m'en souviens pas.

Elliot secoua la tête, évitant leurs regards.

— Tout s'est passé si vite. J'ai entendu sa voiture. J'ai essayé de faire sortir Rachel par la porte de derrière. Sabrina nous a rattrapés. Elle devait déjà avoir l'arme. Elle a tiré dans le dos de Rachel alors qu'elle essayait de s'enfuir. Et puis elle a retourné le pistolet contre moi. Je ne me rappelle pas grand-chose après ça.

— Vous n'avez aucun souvenir d'avoir appelé le 911 ?

Kendric avait écouté cet appel. Elliot Bryon n'avait pas dit que sa femme était l'auteur des coups de feu, n'avait pas mentionné d'autre victime. Il avait seulement demandé une aide médicale d'urgence. Kendric avait mis ce manque d'informations sur le compte de la panique et de la douleur. Pourtant, lui se souvenait précisément de chaque minute – de chaque seconde – où il avait été prisonnier des décombres après l'attentat.

Elliot secoua la tête de nouveau.

— Non. Aucun.

— Nous n'avons plus que quelques questions, monsieur Bryon, et nous vous laisserons vous reposer. Vous dites que Sabrina a tiré sur vous et sur Rachel près de la porte de derrière.

Campbell pianotait sur son calepin avec son stylo, l'image même de l'enquêtrice qui a flairé une piste. Elle braqua son regard sur Elliot Bryon et le fixa avec une attention si intense que Kendric ne put s'empêcher d'éprouver de la pitié pour lui.

— Alors comment se fait-il que votre montre ait été cassée dans votre chambre ?

Kendric se crispa. La montre qu'elle avait ramassée sur la scène de crime.

Elle avait raison. La version des faits fournie par Elliot ne collait pas.

— Monsieur Bryon ?

— Je me souviens d'avoir rampé jusque dans la chambre pour me cacher. C'est là que les ambulanciers m'ont trouvé. C'est là que j'ai dû téléphoner pour appeler à l'aide. Je suppose que je l'ai cassée à ce moment-là. Tout est vraiment flou dans ma tête.

Leur témoin baissa les yeux sur son poignet comme s'il s'attendait à voir la montre à sa place, puis frotta la peau plus blanche à cet endroit.

— Je commence à avoir des vertiges. Peut-être qu'on devrait arrêter là.

Il pressa le bouton d'appel de l'infirmière.

— Je vous en prie. Quoi qu'il arrive, ne faites pas de mal à Sabrina. C'est ma faute. C'est moi qui ai causé tout cela. Elle n'est pas dans son état normal et je ne peux pas supporter l'idée qu'il lui arrive quelque chose. À elle ou au bébé.

— Nous ferons de notre mieux, monsieur.

Kendric se leva.

— Pour le moment, concentrez-vous sur votre rétablissement.

Il fit signe à Campbell de le suivre dans le couloir. Dès le seuil franchi et la porte refermée, il se tourna vers elle.

— Ce salaud nous a raconté des bobards.

Campbell rangea son calepin et leva la tête vers lui. Même sous cette lumière artificielle, sa grâce et sa beauté sautaient aux yeux. Elle était aussi forte, indépendante et résolue.

Et en moins de vingt-quatre heures, elle avait bouleversé tout son univers.

— Qu'est-ce qui te fait penser ça ? Le fait qu'il ne pouvait pas nous regarder en face ou que sa main a tremblé pendant tout le temps qu'on était là ?

— Tu le savais.

Et dire qu'il venait seulement d'en prendre conscience.

— C'est mon travail de repérer les signes.

Campbell remonta le couloir sans vérifier s'il lui emboîtait le pas.

— Il a menti du début à la fin. S'il a cassé sa montre en essayant de se cacher de sa femme, qui la lui a retirée et l'a laissée sur le sol ? Et puis, il a lourdement insisté sur le changement de sa conduite, causé par la grossesse. Même s'il s'avère qu'elle souffre de dépression prénatale ou autre, il est peu probable que cela ait suffi à la transformer en meurtrière. Sans compter qu'elle aurait eu beaucoup de mal à traîner le corps de sa victime dans les bois. Non, son histoire ne tient pas debout.

Une fois qu'ils furent arrivés à l'ascenseur, Kendric pressa la touche d'appel.

— Tu ne me crois pas ? demanda-t-elle.

— Le problème, c'est que si.

Interroger leur unique témoin était censé leur fournir des réponses, mais cela n'avait abouti qu'à soulever de nouvelles questions, au contraire.

— Un truc m'a frappé. Il prétend ne pas se souvenir d'avoir

appelé le 911. J'ai écouté cet appel, comme toi, et quelque chose cloche. Si c'est ta femme qui a tiré sur toi, est-ce que tu ne le dirais pas d'emblée à la police ? Et est-ce que tu ne leur dirais pas qu'il y a une autre victime ?

Campbell redressa les épaules.

— Je suppose que tout dépend des circonstances. J'ai écouté des appels où une victime rouée de coups est restée calme pour donner à la police tous les détails dont elle se souvenait avant de perdre connaissance. D'autres sont tellement hystériques qu'ils n'entendent même pas ce que le standardiste leur dit. Ils veulent de l'aide, c'est tout.

— Exactement, mais Elliot Bryon n'entre ni dans l'une ni dans l'autre de ces catégories.

Un signal sonore annonça l'arrivée de l'ascenseur, cependant Kendric ne fit pas mine de monter. Il combla la distance entre eux et baissa la voix.

— Je me souviens de chaque seconde qui a suivi l'explosion de la bombe, Campbell. Et pas un jour ne s'écoule sans que je puisse te dire exactement où j'étais, où étaient les membres de mon unité, l'heure qu'il était, combien de secondes restaient sur le compte à rebours quand j'ai découvert l'engin, ou la dernière chose que je t'ai dite ce matin-là. Tout.

Kendric pointa le doigt vers le couloir.

— Elliot Bryon ? Il prétend ne pas se souvenir de l'appel qui lui a sauvé la vie ? Je n'y crois pas un instant. Parce que quand on est dans cette situation, on ne pense qu'à une chose : tout ce qu'on a à perdre si on ne survit pas.

— Qu'es-tu en train de dire ?

Ses yeux bleus le dévisageaient, et une vague de chaleur se répandit sur ses joues aussi sûrement que si elle l'avait touché.

Kendric ne pouvait rien prouver, mais il n'y avait aucun doute dans son esprit.

— Qu'Elliot Bryon a passé ce coup de fil au 911 avant d'avoir été blessé.

Était-ce possible ?

Le témoin survivant leur mentait-il depuis le début ? Campbell observait les montagnes qui se succédaient derrière la vitre, cherchant en vain à trouver la réponse à cette question. En même temps, elle songeait aux paroles prononcées par Kendric : « Quand on est dans cette situation, on ne pense qu'à une chose : tout ce qu'on a à perdre si on ne survit pas. »

Il se rappelait les derniers mots qu'il lui avait adressés ce matin-là. Au moment qui comptait, une de ses dernières pensées alors qu'il luttait contre la mort avait été pour elle.

Elle avait fait tant d'efforts pour refouler cette époque au fond de sa mémoire – pour se protéger contre la douleur, l'incompréhension et l'angoisse qu'elle avait ressenties en recevant cet appel fatidique – qu'elle ne s'en souvenait plus.

— Que m'as-tu dit ce matin-là ?

Kendric changea la position de ses mains sur le volant.

— Que j'allais acheter des plats à emporter pour le dîner en rentrant pour que tu n'aies pas à préparer le repas. Tu avais été particulièrement fatiguée cette semaine-là. J'essayais d'être un héros en t'épargnant la cuisine.

— J'étais enceinte d'environ huit semaines. « Fatiguée » est un euphémisme.

Un sourire se dessina sur ses lèvres.

— Elle me pose des questions sur toi, tu sais. Penny. Elle demande où est son papa. Pourquoi il n'est pas là. Elle projette déjà son mariage et se demande qui l'amènera à l'autel. Je crois qu'elle essaye de me persuader de lui donner un frère qui s'en chargera.

— Que lui as-tu dit à mon sujet ?

Sa voix s'était enrouée. Juste assez pour qu'elle le remarque avant qu'il se racle la gorge.

— Que tu sauvais des vies.

Elle cala sa paume sous son menton tout en regardant les lignes du visage de Kendric. Sa peau légèrement boursouflée, un peu brillante, n'avait guère changé au fil des années. Ses cicatrices faisaient partie de lui. Elles faisaient de lui l'homme qu'il était en dépit du fait qu'il les détestait.

— Que tu ne pouvais pas revenir avant d'avoir sauvé le monde entier. Je n'étais pas trop loin de la vérité, si ?

— Qu'est-ce que tu fais, Campbell ? Pourquoi persistes-tu avec ça ?

— Parce que tu as une vie à Denver, que cela te plaise ou non. Que des gens attendent que tu reviennes au bercail.

N'en avait-il pas conscience ? L'homme qu'elle avait connu n'avait pas complètement disparu. Il restait des fragments de lui quand il la regardait et qu'il baissait sa garde. Le Kendric Hudson qu'elle aimait était toujours là.

— Je ne dis pas que notre relation puisse reprendre. Peut-être que si, peut-être que non, mais faire semblant de croire que rien ne nous lie – que nous n'avons pas une enfant en commun – revient à se mentir.

— Je ne fais pas semblant, bon sang !

Ses cuisses s'étaient durcies sous le tissu de son jean.

— Je sais à quoi j'ai renoncé. Je sais que le monde et les autres vont de l'avant sans moi, et je n'ai rien pu faire pour empêcher ça.

— Alors pourquoi continuer à lutter ? Parce que tu tiens à te punir ?

Il ne répondit pas.

— Ce qui est arrivé à la conférence n'était pas ta faute, Kendric. Ce qui est arrivé à Battle Mountain non plus, et ces cicatrices font autant partie de toi que la tête de mule sur tes épaules. Elles ne font pas de toi un homme diminué et ne t'empêchent pas d'être le père de cette petite fille.

Campbell tendit la main vers lui et effleura ses cicatrices. Il ne pouvait s'enfuir. Il n'y avait nulle part où se cacher dans cette voiture.

— Es-tu vraiment prêt à renoncer à tenter d'avoir une famille parce que tu refuses de te voir comme tous les autres te voient ?

— Et si elle a peur de moi ?

Ses paroles étaient à peine audibles par-dessus le bruit du moteur, mais elles la frappèrent en plein cœur. Le regard de Kendric trouva le sien.

— Et si elle ne m'aime pas à cause de ce visage ?

Des phares trouèrent soudain l'obscurité derrière eux, baignant le véhicule d'une lumière aveuglante, qui souligna le menton de Kendric et projeta des ombres sous ses yeux.

Campbell retira sa main, ne sachant au juste que répondre.

Le regard de Kendric se souda au rétroviseur. Il leva le pied de l'accélérateur, et ce brusque ralentissement poussa Campbell en avant sur son siège. Cependant, le pick-up qui les talonnait ne tenta pas de les doubler. Les yeux de Kendric allaient de la route au rétroviseur.

— Qu'est-ce que tu fais ?

— Ce type continue à me serrer.

Les jointures de ses doigts blanchirent sur le volant.

Elle se retourna, mais l'éclat des phares l'empêcha de distinguer le conducteur. Son pouls s'accéléra. Le pick-up était trop près pour qu'elle puisse relever son numéro d'immatriculation.

— Tu penses qu'il en a après nous ?

— Il n'y a qu'une manière d'en avoir le cœur net. Accroche-toi.

Kendric ralentit encore, et dirigea la voiture vers le bas-côté. Le faisceau des phares derrière eux balaya leur habitacle, et la ceinture de sécurité de Campbell mordit son épaule et sa poitrine. Le pick-up freina sec pour ne pas les percuter, et une fraction de seconde plus tard Kendric écrasait la pédale d'accélérateur. Un automobiliste normal les aurait dépassés depuis longtemps. Pourquoi celui-ci s'obstinait-il à rester derrière eux ?

— J'ai la plaque. ADL 211. Colorado.

La plaque disparut à nouveau de sa vision sous la vitre arrière. L'instant d'après, le pick-up heurtait leur pare-chocs. L'impact projeta Campbell en avant. Elle tendit la main vers la boîte à gants pour se stabiliser, attrapa la radio rangée sur la console centrale et pressa la touche d'appel.

— Police de Battle Mountain, agent Dwyer à l'appareil. Besoin de renforts sur la 550. Un pick-up essaye de nous faire quitter la route. Je répète. Besoin de renforts. Numéro d'immatriculation...

— Attention ! cria Kendric, en tendant le bras vers elle pour la protéger.

Le pick-up les percuta de nouveau.

La radio lui échappa dans le tête-à-queue qui suivit. Kendric eut beau tenter de contrôler le dérapage, les températures glaciales avaient transformé le bas-côté en patinoire. Les doigts crispés sur sa ceinture, Campbell attendit l'impact.

— Kendric !

Leur pneu arrière heurta quelque chose sur la route. Avant qu'elle ait eu le temps de hurler, leur pare-chocs se détacha et s'envola. Le capot piqua du nez, le pare-brise éclata. Des fragments de verre coupants se logèrent dans la peau de Campbell. Une violente douleur, dont elle n'aurait su dire l'origine, se propagea de sa tempe à son front. La terre parut se soulever à leur rencontre tandis que des rafales de vent mordant s'engouffraient par le trou béant qui avait remplacé le pare-brise. Un fracas de métal assourdissant résonna à ses oreilles.

Puis ce fut le silence.

Des ombres noires brouillaient sa vision. Les voyants du tableau de bord clignotaient par intermittence. À moins que son esprit ne lui joue des tours. Un sifflement perçant lui parvint à travers le cognement sourd de son pouls, un bruit de pneus ralentissant sur la chaussée mouillée. Un véhicule. Venait-on à leur aide ?

La ceinture la maintenait en place, et elle comprit que leur véhicule avait fini sur le toit. La neige et des éclats de verre jonchaient le plafond tels des diamants étincelants. C'était une étrange pensée. Au prix d'un gros effort, elle parvint à lever la main pour effleurer son front brûlant. Du sang coula sur ses doigts. Elle s'était cogné la tête. Peut-être souffrait-elle d'un traumatisme crânien. Il fallait qu'elle sorte de là. Qu'ils sortent de là tous les deux. Luttant pour éclaircir sa vision, elle tendit le bras vers le siège conducteur.

— Kendric.

Pas de réponse.

Son visage était tourné du côté opposé, et il ne bougeait pas. Une panique intense s'empara de Campbell.

Non, non, non, non.

D'une main tremblante, elle pressa deux doigts à la base de son cou. Un pouls. Il y avait un pouls. Irrégulier, mais encore là. Il était en vie. Ses poumons relâchèrent l'air qu'elle n'avait pas conscience d'avoir retenu.

— Viens. Réveille-toi. Il faut qu'on sorte.

Quelqu'un leur avait fait quitter la route. Les avait pris pour cible. Ils ne pouvaient pas rester là à attendre que cet individu vienne les achever.

Campbell détacha sa ceinture. Elle s'effondra sur le plafond, gémissant lorsque le verre cassé s'enfonça dans ses paumes et son épaule gauche. Peu importait. Elle ne pouvait se permettre de s'apitoyer sur son sort à cet instant.

Un bruit de pas pénétra sa conscience, en même temps qu'elle discernait un mouvement derrière la vitre arrière côté conducteur. Des bottes. Campbell se figea. Un bon samaritain aurait déjà appelé les secours sur son téléphone. La personne qui se tenait à côté du véhicule était totalement immobile, comme si elle s'attendait que Kendric et elle tentent de s'échapper. Osant à peine respirer, Campbell mit la main sur son arme, encore logée dans son holster.

Le métal froid se réchauffa à son contact. Une seconde. Deux. Elle suivit des yeux les bottes qui retournaient vers l'autre véhicule. Un grondement sourd fit vibrer la carcasse du 4x4. Submergée de soulagement, Campbell ferma les yeux. L'inconnu s'en allait.

Elle posa son arme sur le plafond, passa un bras autour des

épaules de Kendric et défit sa ceinture de sécurité. Un gémissement s'échappa de ses lèvres lacérées.

— Je vais te sortir de là, d'accord ? Les secours sont en route. Tiens bon.

Tous les muscles de son corps protestèrent sous l'effort alors qu'elle le tirait vers le côté passager. Il était impossible de jauger la gravité de ses blessures avant que l'ambulance arrive, mais elle le garderait en vie. Coûte que coûte. Malgré son épaule menaçant de se disloquer, elle parvint à le traîner hors du véhicule.

— Pourquoi fallait-il que tu deviennes aussi... musclé ? Tu ne te rendais pas compte du mal que j'aurais à te tirer sur la neige ?

Soudains, elle ressentit un pincement à la base de la nuque.

Elle lâcha alors Kendric et pivota pour faire face à l'individu qui avait surgi en catimini. Pas assez vite. Un violent coup au visage la projeta au sol, les mains dans la neige.

Les bottes qu'elle avait vues à travers la vitre du 4x4 réapparurent dans son champ de vision.

— Agent Dwyer. Je pense qu'il est temps que nous ayons une conversation.

7

Mourir n'était pas censé être si difficile.

Des sirènes hurlèrent quelque part sur sa droite, déclenchant le pire mal à la tête qu'il ait jamais connu. Kendric se força à ouvrir les yeux, fixa au-dessus de lui un gris uniforme. Des flocons de neige voltigeaient dans le ciel et fondaient sur son visage.

— Qu'est-ce que… ? Bordel !

Des élancements lui lacéraient la poitrine, là où la ceinture lui avait meurtri l'épaule et les côtes. Comme il tentait de se redresser, une nouvelle douleur le traversa à hauteur des hanches. Les lumières bleues et rouges encore floues au loin étaient trop vives. Sans doute était-ce un signe de traumatisme crânien. Rien de grave. Cette fois, au moins, un bâtiment ne menaçait pas de s'effondrer sur lui. Il n'avait que son amour-propre à ménager.

— Campbell, ça va ?

Il se frotta les yeux d'une main. Pas de réponse. La neige pénétra dans son jean et sa veste alors qu'il luttait pour se mettre debout. Deux portières claquèrent tout près, déclenchant un bourdonnement dans ses oreilles. Un océan de blancheur s'étirait devant lui.

— Kendric ? Que s'est-il passé, bon sang ? demanda une voix familière.

Il pivota. Deux agents en uniforme, armés, le regardaient comme s'il était un animal en cage prêt à attaquer. Son cerveau chercha en vain leurs noms. Pourtant, il les connaissait. Il reconnaissait leurs visages. Seulement, il était incapable de…

Il pointa le bras vers l'un d'eux.

— C'est une bonne question...

La perplexité était peinte sur les traits de l'homme. Le prénom Easton s'imposa à son esprit quand l'ancien soldat s'approcha de lui.

— Macie a reçu un appel à l'aide de l'agent Dwyer. Elle a dit que quelqu'un essayait de vous faire quitter la route. On est venu aussi vite que possible, mais on dirait qu'il est trop tard. Ça va, mon vieux ?

Easton Ford. Oui. Il connaissait ce nom. Celui de la femme qui se trouvait à ses côtés lui revint en mémoire. Alma Majors. Elle scrutait la scène de ses grands yeux marron, mais gardait ses distances. Ex-archéologue, elle avait joué un rôle crucial dans l'arrestation de l'agent Freehan et le fait que Battle Mountain n'avait pas été complètement réduit en cendres.

— Oui. J'ai dû me cogner la tête. L'espace d'une seconde, j'ai oublié ton nom.

Kendric secoua la tête. Un amas de métal exigeait son attention. Mais tout en lui se glaça quand le déroulement de la scène lui revint à l'esprit : le faisceau des phares, la vision du pick-up qui fonçait sur eux dans le rétroviseur arrière, le hurlement de Campbell quand ils avaient fait un tonneau. Il se força à prendre une profonde inspiration, le passé se confondant au présent.

— Si tu t'asseyais un moment, Kendric ? Tu as l'air un peu sonné.

Easton plaça une main sous son coude, Alma se positionna de l'autre côté de lui.

— L'ambulance sera ici dans deux minutes. On va laisser les secouristes t'examiner avant de prendre ta déposition officielle.

— Il faut que je voie Campbell. Où est-elle ?

— Elle n'est pas là.

Alma appuya le pouce sur le front de Kendric, l'obligeant à lui faire face. Des étincelles dansèrent dans ses yeux. Suivies d'une nouvelle vague de douleur.

— Comment ça ? Elle était assise à côté de moi.

Il se dégagea brusquement. La neige était profonde de trente centimètres, mais rien ne l'empêcherait d'arriver jusqu'à Campbell.

— Campbell ! Elle est toujours dans le 4x4. Elle est peut-être blessée. Aidez-moi. Campbell !

— Kendric, nous avons déjà fouillé le véhicule. Il n'y a personne à l'intérieur.

La voix d'Easton s'adoucit alors que Kendric se ruait vers la portière passager.

— La ceinture de sécurité est intacte. Elle n'a pas été éjectée pendant l'accident.

Il ouvrit la portière à la volée, faisant gémir les gonds et révélant l'arme de Campbell à l'intérieur. Non. Cela n'avait pas de sens. Il se retourna vers les champs qui s'étendaient à perte de vue.

— Elle était là. Elle ne serait pas partie de son plein gré.

Il ne restait qu'une seule explication.

— Il lui est arrivé quelque chose. Le conducteur du pick-up, celui qui nous a percutés, il a dû l'enlever.

— Qui ? demanda Alma.

La colère, le ressentiment et l'amertume qu'il avait refoulés toutes ces années déferlèrent soudain en lui. Kendric ferma les yeux avec force et appuya les paumes contre ses tempes. Ils avaient noté le numéro d'immatriculation du véhicule. Pourquoi ne parvenait-il pas à s'en souvenir ?

— Je ne sais pas, mais il y a forcément un lien avec l'enquête. La femme disparue. Sabrina Bryon. Nous avons interrogé son mari. Il est le seul témoin survivant. Peut-être que quelqu'un ne voulait pas qu'on rapporte d'éventuelles informations. Peut-être que Sabrina Bryon n'est pas qui elle prétend être. Peu importe. Il faut que je retrouve Campbell.

Il se précipita vers la voiture de patrouille. Cependant, quand il fit mine de prendre le volant, Easton Ford retint la portière.

— Réfléchis, Kendric. Tu n'as aucune idée de l'endroit où elle est. Tu ne sais même pas si elle a été enlevée, par qui et si elle est toujours en vie.

L'ancien soldat paraissait résolu à ne pas bouger.

— Tu pourrais errer pendant des heures en essayant de deviner où elle a été emmenée ou, pis, foncer tête baissée dans un piège. Il faut que tu réfléchisses. Que tu aies un plan avant de partir au hasard.

Kendric n'avait pas de temps à perdre à discuter. Campbell avait besoin de lui.

— C'est ça que tu as fait pour Genevieve quand le Bourreau l'a enlevée ?

Mentionner la partenaire de Ford était un risque. La procureure d'Alamosa n'avait survécu que de justesse lorsqu'un tueur en série lui avait enfoncé deux vis dans chacun des genoux. Il reporta son attention sur la policière novice à côté de lui.

— Et c'est ce que Cree a fait pour toi, Alma ? Il a attendu que ce soit le bon moment ? Attendu d'avoir un plan pour voler à ton secours ?

Le silence de ses collègues lui donna sa réponse.

— C'est bien ce que je pensais.

Il arracha la portière des mains d'Easton et démarra en trombe, les yeux rivés devant lui. Pas seulement sur la route mais aussi sur l'avenir. Peu importait combien de fois il avait tenté de se convaincre du contraire, Campbell faisait partie de sa vie. Ils étaient devenus inextricablement liés dès l'instant où elle avait découvert qu'elle était enceinte, et il ne pouvait supporter l'idée de la perdre à présent.

— Dis-moi où tu es, Campbell.

Il scrutait la route, cherchant une intersection, des traces de pneus – n'importe quel indice susceptible de le mener jusqu'à elle. Campbell était policière. Elle avait été formée pour ce genre de situation, et elle le connaissait par cœur. Elle lui laisserait une piste. Elle saurait qu'il viendrait à sa recherche dès qu'il aurait compris qu'elle avait été enlevée. N'est-ce pas ?

Un vertige brouilla sa vision, et la voiture de patrouille dériva dans la voie opposée. Un avertisseur hurla en face de lui. Choqué,

Kendric donna un brusque coup de volant pour reprendre sa trajectoire. Il devait continuer. Il devait la retrouver. Il n'allait pas permettre qu'on l'enlève à Penny. Il n'allait pas la perdre de nouveau.

Les mains crispées sur le volant, il se pencha pour mieux voir une petite brèche dans la neige devant lui. Une route secondaire ? Ou l'entrée d'une propriété privée ? Difficile à dire. La tempête de neige qui s'annonçait ne mettrait pas longtemps à effacer les traces. Il devait tenter sa chance.

Il tourna, entendit le chuintement de la neige fondue sur les côtés de la voiture. Il n'était jamais sorti aussi loin de la ville. Cela n'avait pas été nécessaire. Battle Mountain pansait ses plaies, et la délinquance avait diminué pendant que les habitants de la ville essayaient de se remettre de la destruction de la rue principale.

La route se transforma en chemin tandis qu'une question tournait en boucle dans sa tête : pourquoi avait-on enlevé Campbell et pas lui ? Ils étaient tous les deux impliqués dans l'enquête depuis le début. Si le but de l'attaque avait consisté à obtenir des informations, il aurait été plus facile d'accéder aux dossiers de la police de Battle Mountain par son intermédiaire. Avait-elle été blessée au point que le ravisseur ne la considérait plus comme une menace ? Ou bien avait-il vu en elle une cible plus facile ? Avait-elle besoin d'assistance médicale ?

Il n'avait pas la réponse à ces questions. Dans l'immédiat, la seule chose qui comptait était de trouver Campbell. Il ne pouvait se focaliser que sur cet objectif.

La voiture cahotait sur le terrain inégal. La silhouette d'un bâtiment émergea de l'ombre, et le pouls de Kendric s'accéléra. Une grange délabrée se détachait sur l'arrière-plan des montagnes d'un blanc immaculé, au milieu d'une étendue de champs monochromes.

Il ne savait pas où il se trouvait ni à qui appartenait cette propriété, située quelque part entre Battle Mountain et Grand Junction. Isolée. Loin de tout. L'endroit idéal où amener un otage.

Kendric se gara, veillant à garder ses distances pour ne pas risquer d'effrayer quelqu'un à l'intérieur. L'élément de surprise était son meilleur atout pour libérer Campbell. Il ne la décevrait pas. Pas cette fois.

Il sortit son arme de son holster, vérifia le chargeur et la remit en place. Il était impossible de savoir ce qui se cachait derrière ces portes, mais il n'allait pas renoncer maintenant. Ne pouvait pas. Pour Campbell. Et pour sa fille.

Il ouvrit sa portière. Il s'enfonça dans l'épaisse couche de neige jusqu'aux chevilles. Des traces de pneus récentes se dirigeaient vers la grange. Mieux valait ne pas s'approcher à découvert. Il devrait passer par les arbres. De lourds flocons s'abattirent sur lui alors qu'il contournait la bâtisse. Des branches lui griffaient le visage et s'accrochaient à sa veste. Ses doigts et ses orteils étaient déjà tout engourdis. Chaque minute de plus passée au-dehors accroissait le risque d'hypothermie. Ou pire.

Campbell méritait qu'il prenne ce risque.

Elle méritait tous les risques.

Claquant des dents, il s'immobilisa devant l'unique porte en bois, délavée par les intempéries, à l'arrière de la grange. Il pressa l'oreille contre le battant, à l'affût de tout bruit éventuel. Il n'entendit que le silence.

— J'arrive, Bell.

Il recula d'un pas, leva une jambe et donna un violent coup de pied dans la vieille serrure. La porte s'ouvrit en grand. Sans attendre, il se rua à l'intérieur.

— Campbell !

Il scruta l'espace obscur.

La grange était vide.

— Il est l'heure de se réveiller, agent Dwyer, lui ordonna une voix inconnue.

De l'eau aspergea son visage, l'arrachant en sursaut à un rêve qui lui échappait. Sur le point de suffoquer, elle inclina la tête en arrière pour avaler une goulée d'air. Elle se sentait lourde, désorientée. Elle avait un vertige. Sa nuque la brûlait, mais les liens en plastique qui retenaient ses mains l'empêchaient de toucher la source de la douleur.

— Où suis-je ?

— Dans un endroit où personne ne vous entendra appeler à l'aide.

Ni masculine ni féminine, la voix passait d'une octave à l'autre comme si elle n'était pas vraiment réelle. Faisait-elle partie de son rêve ? Le son reconnaissable d'un chargeur qu'on remet en place atteignit ses oreilles.

— J'ai eu beau essayer de vous dissuader de chercher Sabrina Bryon, vous semblez être une enquêtrice aussi déterminée que je l'étais autrefois.

— Vous... vous êtes dans la police.

Campbell scruta le plancher. Elle était assise, les chevilles attachées aux pieds d'un fauteuil. Ses liens étaient serrés au maximum. Impossible de faire céder le plastique. Les muscles de sa nuque étaient trop faibles pour qu'elle garde la tête levée plus que quelques secondes, son menton basculait en avant malgré elle. On l'avait droguée. Quoi qu'on lui ait donné, ses effets ne s'étaient pas encore dissipés, limitant sa capacité à se défendre.

— C'est comme ça que vous avez su comment faire brûler le véhicule de Sabrina Bryon. Et que vous avez pu tirer aussi précisément sur Elliot Bryon.

Un rire résonna dans le local qui ressemblait à un poste de garde forestier à l'abandon.

— Pas tout à fait. Ce serait logique, n'est-ce pas ? Et il est vrai que j'ai suivi un entraînement rigoureux, similaire à celui des policiers. Mais je n'ai jamais porté de plaque.

Qu'est-ce que cela signifiait, au juste ? Campbell saisit un mouvement derrière une fenêtre couverte d'une épaisse couche de poussière, juste sous le toit de la petite construction. Une branche d'arbre ? Kendric ? Son cœur se serra dans sa poitrine. Elle l'avait tiré hors de l'épave après que son ravisseur avait provoqué leur accident, mais avait-il survécu ?

— Et la femme qu'on a retrouvée à côté du chalet des Bryon ? Qui est-ce ?

— La malheureuse victime de dégâts collatéraux.

Un bruit de pas s'éleva près d'elle. Campbell lutta pour lever la tête à temps pour voir son ravisseur. En vain.

— Quelqu'un dont Elliot était prêt à risquer la vie pour obtenir ce qu'il voulait. Mais ce n'est pas de ça que je veux vous parler, agent Dwyer.

Nouveau pincement à la base de sa nuque, suivi d'une douleur fulgurante le long de son épine dorsale et jusque dans son cerveau. Le hurlement de Campbell résonna sous la charpente, et elle sentit vibrer ses mains cramponnées aux accoudoirs du fauteuil. Elle voulut taper du pied pour contrer cette sensation mais n'y parvint pas. Le feu qui brûlait dans ses veines refusait de s'atténuer, son cœur battait à tout rompre.

— Vous connaissez parfaitement les effets produits par le thiopental sodique, j'imagine. Vous savez qu'il ralentit la communication entre votre cerveau et votre moelle épinière. Les séries policières le présentent comme une sorte de sérum de vérité, mais vous et moi savons que la réalité n'est pas toujours à la hauteur des espérances.

Une silhouette se déplaça devant elle, tirant plus près un fauteuil identique au sien. Campbell nota que le ravisseur y prenait place, mais l'effort requis pour enregistrer des détails précis lui provoqua un nouveau vertige.

— J'aime m'en servir pour inciter les gens à se concentrer. Vous voyez, le principal avantage de ce genre de drogue est qu'elle empêche le cerveau de sortir du sujet.

— Que voulez-vous ? demanda Campbell avec difficulté.

— Après votre visite à Chelsea Ingar ce matin, je me suis dit que je devais faire plus ample connaissance avec vous. En apprendre plus long sur votre manière de réfléchir, votre approche des enquêtes. Plus j'en sais à votre sujet, plus j'aurai de chances de m'assurer que vous ne retrouverez jamais Sabrina.

La voix du ravisseur baissa d'une autre octave, les mots se confondant les uns avec les autres avant de redevenir distincts.

— J'ai lu votre dossier. Vous avez des antécédents brillants, mais rien là-dedans ne m'explique pourquoi vous avez été envoyée par l'antenne du FBI dans le Colorado pour retrouver Sabrina Bryon. C'est une citoyenne lambda. Aucune raison qu'elle figure sur vos radars. Alors, que faites-vous réellement ici ?

Campbell ne pouvait le révéler. Elle secoua la tête, bataillant contre la torpeur provoquée par la drogue. Sa vision se brouilla alors qu'elle essayait de mémoriser le motif de la chemise de son ravisseur. Elle était à carreaux rouges, bleus et verts, mais pas en coton. La sueur perla à son front sous l'effort qu'elle faisait pour ne pas se trahir.

— Dites-moi ce qui est arrivé à Kendric.

— Quand vous m'aurez donné ce que je veux, rétorqua l'inconnu.

Un mensonge. Campbell avait participé à suffisamment d'interrogatoires pour reconnaître la carotte qu'on agite au bout du bâton. On promet le monde entier contre un grain de vérité, mais elle était trop avisée pour se laisser manipuler. Elle ne céderait pas. Elle ne pouvait pas.

— Je... j'étais la plus qualifiée.

— Tut-tut-tut.

Son ravisseur se pencha en avant et l'empoigna par les cheveux. La douleur explosa dans le crâne de Campbell. Du tissu noir flotta devant ses yeux, tantôt net, tantôt flou. Une cagoule.

— Je ne veux pas de demi-vérités, agent Dwyer. Je veux toute l'histoire. Pourquoi le Bureau vous a-t-il envoyée à Battle Mountain ?

— Non.

Les tendons de son cou étaient raidis à craquer. Ses doigts la picotaient, engourdis par les liens qui coupaient la circulation de son sang. Elle avait à la fois chaud et froid, et ne voulait rien de plus que…

— Une douche brûlante, un lit. Penny. Kendric.

Avait-elle prononcé ces mots à voix haute ? Campbell ferma les yeux avec force. Elle aurait tout donné pour revenir en arrière, mais comme l'avait dit son ravisseur, les choses ne se passaient pas ainsi dans la vie. Ses dents se mirent à claquer. La drogue accentuait son emprise sur elle.

La silhouette devant elle lâcha ses cheveux, et Campbell se laissa aller contre le dossier du fauteuil.

— Kendric Hudson. Votre partenaire. Je ne me doutais pas que vous étiez si proches. Qui est Penny ?

Elle devait lutter. Rester forte.

— Ma fille.

La colère bouillonnait au fond d'elle. Chacune de ses pensées échappait à son contrôle, un risque qu'elle ne pouvait pas courir. Se taire. Voilà ce qu'elle devait faire, et elle en était incapable.

— Non.

— Je vois. Vous essayez de la protéger.

La voix de son interlocuteur s'adoucit.

— C'est pour cette raison que vous avez caché à la police de Battle Mountain et à votre partenaire que vous étiez aux Affaires internes ? Je présume que s'ils savaient la vérité, ils ne voudraient rien avoir à faire avec vous.

Le regard de Campbell vola sur son ravisseur, lui causant une nouvelle bouffée de vertige pire que toutes les précédentes. L'univers bascula sur son axe, son corps pencha d'un côté du fauteuil. Malgré tout, elle ne tomba pas.

— Je ne vois pas… de quoi vous parlez.

— C'est évident à présent. Le Bureau vous a envoyée sous prétexte de retrouver Sabrina Bryon, mais votre véritable mission consiste à enquêter sur ceux qui la cherchent. Habile, vraiment. Vous avez déjà gagné les bonnes grâces de vos collègues.

Son ravisseur se releva.

— Mais vous avez peur que les gens sur qui vous enquêtez se vengent de vous, qu'ils s'en prennent à votre fille.

Les pires craintes de Campbell la submergèrent. Ses ongles s'enfoncèrent dans ses paumes alors qu'elle voyait défiler les répercussions de son choix de carrière. Les représentants de la loi prêtaient serment en s'engageant dans la profession. Veiller les uns sur les autres. Se serrer les coudes quoi qu'il arrive. Une fois qu'on en faisait partie, on entrait dans une famille. C'était le marché. Cependant, ce serment pouvait aussi corrompre. Ceux qui s'estimaient au-dessus de la loi, persuadés que leurs frères et sœurs en uniforme ne se retourneraient jamais contre eux, en tiraient un sentiment d'impunité.

Les hommes et femmes sur lesquels elle enquêtait étaient des représentants de l'ordre. Ils avaient les compétences, la formation et la détermination nécessaires pour détruire son univers s'ils découvraient la vérité. Ils ne se contenteraient pas de lui faire du mal pour avoir trahi cette seconde famille. Ils feraient du mal à tous ceux qu'elle avait jamais aimés. À ses parents. Ils enlèveraient Penny dans le seul but de la voir souffrir, elle.

— Je vous en prie. Ce n'est qu'une enfant. Je vous en prie...

— Ne vous inquiétez pas, agent Dwyer, je ne suis pas là pour vous dénoncer. Je n'ai aucune envie de voir souffrir une enfant innocente à cause des choix faits par ceux qui sont censés l'aimer.

Soudain, la cagoule approcha et ne fut plus qu'à quelques centimètres de son visage. Des yeux perçants – verts vus d'un angle, et marron de l'autre – se braquèrent sur elle. Une main calleuse se referma sur son menton.

— Concentrez-vous. C'est important. Je veux seulement des informations sur votre enquête. Vous êtes allée chez Chelsea Ingar. Vous lui avez parlé. Qu'a-t-elle dit au sujet de Sabrina ?

Tout son corps la picotait. Son haleine formait des nuages devant sa bouche. Il faisait si froid. Elle était à peine capable de plier les doigts. Elle ne sentait plus ses orteils.

— Ri… rien. Elle a affirmé qu'elle ne connaissait pas Sabrina, mais l'historique de ses appels…

— C'est bien. Qu'avez-vous découvert d'autre ? Que comptez-vous faire maintenant ?

La silhouette se déplaça.

— Bouger ?

Le bord du fauteuil lui mordait l'arrière des cuisses. Elle cilla pour chasser un nouveau vertige. Le cri déchirant d'un nourrisson lui fit tourner la tête brusquement. Avait-elle réellement entendu cela ? Le thiopental sodique n'était pas censé provoquer d'hallucinations mais induire un état de demi-sommeil. Quelque chose… quelque chose ne collait pas.

— Le bébé. Où est le bébé ?

Son ravisseur lâcha son menton.

— Quel bébé ?

— J'entends le bébé. Il pleure. Vous n'entendez rien ?

Exactement comme les pleurs de Penny, la détresse d'un autre enfant éveillait en elle une panique temporaire qui la poussait à vouloir lui venir en aide. Campbell scruta le local, mais il n'y avait aucun signe d'un enfant, rien qui suggère que cet endroit serve à un autre usage que cet interrogatoire. Était-elle en train de perdre l'esprit ?

— Vous ne l'entendez pas ? répéta-t-elle dans un murmure.

— Vous faites une réaction à la drogue, agent Dwyer. Il n'y a pas de bébé. Il n'y a personne ici hormis vous et moi.

Une main ferme sur son bras la maintenait en place.

— Maintenant, dites-moi ce que vous savez au sujet de la disparition de Sabrina Bryon.

Campbell se força à détourner le regard des bottes à lacets qu'elle avait mémorisées sur les lieux de l'accident et reporta son attention sur la femme debout devant elle.

— C'est vous, Sabrina. Je le sais.

8

Son instinct l'avait induit en erreur.

Kendric avait passé la grange abandonnée au crible. Aucune trace du pick-up. Aucune trace de Campbell. Il était de retour à la case départ, et le temps pressait.

— Où es-tu, bon sang ?

Un nuage de condensation se forma devant sa bouche. Le soleil avait commencé à baisser derrière les montagnes. La déposition d'Elliot Bryon avait beau être sujette à caution, les faits allaient dans son sens. L'homme qui affirmait que sa femme avait perdu la tête était cloué dans un lit d'hôpital, deux balles en pleine poitrine. Il n'avait pas pu enlever Campbell. Une femme enceinte de huit mois avait-elle pu le faire ? En dépit de la température glaciale, il sentait la sueur dégouliner sur son front et savait que le risque d'hypothermie était bien réel.

Il devait ralentir. Réfléchir.

Quiconque avait tiré sur Elliot Bryon – qu'il s'agisse ou non de sa femme – connaissait bien les environs. Il ou elle voulait rester à l'écart de la police de Battle Mountain, et avait forcément choisi une cachette avec soin. Cette personne s'était renseignée, avait veillé à ce que l'endroit n'ait aucun lien avec la famille Bryon. Kendric tira son téléphone de sa poche et fit défiler les numéros jusqu'à celui de Macie Barclay.

Une sonnerie. Deux. La standardiste ne perdit pas de temps en politesses.

— Kendric, il y a une demi-heure que j'essaye de te joindre. Easton et Alma disent que tu as quitté le lieu de l'accident. Tu te rends compte...

— Macie, écoute-moi.

Il parcourut de nouveau la grange des yeux, et aperçut un autre local par la fenêtre. Il ne l'avait pas remarqué en arrivant. Il s'accroupit pour mieux voir.

— Campbell - l'agent Dwyer - a été enlevée, et j'ai besoin de ton aide.

— Dis-moi, répondit Macie aussitôt, sans la moindre pointe de son sarcasme habituel.

— Campbell et moi sommes allés interroger une femme nommée Chelsea Ingar ce matin. Elle prétend ne pas avoir le moindre lien avec Sabrina Bryon, mais leur historique d'appels dément ses dires.

— Je connais Chelsea. Son mari appartient à une des plus vieilles familles de Battle Mountain. Elle ne sort pas beaucoup, mais je l'ai croisée plusieurs fois au pique-nique annuel de l'Église baptiste. C'est un peu un moulin à paroles. Cela dit, elle a toujours été gentille avec moi.

Macie baissa la voix, comme si elle redoutait de passer pour une commère.

— Attends. Tu es en train de me dire qu'elle serait mêlée à tout ce qui se passe ?

— Je ne sais pas, mais c'est tout ce que j'ai. Je voudrais que tu fasses une recherche sur les propriétés au nom des Ingar dans la région.

Il avait besoin d'un indice - n'importe quoi pour se rapprocher de Campbell. Il ressortit par la porte qu'il avait enfoncée quelques instants plus tôt et se dirigea vers l'espèce de garage situé non loin, se frayant lentement un chemin dans l'épaisse couche de neige.

— Alors ?

— Une seconde, Kendric. Il faut quelques minutes pour contourner le système de sécurité du chef et effectuer des recherches en douce. Mais toi et moi savons que je devrai le mettre au courant dès qu'il aura fini sa sieste.

Il l'entendit pianoter sur son clavier.

— Nous y sommes. Il y a environ deux hectares de terrain au nom de Budd Ingar, le mari de Chelsea, à proximité de l'endroit où tu te trouves.

Kendric s'arrêta à bonne distance du garage et étudia la rangée d'arbres qui l'entourait.

— Comment sais-tu où je suis ?

— J'ai mis un traceur dans le talon de ta chaussure sans que tu t'en aperçoives, dit-elle. Je ne fais jamais ce genre de choses.

Il leva la jambe et regarda sa chaussure. C'était une blague. Macie n'aurait pas pu avoir accès à ses chaussures. Sauf pendant les deux semaines où il avait séjourné au ranch de Whispering Pines, siège temporaire du poste de police. Non. Elle n'aurait pas fait ça. Il s'en serait aperçu.

— Où est cette propriété, au juste ?

— Continue vers l'ouest. Tu es pratiquement à la limite. Kendric, sois prudent, je parle sérieusement. Les Ingar ne sont pas connus pour leur sens de l'hospitalité...

Sur ces mots, la ligne fut brutalement coupée.

Kendric approcha du bâtiment vétuste qui se dressait devant lui. Les traces de pneus disparaissaient sous la porte grisâtre, abîmée par les ans. Des traces fraîches. S'il avait dû deviner, il aurait dit qu'elles dataient de moins d'une heure. Le bord des empreintes était encore net. Il tira sur la lourde porte, révélant un pick-up au pare-chocs endommagé. Un écho de la voix de Campbell résonna à ses oreilles. ADL 211. Le pick-up qui les avait percutés et leur avait fait quitter la route. Il mit la main sur le capot. Encore tiède.

— Tu ne peux pas être bien loin.

Dégainant son arme, il contourna le véhicule et ouvrit la portière conducteur. De l'air chaud s'échappa de l'habitacle alors qu'il étudiait l'intérieur. Une faible odeur d'ammoniaque lui picota la gorge. Bon sang. Tout avait été nettoyé. Le volant, le tableau de bord, et même les sièges en cuir. Il n'y avait aucune chance qu'il reste des empreintes ou des échantillons d'ADN, mais compte tenu des efforts que Sabrina Bryon avait faits pour couvrir ses traces, il n'aurait pas dû être surpris.

Kendric se pencha vers la boîte à gants et en sortit la carte grise.

— Ingar.

Logique. Le pick-up était garé sur un terrain possédé par le même propriétaire. La question était de savoir si quelqu'un se servait de leur nom.

— Sortez du pick-up de mon mari. Très lentement.

La voix féminine s'entendit à peine au-dessus du claquement sec d'un cran de sûreté qu'on relève.

— Tout de suite.

Kendric se retourna doucement, levant les mains en guise de capitulation, la carte grise encore entre les doigts. Son arme resta sur le siège en cuir. Toute son attention était focalisée sur la femme qui l'avait pris en flagrant délit et le tenait en joue au bout de son fusil. Mais elle semblait trop menue pour épauler correctement. Si elle pressait la détente, Chelsea Ingar allait avoir mal. Horriblement mal.

— Chelsea, c'est un plaisir de vous revoir.

— Vous êtes dans une propriété privée. La police de Battle Mountain n'a aucun droit d'y pénétrer sans mon autorisation, et je suis sûre de ne pas vous l'avoir donnée quand vous êtes venu chez moi ce matin.

Le regard nerveux de Chelsea Ingar allait et venait de Kendric au pick-up. Elle semblait différente de la femme pleine d'assurance qu'il avait rencontrée quelques heures plus tôt. À cran. Redoutait-elle qu'il ait trouvé quelque chose de compromettant ?

Kendric se tenait à portée de main de son pistolet, espérant avec ferveur ne pas avoir à l'utiliser.

— Ah ! vous vous souvenez de moi ! Très bien. Dans ce cas,

vous vous souvenez aussi de la femme qui m'accompagnait, l'agent Dwyer. Elle a disparu.

— Quel rapport cela a-t-il avec moi ? rétorqua Chelsea, ajustant sa prise sur le fusil.

— Peut-être aucun, lui concéda-t-il. Peut-être un grand rapport, au contraire. Vous nous avez menti ce matin en affirmant ne pas connaître Sabrina Bryon. Vous avez été en contact avec elle. Vous l'avez aidée. Maintenant, je ne sais pas au juste ce qu'elle vous a dit à propos de ce qui est arrivé à son mari et à la maîtresse de celui-ci, mais je peux vous garantir que ce n'est pas la vérité. Quelqu'un s'est servi de ce pick-up pour nous percuter voici une heure, et ma partenaire a été enlevée.

— Les choses n'étaient pas censées se passer comme ça, marmonna Chelsea.

— Je comprends que vous soyez tiraillée, Chelsea. Vous voulez aider votre amie, agir pour son bien. Mais Sabrina Bryon n'est pas la personne que vous croyez qu'elle est.

Il se positionna derrière la portière conducteur.

— Rendez-vous un service. Baissez votre arme. Pensez à vos enfants qui vous attendent à la maison. Pensez à Budd. Aux conséquences que cela aura sur votre famille si vous tirez sur moi.

Un rire sans joie franchit les lèvres de Chelsea Ingar et, soudain, sa nervosité parut s'évanouir.

— Vous voulez que je pense à Budd ? Non, officier Hudson. Vous ne voulez pas que je pense à lui avec cette arme entre les mains. Pas à moins de vouloir en finir.

Chelsea Ingar planta les pieds fermement sur le sol.

— Vous voulez savoir comment nous avons fait connaissance, Sabrina et moi ? C'était à la clinique, en ville. Elle était venue faire une échographie de son futur bébé, et moi j'étais venue voir si celui que je portais était encore en vie après que mon mari m'avait rouée de coups. Elle a été gentille. Elle m'a écoutée. Elle m'a tenue dans ses bras pendant que je sanglotais dans la salle d'attente. Personne n'avait jamais fait ça pour moi. Ma famille refuse de me croire quand je dis que Budd s'est transformé en monstre depuis qu'il a perdu son travail à la mine, et la sienne m'a rappelé qu'épouser un Ingar avait un prix. Sabrina était la seule à se soucier de moi, la seule à être aussi en colère que moi. Comment aurais-je pu lui tourner le dos au moment où elle avait besoin de mon aide ?

— Par conséquent, vous lui avez prêté le pick-up de Budd et vous lui avez parlé de cette propriété pour qu'elle puisse s'y cacher en attendant de s'enfuir pour de bon, résuma-t-il. Et vous avez nié la connaître. Vous a-t-elle raconté ce qui s'est passé avec son mari ?

— Ce n'était pas nécessaire.

Le poids du canon commençait manifestement à se faire sentir, et Chelsea baissa l'arme imperceptiblement.

— Je l'ai lu sur son visage quand elle a débarqué chez moi. J'ai vu le sang sur ses vêtements. Je n'ai pas posé de questions. Je lui ai seulement remis les clés du pick-up et donné cette adresse.

Kendric glissa une main le long de la portière, se rapprochant de son arme.

— Vous vouliez l'aider comme elle vous a aidée. Je comprends cela. Je suis dans la même situation avec ma partenaire. Vous voyez ces cicatrices ? demanda-t-il en désignant le côté droit de son visage. J'ai passé huit semaines au service des grands brûlés parce qu'une bombe m'avait explosé à la figure. Chaque fois que je me réveillais, quelle que soit l'heure, elle était là. Avec le recul, je comprends que c'est grâce à elle que je m'en suis sorti, et que je suis là aujourd'hui. Maintenant, je ne veux qu'une chose, c'est l'aider, mais je ne peux pas y arriver sans vous, Chelsea. J'ai besoin que vous me disiez où Sabrina la séquestre.

— Je ne sais pas.

Chelsea secoua la tête.

— Je n'ai pas de nouvelles d'elle depuis hier matin. J'ai attendu que Budd s'endorme, j'ai déposé les enfants chez ma voisine et je suis venue voir comment elle allait.

— Très bien. Je vous crois. Qu'allez-vous faire à présent ?

Son pouls s'accéléra alors qu'il fixait le canon du fusil braqué droit sur son abdomen.

— Allez-vous tirer sur un homme désarmé, un agent de police de Battle Mountain, pour sauver Sabrina ? Allez-vous la laisser tuer ma partenaire ? Elle a une petite fille, elle aussi. Penny a quatre ans. Allez-vous laisser cette petite fille grandir sans sa mère ?

Les larmes aux yeux, Chelsea mit l'index sur la détente.

— Vous n'étiez pas censés être ici. Ni l'un ni l'autre.

Elle ne l'écoutait pas.

— Chelsea, écoutez-moi. Je peux vous aider. Faire en sorte que vos enfants et vous soyez relogés. Vous soutenir dans votre démarche pour quitter Budd. Oublier que cette scène a eu lieu.

Kendric recouvrit son arme de la main, le cœur battant. Les secondes s'égrenèrent.

— Mais il faut que vous me donniez votre arme.

— Je suis désolée, officier Hudson. Je ne peux pas faire ça.

Et Chelsea tira.

Une détonation.

Campbell l'avait entendue clairement. Le coup de feu avait été tiré tout près. À moins de cinq cents mètres. Quelqu'un était là. Quelqu'un venait. Kendric ? Son cœur se serra alors qu'elle pensait au danger qu'il courait, son angoisse contrebalancée par l'espoir.

La silhouette indistincte de sa ravisseuse devant elle pivota vers l'unique fenêtre située dans le mur opposé.

Les effets de la drogue persistaient, mais ses pensées étaient de plus en plus claires. Il fallait seulement qu'elle se concentre. Elle leva le coude, s'efforçant de tirer sur le lien en plastique qui la maintenait au fauteuil.

— Vous n'avez pas la moindre idée de ce que vous avez fait, n'est-ce pas ? Du cauchemar qui va s'abattre sur vous ? Épargnez-vous tout cela et laissez-moi partir. N'essayez pas d'affronter ce qui vous attend de l'autre côté de cette porte.

— Vous essayez de me faire peur, de m'inciter à me conduire de manière irrationnelle, mais je vous assure que je suis plus lucide que jamais, agent Dwyer.

La voix était devenue plus féminine, confirmant l'hypothèse de Campbell. C'était Sabrina Bryon qui les avait percutés sur la route et qui l'avait droguée et amenée ici pour l'interroger. Pourtant, elle n'avait pas la silhouette d'une femme enceinte. Pas vraiment.

Campbell s'efforça de réfléchir. Cela n'avait aucun sens. La drogue altérait-elle toujours ses perceptions ou Sabrina Bryon avait-elle menti depuis le début en prétendant être enceinte ? La vision du coussin de grossesse découvert avec la victime sur la scène de crime lui revint en mémoire.

Soudain, Sabrina dégaina une arme que Campbell n'avait pas remarquée jusqu'alors et se tourna vers elle.

— Personne ne va venir vous chercher. Pas avant que j'aie obtenu ce que je veux.

— J'ai répondu à toutes vos questions. Vous ne m'avez pas laissé le choix.

Campbell ferma les yeux, luttant pour reprendre le contrôle de son corps, mais la drogue, associée à la température glaciale, était venue à bout de ses ressources.

— Je n'ai rien d'autre à vous dire.

— Si.

Sabrina Bryon retira la cagoule qu'elle portait. Une cascade de cheveux auburn s'échappa du tissu, et de grands yeux marron se braquèrent sur Campbell pendant qu'elle reprenait sa place. Elle était aussi séduisante que la jeune femme souriante des photos vues à son domicile. Le teint lisse, immaculé, des dents blanches et régulières.

— J'ai les compétences nécessaires pour mener une enquête, mais je ne dispose pas des moyens de la police, qui a posté un garde devant la chambre d'hôpital de mon mari.

Campbell la regarda, incrédule.

— C'est donc de ça qu'il s'agit. De votre mari. Pourquoi avoir menti au sujet du bébé ?

La stupeur se lut sur les traits durcis de Sabrina.

— Qui vous dit que j'ai menti ?

— Nous avons retrouvé un coussin de grossesse, et il est évident que vous n'êtes pas enceinte de huit mois.

Le regard de Campbell descendit sur le corps de son interlocutrice, son attention attirée par une tache sombre près d'un de ses seins.

— Pourquoi avoir convaincu votre mari et tout le monde en ville que vous attendiez un enfant ? Dans quel but ?

Sabrina se cala contre le dossier de sa chaise, l'arme posée sur les genoux.

— Vous n'avez vraiment pas la moindre idée de ce sur quoi vous enquêtez, n'est-ce pas ? Je n'ai pas menti. J'étais enceinte.

— Mais vous ne l'êtes plus.

L'estomac soudain noué, Campbell se remémora le cri d'enfant qu'elle croyait avoir imaginé. Elle parcourut des yeux le local vide, les mauvaises herbes mortes entre les lames de plancher.

— Vous avez eu le bébé.

Sa ravisseuse se pencha en avant.

— Laissez-moi deviner. Elliot vous a dit que c'était moi qui avais tiré sur lui. Que j'avais perdu pied après avoir appris que j'étais enceinte. Vous le croyez ?

Campbell ne savait que dire, que penser. Sabrina Bryon avait été contrainte d'accoucher dans cet endroit, sans soutien, sans aide médicale d'aucune sorte. Comment avait-elle fait ? Pourquoi était-ce important ? Un coup de feu avait retenti à proximité. Si Kendric avait été touché, il n'avait pas beaucoup de temps. Elle devait sortir d'ici. Aller jusqu'à lui. Elle baissa la tête et la voix, comme si elle capitulait entièrement face à la drogue.

— Peu importe ce que je crois. Je me laisse guider par les preuves.

Sabrina se pencha davantage vers elle, le pistolet toujours sur les genoux.

— Et que vous disent les preuves, agent Dwyer ?

— Que vous êtes à court de temps, lâcha Campbell en redressant brusquement la tête.

Son crâne percuta le menton de Sabrina. Le lien autour de son poignet gauche se brisa sous l'effort, et elle repoussa sa ravisseuse.

Sabrina et la chaise basculèrent en arrière. Campbell vit le pistolet glisser sur le plancher et se hâta de libérer son poignet droit. Trop tard. Sabrina s'était déjà relevée. Un coup de poing s'abattit sur son visage. Elle s'écroula, les jambes encore ligotées aux pieds du fauteuil. Le plancher surgit à sa rencontre. Ses doigts effleurèrent la crosse du pistolet, mais une fraction de seconde plus tard, un talon lui écrasa le dos de la main. Les os craquèrent, le hurlement de Campbell déchira le silence du local.

Une nouvelle série de pleurs lui transperça les oreilles alors que Sabrina ramassait le pistolet et le braquait sur elle.

— On ne vous a jamais dit de ne pas réveiller un bébé qui dort ?

Campbell se tortilla tant bien que mal pour se mettre sur le dos.

— Ne faites pas ça.

— Je pensais que vous et moi aurions pu être amies, agent Dwyer, lâcha Sabrina en glissant une balle dans la chambre du pistolet. Mais vous êtes exactement comme lui, n'est-ce pas ? Une menteuse.

La porte s'ouvrit alors à la volée, heurtant le mur. Une silhouette distincte se détacha sur le seuil.

— Lâchez votre arme ! Immédiatement !

Kendric se tenait là, l'arme au poing, l'incarnation même de la justice. De la force. De la raison. Tout ce dont elle avait besoin à cet instant.

— Sabrina Bryon, vous allez devoir répondre à des questions concernant l'agression de votre mari et la mort de Rachel Stephenson, ainsi que sur l'enlèvement d'un représentant des forces de l'ordre.

— Officier Hudson, ravie que vous puissiez vous joindre à nous, sain et sauf à ce que je vois.

Sabrina toisait Campbell d'un regard froid. Pourtant, l'espace d'un instant, celle-ci crut déceler l'ombre d'un regret dans son expression.

— Je présume que Chelsea est morte.

— Non, mais elle ne va pas pouvoir se servir de son bras droit pendant quelque temps.

Kendric franchit le seuil.

— Lâchez votre arme et mettez-vous à genoux, les mains derrière la nuque. Si vous refusez, Chelsea Ingar et vous pourrez être voisines de chambre à l'hôpital, les menottes aux poignets.

— Kendric, le bébé.

Submergée par les souvenirs de son propre accouchement, Campbell luttait pour maîtriser sa respiration. Penny. La tache sombre sous le sein de Sabrina s'était élargie. Du lait. Cette femme enceinte de huit mois était partie en cavale et avait eu son enfant moins de vingt-quatre heures plus tard.

— Son bébé est ici. Elle a accouché avec un mois d'avance. Il faut appeler une ambulance.

— Elle n'ira nulle part avec vous, rétorqua Sabrina en se tournant pour braquer son arme sur Kendric. Et moi non plus.

— Non !

Campbell se redressa d'un bond, nouant les bras autour des chevilles de Sabrina. Le coup de feu partit, sa ravisseuse s'effondra en arrière, et une nouvelle détonation éclata juste à côté de la tête de Campbell. Le son trop proche lui transperça les tympans, mais ce fut un autre bruit qui lui glaça le sang. La chute d'un corps.

Elles roulèrent ensemble sur le plancher, les membres enchevêtrés. Quoique toujours ligotée au fauteuil par les chevilles, Campbell avait assez de force dans le haut du corps pour éloigner l'arme et plaquer Sabrina Bryon au sol.

Jusqu'au moment où elle aperçut son partenaire.

— Kendric.

La panique l'envahit, paralysant ses muscles. Le monde s'arrêta autour d'elle. Elle était venue à Battle Mountain pour des raisons précises. Quelques jours plus tôt, elle n'aspirait qu'à une chose : découvrir la source des problèmes de cette ancienne petite ville minière au bord du gouffre. Maintenant, elle ne pensait plus qu'à ce qu'elle perdrait si elle décidait de partir.

— Qu'est-ce que vous avez fait ?

Un coup de poing lui coupa le souffle, et un éclair blanc déchira sa vision.

— Ce que je devais faire.

Campbell retomba en arrière, heurtant le sol de nouveau. L'impact n'atténua ni la douleur qui lui mordait la joue ni le chagrin qui montait dans sa gorge alors qu'elle fixait le corps immobile de Kendric.

Sabrina Bryon se releva prestement.

Des pas précipités firent vibrer le plancher sous Campbell qui bataillait pour se remettre debout. Se tordant une cheville après l'autre, elle se débarrassa des liens plastifiés au moment où sa ravisseuse pointait son arme sur elle.

— Je vous ai donné une chance, agent Dwyer, mais si vous n'êtes pas avec moi, vous êtes contre moi, et je ferai tout pour gagner.

La jeune femme serrait étroitement dans ses bras un paquet emmailloté qu'elle avait sorti d'un placard à l'autre bout de la pièce. Le bébé. Celui-ci ne pleurait plus, et Campbell éprouva une soudaine angoisse à l'idée qu'il avait peut-être succombé au froid.

— Si vous voulez revoir votre fille, suivez mon conseil. N'essayez pas de me suivre.

Sabrina Bryon se dirigea vers la sortie arrière et disparut sous les yeux atterrés de Campbell. Elle aurait donné cher pour se lancer à sa poursuite, mais elle ne pouvait abandonner Kendric blessé. Elle se rua vers lui.

— Kendric.

Du sang s'échappait d'un trou dans son épaule – trop de sang –, et elle pressa les mains sur la plaie pour en contenir le flot. Elle n'était pas secouriste. Elle ne savait rien des blessures par balle.

— Ne renonce pas, tu m'entends ? Tiens bon.

Tout en continuant à appuyer, elle le palpa, à la recherche d'une radio ou d'un téléphone. Il fallait qu'elle contacte la police de Battle Mountain. Pour la seconde fois en moins de deux heures, la vie de Kendric était entre ses mains.

Et elle n'allait pas le laisser s'en aller.

9

Il était venu à Battle Mountain pour échapper à la douleur. Pas pour en faire sa meilleure amie.

Kendric tenta de changer de position pour soulager son bras engourdi et lâcha un gémissement alors qu'une nouvelle douleur fulgurante se répandait dans son dos et le long de son bras. Pas si engourdi que ça. Il retint un juron.

— Tu es réveillé.

Cette voix. Sa voix. Elle résonna le long de ses terminaisons nerveuses, relâchant la tension qui s'accumulait dans sa colonne vertébrale. Campbell. Il avait craint de ne jamais plus l'entendre.

— Ne fais pas de gestes brusques. On vient de te retirer une balle.

Une balle ? Le passé se télescopa au présent et combla les blancs dans sa mémoire. L'accident. Sa course désespérée pour retrouver Campbell vivante. Sabrina Bryon pressant la détente. Une sensation de chaleur irradiait dans son côté droit, la sueur perlait sur ses tempes. Son dernier souvenir était celui d'un froid intense qui se répandait dans ses veines. Il fit tourner son poignet, déclenchant une nouvelle vague de douleur. Une perfusion était attachée à son avant-bras, mais il n'avait pas l'impression d'être à l'hôpital. Il faisait trop chaud. Tout était trop silencieux. Il avait la bouche affreusement sèche. Il lutta pour ouvrir les yeux. Le plafond était en frisette foncée, traversé de poutres. La chaleur provenait d'une cheminée. Des oreillers en flanelle, des peaux d'animaux, une tête de cerf exposée au mur – il n'était vraiment pas à l'hôpital.

— Où suis-je ?

— En sécurité.

Elle écarta une mèche sur son front, le fixa de ses yeux bleu céruléen dont il avait si souvent rêvé. Elle avait repoussé ses cheveux en arrière, exposant son cou et l'ovale de son visage. Un T-shirt et un jean avaient remplacé le tailleur-pantalon qui lui servait d'armure. Ses bras et un côté de son visage étaient couverts d'ecchymoses et d'égratignures.

— Tu m'as dit à quel point tu haïssais les hôpitaux. J'ai pensé que tu te rétablirais plus vite dans un environnement familier. Ton chef a fait venir une infirmière pour soigner ta blessure.

— Il était temps, d'ailleurs. Quelques minutes de plus, et vous vous seriez vidé de votre sang là-bas dans les bois.

Une nouvelle silhouette pénétra dans son champ de vision. Le métal froid d'un stéthoscope glissa sur son torse, lui coupant momentanément le souffle. Des yeux marron prirent forme, des cheveux bruns et courts. Isla Vach – membre de l'équipe de secouristes de Battle Mountain – lui adressait un sourire compatissant.

— Désolée. J'oublie toujours de réchauffer ces instruments. Les signes vitaux sont stables. Vous devriez être sur pied en quelques semaines. Pas d'imprudence entre-temps, d'accord ?

— Merci.

Campbell se leva pour serrer la main de la jeune femme.

— Pour tout.

Un pansement blanc recouvrait son poignet libre. Elle non plus ne s'était pas tirée indemne de l'incident.

— C'était un plaisir.

L'infirmière esquissa un mince sourire en rassemblant ses affaires dans son sac en toile.

— Maintenant, excusez-moi, mais j'ai une enfant de six ans qui attend mon retour à la maison pour que je lui lise la même histoire pour la vingtième fois aujourd'hui. Contente de voir que vous n'allez pas mal, Hudson. Avec tout ce qui se passe, on a besoin de vous.

Sans attendre sa réponse, elle se dirigea vers la porte et sortit.

La brume qui régnait dans le cerveau de Kendric se dissipa quelque peu. Il était venu assez souvent à Whispering Pines pour reconnaître maintenant le décor habituellement réservé aux touristes venus faire l'expérience de la vie dans un ranch. La propriétaire, Karie Ford, gérait la propriété seule depuis que son mari avait été assassiné par un tueur en série qui traquait Chloe Pascale, le médecin légiste de Battle Mountain. Un de ses fils, Easton, y avait construit un centre de réinsertion destiné aux anciens soldats après que sa fiancée avait perdu l'usage de ses jambes. Ces derniers temps, l'endroit avait servi de quartier général à la police en attendant la reconstruction de ses locaux.

— Combien de temps suis-je resté inconscient ? demanda-t-il avec difficulté.

— Deux jours.

Campbell passa le pouce sur le dos de sa main, et il eut l'impression d'une intersection entre ses deux vies. La vie qu'il avait menée après la bombe qui l'avait défiguré, et celle où il avait cru pouvoir faire une différence dans une petite ville au bord de la destruction. C'était drôle de penser que Campbell avait joué un aussi grand rôle dans les deux.

— La balle a frôlé ton artère brachiale. Isla ne voulait pas prendre le risque que tu rouvres tes points de suture, alors elle t'a placé sous sédatif pour la première étape de ton rétablissement.

— Et Sabrina ?

— Envolée. Je n'ai pas... je ne voulais pas te laisser pour me lancer à sa poursuite.

L'ombre d'un regret se lut dans son regard avant qu'elle baisse les yeux sur leurs doigts entremêlés. Elle avait voulu capturer Sabrina, être celle qui résolvait l'affaire, et lui n'avait été qu'un poids mort. Une obligation. Comme avant.

— Easton et Alma ont trouvé Chelsea Ingar menottée dans la

voiture de patrouille. Ils l'ont arrêtée, ont soigné ses égratignures et l'ont inculpée en lui promettant de retirer les charges retenues contre elle en échange d'informations sur Sabrina Bryon. Jusqu'à présent, elle n'a rien dit.

— Elle ne parlera pas.

Kendric dégagea les doigts et s'efforça de se redresser, oubliant le trou qu'il avait dans l'épaule. Un nouveau gémissement s'échappa de sa gorge, et Campbell intervint pour l'aider.

— Tu ne devrais pas bouger. Tu risques de recommencer à saigner.

— Ça va.

Sa réponse avait été plus sèche qu'il n'en avait eu l'intention, mais rien en comparaison du ressentiment qui bouillonnait en lui. Que s'était-il donc imaginé ? Pourquoi donc avait-il espéré que cette nouvelle vie serait différente de la précédente ? Les gens ne changent pas. Il n'avait pas changé. Et il se refusait à être la cause de l'échec de l'enquête.

Il se redressa tant bien que mal, une main plaquée sur l'épais pansement qui recouvrait sa blessure.

— Je sais que tu préférerais être sur le terrain en train de chercher Sabrina Bryon. Vas-y. Je peux me débrouiller seul.

— Le chef Ford et Gregson sont en train de passer la scène au peigne fin pour trouver des indices éventuels. Alma est avec Chelsea Ingar. Vu les... similarités dans leur passé, j'ai pensé qu'il était préférable qu'elle se charge de son interrogatoire.

Elle baissa la voix, son intonation exprimant plus de respect qu'il ne s'y était attendu. Peu de gens étaient au courant de l'histoire d'Alma Majors, mais Campbell avait à l'évidence pris une bonne décision.

— Sabrina ne peut pas aller bien loin. Elle a un bébé avec elle. Cela va la ralentir. Dans l'immédiat, il n'y a qu'une chose dont je me soucie : c'est de ta santé.

— Comme je te l'ai dit, je peux me débrouiller seul.

Il avait besoin de prendre une douche, de s'habiller et de

manger. Il fit mine de se lever, mais son corps refusa d'obéir. Il bascula en avant. Instinctivement, il se retint de son bras blessé, et une douleur atroce lui crispa le dos.

Campbell le rattrapa avant qu'il s'écroule tête la première sur le sol. Elle le cala contre sa hanche et le guida vers le bord du lit.

— C'est ça, et permets-moi de te dire que tu t'en tires vraiment bien.

Bon sang. Le sédatif qu'Isla lui avait administré était plus puissant qu'il ne l'avait cru. Il était incapable de se lever. Il se laissa retomber sur le lit, évitant le regard de Campbell. Il ne voulait pas y lire la pitié. Il était déjà passé par là.

— Comme au bon vieux temps.

— Sauf que cette fois nous ne sommes pas séparés par une chambre stérile.

Elle posa sa main valide sur sa cuisse.

— Et tu es toujours aussi séduisant.

Stupéfait, Kendric leva la tête et la regarda. Ce n'était pas la pitié qui était peinte sur ses traits. C'était autre chose. Quelque chose comme... de l'admiration. Comment était-ce possible ? Il n'avait rien fait hormis compliquer la situation, et voilà qu'elle semblait le considérer comme un héros.

— Comment fais-tu ? Comment peux-tu faire semblant de ne pas voir mes cicatrices ? Me regarder comme si j'étais l'homme que tu connaissais autrefois ?

— Parce que, à mes yeux, tu es le même homme.

Campbell haussa les épaules, comme si elle ne venait pas d'ébranler tout son univers. Comme si sa réponse était une évidence.

— Aucune situation et aucune cicatrice ne vont changer ça. Tu as écumé ces bois à ma recherche comme tu t'es engouffré dans ce bâtiment à la recherche de civils. Et je peux être assise ici indemne parce que tu t'es rué dans ce local sans te soucier de ce qui t'attendait à l'intérieur, de la même manière que tu t'es rué dans cette salle de conférences avant que la bombe explose.

Je pourrai retourner voir notre fille en un seul morceau après la conclusion de l'enquête, et je t'en serai toujours reconnaissante.

Elle leva la main vers son visage. Lentement, prudemment.

— Tu ne cesses de me dire que l'homme que j'aimais autrefois n'existe plus, mais je le vois toujours dans tes yeux. Je l'ai senti quand tu m'as embrassée.

Il se raidit, redoutant la peur et le mépris qui succéderaient inévitablement au contact physique, mais la sensation fut douce. Rassurante et excitante en même temps. Une sensation de chaleur, de réconfort. Parfaite.

— Campbell...

— Je vois l'homme idéaliste, passionné, protecteur à qui j'ai demandé de sortir avec moi ce jour-là, sur une scène de crime.

Elle le dévisagea de nouveau, du front au menton. Jamais il ne s'était senti aussi vulnérable. Ni aussi en confiance.

— Rien n'a changé pour moi...

Les paroles de Campbell ouvrirent une brèche dans ses défenses, détruisant la haine qu'il nourrissait envers lui-même depuis des années. Pensait-elle vraiment ce qu'elle venait de dire ? Après tout ce temps ? Après tout ce qu'il avait fait ?

— Rien ?

— Rien.

Avec un sourire éclatant, elle se pencha pour l'embrasser.

Ses lèvres douces effleurèrent les siennes, le secouèrent jusqu'au tréfonds de lui-même. Chaque cellule de son corps s'embrasa, sans qu'il puisse opposer la moindre résistance. Il s'était convaincu que le baiser qu'ils avaient échangé dans sa cuisine quelques jours plus tôt avait été un coup de chance, un miracle qui ne pourrait jamais être répété. En un sens, il avait raison. Ce baiser-ci ne ressemblait en rien au premier. Jamais il n'avait éprouvé de moment plus intense, plus satisfaisant, plus bouleversant.

Il l'attira contre lui, aussitôt rappelé à l'ordre par la douleur.

À regret, il mit fin à leur baiser, loin d'avoir fini de savourer le goût de Campbell. Au comble de la gêne, il fit une grimace.

— J'avais oublié mon bras.

— Il va falloir qu'on s'y habitue, acquiesça-t-elle. Tous les deux.

— Ça en vaut la peine.

Sur quoi il écrasa les lèvres sur les siennes.

Campbell se dégagea précautionneusement et se leva.

Kendric s'était endormi quelques minutes seulement après l'avoir embrassée, et elle ne pouvait lui en vouloir. Il avait frôlé la mort de près. Son rétablissement prendrait du temps.

Elle remit une bûche sur les braises afin de ranimer le feu. Jamais elle n'avait séjourné dans un endroit tel que Whispering Pines. Karie préparait des repas aussi copieux que succulents à tous les membres de la police de Battle Mountain, elle y compris. Au petit déjeuner, c'était une sélection de gaufres légères, de pommes de terre sautées maison, d'œufs cuits à la perfection, et de sirop d'érable sucré à souhait. Autant de délices que Campbell n'avait pas savourés depuis qu'elle était enfant.

Elle étudia l'homme allongé sur le lit.

Ce lieu... était différent de Denver. Comme s'il y régnait une chaleur indéfinissable. Elle avait écouté Easton et Weston se chamailler et se taquiner depuis l'instant où elle était arrivée. Pendant les repas pris ensemble à l'immense table. Pendant qu'ils s'acquittaient de leurs corvées au chalet et dans la propriété. Même pendant qu'ils travaillaient ensemble à la protection de la ville qu'ils aimaient. Il n'y avait pas qu'eux, mais aussi Cree Gregson, qu'elle avait connu autrefois, à l'époque où elle travaillait dans le service du shérif. Tous prenaient les plaisanteries avec le sourire, et le lien qu'ils partageaient était palpable. Jamais elle n'avait rien éprouvé de tel à Denver. Et pour la première fois depuis qu'elle avait accepté cette mission, elle voyait ces gens comme Kendric les voyait.

Comme une famille.

Il était évident qu'ils l'avaient accueilli à bras ouverts parmi eux. Ils l'aimaient. Ils s'inquiétaient de lui et le couvaient à la manière de frères et sœurs. Ils le soutenaient, et elle était loin de pouvoir en dire autant de ses supérieurs aux Affaires internes. Quant à ses collègues, ils la gardaient à distance. Elle était quelqu'un à éviter, à craindre. En sa présence, chaque mot devait être calculé, chaque réponse considérée avec soin, de manière à ne pas éveiller ses soupçons. Elle était devenue une étrangère au sein de son propre service, elle qui n'aspirait qu'à… ceci. À faire partie d'une famille.

Cependant, chaque famille avait ses secrets.

Et ce que Penny et elle avaient était parfait. Elles étaient heureuses. Elles se suffisaient.

Campbell enfila la paire de bottes que Genevieve Alexander – fiancée d'Easton et procureure du comté d'Alamosa – lui avait prêtée pour remplacer ses escarpins maculés de boue après son face-à-face avec Sabrina Bryon. Elle jeta un dernier coup d'œil à Kendric pour s'assurer qu'il dormait, prit sa veste accrochée à une patère au mur et s'esquiva dans la nuit, refermant la porte avec soin derrière elle.

Six chalets satellites entouraient la demeure principale. Le chef Ford et le Dr Pascale en occupaient un, Cree Gregson et Alma un autre, Kendric et elle étaient dans le troisième tandis qu'Easton et Genevieve disposaient du quatrième. Le cinquième chalet avait été laissé vacant au cas où des touristes courageux auraient décidé de braver l'hiver du Colorado, et le sixième détenait les réponses qu'elle cherchait.

La neige scintillait et crissait sous ses pas. Des éclats de rire parvinrent à ses oreilles, provenant du chalet le plus proche, et Campbell ralentit. La lumière était allumée, et elle aperçut Cree Gregson et Alma Majors qui dansaient gauchement autour de la petite table de leur cuisine. Encore vêtus de leur uniforme, ils souriaient jusqu'aux oreilles. Avant qu'elle ait eu le temps de se rendre compte de ce qu'elle faisait, Campbell approcha pour mieux les voir.

Ils semblaient heureux. Amoureux. La manière dont Cree contemplait sa partenaire se grava dans son esprit, le visage de Kendric se superposant à la scène. Ils avaient partagé cela autrefois. Ce genre de... complicité. Cela avait été de courte durée, mais bien réel. La regarderait-il jamais ainsi de nouveau ? En était-il capable après tout ce qu'il avait enduré ? Peu importait. Même s'il réussissait à vaincre sa haine de lui-même, elle lui mentait depuis l'instant où elle était arrivée sur la scène de crime, quatre jours plus tôt. S'ils avaient partagé autrefois une relation riche et entière – dont avait résulté la naissance d'une adorable petite fille –, ils n'étaient plus compatibles désormais. Pas tant qu'elle mènerait l'enquête sur la police locale. Pas tant qu'elle ne pourrait être honnête avec lui.

— Vous faites une promenade, agent Dwyer ?

Le chef Ford se détacha de l'ombre projetée par le chalet principal.

— Vous avez du mal à trouver le sommeil ?

Campbell se passa une main sur le visage, soudain consciente d'avoir été à deux doigts de se trahir. L'observait-il depuis le début ?

— C'est un peu ça. Je pensais que tout le monde dormait. J'espère ne pas vous avoir dérangé.

À en juger par le fait qu'il était habillé et encore armé, ce n'était sans doute pas le cas.

— Une fois que le bébé m'a réveillé, je ne peux plus me rendormir. Pour ce qui est de Chloe, en revanche, je crois que même une fanfare en pleine action ne pourrait pas la tirer su sommeil.

— Attendez qu'il soit un peu plus grand, vous verrez.

— Je ne savais pas que vous aviez des enfants.

Le chef Ford mordilla son cure-dents.

— À dire vrai, je ne sais vraiment presque rien de vous hormis ce que Kendric nous a dit. Vous avez tous les deux travaillé pour le bureau du shérif à Loveland, après quoi vous avez été nommée à l'antenne du FBI à Denver. Votre parcours a été remarquable. Vous avez réussi à résoudre plus d'enquêtes que n'importe lequel de vos collègues. Votre dossier n'en dit guère plus long. Mais j'avoue qu'il est impressionnant.

Il s'était renseigné à son sujet. Bien sûr. N'importe qui à sa place en aurait fait autant, mais pourquoi lui disait-il cela maintenant ?

— Je suis désolée de ne pas avoir eu l'occasion de vous parler de l'affaire moi-même. Je n'avais pas l'intention de vous laisser en marge. Mais quand il s'agit d'une disparition, la rapidité est essentielle.

— Oui, je comprends. Quand le FBI m'envoie son meilleur élément pour retrouver une jeune mère disparue dans ma ville, je ne vais pas m'en plaindre. Il fallait tout tenter.

Le chef avança vers elle, à l'aise malgré la température glaciale.

— Ce que je ne comprends pas, c'est pourquoi vous êtes encore ici.

Une sirène d'alarme se déclencha dans le cerveau de Campbell.

— Que voulez-vous dire ?

— Qu'il ne s'agit plus d'une enquête pour disparition, mais d'une chasse à l'homme. Nous avons un témoin qui accuse Sabrina Bryon d'avoir tiré sur lui. Kendric a déclaré dans sa déposition que c'était elle qui avait provoqué votre accident de voiture et qu'elle vous avait enlevée pour vous arracher des informations. Quand nous l'arrêterons, ce qui n'est qu'une question de temps, elle sera inculpée de meurtre, de tentative de meurtre et d'enlèvement, au moins.

Weston Ford inclina son chapeau à large bord en arrière, révélant les rides de perplexité sur son front.

— Ce qui me pousse à me demander pourquoi vous êtes encore ici.

Campbell songea aussitôt au sixième chalet, mais elle soutint le regard du shérif, déterminée à ne pas se trahir. Aucun homicide n'avait eu lieu à Battle Mountain en l'espace de quarante ans, et voilà que, quelques mois à peine après l'élection de Weston Ford, la ville avait connu une série de meurtres sans précédent. Elle aurait dû être le cadet de ses soucis.

— Kendric a été blessé. Je n'allais pas le laisser.

Il la fixa comme s'il s'efforçait de déchiffrer ses pensées, mais Campbell avait appris depuis belle lurette l'art de rester impassible sous la pression. C'était un talent qui lui avait sauvé la vie plus d'une fois.

Le regard de Weston se posa sur le chalet qu'elle avait espéré fouiller, avant de revenir sur le couple enlacé, puis sur elle.

— Vous devriez vous reposer, agent Dwyer. Si cette affaire nous mène là où je le pressens, Kendric et vous allez avoir besoin de toute votre énergie.

Il la contourna, veillant à laisser une bonne cinquantaine de centimètres entre eux avant de se diriger vers le chalet qui abritait le QG temporaire de la police de Battle Mountain.

Elle pivota vers lui.

— Vous n'allez pas lui retirer l'enquête ?

— Je ne pourrais pas, même si j'en avais envie, répliqua le chef Ford en continuant à marcher. Ce type est trop têtu pour savoir où est son intérêt. Bonsoir, agent Dwyer.

— Bonsoir.

Elle le suivit des yeux tandis qu'il déverrouillait la porte du chalet et entrait à l'intérieur. Un instant plus tard, un rai de lumière apparut autour des fenêtres aux rideaux tirés. Avec un soupir, elle enfonça les mains dans ses poches et revint sur ses pas. Elle ne ferait pas de progrès ce soir-là.

Elle regagna le chalet que Kendric et elle partageaient, puis retira ses bottes et sa veste aussi silencieusement que possible pour ne pas le réveiller.

— Tu es revenue.

Sa voix rauque déclencha un frisson le long de ses bras.

— Content de voir que tu n'as pas changé d'avis, ajouta-t-il.

— J'étais juste allée prendre l'air. J'ai croisé ton chef.

En dépit de la chaleur du feu, elle se sentait toujours glacée. Le chef Ford avait-il soupçonné ses intentions ? Allait-il en informer Kendric à la première occasion ?

Elle s'assit au bord du lit, là où elle avait besoin d'être.

— Il m'a dit qu'il n'avait pas pour habitude de retirer leurs enquêtes à ses agents, même s'ils ont été blessés par balle.

— Il sait que je ne vais pas reculer. Pas avant d'avoir retrouvé Sabrina Bryon.

De sa main valide, il lui caressa l'avant-bras.

— Tu as froid.

— Je ne sais pas si tu en as conscience, mais il neige. En général, ça veut dire qu'il fait froid aussi, répondit-elle, luttant en vain contre le sourire qui lui montait aux lèvres.

Il était facile de l'imaginer la faisant tournoyer dans la cuisine, exactement comme Cree avec Alma dans leur chalet. Regardant un film sur le canapé, une main passée autour de ses épaules par-dessus Penny pelotonnée entre eux. L'entraînant dans leur chambre chaque soir et se réveillant comblé le lendemain. Facile d'imaginer des vacances en famille, des courses à l'épicerie. Des soirées en amoureux.

Son sourire s'effaça. Ces images appartenaient à une autre vie, une vie où Kendric désirerait être père, où elle ne lui mentirait pas en secret.

Ces rêves-là ne leur feraient aucun bien. Ni à l'un ni à l'autre.

Dans l'immédiat, ils devaient accepter la réalité et profiter de chaque moment avant de reprendre le cours de leurs existences. Elle à Denver avec Penny. Lui ici, au service des habitants de Battle Mountain. Son cœur se serra, et le chagrin l'envahit. Elle allait le perdre de nouveau. Seulement, cette fois, elle ne serait pas seule.

Kendric l'attira tout habillée sous les couvertures, jusqu'à ce qu'elle soit pressée contre lui des pieds à la tête. Son cœur battait, fort et régulier, sous la main de Campbell. Il déposa un baiser sur sa tempe, l'étreignant plus étroitement.

— Je crois pouvoir te réchauffer.

C'était exactement ce qu'elle craignait.

10

Il était douloureux de se voir rappeler constamment ce qu'il ne pouvait pas avoir.

Kendric éloigna la joue de la tête de Campbell. La brume du sommeil les avait emportés tous les deux plus vite qu'il ne s'y attendait. Il avait les épaules raides, les muscles endoloris autour de sa blessure, mais il ne voulait pas la réveiller. Pas tout de suite.

Encore endormie au creux de ses bras, elle tourna le visage vers lui. Les rides de tension autour de sa bouche et de ses yeux s'étaient dissipées durant la nuit. Des mèches blondes collaient à sa lèvre inférieure, et Kendric les repoussa pour mieux la contempler. Elle était magnifique. Passionnée, secrète parfois, mais magnifique.

Elle avait raison, à propos de Penny. La petite fille de quatre ans avait ses yeux et ses cheveux, mais le reste de ses traits venait de lui, et la possibilité d'avoir ces deux beautés dans sa vie faisait fondre la glace qui entourait son cœur, lui soufflait qu'il pourrait avoir une vie normale. Une famille. Qu'il méritait d'être heureux.

Il pourrait être heureux avec elles.

Cette pensée le prit au dépourvu. Les quatre journées écoulées avaient mis sa vie sens dessus dessous. Il avait fui Loveland, fui son poste et Denver, les gens qui l'aimaient, la petite fille dont il ignorait l'existence, et il se retrouvait exactement à son point de départ. Avec Campbell. Face au même choix que toutes ces années plus tôt, après l'explosion.

Cette fois, Kendric savait ce qu'il voulait faire.

Les yeux bleus de Campbell cillèrent et se posèrent sur lui, un sourire se dessina sur ses lèvres closes. Ses doigts effleurèrent le cou de Kendric, légers, électrisants.

— Depuis combien de temps m'observes-tu à mon insu ?

— Pas longtemps, lui assura-t-il, incapable de détourner le regard.

— Ah bon ?

Elle baissa les yeux sur leurs corps enlacés, s'étirant autant que le lit étroit le lui permettait.

— Comment va ton bras ?

La première réaction de Kendric fut de comparer sa douleur à celle qu'il avait éprouvée après l'explosion. Pour la première fois, il s'y refusa. Cet événement avait changé le cours de sa vie, mais à quoi bon passer le reste de ses jours dans la peur et l'amertume alors qu'il lui restait tant d'expériences à vivre ? Savourant la chaleur du corps de Campbell, il songea à ce que sa colère lui avait apporté. La solitude. Le vide. L'isolement. Combien de temps avant qu'elle le consume tout entier ? Où se terminait ce chemin-là ?

— J'ai toujours mal, mais moins.

— Bien.

Elle se dégagea de son étreinte, éveillant aussitôt une sensation de froid en lui. Elle avait toujours été la plus frileuse des deux. Au lit, il avait toujours préféré n'avoir qu'un seul drap tandis qu'elle voulait une grosse couette.

Elle avait retiré son jean durant la nuit. Il contempla ses jambes nues et lisses, le haut de ses cuisses visible sous le T-shirt qu'elle avait emprunté au Dr Pascale.

Elle se redressa et ferma les yeux.

— Ça va ?

Il tenta de se redresser, mais sa blessure eut raison de lui. Il se laissa retomber sur le lit, étouffant un juron. Comment était-il censé traquer Sabrina Bryon s'il n'était même pas capable de se lever ?

Campbell achevait de s'habiller.

— Je sens déjà l'odeur du bacon. Je te jure, Karie va me faire échouer à mon prochain test d'aptitude physique.

— Ce n'est pas impossible.

Il passa une main sur les ecchymoses qui assombrissaient son torse.

— Un jour, j'ai essayé de lui dire que je n'allais manger qu'un pamplemousse au petit déjeuner. À la façon dont elle m'a regardé, j'ai cru qu'elle allait me mettre à la porte.

— C'est toujours comme ça ? demanda Campbell, debout devant la petite fenêtre au-dessus de l'évier, la lumière matinale soulignant les ombres sous ses yeux. Les grands repas de famille où les inconnus sont accueillis à bras ouverts, les plaisanteries, les rires. On est en novembre, et le sapin de Noël est déjà dressé, comme si on était dans un film. Allons, ça ne peut pas être réel. Ça ne peut pas durer avec tout ce qui se passe dans cette ville. Tu dois t'en rendre compte.

Kendric réfléchit à sa question. Pas à ses mots, mais au ton de sa voix, à la manière dont elle avait parlé. Une bouffée d'énergie le propulsa hors du lit, et il vint se tenir devant elle. Une sorte de désespoir se lisait dans son regard, comme si elle avait besoin d'entendre la vérité sur cet endroit, mais il ne pouvait rien lui dire qu'elle ne sache déjà.

— Cela te dérange, ce que nous avons ici.

— Oui.

Campbell secoua la tête.

— Non. Je ne sais pas. Ça ne ressemble à aucune autre force de police où j'ai travaillé. Vous vous conduisez comme si vous faisiez partie d'une même famille, et je...

Elle eut un rire gêné.

— Je ne sais pas ce que je veux dire au juste, et peu importe. Je te rapporterai quelque chose à manger.

Elle le contourna, mais Kendric la retint par le bras, l'obligeant à pivoter vers lui. Il enfouit sa main valide dans les cheveux de Campbell. La peur se reflétait sur ses traits.

— Tu le sens aussi.

— Quoi ?

— Que Battle Mountain est spécial.

Il ne savait comment s'expliquer autrement.

— Cet endroit... Ce n'est pas juste un endroit où je suis tombé par hasard dans le cadre de mon enquête sur l'agent Freehan. C'est devenu une partie de moi-même, comme c'est une partie des Ford et des Ingar, et de tous ceux qui ont grandi dans cette ville.

La vérité résonnait en lui, plus profondément qu'il ne l'aurait soupçonné.

— Pour la première fois depuis que j'ai quitté Loveland, je me sens chez moi. À ma place. Et je ne suis pas prêt à renoncer à ça. Penny et toi... votre vie est à Denver. Je ne veux pas vous priver de cela. Tes parents, tes amis et tes relations sont là-bas, mais...

Il n'était pas sûr d'avoir le courage de révéler le besoin qui lui dévorait les entrailles.

— Mais quoi ?

Campbell se dégagea, restant devant lui de son propre gré. Si proche. Si accessible. Et pourtant sur ses gardes.

— Mais après tout ce qui s'est passé avec Sabrina Bryon, après qu'elle t'a enlevée...

Il sentait encore la tension dans sa colonne vertébrale, l'écho de la panique qui s'était emparée de lui, son désir désespéré de la retrouver. Jamais il ne voulait revivre pareille terreur. La perdre une fois avait été assez douloureux comme ça. Au tréfonds de lui-même, il avait toujours espéré qu'ils se réconcilient, mais si sa ravisseuse avait mis ses menaces à exécution, ça aurait été la fin. Il ne lui serait rien resté hormis une petite fille qui ne connaissait pas son visage, et une vie entière de remords et de regret.

— J'ai compris que je n'étais pas prêt à renoncer de nouveau à toi. À vous.

— Que veux-tu dire ?

Les yeux de Campbell brillaient d'un espoir nouveau. Elle avança vers lui, redressant le menton.

— Que mon séjour à Battle Mountain est peut-être en train de tirer à sa fin.

Il avait eu beau essayer de se construire une nouvelle normalité après avoir été défiguré dans l'explosion, il ne pouvait refuser l'opportunité de faire partie de la vie de Penny. Ni celle de se réveiller chaque matin à côté de la superbe enquêtrice qu'il n'avait jamais oubliée. Il ne pouvait renoncer à la possibilité de connaître le bonheur.

— Quand cette enquête sera terminée, je veux retourner à la maison. Pour de bon.

Un grand sourire éclaira le visage de Campbell. Elle écrasa les lèvres sur les siennes, veillant à ne pas toucher son bras blessé. Puis elle noua les doigts aux siens et l'entraîna vers la porte.

— Dans ce cas, nous ferions mieux de nous dépêcher de terminer cette enquête.

Après avoir enfilé leurs bottes et manteaux, ils sortirent dans le froid glacial et se dirigèrent vers le chalet principal, main dans la main.

Il était tombé plus de vingt centimètres de neige durant la nuit, et les flocons continuaient à voltiger. Campbell guidait leur progression, évitant les endroits verglacés, et dut retenir sa chute une fois, sur les marches qui menaient à la porte d'entrée. Celle-ci s'ouvrit avant qu'elle ait eu le temps de toquer, et un mur de chaleur les accueillit.

Karie leur fit signe d'entrer alors qu'ils tapaient leurs chaussures sur le paillasson pour ne pas salir l'intérieur. Ses yeux brillaient.

— Il était temps de vous lever, vous deux. Venez. Tout le monde vous attend.

Kendric franchit le seuil du salon, notant aussitôt les six paires d'yeux anxieux qui se posaient sur Campbell et lui.

— Qu'y a-t-il ?

— Tenez, intervint Karie en lui tendant une tasse de café. On dirait que vous en avez plus besoin que moi.

Il accepta le café, laissant la chaleur refouler le sentiment d'appréhension qui montait en lui.

Le chef Ford jeta un coup d'œil en direction de Campbell, qui se redressa légèrement. Puis il entoura du bras les épaules du Dr Pascale, qui tenait leur nouveau-né dans ses bras.

— Comment ça va ?

— On ne peut mieux.

Kendric prit le siège qui avait toujours été le sien les quelques fois où il était venu. L'attention de ses collègues lui nouait les épaules. Il se cala contre le dossier de sa chaise pendant que Karie posait une assiette fumante devant lui et lui versait un jus d'orange.

— Vous allez me dévisager pendant tout le petit déjeuner ou quelqu'un va me dire ce qui vous tracasse ?

Campbell se glissa sur le siège voisin du sien, sa tasse à la main.

— Il est arrivé quelque chose.

— On vient de l'apprendre.

Alma croisa les bras et se laissa aller contre Cree. Elle échangea un coup d'œil avec lui avant de reporter son regard sur Kendric et Campbell.

— Elliot Bryon vient de quitter l'hôpital. Sans l'autorisation du corps médical.

— Comment est-ce possible ? s'écria Kendric. Il a reçu deux balles dans la poitrine il y a quatre jours.

Il se pencha en avant, et la douleur altéra aussitôt ses traits.

— Je n'en ai reçu qu'une et je suis à peine capable de tenir debout.

Campbell fit glisser la main le long du bras valide de Kendric et noua les doigts aux siens.

— Nous ne savons pas au juste.

Le chef Ford les regarda tous tour à tour et, à cet instant, elle vit un homme qui portait seul et depuis des années le fardeau que représentait la protection de cette petite ville. Un homme attaché à la vérité, prêt à défendre Battle Mountain et les gens qu'il aimait contre les dangers qui les menaçaient. Y compris celui constitué par une enquête sur son service. En un sens, ils se ressemblaient. Ils croyaient l'un et l'autre au règlement, au protocole, à la loi. La manière dont Weston Ford jetait régulièrement un coup d'œil par la fenêtre lui disait qu'il restait vigilant en toutes circonstances. Comme elle. Ils étaient l'un et l'autre réalistes, posaient des questions et essayaient d'en savoir le plus possible sur tous les sujets susceptibles de les aider dans leurs enquêtes. Cependant, vivre ainsi était épuisant. Elle était bien placée pour le savoir.

— Les deux agents que la police de Grand Junction avait postés devant sa chambre ne l'ont même pas vu partir. Ils sont en train de vérifier les caméras de vidéosurveillance en ce moment même. Je présume qu'Elliot Bryon a profité d'une relève pour s'éclipser.

L'instinct de Campbell se réveilla. Elle avait toujours été douée pour déchiffrer les gens. C'était précisément cette compétence qui faisait d'elle un des meilleurs agents des Affaires Internes. Elle devina où le chef Ford voulait en venir.

— Vous pensez que Sabrina Bryon a joué un rôle dans sa disparition, conclut-elle en mettant les mains autour de sa tasse.

— C'est à vous de nous le dire. Vous êtes la seule à avoir eu un face-à-face avec elle avant que les balles commencent à siffler.

Easton, tout en muscles et en insolence, souda son regard au sien. L'ancien soldat avait le talent de prévoir les problèmes avant qu'ils se produisent, un talent que Campbell lui enviait.

— Vous a-t-elle dit quoi que ce soit qui puisse donner à penser qu'elle essayerait de terminer ce qu'elle avait commencé avec son mari ?

— Pas que je m'en souvienne. Elle m'a droguée au thiopental

sodique, comme je l'ai dit dans ma déposition. Je ne me rappelle pas grand-chose de notre conversation.

Tous les regards convergeaient sur elle, et Campbell se sentit soudain un peu nerveuse.

— Ce que je peux vous dire, c'est qu'elle a peur. Elle est en cavale, elle vient d'accoucher et n'a personne pour l'aider. Elle ne doit pas avoir beaucoup d'énergie. Elle sait que nous surveillons son téléphone et ses comptes en banque. Elle n'a pas accès à son argent, et nous n'avons pas pu déterminer si elle a des parents vers qui se tourner. Même avec sa formation et son expérience, elle est hors de son élément.

— Quel genre d'expérience a-t-elle ? demanda Cree, fronçant les sourcils. Nous ne sommes pas certains que Sabrina Bryon soit son vrai nom.

— Je ne sais pas au juste. J'attends un retour de mes sources au Bureau, mais je peux vous affirmer qu'elle est au courant de nos procédures. Et elle connaît cette ville comme sa poche. Elle peut échapper à la police pendant un bon moment. Que dit le labo ?

— Le sang que vous avez prélevé chez les Bryon est celui d'Elliot, ce qui n'est guère étonnant. La victime a été identifiée comme étant Rachel Stephenson, employée dans le magasin de pièces automobiles qui appartient à Elliot.

Le chef désigna sa femme, Chloe.

— Jusqu'à maintenant, rien ne suggère autre chose qu'une liaison qui a mal tourné, mais nous continuons à nous renseigner sur son passé. L'échantillon sanguin qu'Isla Vach a prélevé sur vous, agent Dwyer, correspond à un lot de thiopental sodique volé au cabinet du gynécologue de Sabrina Bryon. Quant à son bébé, son gynécologue a confirmé qu'Elliot était le père.

— Ce qui cloche, c'est que les balles récupérées lors de l'intervention d'Elliot Bryon sont différentes de celle qu'Isla a retirée de ton épaule, Kendric.

Alma posa un coude sur la table, appuyant le menton sur sa paume.

— Les techniciens essayent encore d'établir si l'une ou l'autre des deux armes a été utilisée dans d'autres crimes.

— D'après ce que Campbell nous a dit sur notre suspecte, il est probable que Sabrina Bryon ait voulu se débarrasser au plus vite du pistolet utilisé pour tirer sur son mari. Elle est trop intelligente pour laisser ce genre d'indice nous permettre de remonter jusqu'à elle. Cela dit, en l'absence de l'une ou l'autre arme, nous n'avons rien de solide qui la lie à la mort de Rachel Stephenson ou à la tentative de meurtre de son mari.

Kendric reporta son attention sur Campbell et lui pressa discrètement la main sous la table.

— Ce dont je suis sûr, c'est qu'Elliot Bryon nous a menti quand nous l'avons interrogé sur ce qui s'est passé chez lui. Il était trop calme. Presque calculateur. Il affirmait ne se souvenir de rien. Quoi qu'il en soit, il faut qu'on le retrouve.

Genevieve se pencha en avant.

— Sabrina Bryon connaît peut-être les procédures policières, mais elle n'est pas flic. Ses empreintes ne figurent pas dans la base de données. Quant aux détectives privés, l'État du Colorado ne les oblige pas à faire enregistrer leurs empreintes, mais je peux vérifier la liste des licences quand je retournerai au bureau.

Les détectives privés, c'était logique. Sabrina Bryon exerçait-elle cette profession ? Sous un faux nom, peut-être. Il n'y avait qu'une seule manière d'en avoir le cœur net, et ce n'était pas en épluchant l'emploi du temps des détectives privés fichés par l'administration.

— Merci, cela nous serait très utile.

Campbell lâcha Kendric.

— Excusez-moi. Il faut que j'appelle mon supérieur.

Sans attendre de réponse, elle se dirigea vers la porte, son téléphone à la main. Elle le porta à son oreille juste avant de sortir, au cas quelqu'un aurait été tenté de la suivre.

— C'est moi, annonça-t-elle, s'adressant à elle-même.

De là où elle avait été assise, elle n'avait pas vue sur le sixième chalet. Pas plus que quiconque dans la salle à manger.

Son supérieur ne s'intéressait absolument pas à Sabrina Bryon, ni à la mort de Rachel Stephenson. En fait, il avait donné ordre à Campbell de ne reprendre contact qu'une fois en possession d'éléments concrets. Qu'elle comptait bien obtenir. Il se passait quelque chose à Battle Mountain, et toute sa carrière – et l'avenir de Penny – dépendait de sa capacité à le prouver.

Elle se baissa pour passer sous la fenêtre de la salle à manger et longea le chalet principal, tout comme elle l'avait fait la veille au soir. Seulement, cette fois, le chef Ford était occupé avec son équipe. Elle fourra son téléphone dans sa poche et sortit le mini-outil d'effraction qu'on lui avait remis lorsqu'elle avait accepté d'entrer aux Affaires internes.

À vrai dire, « accepté » n'était pas le terme exact. On l'y avait contrainte, plutôt. Elle se redressa, monta les quelques marches qui menaient au sixième chalet et inséra la tige dans la partie inférieure de la serrure en exerçant une légère pression, tout en jetant un coup d'œil à droite et à gauche pour s'assurer qu'elle était seule. Personne ne l'avait suivie, mais il fallait qu'elle fasse vite. En l'espace de quelques secondes, elle avait ouvert la porte.

Les gonds protestèrent contre son intrusion, mais aucune alarme ne troubla le silence. Pas de capteurs sur les portes ni sur les fenêtres. Campbell referma derrière elle. Le chalet était censé servir de base temporaire à la police de Battle Mountain, pas à Fort Knox. Et comme la standardiste travaillait à domicile, il n'était pas nécessaire d'avoir du personnel sur place.

Une bouffée de remords l'envahit alors qu'elle regardait le chalet principal par-dessus son épaule. La police de Battle Mountain et elle étaient du même côté. Si la corruption s'était installée au sein de cette petite unité, de cette petite ville, elle devait croire que Kendric voudrait le savoir.

Elle rangea l'outil dans sa poche et fit face au petit salon encombré par trois bureaux, dont un qui croulait sous les dossiers.

— Allons, chef. Montrez-moi ce que vous avez.

Elle prit place sur le siège de bureau un peu trop haut et pianota sur le clavier. Un cadre apparut sur l'écran, lui réclamant un mot de passe. Elle fit la grimace, puis un post-it vert attira son regard. Elle l'attrapa et entreprit de taper le mot de passe, aussi compliqué qu'interminable, retenant un rire. Elle avait de la chance.

L'écran changea aussitôt.

Après une brève hésitation, elle ouvrit les dossiers téléchargés au cours de l'année écoulée. Il ne lui fallut que peu de temps pour comparer les informations qu'elle avait relevées sur les trois affaires d'homicide aux rapports effectués par le chef Ford lui-même. Ensuite, elle passa en revue les finances du service, celles de chacun de ses agents et de Macie Barclay. Rien. Pas de paiement suspect. Pas de pots-de-vin. Au contraire, il semblait que le chef Ford ait sacrifié son propre salaire pour que ses agents soient rétribués à la hauteur de leur travail.

— Enfin ! Il doit bien y avoir quelque chose.

Elle s'obligea à continuer, les doigts raidis sur le clavier. Elle vérifia l'historique des appels du chef et de son frère. Puis ceux de Cree Gregson et d'Alma Majors. Rien ne lui sauta aux yeux.

Son estomac se noua. Ce n'était pas possible. Aucun service sur lequel elle avait enquêté n'avait été aussi irréprochable.

D'après tous les documents disponibles, les membres de cette force de police n'avaient rien à cacher. Aucun lien avec les suspects arrêtés et jugés au cours des mois écoulés. Il n'y avait aucune trace de corruption ou de favoritisme. Pas de siphonnage de fonds de pension, pas d'amendes fictives.

Rien.

11

Réparer le passé était impossible.

Comme Kendric passait le dernier plat du petit déjeuner à Campbell, ses doigts effleurèrent les siens. Un geste si simple, qui menaça pourtant de faire basculer tout son univers. En dépit de la blessure qu'il avait à l'épaule, il avait mieux dormi que depuis des années. Grâce à elle. À sa chaleur, à sa détermination à protéger ceux qu'elle aimait, à prouver qu'elle était capable de s'acquitter de n'importe quelle tâche sans état d'âme. Elle était fiable, belle. Elle était un défi qu'il voulait relever.

Pas pour la première fois.

— Tu as raté ça, lança-t-elle, désignant des miettes sur la partie inférieure de l'assiette qu'il lui tendait. Karie ne serait pas contente.

— Hé ! Ne sois pas si exigeante. Je n'ai qu'une main valide.

Et la plaie à son épaule le lançait depuis l'instant où elle avait cessé de le toucher, mais il s'efforçait de ne pas y penser.

— Des nouvelles du Bureau ?

— Quoi ?

Elle essuyait la vaisselle machinalement, le regard lointain, l'air d'être ailleurs.

— Oh ! Non, pas encore. Un de mes collègues se penche sur les archives de changements de nom, mais il n'a rien trouvé pour le moment. D'après mon expérience, les gens qui changent d'identité gardent un prénom proche du leur, c'est plus facile pour eux. Par conséquent, je lui ai demandé de chercher avec tous les prénoms commençant par S au cours des dix dernières années. Ça pourrait lui prendre un certain temps.

Kendric termina de relaver l'assiette que Campbell avait rejetée et la lui tendit pour qu'elle l'essuie, mais quelque chose n'allait pas. Ce n'était pas seulement la distance à laquelle il fallait s'habituer lorsqu'elle était en plein cœur d'une enquête. Il y avait eu des moments par le passé où elle ne prêtait attention à rien de ce qu'il disait. Elle s'immergeait totalement dans ses dossiers. Passait des nuits entières à étudier les informations dont elle disposait, et les journées à rédiger des notes. Surtout pour les crimes qui concernaient des enfants. Pour ceux-là, il avait dû la laisser travailler sans interruption, devinant que tout retard ne ferait qu'augmenter la pression qu'elle s'imposait.

— Ça va ? Si tu souffres encore de l'accident, je peux...

— Non. Ça va, merci.

Elle ne le regardait pas, apparemment absorbée par le rangement des plats de Karie.

Il ferma le robinet et posa l'éponge.

— Je vois tourner les rouages de ton cerveau, Bell. Je sens que quelque chose te tracasse.

Elle leva les yeux et cilla, séparée de lui par quelques centimètres à peine. Pas de doute, il avait capturé son attention.

— Comment m'as-tu appelée ?

Il réfléchit un instant, momentanément perplexe. Puis l'évidence le frappa.

— Je t'ai appelée... Bell.

Ses genoux manquèrent se dérober, et il dut se retenir au plan de travail pour garder l'équilibre. Il y avait une éternité que cela ne lui était pas arrivé. Le surnom qu'il avait donné à Campbell remontait à leur deuxième rendez-vous, toutes ces années plus tôt. Elle évoluait au milieu de la patinoire, lumineuse. C'était alors qu'il avait su qu'il voulait passer le reste de ses jours avec elle. Ce soir-là, ils avaient fait l'amour pour la première fois. Emporté par la passion, il avait crié la seconde moitié de son prénom. Jusque-là, personne ne l'avait jamais appelée Bell. À cet instant, il avait transformé ce qu'ils avaient décidé être une aventure sans engagement en un événement spécial pour eux deux, et durant tout le temps qu'ils avaient vécu ensemble, elle n'avait autorisé personne à utiliser ce surnom. Les choses avaient-elles changé ?

— Je suis désolé. C'est sorti tout seul.

— Ça ne fait rien.

Elle secoua la tête, la main crispée sur le torchon.

— J'ai été surprise. C'est tout.

— Tu n'as pas répondu à ma question.

Kendric avança vers elle, l'obligeant à affronter son regard.

— Qu'est-ce qui te tracasse ?

Elle détourna les yeux, mais la différence de taille entre eux signifiait qu'elle fixait le plafond plutôt que son regard, et il sentit son estomac se nouer.

— Je ne suis pas sûre de vouloir que tu reviennes à Denver.

Sous le choc, Kendric recula d'un pas.

— Ce... je ne m'attendais pas à ça.

Il avait l'impression d'avoir reçu un coup de poing à l'estomac. Perplexe, il se remémora les heures qu'ils avaient passées ensemble depuis qu'ils avaient entamé l'enquête. Il ne pouvait pas s'imaginer la poursuivre sans elle. Sans son intuition, sa détermination, ils seraient encore au point de départ.

— Je ne comprends pas. C'est toi qui m'as poussé à envisager de partir d'ici. Tu m'as dit que tu voulais que je rentre, que j'aie une relation avec Penny, que tu avais encore des sentiments pour moi. Qu'est-ce qui a changé ? Si j'ai fait quelque chose qui t'a offensée ou peinée...

— Non. Tu n'as rien fait de mal. Et je sais que c'est moi qui t'ai suggéré de quitter Battle Mountain, de rentrer et de faire la connaissance de notre fille. Je le souhaite toujours. Je t'assure.

Campbell mit la main sur son bras valide, et passa le pouce sur son biceps.

— C'est juste que...

— Quoi, Campbell ?

Son regard rencontra le sien, et elle baissa la voix.

— Tu t'épanouis ici. Les gens avec qui tu travailles t'aiment beaucoup, je l'entends dans leurs voix. Je me rends compte à quel point cette ville a besoin de toi. Au début, je ne voulais pas l'admettre. Je pensais que tu étais venu ici pour te détacher du monde et te cacher, pour oublier tout ce que tu ne pouvais pas réparer. Mais ça n'a rien à voir avec le passé. Tu es heureux. Tu t'es construit une vie. Tu crois sincèrement pouvoir faire une différence pour les gens d'ici, et je ne veux pas être celle qui t'arrache à tout cela.

Il n'était pas sûr de savoir ce qu'il était censé répondre, ce qu'il était censé penser. Son instinct lui rappela qu'il l'avait un temps soupçonnée d'avoir eu une raison secrète de s'engager dans cette enquête, mais qu'il avait refoulé cette pensée pour se concentrer sur la nécessité de ramener une jeune mère disparue au bercail. L'enjeu avait changé depuis qu'ils avaient découvert la scène de crime. Ils avaient exposé la vérité. Du moins, ce qu'ils pensaient être la vérité.

Et maintenant, Campbell voulait qu'il reste à Battle Mountain au nom de son bonheur.

— Et si je te disais que je serais heureux à Denver avec toi et Penny ?

Elle entrouvrit la bouche, ne laissant aucune émotion filtrer dans son regard. C'était une professionnelle. Il ne devait pas l'oublier.

— Dans ce cas, je ne pourrais pas t'empêcher de venir, n'est-ce pas ?

Des cris et des pas précipités résonnèrent dans la partie principale du chalet, pénétrant jusque dans la petite cuisine où ils s'étaient réfugiés. Kendric ouvrit la porte du salon, Campbell sur les talons.

— Que se passe-t-il ? demanda-t-elle.

— Je ne sais pas.

Il se dirigea vers la porte, au moment où Karie poussait le fauteuil roulant de Genevieve dans le couloir menant à l'arrière de la maison. Le Dr Pascale la suivait, son fils dans les bras. Aucun signe du chef, de Cree, d'Alma ou d'Easton, mais le carton que la matriarche de la famille Ford avait assigné au rangement des armes de service avait été vidé hormis pour son pistolet et celui de Campbell.

— On y va.

Campbell récupéra son arme et mit le chargeur en place. Penchée pour mieux voir par les fenêtres situées de part et d'autre de la porte d'entrée, elle attendit qu'il soit prêt.

— On dirait que tes collègues font le guet. Ils ont pris position derrière les chalets, annonça-t-elle en jetant un coup d'œil vers lui.

Il lui fit signe de se mettre derrière lui. L'instant d'après, ils sortaient dans l'air mordant de novembre. Campbell avait raison. Quelque chose avait effrayé les autres. Il se dirigea droit vers le chef Ford.

— Qu'y a-t-il, Chef ?

— Un pick-up a été repéré sur la route qui monte ici. Sa description correspond à celui qui vous a fait quitter la route. Regarde.

Le chef lui tendit une paire de jumelles puis pivota vers le chalet tout en veillant à rester baissé.

— Les pneus ont été crevés par une herse juste après la barrière. Qui que soit l'intrus, il arrive à pied.

Kendric repéra le véhicule plus bas sur la montagne. La portière conducteur ait été laissée ouverte, mais les arbres l'empêchaient de discerner tout mouvement. Les pneus étaient complètement à plat sur la neige boueuse. Le ranch de Whispering Pines était peut-être devenu un endroit à la mode au cours de l'année écoulée, mais les frères Ford n'avaient pas lésiné sur les moyens de maintenir les visiteurs indésirables en dehors de leur propriété.

Il passa les jumelles à Campbell.

— Combien de temps avons-nous ?

— Je ne connais pas la réponse mieux que toi, répondit le chef.

Ça pourrait être des minutes comme des heures. Tout dépend de qui il s'agit et de ce qu'il veut.

— Le pick-up appartient à Budd Ingar.

Campbell abaissa son arme entre ses cuisses.

— Il veut peut-être un dédommagement. Pour le pick-up et pour sa femme.

— Nous sommes sur le point de le savoir, intervint Kendric.

Alerté par un mouvement dans les arbres à l'est de leur position, il braqua son arme dans cette direction.

Les autres l'imitèrent aussitôt.

Et attendirent.

Une, deux, trois...

— Ne tirez pas ! Je ne suis pas armée !

Sabrina Bryon émergea du rideau d'arbres, un petit paquet dans les bras. De grands yeux marron s'arrêtèrent sur les agents prêts à faire feu. Puis sur Campbell. Des larmes de soulagement coulèrent sur ses joues.

— Agent Dwyer, j'ai besoin de votre aide.

— Je suis Sabrina Bryon depuis si longtemps... soupira la jeune mère d'un air douloureux. Mais mon vrai nom est Samantha Horsley.

Elle regardait la petite fille nichée contre sa poitrine avec un amour que Campbell ressentait jusqu'au tréfonds d'elle-même.

— Je suis venue de Las Vegas dans le but de trouver un homme qui s'appelle Dean Pratt.

— Pourquoi ?

— Je suis détective privée. Encore que je doive admettre que ma licence a expiré. J'ai été engagée pour trouver Dean Pratt par une femme qu'il a agressée et violée il y a six ans. Mais plus je me suis approchée de lui, plus c'est devenu dangereux pour ma cliente.

La femme qui avait tiré sur Kendric se balançait d'avant en

arrière dans le fauteuil à bascule comme si elle était à sa place dans le salon des Ford.

— Elle a commencé à recevoir des menaces de mort en pleine nuit. À un moment donné elle m'a appelée pour me dire qu'elle était suivie par un homme qu'elle avait reconnu comme étant un employé de Dean Pratt.

— Je connais tout le monde dans cette ville, intervint Weston Ford. Il n'y a personne de ce nom ici.

— Non, en effet. Mais attendez de voir une photo de lui.

Sabrina s'humecta les lèvres.

— Il m'a fallu des mois d'enquête et graisser bien des pattes pour découvrir où il s'était réfugié, mais il y a cinq ans j'ai finalement réussi à le retrouver, ici.

— Et vous l'avez épousé, acheva Campbell, l'estomac noué.

Elle leva les yeux vers Kendric, consciente du danger auquel Sabrina s'exposait avec son bébé en divulguant cette information.

— Elliot Bryon est Dean Pratt.

— Oui.

De nouvelles larmes se formèrent dans les yeux de Sabrina alors qu'elle serrait son enfant contre elle.

— Je n'avais aucun élément prouvant qu'il avait agressé ma cliente. Il fallait que je fasse quelque chose. Que je me rapproche de lui. Je me suis présentée à lui sous une fausse identité. Il s'est montré charmant. Il était aussi décidé à me conquérir que moi à l'approcher, et nous avons chacun obtenu ce que nous voulions. Mais après un certain temps, j'ai fini par oublier ce pour quoi j'étais venue ici. Puis je suis tombée enceinte malgré ma contraception...

— Ce que vous décrivez dépasse le cadre d'un travail, fit observer Easton en enfouissant les doigts dans ses épais chevaux. Vous avez traqué un suspect de viol au-delà des frontières des États alors que vous n'aviez pas de permis d'exercer au Colorado, vous vous êtes rapprochée du type au point non seulement de coucher avec lui mais aussi de l'épouser. Puis vous avez eu un enfant avec lui.

Campbell eut une brève inspiration. Elle était partagée entre la compassion et le dégoût. Elle réfléchit. Une détective privée n'aurait pas mis sa vie en danger ni perdu ainsi sa mission de vue sans une raison impérieuse.

— Cette cliente dont vous parlez, dit-elle doucement, ce n'était pas seulement une cliente, n'est-ce pas ?

— C'était ma sœur, avoua Sabrina.

— C'était ? répéta Kendric.

— Dean.

Un unique mot, mais il contenait à lui seul un monde d'amertume, de colère, de rancune et de chagrin. Sabrina parut tenir son enfant plus étroitement dans ses bras, comme pour le protéger du mal.

— Elle n'a survécu que quelques semaines à l'agression. Les menaces l'ont tellement terrifiée qu'elle a préféré mettre fin à ses jours. C'est moi qui l'ai retrouvée. Et j'ai su alors ce que j'avais à faire.

Le silence se fit autour de la jeune mère.

— Par conséquent, vous êtes partie à la recherche de Dean Pratt, dans l'espoir de le trouver coupable de quelque chose dont il puisse être inculpé.

Campbell sentait la présence de Kendric tout près d'elle. À cet instant, elle ne désirait rien davantage qu'oublier cette enquête, oublier sa mission à Battle Mountain et lui révéler la vérité. L'amertume qui rongeait Sabrina, qui l'avait rongée lorsqu'elle était encore Samantha Horsley, n'avait que trop régné dans la vie de Kendric. Et elle aggravait les choses. Mentir était dangereux. Les mensonges se répandaient comme du poison dans un organisme et pouvaient être tout aussi toxiques.

Ils avaient déjà traversé tant d'épreuves. Elle voulait qu'il fasse partie de sa vie et de celle de Penny, mais la peur de la vérité, la peur de sa réaction lorsqu'il apprendrait qu'elle travaillait pour les Affaires internes, la faisait hésiter et douter de chacune de ses décisions. Elle aurait donné cher pour en finir avec tous ces secrets, pour leur donner une véritable chance de bonheur.

— Sabrina, expliquez-nous ce qui s'est passé entre Elliot et Rachel Stephenson il y a quatre jours.

— N'est-ce pas évident ? Dean Pratt – Elliot – a découvert la vérité.

Une peur sincère écarquilla les yeux de Sabrina.

— Je ne sais pas comment. Peut-être qu'il s'est renseigné sur mon passé ou que j'ai dit quelque chose qui lui a mis la puce à l'oreille. Peu importe. Tout ce que je sais, c'est que quand je suis rentrée chez moi, mon mari et cette femme m'attendaient. Ils étaient armés tous les deux. Elle tenait mon coussin de grossesse, pour étouffer le bruit des détonations, je suppose. Il a déclaré qu'il savait tout et que je ne pourrais rien prouver si j'étais morte. J'ai essayé de discuter avec lui. D'évoquer la vie de sa fille. Il s'en moquait. Il voulait seulement me faire disparaître.

— Sa maîtresse tenait un pistolet ? demanda Kendric.

Un rire sans joie s'échappa des lèvres de Sabrina

— Rachel Stephenson n'était pas sa maîtresse. Elle faisait partie de tous ceux qui se chargent des corvées dont il ne veut pas s'acquitter lui-même. Pour autant que je le sache, elle est officiellement son employée, mais elle ne travaille pas directement sous ses ordres. Le magasin de pièces détachées sert pour toutes sortes de trafics, mais je n'ai jamais réussi à obtenir de quoi le prouver

Sabrina berça le bébé sur sa hanche.

— Elle était là parce qu'il voulait s'assurer que rien n'allait mal tourner.

— Et quand Elliot a compris la véritable raison de votre arrivée à Battle Mountain, vous êtes devenue un problème qu'il devait résoudre, résuma Kendric d'une voix sombre.

— Je n'allais pas les laisser nous tuer, ma fille et moi. J'ai essayé de prendre l'arme de Rachel. Il y a eu une lutte, mais j'ai réussi à m'en emparer. Et je me suis enfuie par-derrière.

Sabrina ferma les yeux.

— Je me souviens de deux coups de feu. Elliot tirait sur moi. J'ai entendu un gémissement, et quand je me suis retournée, j'ai vu Rachel s'effondrer. Mais je ne pouvais pas m'arrêter. J'ai fait un détour par les bois, je suis montée dans ma voiture et suis partie à toute vitesse sans me retourner.

Campbell voyait la scène défiler sous ses yeux comme si elle avait été à sa place.

— Où est le pistolet que vous avez pris ? demanda le chef Ford.

Sabrina mit la main dans les linges du bébé et en sortit l'arme. Chaque agent dans la pièce se raidit, sur le qui-vive, mais Kendric avança vers elle, un sachet plastique à la main.

— Je suis désolée pour votre épaule, murmura-t-elle. Je ne pouvais pas vous autoriser à me la prendre.

— Qu'est-ce qui nous prouve que cette histoire est vraie ? intervint Cree. Vous auriez pu tout inventer en venant ici.

— Je ne serais pas venue si je n'avais pas besoin de votre aide. Je sais ce que je risque en me rendant, mais je n'avais pas le choix. Mon bébé... elle... quelque chose ne va pas.

Sabrina braqua ses yeux foncés sur Campbell.

— Agent Dwyer, vous êtes mère. Vous feriez n'importe quoi pour protéger Penny. Je vous en prie. Je ne sais pas quoi faire. Je n'ai plus de lait. Je ne peux pas l'allaiter, et elle refuse de se réveiller.

— C'est à cause du stress. Le sien et le vôtre.

Campbell alla s'asseoir à côté de la femme qui l'avait enlevée et séquestrée. Elle tendit les bras.

— Je peux ?

— Campbell ? Je peux te parler en tête à tête ?

L'avertissement qui perçait dans la voix de Kendric résonna jusque dans sa colonne vertébrale. Son instinct lui soufflait qu'il ne servait à rien de répondre à des questions dont il ne comprendrait pas les réponses, mais en tant qu'équipiers ils avaient des responsabilités l'un envers l'autre. Ils se devaient le respect. Elle n'allait pas manquer à cela. Pas à moins d'y être forcée.

— Je reviens, dit-elle à Sabrina.

Kendric l'entraîna dans la cuisine, hors de portée de voix de Sabrina et des autres membres de l'équipe.

— Qu'est-ce que tu fabriques ? Cette femme a provoqué notre accident de voiture. Elle t'a enlevée, droguée. Elle a tiré sur moi. Et maintenant tu veux l'aider ?

Elle haussa les épaules, histoire d'adoucir le coup.

— Oui.

— Pourquoi ? Elle a épousé le type qui a violé sa sœur. Ça ne te paraît pas bizarre ? Qu'est-ce qui te fait penser qu'elle ne va pas se retourner contre toi à la première occasion ?

— Elle était fragile, et il y a clairement eu un phénomène d'emprise. Le fait qu'elle a peur pour sa fille. Je sais exactement à quoi ça ressemble.

Les souvenirs terribles de la naissance de sa fille menaçaient de la submerger de nouveau, mais elle tint bon. Sa voix se fêla alors qu'elle tentait de faire comprendre à Kendric ce qu'elle avait ressenti.

— Je connais la douleur physique qui accompagne la perte d'une partie de soi. La terreur. On ferait n'importe quoi pour en finir.

La colère qui s'était réveillée en lui sembla se dissiper aussitôt. Kendric mit sa main valide sur la hanche de Campbell et l'attira contre lui.

— Excuse-moi. Je n'avais pas les idées claires.

Chancelante, Campbell s'accrocha à lui. Elle se sentait si lasse. De la distance entre eux, des quatre années vécues sans lui avoir parlé de sa fille, du poids des responsabilités qu'elle avait endossées seule. Elle recula d'un pas, mais ne put se résoudre à le lâcher.

— Je sais que ça n'a pas de sens et je ne m'attends pas que tu comprennes, mais je la crois. Je crois qu'elle dit la vérité. Auquel cas tu avais raison. Elliot Bryon – ou Dean Pratt, qui qu'il soit – nous a menti. Il a tenté d'abattre sa femme enceinte, puis a dissimulé le corps de Rachel Stephenson dans la souche d'arbre et a composé le 911 avant de se tirer dessus pour donner l'impression que Sabrina l'avait fait. C'était un pari risqué de sa part, mais ce type ne manque pas d'aplomb.

Kendric poussa un long soupir qui caressa le menton de Campbell.

— Bien que ça m'ennuie de l'admettre, les éléments recueillis soutiennent la déposition de Sabrina plutôt que celle d'Elliot Bryon. Que veux-tu faire à présent ?

— Le stress empêche Sabrina d'allaiter. Je pense que nous devons la placer en détention sous protection et demander à Isla Vach de revenir au ranch examiner le bébé.

Elle songea à l'anxiété de la jeune femme qui l'attendait.

— D'après ce qu'elle a dit, je ne pense pas qu'Elliot Bryon renonce à essayer de l'éliminer. Il va se renseigner auprès des hôpitaux et...

La sonnerie de son téléphone l'interrompit. Elle le sortit de sa poche. Numéro inconnu. Elle balaya l'écran et porta l'appareil à son oreille.

— Dwyer.

— Heureux que vous ayez décroché, lança la voix d'Elliot Bryon.

Campbell activa le haut-parleur et souda son regard à celui de Kendric. Le visage de celui-ci se durcit aussitôt, et il fit signe à ses collègues.

Le chef Ford était déjà au téléphone, sans doute pour demander à Macie d'essayer de localiser l'appel. Toutefois, Campbell ne se faisait guère d'illusions. Elliot Bryon avait été trop prudent jusqu'alors pour commettre une erreur aussi grossière.

— Monsieur Bryon, nous venons d'apprendre que vous avez quitté l'hôpital contre l'avis de vos médecins, dit-elle, s'efforçant d'injecter une note de sollicitude dans sa voix. Tout va bien ? Où êtes-vous ?

— Vous pouvez laisser tomber votre comédie, agent Dwyer, rétorqua Bryon avec une froideur bien éloignée de la bonhomie feinte qu'il avait manifestée à l'hôpital. Je sais que Sabrina est avec vous. Ou peut-être devrais-je l'appeler Samantha ? Avec tous ces mensonges, on ne sait plus où donner de la tête.

— Que voulez-vous ? demanda Campbell.

— Vous avez quelque chose que je veux. Et par une étrange coïncidence, j'ai moi aussi quelque chose que vous voulez.

La ligne grésilla une fraction de seconde, puis une voix grêle résonna dans le haut-parleur.

— Maman ?

Le sang de Campbell se glaça dans ses veines. Les jambes flageolantes, elle dut s'agripper au plan de travail pour ne pas s'effondrer.

— Penny ?

— Maman, je veux rentrer à la maison.

— Et tu vas rentrer, lui assura Elliot Bryon qui avait repris le téléphone. Dès que ta maman m'aura donné ce que je veux. Amenez-moi Sabrina, et je vous rends Penny. Vous avez deux heures, agent Dwyer. Ne perdez pas de temps.

Sur ces mots, il raccrocha.

12

Kendric était déjà debout.

— Macie n'a pas eu le temps de le localiser.

Les paroles du chef Ford semblaient provenir d'une réalité lointaine. Réelle mais indistincte.

— Agent Dwyer, avec votre permission j'aimerais…

— Kendric ?

La voix de Campbell tremblait, mais il continua à avancer vers Sabrina Bryon et son enfant.

— Où est-il ? Où est Elliot ? Où a-t-il pu aller ?

Sabrina secoua la tête.

— Je ne sais pas.

— Vous mentez.

La rage, le ressentiment et l'amertume - tout ce qu'il avait essayé de chasser au cours des jours précédents - revenaient au galop. Il avait les poumons en feu, il voyait rouge. Un désespoir inconnu jusqu'alors explosa en lui.

— Où a-t-il emmené ma fille ?

Le silence tomba sur la pièce, tous les regards convergeant vers lui. Le bébé geignit, mais personne n'esquissa un geste.

— Kendric.

Une main chaude se posa sur son bras, et il pivota vers la superbe blonde qu'il ne pouvait plus imaginer quitter de nouveau. Campbell lui encadra le visage des mains, le forçant à la regarder dans les yeux. Ces mains qui le tenaient tremblaient comme si elle était sur le point de s'effondrer.

— Nous allons la retrouver. Nous allons la ramener à la maison, mais il faut garder notre sang-froid. Pour Penny. Tu m'entends ?

— Il l'a enlevée.

Quatre petits mots qui avaient le pouvoir de le détruire.

— Et nous allons la retrouver, répéta-t-elle. Je t'en prie, aide-moi.

— Ces dernières années, j'ai dressé une liste des propriétés qu'Elliot possède, intervint Sabrina. Ce n'est pas grand-chose, mais c'est un point de départ. Je peux vous envoyer les adresses.

Du coin de l'œil, Kendric vit qu'elle se levait.

— Je suis désolée. Je n'ai jamais voulu que cela arrive. Je voulais seulement obtenir justice pour ma sœur et j'ai fini par me laisser piéger... Je suis désolée.

— Chloe..., commença Kendric.

Campbell le lâcha, mais garda toute son attention sur lui.

— Sabrina n'a pas assez de lait pour son bébé en ce moment. Pouvez-vous l'aider ?

— Bien sûr. J'ai du lait en poudre.

Elle invita Sabrina à la suivre dans le couloir, en direction d'une des chambres.

Kendric ne pouvait détacher son regard de Campbell. Il était fasciné par sa force, sa détermination à les maintenir forts tous les deux, là, au beau milieu du salon, alors que leur univers menaçait de s'effondrer.

— Vous pouvez nous accorder un instant, s'il vous plaît ? demanda-t-elle à la cantonade.

Tous sortirent sans discuter, laissant Kendric frappé par le pouvoir qu'elle exerçait sur tous ceux avec qui elle entrait en contact. Lui y compris.

Maintenant, ils étaient seuls, mais son sang continuait à bouillonner dans ses veines.

— Dis-moi quoi faire.

Une fraction de la peur que Campbell avait dû éprouver lors

de son accouchement lui brûlait les terminaisons nerveuses. Il était incapable de réfléchir, pouvait à peine respirer. Toutes les cellules de son corps lui hurlaient de se ruer au-dehors et de passer le monde au peigne fin pour retrouver sa fille. Il voulait faire quelque chose – n'importe quoi – pour stopper l'écho des pensées qui tournoyaient dans sa tête. Et s'il ne devait jamais rencontrer Penny ? Et s'il était trop tard ? Qu'adviendrait-il de Campbell ? De lui ? Quel effet la perte de leur fille aurait-elle sur eux ?

— Dis-moi comment la retrouver.

— Tu ne peux pas.

Campbell glissa une main dans sa poche et en sortit son téléphone. Elle fit défiler des numéros et tapota l'écran.

— Mais je connais quelqu'un qui peut.

Perplexe, il la dévisagea.

— Que veux-tu dire ?

— Ici le capitaine Campbell Dwyer, dit-elle, avant de donner son numéro d'identification. J'ai besoin qu'on envoie une patrouille à l'adresse de mes parents pour vérifier qu'ils sont sains et saufs. Ma fille a été enlevée et est retenue par un suspect armé et dangereux. Je veux une ambulance sur place aussi.

Elle poursuivit, donnant des informations sur Elliot Bryon.

— Envoyez une patrouille chez moi également. La victime a quatre ans. Elle s'appelle Penny Dwyer. Je vous fais parvenir une photo immédiatement.

— Capitaine ? répéta Kendric sans comprendre.

Elle enquêtait sur des personnes disparues pour l'antenne du FBI dans le Colorado. Elle n'était pas capitaine.

— Campbell, que se passe-t-il ?

— Transférez-moi, s'il vous plaît.

Campbell ne fit pas un geste, ne parut pas même respirer.

— Monsieur, j'ai besoin qu'on localise un appel reçu sur mon téléphone portable. Il y a six minutes. La source est un certain Dean Pratt, alias Elliot Bryon. Il retient ma fille en otage et veut l'échanger contre sa femme.

Elle secoua la tête.

— Monsieur, nous n'avons pas le temps...

Une voix étouffée haussa le ton à l'autre bout du fil.

— Non, je sais que vous ne vouliez aucun contact, mais je...

Livide, Campbell leva les yeux vers lui.

— Non, monsieur. Je n'ai découvert aucune trace de corruption ou de négligence à Battle Mountain. Je pense pouvoir affirmer que la police ici n'a aucun lien avec les événements violents qui se sont déroulés au cours de l'année écoulée.

« Négligence » ; « corruption »... Les mots tournoyèrent dans son crâne jusqu'à former une masse informe qu'il ne pouvait séparer en syllabes. Son estomac se noua, il fit un pas en arrière.

— Merci, monsieur. J'attendrai votre appel.

Campbell coupa la communication.

— Kendric...

— Tu es aux Affaires internes.

Les mots avaient jailli de la boîte qu'il s'était refusé à ouvrir depuis qu'elle était de retour dans sa vie. Une partie de lui l'avait su. Pas en détail, mais sa venue soulevait des questions sans réponses. Il avait eu raison.

— Pendant tout ce temps, tu m'as fait croire que tu étais là pour retrouver Sabrina Bryon, alors que tu avais été envoyée ici pour nous espionner. Pour m'espionner, moi.

— Oui.

Une réponse toute simple, qui avait pourtant le pouvoir d'anéantir leurs vies.

— Le Bureau m'a envoyée ici pour que j'enquête sur la police de Battle Mountain. Je n'ai pas choisi cela, Kendric. Soit j'acceptais cette mission, soit ma carrière était terminée. J'ai fait ce que je devais faire pour subvenir aux besoins de notre fille. Je n'ai jamais voulu que tout cela arrive, mais peu importe à présent. Penny est aux mains d'un psychopathe qui lui fera du mal si nous ne parvenons pas à l'arrêter.

— Ne me raconte pas d'histoires.

Il ne pouvait contenir le tourbillon qui l'entraînait sous la surface. Ses oreilles bourdonnaient, il voyait s'évanouir l'avenir qu'ils avaient commencé à bâtir au cours des jours précédents.

— Toi et moi savons que rien au monde ne peut te forcer à agir contre ton gré. Tu avais le choix. Tu as fait le mauvais.

Campbell entrouvrit la bouche.

— Tu penses que je ne songe pas à ça chaque jour ? Que je ne passe pas des nuits blanches à me demander si les hommes et les femmes sur qui j'enquête ne vont pas essayer de se venger sur moi, sur Penny ou sur mes parents ? Je ne voulais rien de tout ça, Kendric, mais j'ai fait ce qu'il fallait, pour survivre seule avec notre fille.

— Penny est-elle vraiment ma fille ?

Il n'avait pas eu l'intention de poser cette question, mais il était trop tard pour faire marche arrière.

— Ou était-ce un mensonge aussi ? Une ruse pour me persuader de te faire confiance ?

Quand elle répondit, la voix de Campbell était si basse qu'il l'entendit à peine.

— Tu as une si piètre opinion de moi ?

— Je ne sais plus ce que je pense de toi, Campbell. Je ne te connais pas. Je ne t'ai peut-être jamais connue.

Il tourna les talons et se dirigea vers la porte. Son téléphone vibra, annonçant un nouveau message : la liste des propriétés que Sabrina avait proposé de lui communiquer. Que Penny soit sa fille ou non, une enfant de quatre ans avait été enlevée. Elle était seule. Effrayée. Elle ne voulait rien d'autre que retrouver sa famille, et Kendric avait le devoir de l'y aider. Il fouillerait chacune de ces adresses si nécessaire. Quel que soit le temps qu'il faudrait. Il prit son arme dans le carton et la rangea dans son holster.

— Où vas-tu ?

La réponse était évidente à ses yeux.

— Chercher notre fille.

— Tu ne sais pas où Elliot Bryon la retient. Tu pourrais perdre du temps, et je ne suis pas prête à courir ce risque. Mon supérieur va me rappeler dès qu'il aura localisé l'appel. Regarde-moi.

Campbell lui serra le bras.

— Ce n'est pas seulement à toi de la ramener. Nous devons faire équipe ensemble. Penny a besoin de nous.

— Nous ? Il n'y a pas de « nous ».

Sa peau le brûlait là où elle le touchait, et il se dégagea brusquement.

— Tu ne fais pas partie de la police. Tu es une traîtresse. Tu veux savoir pourquoi je suis venu à Battle Mountain, pourquoi j'ai voulu m'engager au service de cette ville ? C'est à cause des hommes et des femmes qui sont dans la pièce d'à côté. Ils se protègent. Ils sont honnêtes les uns envers les autres. Ils forment une famille, et ils ne se tourneraient jamais le dos en échange d'un pot-de-vin. Jamais. Et toi... tu ne leur ressembles en rien. Penny mérite mieux, et moi aussi.

Il regretta ses paroles à la seconde où elles franchirent ses lèvres.

Campbell recula, accusant le coup. L'espace d'un instant, l'émotion se lut sur ses traits, et il reconnut la femme dont il était tombé amoureux de nouveau.

— Tu ne comprends pas pourquoi c'est moi qui suis ici et pas un autre de mes collègues.

— Peu importe.

Il retira l'attelle qui lui soutenait le bras et la jeta sur le canapé en cuir usagé devant la cheminée. Il avait acheté son propre chalet après sa première visite au ranch tant il avait été inspiré par le désir de recréer un lieu chaleureux, un sanctuaire, voire un foyer qu'il remplirait un jour avec une famille. Il avait déjà imaginé Campbell et Penny le matin de Noël, en train de prendre le petit déjeuner à table ou blotties toutes les deux contre lui sur le canapé devant la cheminée le soir. Mais ce n'étaient que des rêves. Des chimères.

— Dès que Penny sera en sécurité et que le salopard qui l'a

enlevée sera derrière les barreaux, je veux que tu partes. Pour toujours.

— Ne refais pas ça, Kendric.

Des larmes brillaient dans les yeux de Campbell, mais cette fois il n'y céderait pas.

— Tu ne comprends pas.

— Si, et c'est justement le problème, Campbell. Je comprends tout. Tu m'as menti. Tu t'es rapprochée et servi de moi pour enquêter sur mon service, et je me suis laissé berner. J'aurais dû voir la vérité. J'aurais dû savoir que tu étais plus intéressée par ton enquête que par moi. D'ailleurs, qui voudrait d'un type tel que moi ?

Ses cicatrices le brûlaient comme si elles avaient conscience de ses accusations.

— Tu as fait un choix en venant ici, et ce choix n'avait rien à voir avec nous.

— Tu as raison.

Sa voix était neutre, son visage dénué de toute expression. Elle s'était déjà détachée de lui. Aussi aisément que si elle avait éteint une lumière. Si facilement. Elliot Bryon avait raison. À quoi bon faire semblant puisque la vérité avait éclaté ?

— Pourquoi voudrais-je d'un homme dévoré par la colère, la méfiance et l'amertume ?

Il sortit dans l'air glacial. Elliot Bryon avait enlevé sa fille. Et Kendric allait la retrouver. Avec ou sans l'aide de Campbell.

Il était parti.

De nouveau.

Debout à la fenêtre du chalet, Campbell fixait une paire de feux arrière flous tandis que Kendric descendait la montagne. Tout ce qu'il avait dit, toutes ses accusations – elle en avait le cœur serré au point d'exploser.

« Penny mérite mieux, et moi aussi. »

Des pas résonnèrent sur le plancher. Le chef Ford et son équipe avaient entendu chaque mot échangé entre Kendric et elle. Campbell ferma les yeux, voulant que ce moment dure aussi longtemps que possible pour éviter celui qui allait suivre. Sauf que la réalité n'obéissait pas toujours à ses désirs.

— Le soir où je vous ai croisée dehors. Vous n'étiez pas vraiment sortie prendre l'air, n'est-ce pas ?

La voix du chef Ford l'avertit que sa réponse déciderait de son sort dans la petite ville qu'elle en était venue à aimer.

— Vous meniez votre propre enquête.

— On dirait que vous connaissez déjà la réponse, chef.

Campbell se détacha de la fenêtre, enfouit la main dans la poche de sa veste et en sortit sa plaque. Elle la lui lança.

Il l'attrapa contre son torse large, sans cesser une seconde de la fixer du regard. Tous la dévisageaient. Easton et Genevieve. Cree et Alma. Même Chloe. Cette... famille qui avait soutenu Kendric au cours des mois précédents, et qui l'avait nourrie, vêtue, qui lui avait parlé comme à un être humain et non comme à une traîtresse, cette famille méritait des réponses qu'elle ne pouvait leur donner.

— Capitaine Campbell Dwyer. Affaires internes du FBI dans le Colorado.

Il lui rendit sa plaque.

— Eh bien, capitaine. Avez-vous trouvé ce que vous étiez venue chercher ?

Une question si simple, mais à laquelle elle n'avait pas de réponse. Venue dans cette bourgade remplir une mission, elle avait découvert tant d'autres choses. Une équipe d'hommes et de femmes qui se traitaient comme des frères et sœurs plutôt que des collègues. Une ville où elle se sentait plus chez elle qu'elle ne l'avait jamais été à Denver. Un homme qui l'acceptait et qui la protégeait, avec qui elle avait imaginé passer le reste de sa vie. Le sentiment d'avoir un but, contrairement à son travail au Bureau.

L'espace d'un instant, tout cela avait été à portée de main. Et lui avait filé entre les doigts.

— Je ne compte pas poursuivre mon enquête sur la police de Battle Mountain, si c'est ce que vous voulez savoir.

— Dans ce cas, l'affaire Sabrina Bryon n'entre plus dans le cadre de vos attributions.

Easton fit un pas en avant.

— On dirait que vous en avez terminé ici, capitaine.

Non, elle n'en avait pas terminé. Pas encore. Et s'enfuir tête basse n'avait jamais fait partie de ses habitudes.

— Écoutez, je comprends qu'aucun d'entre vous ne respecte ce que je fais. Peut-être même que vous ne m'aimez pas. Mais vous ne connaissez pas les raisons pour lesquelles j'ai agi ainsi, et vous ne me connaissez pas. Ma fille est tout pour moi. C'est pour elle que je travaille, et elle est là quelque part, aux mains d'un habitant de votre ville. Que cela vous plaise ou non, je ne vais pas quitter Battle Mountain sans elle. Alors, de deux choses l'une : soit vous m'aidez à retrouver Penny, soit vous me fichez la paix.

— Nous sommes la police de Battle Mountain, capitaine Dwyer. Nous avons fait le serment de protéger cette ville et ses résidents, vous y compris. Nous ferons tout pour vous ramener votre fille.

Le chef Ford la contourna et se dirigea vers la porte, suivi de ses agents.

— Quant à ce qui s'est passé entre Kendric et vous, c'est votre affaire.

Il se tourna vers sa femme.

— Alma va rester avec toi et Sabrina Bryon le temps qu'Isla Vach examine le bébé. Je serai joignable par radio au cas où.

Il l'embrassa et embrassa son fils, puis sortit.

Easton s'accroupit à côté du fauteuil de Genevieve sans rien dire. Quand il pressa le front contre le sien, ce fut comme s'ils lisaient les pensées l'un de l'autre. La procureure garda sa main dans la sienne aussi longtemps que possible avant de la lâcher, et Campbell éprouva un pincement au cœur.

Cree également semblait avoir du mal à quitter sa partenaire.

Ce genre d'amour n'arrivait qu'une fois dans la vie. Et elle avait gâché sa chance.

Campbell tendit la main vers son arme et sortit à son tour dans le jour déclinant, se raidissant contre le froid qui l'envahissait. Non à cause de la température ou des flocons qui tombaient. À cause du vide qui s'était fait en elle.

Elle avait peur pour Penny.

Et elle savait que Kendric ne lui accorderait plus jamais un regard.

Elle avait perdu l'avenir qu'elle avait commencé à imaginer. Un avenir à trois.

Elle avança dans la neige pendant que les policiers de Battle Mountain empruntaient tour à tour la longue allée pour retourner en ville. Kendric l'avait amenée au ranch, et sa voiture de location était restée dans la rue principale, où elle avait dû collectionner des amendes depuis quatre jours. Se perdre dans la montagne alors qu'une tempête de neige s'annonçait n'aiderait en rien Penny. Elle avait besoin d'un véhicule.

Un grondement de moteur troubla le silence. Des phares trouèrent la semi-pénombre tandis qu'un pick-up impressionnant se dessinait au détour de l'allée. Campbell se protégea les yeux.

La portière conducteur s'ouvrit.

— Vous savez qu'il y a un pick-up avec les pneus à plat plus bas ? J'ai failli percuter un arbre en essayant de l'éviter.

Isla Vach, que le chef Ford avait appelée au chevet de Kendric, sauta à bas du monstre qui ne semblait pas du tout correspondre à sa personnalité. Suivie un instant plus tard par une version miniature d'elle-même.

— Vous avez un autre patient pour moi, agent Dwyer ? Attendez. Kendric a tiré sur ses points de suture ? Je l'ai averti...

— Non. Il va bien, merci de l'avoir aidé. Le chef voulait vous demander d'examiner quelqu'un d'autre. Sabrina Bryon et son bébé sont à l'intérieur. Alma Majors vous donnera les détails.

Campbell étudia tour à tour la secouriste et l'enfant qui venait de descendre.

— C'est votre fille ?

— Oui. Mazi, je te présente l'agent Dwyer. Elle aide la police de Battle Mountain.

Isla attira sa fille contre elle, sa fierté évidente dans son sourire.

— Waouh ! Vous élucidez des crimes, comme mon papa ?

— Hmm... oui. Mais peut-être pas les crimes auxquels tu penses.

Campbell ne put réprimer un sourire. Penny, à quatre ans, n'avait jamais demandé à savoir ce qu'elle faisait comme travail. En ce moment, elle ne songeait qu'à manger. Des larmes lui montèrent aux yeux, qu'elle s'efforça de refouler. Elle devait être forte. Pour Penny. C'était la seule manière de la retrouver.

— Que fait ton papa ?

Les sourires d'Isla et de Mazi se figèrent aussitôt, et une bouffée de regret submergea Campbell.

— Oh ! Excusez-moi. Je ne voulais pas être indiscrète.

— Ne vous excusez pas. Nous avons perdu mon mari durant sa dernière mission voici quelques mois.

La jeune femme serra sa fille contre elle.

— Je ne connais pas tous les détails.

Une larme roula sur la joue de Campbell malgré elle.

— Je suis désolée, murmura-t-elle, le cœur serré.

— Merci. Eh bien, il semble que toute la police de Battle Mountain soit en route pour quelque part. Nous n'allons pas vous retarder. Bonsoir, agent Dwyer.

Isla fit mine de guider sa fille vers le chalet, mais Campbell esquissa un pas vers elle.

— Isla, attendez. Pourrais-je emprunter votre pick-up pendant quelques heures ? Je ne demanderais pas cela à une inconnue en temps ordinaire, mais c'est une urgence.

Son regard s'arrêta sur Mazi.

— J'ai une petite fille, moi aussi, et en ce moment elle a plus besoin de moi que jamais.

Isla lui lança ses clés.

— Vous n'êtes pas une inconnue. Et nous autres mamans devons nous épauler.

— J'en prendrai soin. Merci.

Sans attendre sa réponse, elle grimpa dans l'énorme véhicule. L'instant d'après, elle descendait la montagne. Elle ne savait pas où elle allait. Ne savait pas si son supérieur allait la recontacter en lui donnant la position d'Elliot Bryon, mais elle ne pouvait pas se contenter d'attendre sans rien faire.

Son téléphone tinta dans sa poche, annonçant l'arrivée d'un message. Elle écrasa la pédale de freins et se gara sur le bas-côté de la route boueuse qui menait à la voie express. L'écran illumina tout son côté de l'habitacle. Son supérieur avait répondu à l'appel. Le salaud qui avait enlevé sa fille avait téléphoné d'une propriété située juste à l'extérieur de la ville. Pas trop loin de l'endroit où elle se trouvait. Sur le point d'envoyer l'information à la police de Battle Mountain, Campbell se rendit compte qu'elle n'avait aucun de leurs numéros. Par conséquent, elle appela Macie, priant pour que la standardiste puisse la leur communiquer à temps.

Cela fait, elle jeta son téléphone sur le siège passager et repartit. Si elle perdait Penny... Non. Elle allait réussir. Il n'y avait pas d'autre option.

— Garde ton sang-froid, Dwyer. Encore un peu.

Un paysage flou défilait derrière la vitre, mais plus elle approchait de sa destination, plus ses mains étaient crispées sur le volant. Elliot Bryon avait agressé, violé et tué. Elle ne pouvait risquer une confrontation qui forcerait ce psychopathe à éliminer toutes les preuves de son crime.

Elle avait besoin d'un plan.

Parvenue à environ quatre cents mètres de sa destination, elle se gara et éteignit les phares. La nuit avait déjà effacé les contours des bâtiments environnants, mais son instinct lui soufflait qu'elle était au bon endroit. La police de Battle Mountain était invisible.

Pas question de l'attendre.

— J'arrive, bébé.

Elle descendit de voiture et referma la portière aussi silencieusement que possible. Elliot Bryon était intelligent. Il avait échappé aux autorités des années durant. Il n'allait pas prendre le risque de laisser n'importe qui pénétrer dans sa propriété, et le terrain était plat, entouré de champs. Il n'y avait guère d'endroits où se cacher.

Elle n'avait pas le choix.

Restant baissée, Campbell s'éloigna un peu de la route. De la neige et de la glace s'infiltrèrent dans ses chaussures. Elle avait déjà les doigts engourdis, mais gardait l'index sur la détente de son arme.

Quelques minutes plus tard, elle distingua la forme noire d'une construction. Une bâtisse en longueur surmontée d'un toit pentu. À mesure que ses yeux s'accoutumaient à l'obscurité, elle comprit qu'il ne s'agissait ni d'une maison d'habitation ni d'un hangar. On aurait dit un bâtiment ancien. Une sorte de grange. Elle traversa une étendue dégagée pour gagner un petit bosquet et s'y abrita.

Des lumières brillaient aux fenêtres. Des pans de terre noire ou de roche volcanique perçaient sous la neige devant la porte d'entrée. On était passé là récemment. Penny était là. Elle le sentait. Campbell raffermit sa prise sur l'arme et fit un pas en avant.

Sa chaussure buta dans quelque chose. Elle bascula en avant et tomba dans un buisson, se coupant la paume sur le même type de roche volcanique que celle qui se trouvait devant la porte. La douleur se répandit dans sa main.

Ravalant un gémissement, elle retira un fil emmêlé dans ses lacets. Du fil de pêche. Un signal d'alarme se déclencha dans son cerveau.

Trop tard. Un talon lui écrasa les doigts.

— Bonsoir, agent Dwyer. Penny vous attendait.

13

Kendric s'était déjà rendu à quatre des adresses fournies par Sabrina Bryon. Toutes les propriétés étaient inoccupées.

Il en restait au moins vingt. Il ne pouvait pas continuer ainsi toute la nuit. Pas alors que la vie de Penny était en jeu. Bon sang. Il aurait dû attendre que le supérieur de Campbell leur communique la position de Bryon. Il avait été trop furieux, trop impulsif. Maintenant il était au milieu de nulle part, espérant tomber sur sa fille par hasard et la ramener à la maison.

Kendric étouffa un juron et se gara au bord de la route, fixant les champs couverts de neige à travers le pare-brise. Les dernières paroles prononcées par Campbell s'étaient gravées au fer rouge dans son cerveau et l'obsédaient.

« Pourquoi voudrais-je d'un homme dévoré par la colère, la méfiance et l'amertume ? »

C'était cela, n'est-ce pas ? Depuis l'instant où elle s'était immiscée dans son enquête, il avait voulu lui prouver qu'il était plus qu'un ancien technicien raté. Qu'il pouvait être quelqu'un qu'elle aimerait et respecterait. Un homme dont elle serait fière, digne de sa passion et de son engagement. Il se passa une main sur le visage, luttant contre l'épuisement.

— Tu as tout gâché.

Non. C'était elle qui avait menti. Elle lui avait caché la véritable raison de sa venue à Battle Mountain, et sa seule présence lui avait fait du bien. Il avait eu l'impression qu'elle l'aimait toujours. C'était un mensonge. Il le savait désormais, mais savoir une chose ne signifiait pas l'accepter. Malgré tout, une partie de lui aurait voulu que ce soit vrai. Il l'avait contemplée pendant qu'elle dormait à côté de lui, imaginant qu'ils étaient tous les trois. Campbell, Penny et lui. Pas dans son petit chalet à Battle Mountain ni dans leur appartement à Denver. Quelque part ailleurs, dans une maison qu'ils auraient aménagée ensemble, où ils auraient créé un foyer.

Recommencé à zéro.

Mais cela n'arriverait pas.

Leurs vies avaient pris des directions différentes. Il était officier de réserve, et elle faisait de son mieux pour saboter les services qu'elle était censée soutenir. Non. Il ne croyait pas vraiment cela. Il l'avait dit – il le lui avait lancé à la figure –, mais au fond il devinait pourquoi elle avait rejoint les Affaires internes. Pas pour subvenir aux besoins de sa fille.

Il enclencha une vitesse et repartit. Un objet lourd glissa sous le siège passager, et un bruit de verre cassé résonna dans l'habitacle. Interdit, Kendric freina sur la route isolée.

— Qu'est-ce que...

Il se pencha par-dessus le levier de vitesse et tâtonna à la recherche de l'objet. Le plancher était trempé. La douleur à son épaule se réveilla, aussitôt suivie par une nouvelle, à la main. Il se redressa. Un filet de sang coulait le long de son majeur. Il attrapa un mouchoir dans la boîte à gants, en même temps que sa torche. À la vue des éclats de verre qui scintillaient sur le tapis foncé, Kendric comprit ce qui s'était brisé sous le siège. Il se baissa de nouveau et dégagea avec précaution la base de la boule à neige de Campbell. Celle que Sabrina Bryon avait dérobée dans ses bagages au motel et posée sur le capot de sa voiture de location.

De faux flocons s'accrochaient aux parois et collaient à ses doigts. Le globe avait été détruit, mais l'intérieur semblait intact. Il examina la minuscule maison en pain d'épice décorée de sucre glace, le petit couple trop grand pour son logis. Des bonbons longeaient l'allée qui menait à la porte d'entrée, et Kendric eut brutalement une impression de déjà-vu. C'était lui qui avait choisi cet objet pour Campbell à un Noël dans une boutique de luxe qu'elle avait remarquée. Il y était allé sans elle, pour lui faire une surprise. Et il avait réussi. Elle avait adoré ce cadeau.

Elle l'avait gardé. Non seulement elle l'avait gardé, mais surtout elle l'avait apporté alors qu'elle venait en mission à Battle Mountain. Il s'était conduit comme un idiot.

Un nouveau juron lui échappa.

Elle avait dit la vérité. Pas à propos des Affaires internes, mais à propos de tout le reste. Elle n'avait pas eu l'intention de se servir de lui pour enquêter sur ses collègues. Elle avait seulement espéré qu'il reviendrait à Denver.

Il posa les fragments du globe sur le siège passager et sortit son téléphone de sa poche. Il composa le numéro du chef Ford tout en fixant la scène en pain d'épice. Il y eut une sonnerie. Deux.

— J'ai besoin de parler à Campbell, lâcha-t-il sans même attendre que son supérieur ait prononcé un son.

— Dans ce cas, tu as fait le mauvais numéro, mon vieux.

— Je n'ai pas son numéro.

Sans doute une des omissions les plus stupides de sa vie.

— Passez-lui votre téléphone, chef.

— Il faudrait que je sois magicien. Après ton départ, l'agent Dwyer nous a demandé de l'aider à retrouver sa fille. D'après ce que j'ai entendu dire, Isla Vach lui a prêté sa voiture. Et la tempête rend les communications aléatoires. Je n'arrive même pas à contacter Macie.

— Bon sang ! Elle est partie depuis combien de temps ?

— Dix minutes, peut-être moins.

Des voix se mêlaient à l'autre bout du fil. Masculines et féminines.

— Écoute, Hudson, je vais être franc. On n'était pas franchement ravis qu'elle soit venue enquêter sur nous. Des mots ont été échangés, et je n'ai pas le sentiment que le capitaine Dwyer revienne de sitôt. J'ai envoyé Gregson et Easton déblayer des routes, mais je fais le tour des propriétés sur la liste de Sabrina Bryon. Si je trouve quoi que ce soit, je te tiens au courant.

La neige tombait plus dru à présent, et un frisson parcourut Kendric. Il neigeait à Denver aussi, mais jamais autant qu'ici. Battle Mountain ne disposait même pas d'un chasse-neige, encore moins de personnel spécifique affecté au déblaiement des routes. Cette tâche incombait à la police. Une seule erreur, et Campbell risquait l'accident. Il devait la retrouver.

— Il y a un GPS sur ce pick-up d'Isla Vach ?

Le véhicule avait appartenu au mari d'Isla, un militaire totalement dévoué à sa famille. D'après ce que Kendric avait entendu dire, le pick-up faisait aussi office de bunker. Rempli de provisions, de munitions, de couvertures et ainsi de suite. Il avait coûté une fortune.

— Isla est au ranch avec Majors, Chloe, Sabrina Bryon et le bébé. Attends. Je vais vérifier.

La communication fut coupée. Les secondes s'égrenèrent, chacune plus tendue que la précédente. Enfin, le chef revint en ligne.

— Tu as raison. Le pick-up est équipé d'un GPS. Je t'envoie les coordonnées et je te rejoins sur place. Sois prudent en attendant.

— Merci, chef.

Il mit fin à l'appel, encore plus à cran que pendant les quelques instants précédant l'explosion de la bombe qui l'avait défiguré. Campbell était partie chercher Penny. Sans renforts. La boule à neige oscilla doucement sur le siège passager alors qu'il redémarrait. La tempête était arrivée. Tôt ou tard, le paysage serait tout entier recouvert d'un manteau de neige.

Son téléphone émit un signal. Un message du chef lui indiquant la dernière position connue du pick-up d'Isla. L'adresse lui était familière, une des dernières sur la liste fournie par Sabrina. Sans l'aide de Weston Ford, il ne serait peut-être pas arrivé à temps. Campbell était forcément là-bas. Au risque de quitter la route, Kendric écrasa la pédale d'accélérateur. Si elle avait trouvé Penny, quelle serait la réaction d'Elliot Bryon ? L'homme était violent, imprévisible.

Campbell n'aurait aucune chance.

Il ne pouvait la perdre de nouveau.

Il l'aimait, enfin !

En dépit du fait que Campbell lui avait caché la vérité, il l'aimait. Il ne voulait pas qu'il lui arrive malheur. Il ne voulait pas qu'il arrive malheur à Penny. Il avait passé cinq ans sans Campbell dans sa vie, et pas une seule cellule de son corps n'était prête à en endurer cinq de plus. Le choix de carrière de Campbell n'avait aucun rapport avec ses qualités de mère, sa détermination à ramener Sabrina Bryon saine et sauve ou à empêcher un fou furieux de commettre un meurtre.

Elle incarnait tout ce qu'il désirait dans la vie, tout ce qui lui avait manqué depuis qu'il l'avait quittée toutes ces années plus tôt. Et il allait les sauver, Penny et elle, et les garder près de lui.

Pour toujours.

La neige s'accrochait au pare-brise, laissant des traînées. Un autre message du chef lui annonça que le pick-up d'Isla était stationnaire. Il amorça le virage suivant trop vite, les pneus arrière dérapèrent sur la chaussée. Sa mâchoire était douloureuse, crispée par la tension.

Sa destination se situait à la sortie de la ville, à environ un kilomètre et demi du centre. Dans un quartier avec lequel il n'avait pas eu le temps de se familiariser au cours des mois précédents. Peu importait. Il était formé pour ce genre de situation.

Le moteur de son 4x4 se mit à tousser. Dehors, la température était tombée à – 10 °C. Tous les véhicules de la flotte de police étaient équipés du nécessaire en cas d'urgence. Bidon d'essence, couvertures, gilet pare-balles, pelles et barres énergétiques. En revanche, ils ne contenaient rien qui puisse maintenir la mécanique au chaud.

Le véhicule fit un bond en avant.

— Allons. Ne fais pas ça. Pas maintenant.

Trop tard. Il y eut deux nouveaux crachotements, après quoi le moteur se tut. La direction assistée hors d'usage, Kendric mania non sans mal le volant pour guider la voiture vers le bas-côté. Quelques mètres plus tard, celle-ci s'immobilisait. Les phares éclairaient les champs devant lui. Il ne voyait que de la neige et un bouquet d'arbres au loin. Chaque seconde perdue était une seconde de trop. Il attrapa son téléphone, cherchant en vain un réseau.

— Rien. Génial ! Toi qui voulais de la solitude, tu l'as trouvée, hein ?

Il ne pouvait laisser Campbell affronter Elliot seule. Pas alors que la vie de leur fille était menacée. Kendric descendit de son véhicule, regrettant aussitôt la chaleur de l'habitacle. Il remonta la fermeture de son blouson, puis alla ouvrir le coffre. L'essence ne lui servirait à rien. Les couvertures le protégeraient du vent, mais n'empêcheraient pas la température de son corps de baisser. Restait le gilet pare-balles. Il était lourd. Pas exactement un truc qu'il voulait porter pendant trois kilomètres, mais il n'avait pas le choix.

Kendric l'enfila, verrouilla le véhicule et fit face au vent glacial, une couverture drapée autour de lui.

— Tiens bon, Bell. J'arrive.

Une sensation de mouvement lui fit ouvrir les yeux.

Sa main la lançait affreusement. Le froid lui mordait le visage et le cou. Elle était toujours à l'extérieur. Une neige épaisse tombait du ciel immense et lisse. Une bise arctique lui séchait les lèvres. Elle tenta d'agripper un buisson, mais ses doigts refusèrent d'obéir. Les bottes que Genevieve lui avait prêtées étaient prisonnières d'un mélange de roche noire et de neige compactée.

Le bâtiment au toit pentu, Elliot Bryon, le fil de pêche qui servait de système d'alarme – tout lui revenait à présent.

— Penny.

— Ne vous inquiétez pas, agent Dwyer. Vous n'allez pas tarder à la voir.

Elliot Bryon la traînait par terre.

Elle sentit la morsure de marches en bois dans son dos, puis heurta le sol en ciment. Son haleine souleva des nuages de poussière. Elle leva le menton pour mieux voir son agresseur qui traversait une vaste pièce, chauffée par deux énormes braseros. Presque aussitôt, elle sentit la sueur perler sur sa nuque.

— Où est ma fille ?

— En sécurité. Pour l'instant.

Un fusil sur l'épaule, il avivait le feu le plus proche d'elle. Campbell réfléchit à toute allure. Elle pourrait tenter de s'enfuir. De ramener de l'aide. D'organiser un raid et de sauver Penny. Mais comment savoir ce qu'Elliot Bryon ferait subir à sa fille entre-temps ? Et même s'il serait encore là lorsqu'elle reviendrait. Elle ne pouvait prendre ce risque. Non. C'était maintenant ou jamais. Pour sa fille et pour elle.

— Je n'y penserais pas si j'étais vous.

Le sourire rusé d'Elliot emplit Campbell d'angoisse. Les yeux de l'homme brillaient telles les étincelles qui jaillissaient des flammes à quelques pas de lui.

— Je n'ai peut-être pas l'air dangereux, d'autant que j'ai deux blessures récentes, mais je suis quand même capable d'atteindre une cible mouvante à deux kilomètres.

Campbell se releva, plus lentement qu'elle ne l'aurait voulu, et parcourut le local du regard. Pas de cloisons intérieures. Le feu illuminait chaque recoin, dont un mur auquel était accrochée une collection d'outils de forgeron anciens.

— Que voulez-vous ?

— Je vous l'ai dit. Vous deviez m'amener Sabrina en échange de votre fille. Je croyais avoir été clair.

Il pointa l'index vers elle.

— En revanche, je vous félicite de m'avoir trouvé en moins de deux heures, sans indication. Dans ce genre de situation, la plupart des gens seraient allés trouver la police et auraient essayé de prendre cet endroit d'assaut. Mais vous… vous m'avez étonné. Vous êtes venue seule.

Il tendit la main et replaça une mèche vagabonde derrière l'oreille de Campbell. Il était trop proche. Trop intime.

— Vous devez vraiment aimer Penny.

Elle eut un brusque geste de recul.

— Si vous me touchez ou si vous touchez à Penny, ces deux trous dans votre poitrine ne seront plus votre seul problème.

Il éclata d'un rire qui résonna dans l'espace vide.

— Vous me plaisez. Dommage que vous soyez incapable d'obéir à des instructions. Je ne voulais pas faire de mal à Penny. Elle est mignonne. Exactement comme j'imagine ma fille un jour. Mais vous n'avez pas respecté le contrat.

Il fit mine de s'éloigner d'elle.

— Attendez, protesta Campbell.

En dépit des enquêtes qu'elle avait menées, des études qu'elle avait lues, elle se refusait à croire qu'une tragédie puisse toucher sa fille.

— Ce n'est qu'une enfant. Tout est ma faute. Ma responsabilité. Elle n'a rien à voir avec cette histoire.

Il pivota vers elle, ouvrant un bras comme s'il était sur scène.

— Elle a tout à voir avec, au contraire. Vous ne comprenez pas ? Sans elle, je n'ai pas de moyen de pression sur vous, et sans cela je n'ai pas accès à Sabrina. Sans Sabrina, les gens à qui j'obéis ne seront pas très contents.

Son expression se durcit. Il attrapa un tisonnier et approcha, tenant la tige en métal brûlante devant le visage de Campbell.

— Maintenant, soit vous me dites où est ma femme, soit vous perdez votre petite fille. C'est simple, au fond.

La chaleur léchait le cou et la joue de Campbell. Elle serra les poings, luttant contre l'envie de se ruer sur lui. Comment osait-il la mettre devant pareil choix ? Des années plus tôt, elle avait rejoint la police pour sauver des vies. Même au sein des Affaires internes, elle protégeait le public et les services de police en se battant contre la corruption et la négligence. Elle ne pouvait tout simplement pas livrer Sabrina à cet homme. Pas après avoir été témoin de sa violence.

— Je ne peux pas.

— Dommage. Dans ce cas, je crains qu'il ne nous reste rien à nous dire.

Elliot Bryon se dirigea vers une porte qu'elle n'avait pas remarquée jusqu'alors, peinte exactement de la même couleur que les murs.

— Non. Je ne vous laisserai pas faire.

Elle se sentait engourdie, à cause du brusque changement de température, de la douleur qu'elle éprouvait à la main, ou de celle d'avoir perdu Kendric de nouveau – peu importait. Bryon lui avait pris son arme, mais elle n'allait pas rester les bras ballants. Elle courut vers le mur plein d'outils qu'elle n'avait jamais vus qu'à la télévision.

Elle allait s'emparer de l'un d'eux quand une balle lui effleura le bras et se ficha dans le mur.

— Allons, agent Dwyer. Vous n'avez pas intérêt à ce que votre situation empire.

— Cela ne me gêne pas de me salir les mains, répliqua Campbell.

Elle saisit un marteau. Certes, celui-ci n'était pas de taille à lutter contre un fusil, mais son instinct lui disait qu'elle devait agir vite pour empêcher Bryon de rejoindre Penny, où qu'elle soit.

Un sourire amusé se dessina sur le visage de ce dernier. Il hocha la tête.

— Je savais bien que quelque chose me plaisait chez vous.

Campbell brandit le marteau, mais il bondit et lui attrapa le poignet. Elle réussit à lui faire lâcher le fusil, lequel glissa sur le ciment, hors de portée. Un violent coup de pied à l'estomac la projeta contre le mur d'outils. Ils dégringolèrent autour d'elle, rebondissant sur ses épaules, tandis qu'elle s'efforçait de reprendre son souffle.

Elliot Bryon tendit la main vers l'arme la plus proche, un tisonnier sur sa droite.

— Allons, agent Dwyer. Vous pouvez faire mieux que ça.

Il fit tournoyer le tisonnier au-dessus de sa tête et heurta le marteau, qui échappa à Campbell et tomba à son tour sur le sol. Bryon l'éloigna du pied.

Elle ne devait pas perdre. Pour Penny. Pour elle. Campbell recula, se campa sur ses jambes et se concentra. S'obligeant à inspirer à fond, elle se jeta en avant et feignit un coup de tête avant de pivoter et de balancer son poing dans le ventre de son adversaire, lui coupant le souffle.

Toutefois, il ne ralentit pas pour autant. Le tisonnier s'abattit sur le bras de Campbell, qui fit un bond en arrière. Déséquilibrée, elle s'effondra et roula sur elle-même pour se protéger, mais cela ne suffit pas pour esquiver les coups. Elle n'était pas de taille à lutter seule contre lui. Elle n'était pas assez forte pour Penny, pour elle, pour cette ville. Pour Kendric.

De petits points blancs dansaient sous ses paupières. Des larmes lui picotaient les yeux, qu'elle se refusait à verser.

— Vous savez, je suis plutôt déçu, agent Dwyer. On entend parler de ces mères qui feraient tout pour sauver leurs enfants. Qui puisent assez de force en elle pour soulever des voitures ou poursuivre ceux qui ont fait du mal à leur progéniture.

Elliot Bryon marchait de long en large devant elle. De long en large.

— Vous... vous êtes exactement comme toutes les femmes à qui j'ai eu affaire. Faible. Penny mérite mieux, vous ne croyez pas ?

« Penny mérite mieux, et moi aussi. »

Les paroles de Kendric l'arrachèrent au présent. Elle était venue à Battle Mountain accomplir une mission et en finir avec son passé, mais elle ne voulait pas en finir. Elle voulait l'homme qui était lié à elle par sa fille, qui était venu à son secours lorsque Sabrina Bryon l'avait enlevée et droguée. La partie rationnelle d'elle-même la mettait en garde, suggérant que s'acharner à rêver d'un avenir avec Kendric était une cause perdue, mais l'amour a ses raisons que la raison ignore.

L'amour.

Elle était retombée amoureuse de lui. Malgré le chagrin, la solitude, les secrets, il lui avait donné la permission d'être... elle-même. Intense, farouche, passionnée. Elle avait toujours gardé ses distances avec ses collègues, ses amis, mais Kendric avait su la reconquérir. Il l'avait soutenue malgré l'amertume que le monde lui inspirait.

Campbell serra son poing valide. Prouver sa valeur n'avait rien à voir avec sa carrière, contrairement à ce qu'elle s'était dit des années durant. Certes, se focaliser sur son travail avait été un moyen de subvenir aux besoins de sa fille, mais ce n'était pas tout.

Elle aspirait à davantage et n'allait pas renoncer avant de l'obtenir. Quel qu'en soit le prix.

— Vous vous trompez.

La sueur coulait dans ses yeux, mais elle n'avait pas besoin de voir son adversaire pour le neutraliser. Elle lança son pied dans le genou de Bryon qui s'écroula, balayant l'air de son tisonnier. Campbell batailla avec lui pour s'en emparer. Le métal heurta le coude de Bryon, lui arrachant un hurlement.

Campbell se releva d'un bond et courut vers la porte à l'autre bout de la pièce.

— Penny !

— Maman ! cria une voix familière.

Elle mettait la main sur la poignée quand une douleur fulgurante lui déchira le crâne. Elliot Bryon l'avait empoignée par les cheveux et l'éloignait de la porte. Campbell lui griffa les mains, frappa à l'aveuglette avec le tisonnier. En vain.

Il la projeta contre le mur le plus proche. Sous le choc, elle lâcha son arme. Des élancements intenses se répandirent dans sa nuque alors qu'il l'obligeait à pivoter vers lui et la saisissait à la gorge.

— Il faut croire que vous n'êtes pas très douée pour vous salir les mains, agent Dwyer.

Le sang tambourinait à ses oreilles. Un bourdonnement sourd lui emplissait le crâne. Les poumons sur le point d'éclater, elle ne pouvait plus respirer, plus réfléchir. Elle tenta de tirer sur la main qui lui enserrait la gorge, mais son adversaire était trop fort. Faisant appel à ses dernières forces, Campbell lui asséna des coups de pied. Sa vision s'était brouillée.

Elle allait perdre connaissance.

Penny. Elle devait se battre pour Penny.

Une bouffée d'air froid s'engouffra alors dans la pièce.

Elliot Bryon tourna brusquement la tête, la perplexité peinte sur le visage.

Une voix familière s'éleva et se répercuta dans toutes ses terminaisons nerveuses.

— Lâchez ma partenaire.

14

— Officier Hudson, quelle agréable surprise !

Elliot Bryon leva les mains en guise de reddition, mais Kendric demeura méfiant. Campbell se laissa glisser sur le sol, toussant pour reprendre sa respiration.

— Monsieur Bryon.

Kendric braqua son arme sur lui, le doigt sur la détente.

— Vous avez bonne mine pour un homme qui a deux trous dans la poitrine.

— Oh ! Eh bien, disons que mes blessures n'étaient pas aussi graves que les médecins l'avaient pensé.

Une grimace déforma la bouche d'Elliot Bryon.

— Ça aide quand on sait exactement où tirer.

Campbell roula sur le côté. À la vue de son visage maculé de boue, de sang et de sueur, Kendric eut le cœur serré. Elle s'était battue presque jusqu'à la mort pour leur fille. Pourquoi avait-il mis si longtemps à comprendre qu'ils étaient destinés l'un à l'autre ? Qu'il avait tourné le dos au meilleur de ce que la vie avait à lui offrir ?

— Ça va, Bell ? Tu peux marcher ?

Campbell acquiesça, se massant le cou alors qu'elle se relevait tant bien que mal.

— Bien. Trouve Penny. Ramène-la à la voiture.

Kendric fixa Elliot Bryon.

— Je m'occupe de lui.

Il n'eut pas à se répéter. Campbell se dirigea vers une porte située à l'arrière de la pièce. La chaleur dégagée par les deux braseros soulageait déjà les doigts engourdis de Kendric, mais il restait focalisé sur le salaud qui avait tenté de détruire son univers et celui de Sabrina et de son enfant.

— C'est fini, Bryon. Sabrina nous a tout dit.

— Vous en êtes sûr ?

Campbell faillit tomber alors que la porte qu'elle venait d'ouvrir d'un coup d'épaule heurtait le mur, mais elle n'entra pas.

— Penny ?

L'attitude décontractée d'Elliot Bryon éveilla soudain un mauvais pressentiment en Kendric.

— Qu'y a-t-il ?

— Elle... elle n'est pas là.

Campbell recula en titubant et secoua la tête.

— Je l'ai entendue. Elle m'appelait. Je l'ai entendue !

— Ai-je oublié de mentionner un détail ?

Elliot Bryon inclina la tête de côté et laissa retomber ses mains.

Kendric combla la distance qui les séparait et empoigna l'homme par le revers de sa veste, pressant le canon de son arme contre son flanc. La douleur explosa dans son épaule, mais il n'en avait cure.

— Où est-elle ?

— Tss-tss-tss. Ce n'est pas ainsi qu'on traite l'homme qui a la vie de votre fille entre les mains.

Un sourire creusa les rides qu'il avait autour de la bouche et des yeux, puis s'effaça.

— Je vais vous dire quelque chose. Je vous propose le même marché qu'à votre partenaire. Si vous m'arrêtez, vous ne reverrez jamais votre fille. Si vous me dites où se trouve ma femme, je vous donne ma parole que je vous enverrai la position de Penny dès que je serai sorti de ce trou perdu. J'espère seulement qu'il n'est pas déjà trop tard.

— Espèce de salaud ! Vous laisseriez mourir une enfant

innocente pour vous venger ? Pour ne pas avoir à faire face à vos actions ?

La nausée bouillonnait dans l'estomac de Kendric, mais Elliot Bryon haussa les épaules.

— Nous avons tous des raisons de faire les choix que nous faisons, officier Hudson. Le mien, c'est la survie, et Sabrina est un obstacle pour moi.

— Vous ne vous en tirerez pas comme ça, même si vous pouvez atteindre Sabrina.

— À en juger par le sang qui imprègne votre chemise, j'ai déjà réussi, riposta Bryon en désignant l'épaule de Kendric.

En un éclair, Campbell attrapa un fusil posé contre le mur et l'abattit contre la tempe de Bryon qui tomba comme une masse.

— Passe-lui les menottes. Penny ne peut pas être loin. Il n'a pas pris le risque qu'elle s'échappe.

Elle s'accroupit devant l'homme, palpa ses poches et en tira un téléphone qu'elle approcha du visage de Bryon pour le déverrouiller pendant que Kendric le menottait.

— Il n'y a pas beaucoup de réseau ici. Même si nous pouvons y avoir accès, nous n'aurons pas forcément accès à la localisation.

— Dans ce cas, nous la chercherons.

Campbell se releva et se dirigea vers la porte. Des ecchymoses étaient déjà visibles sur son visage. Elle avait lutté seule contre le ravisseur de leur fille. De quoi n'était-elle pas capable ?

Kendric se tourna vers elle.

— Campbell, tu ne peux pas sortir en plein blizzard pour la chercher. Tu risques l'hypothermie.

— Je ne vais pas la laisser mourir, Kendric. C'est ma fille. Elle est là quelque part, toute seule et terrifiée. Elle ne veut qu'une chose, c'est rentrer à la maison, et je suis prête à tout pour qu'elle y parvienne. Tu t'es enfui pour échapper au monde et à tous ceux qui le peuplent. Mais n'y a-t-il pas un seul être dans ta vie pour qui tu sois prêt à te sacrifier ? Ou es-tu à ce point rongé par la colère et la rancune que personne ne peut mériter ton amour ?

Sa gorge se noua.

— Il faut qu'on reste ensemble. C'est le seul moyen de...

Le regard de Campbell glissa sur son épaule. L'instant d'après, elle le faisait pivoter, s'interposant entre lui et le fusil qu'Elliot Bryon tenait entre ses mains menottées.

— Non !

La balle lui traversa le dos et ressortit de son ventre, manquant Kendric de peu. Elle s'effondra contre sa poitrine, avant de tomber sur le sol en ciment.

Elliot Bryon se rua vers la porte et disparut dans la tempête.

Les mains tremblantes, Kendric allongea Campbell sur le sol. Du sang coulait entre ses doigts. Il appuya sur sa blessure, en vain. Il ne pouvait stopper l'hémorragie seul.

— Je suis là. Ça va aller. Respire, c'est tout. Essaye de ne pas bouger.

— Il va... s'enfuir.

Des larmes roulaient sur ses joues, sa voix frémissait. Elle mit la main sur la sienne.

— Ne t'inquiète pas pour ça. J'ai besoin que tu te concentres sur toi-même, que tu restes consciente. Tu m'entends ? Reste avec moi.

Après tout ce qu'ils avaient affronté, leur histoire n'allait pas se terminer ainsi. Il étouffa un juron. Il devait la sortir de là.

— Accroche-toi à moi. Je vais te porter jusqu'au pick-up. La radio doit fonctionner.

— Vas-y, murmura-t-elle. Vas-y sans moi. Je ne ferai que te ralentir.

Pas question !

Kendric glissa son bras blessé sous les genoux de Campbell et la souleva tant bien que mal. Les tendons de son épaule protestèrent, menaçant de se rompre. Avec un gémissement de douleur, il se remit debout.

— Si tu crois que je vais te laisser là, tu as perdu la tête.

— Penny.

Campbell leva une main ensanglantée vers lui, suivant le contour des cicatrices sur son visage. Il ne se déroba pas. Au cours des jours écoulés, elle s'était inextricablement liée à sa vie. Il ne pouvait plus se séparer d'elle. Il n'allait pas la quitter.

— Je pensais pouvoir la protéger, mais elle a besoin de toi. Vas-y. Je t'en prie.

— Elle a besoin de toi aussi. Elle n'a jamais connu que toi.

Il lui lissa les cheveux, les écartant de ses joues. Campbell avait raison. Elle n'était pas en état de lutter contre la température glaciale, et il ignorait la gravité de sa blessure. Il fallait qu'elle reste là. Et il fallait qu'il parte.

Il la déposa sur le sol aussi doucement que possible. Une plainte franchit ses lèvres, lui serrant le cœur. Il appuya le front contre le sien.

— Je ramène de l'aide dès que possible. Reste ici. Je n'en ai pas terminé avec toi.

— Moi non plus, je n'en ai pas terminé avec toi.

Un mince sourire se dessina sur les lèvres de Campbell, soulignant sa pâleur.

— Ramène notre fille.

— Je te donne ma parole.

Bouleversé, Kendric sortit par la même porte qu'Elliot Bryon. La tempête faisait rage à l'extérieur. Un bras levé pour protéger son visage, il se fraya un chemin à travers une épaisse couche de neige, à l'affût d'un autre bâtiment situé à proximité où Bryon aurait pu cacher une enfant de quatre ans. Les rafales de vent fouettaient la rangée d'arbres qui délimitait l'arrière de la propriété et qu'il n'avait pas remarquée jusqu'alors. Des traces de pas toutes fraîches marquaient la neige dans cette direction. Elliot Bryon s'était-il enfui par là ?

Kendric pressa l'allure pour le rattraper. Certes, il courait le risque de foncer tête baissée dans un piège, mais il n'avait pas le choix. Seule sa famille comptait. Le froid lui brûlait la gorge. Il pénétra dans le bosquet, et fut immédiatement happé par un monde immobile et silencieux. Les traces allaient vers le nord-ouest. Il les suivit un moment sans voir aucun signe de Bryon ou d'une embuscade, mais il devait rester vigilant avec tous les arbres qui l'entouraient. Il avait le dos noué par la tension, et l'impression désagréable d'être observé. Au moment où il déboucha sur une petite clairière, il pivota une fraction de seconde avant le claquement d'un coup de feu.

La balle frôla son oreille droite. Il se mit à courir, bataillant avec la neige pour se mettre à l'abri. Une seconde balle se ficha dans l'écorce d'un tronc sur sa gauche.

— C'est fini, officier Hudson. Vous êtes coincé.

Il entendit crisser la neige sous des pas lourds, un peu plus audibles à chaque seconde.

— Cette petite fille va mourir de froid à cause de vous. Ou de faim. Et dire que vous auriez pu éviter cette tragédie. Il vous suffisait de me révéler où est Sabrina. Vous êtes certain d'assumer les conséquences de votre décision ?

Kendric appuya la tête contre le tronc derrière lui. Le moment de vérité était venu. Il avait le choix entre rester déconnecté du monde qu'il avait quitté ou se battre pour y retourner.

Pour retourner à Campbell et à Penny.

Il vérifia son chargeur et inséra une balle dans la chambre.

Sa décision était déjà prise.

— La question n'est pas de savoir si je les assume. Ce qui devrait vous inquiéter, c'est jusqu'où je suis prêt à aller pour la retrouver.

Il leva le bras, visant l'homme qui se trouvait à l'extrémité opposée de la clairière.

Il allait appuyer sur la détente quand une autre balle percuta Elliot Bryon en plein front.

La détonation résonna dans le local. Plus forte qu'elle n'aurait dû l'être. Trop proche.

Un instant, Campbell resta paralysée. Au bout de quelques

secondes, le crépitement des flammes pénétra le brouillard qui régnait dans son cerveau. Elle appuya la main contre sa blessure. La douleur était intenable, mais Campbell avait déjà survécu à d'autres épreuves avant. Elle n'allait pas baisser les bras à présent.

— Kendric.

Elle se força à se redresser, puis à se relever, gémissant malgré elle. Kendric était dehors, face à de multiples menaces, y compris les éléments. Si Elliot Bryon avait tiré sur lui...

Campbell fit un pas en avant. Puis un autre. Ses forces s'amenuisaient à mesure qu'elle perdait du sang, mais elle devait savoir si Kendric avait survécu. Savoir si leur fille était saine et sauve.

Elle s'arrêta sur le seuil, luttant contre un vertige. Elle aurait tout donné pour revoir Penny. Kendric. Pour s'asseoir devant la cheminée au ranch de Whispering Pines et dormir toute la journée pelotonnée contre eux deux. Ce n'était pas une illusion. C'était une pensée aussi tangible que le froid qui s'immisçait sous sa veste, et elle n'allait pas la laisser filer entre ses doigts.

— J'arrive.

Son pied buta contre la marche, et elle bascula en avant, sa tête heurtant le sol. Sa main lui faisait atrocement mal. Elle roula sur le dos. La neige fondit sur ses joues, le noir et le froid menaçaient de l'engloutir. Elle devait se relever. Ignorer la tentation de fermer les yeux, là, sous le ciel lourd de nuages, entourée de la protection des arbres et des montagnes. Son cœur lui hurlait de lutter. L'emplissait d'une énergie qu'elle n'avait pas imaginé posséder.

Elle se redressa. Le vent et ses cheveux lui fouettaient les joues. Les membres à demi engourdis, elle se dirigea vers le bosquet. Le sang coulait plus lentement de la plaie à présent. À cause du froid ? Ou était-elle en train de sombrer dans le coma ? Quoi qu'il en soit, elle continuerait à marcher jusqu'à ce qu'elle ait retrouvé Penny et Kendric. La gorge nouée, elle entonna la berceuse qu'elle chantait chaque soir à sa fille.

— Au clair de la lune...

Le silence tomba autour d'elle alors qu'elle pénétrait sous les arbres. Deux séries d'empreintes partaient vers le nord-ouest, mais chaque cellule de son corps lui enjoignait de suivre un autre chemin. Elle avança tant bien que mal dans la neige, remarquant soudain qu'elle avait cessé de grelotter.

— ... mon ami Pierrot..., répondit une petite voix.

Campbell se figea. Elle avait perdu beaucoup de sang, mais elle n'avait pas imaginé cela. Elle pivota sur elle-même, scruta le paysage tout blanc à la recherche d'un signe de vie. Son regard s'arrêta sur une petite cabane entourée de broussailles, à peine visible sous la neige. Elle fit un pas en avant. C'était là. Forcément. Si son imagination lui avait joué un tour cruel... Une bouffée de nausée la submergea.

— Penny ?

— Maman !

La porte en bois – flambant neuve, à en juger par les apparences – était fermée par un cadenas à combinaison.

— Penny. Attends, mon bébé. J'arrive.

Campbell tira de toutes ses forces sur le cadenas, en vain. Elliot Bryon lui avait pris son arme, elle avait laissé le marteau dans l'ancienne forge, et elle n'avait aucune chance de deviner la combinaison. Elle essuya ses mains en sang sur la porte.

— Je vais te sortir de là, mon bébé. Je te le promets.

— Maman ! Je veux rentrer à la maison, sanglota Penny. Le monsieur m'a prise chez papy et mamy. J'ai essayé de hurler, mais il m'a empêchée. Il a dit que si je ne me taisais pas, il leur ferait du mal. Je veux rentrer à la maison, maman !

— Je sais, ma chérie. Je sais. Nous allons rentrer à la maison. Je suis là. Il faut seulement que je trouve quelque chose pour forcer la serrure.

Une douleur épouvantable se répandit dans son flanc, pliant Campbell en deux. Elle se retint à une souche d'arbre, s'efforça de reprendre son souffle.

— Ne me laisse pas ! Maman !

La voix empreinte de panique, la fillette donnait des coups de pied dans la porte.

— Je... je suis là, mon chou.

Sa vue s'était brouillée. Campbell retira la main qu'elle avait gardée sur sa plaie. Les arbres semblèrent basculer sur leur axe. Elle avait de plus en plus de mal à respirer.

— Je ne vais nulle part.

— Maman !

Les cris de Penny transperçaient le bourdonnement sourd dans ses oreilles.

— Je veux sortir !

— Je suis là. Je ne vais pas t'abandonner, Penny. Je...

Glacée jusqu'aux os, elle rassembla toutes ses forces pour retrouver la force légendaire dont on la créditait. Pourquoi lui faisait-elle défaut à présent ?

Campbell tendit la main vers une branche. Le bois gémit et finit par céder tandis qu'elle titubait en arrière. Un mince espoir monta en elle, mais ce n'était que le début. Il fallait encore qu'elle fracasse le système de fermeture. Traînant la branche derrière elle, Campbell se rapprocha de la porte.

— Recule, ma chérie. Je ne veux pas te blesser.

Tenant la branche à la manière d'une batte de base-ball, elle ravala un cri de douleur, prit son élan et frappa aussi fort que possible. Le cadenas rebondit, puis reprit sa place. Elle recommença, tentant de viser la serrure. Une fois. Deux fois. Trois fois.

Le porte-cadenas céda. Les jambes coupées par le soulagement, Campbell s'effondra contre la porte. Elle l'ouvrit, tendant les bras à sa fille qui se ruait vers elle.

— Tout va bien, maintenant. Je suis là, murmura-t-elle en la serrant contre elle. Tu n'as plus rien à craindre.

Un rai de lumière brillait dans le coin supérieur de l'abri. Celle émise par une petite caméra. Ce salaud avait surveillé Penny constamment. Sans doute avait-il installé une caméra similaire dans la forge. Voilà pourquoi elle avait entendu les cris de sa fille.

Elliot Bryon avait voulu lui infliger un châtiment physique, mais aussi la détruire mentalement. Il avait échoué.

Campbell entoura des mains le visage de Penny maculé de poussière et de traces de larmes.

— Partons d'ici, d'accord ?

Penny acquiesça.

Campbell la souleva dans ses bras et revint sur ses pas à travers les arbres. Elle sentait son cœur battre plus vite à cause de l'effort. Il fallait juste qu'elle emmène Penny jusqu'au pick-up. De là, elle pourrait appeler des secours si Kendric ne l'avait pas déjà fait.

Lorsqu'elles quittèrent l'abri du bosquet, l'assaut du vent et de la neige lui coupa le souffle. Elle resserra sa veste autour d'elles, remarquant que son haleine ne formait plus de petits nuages devant sa bouche. La température de son corps était déjà trop basse.

Elles n'allaient pas arriver au pick-up.

Des larmes se transformèrent en glace sur ses joues. Seules quelques minutes allaient faire la différence entre la vie et la mort. Campbell lissa les cheveux de sa fille, se cramponna à elle.

— Je t'aime. Tu le sais, n'est-ce pas ? Tu sais que je ferai tout pour te protéger. Quoi qu'il arrive. Tu comprends ? Je t'aime tant.

— Moi aussi je t'aime, maman.

Campbell sentit ses genoux se dérober. Elles s'effondrèrent dans un coussin de neige, Penny coincée sous elle sans qu'elle ait la force de bouger.

— Maman, lève-toi ! Tu m'écrases.

Le cri de Penny transperça la brume qui avait envahi le cerveau de Campbell.

— Maman ! Un homme !

— Ne t'inquiète pas, Penny. Je suis un ami de ta maman. Je ne vais pas te faire de mal. Je suis là pour vous aider. D'accord ? Je te le promets. Je vais vous emmener au chaud.

Une silhouette sombre avait pris forme à côté d'elles. Familière. Rassurante. Elle sentit la chaleur d'une main sur son dos.

— Bon sang, je t'avais dit de rester où tu étais.

Quelques secondes plus tard, Kendric avait dégagé Penny et lui caressait le dos pour apaiser ses sanglots.

— Je l'ai, Bell. Reste avec moi. Par ici ! cria-t-il. Vite !

Des voix filtraient à travers le brouillard de ses pensées. Elle ne savait pas si elle était capable de résister au sommeil qui la gagnait.

— Donne-moi Penny, lança une voix d'homme. Occupe-toi de Campbell avec Isla.

Le chef ?

Elle perçut un mouvement. Puis elle eut l'impression qu'on la déplaçait. Elle n'avait plus froid. Emportée par l'épuisement, elle laissa ses paupières se fermer.

15

— Ouvre les yeux, Campbell.

Kendric lui pressa la main de nouveau, en vain. Aucune réaction. Le chirurgien qui avait recousu les plaies de Campbell l'avait averti que le rétablissement serait lent. Qu'il faudrait des jours entiers, des semaines peut-être. Pourtant il avait besoin qu'elle le regarde. Besoin d'être rassuré.

Avait-elle éprouvé un sentiment similaire lorsqu'elle était à son chevet à l'hôpital après l'explosion ?

Divers appareils émettaient un signal sonore régulier à côté du lit. Des égratignures et des ecchymoses marquaient sa peau crémeuse mais elle avait repris des couleurs depuis son opération, deux jours plus tôt.

Kendric prit sa main entre les siennes et déposa un baiser sur ses doigts. Elle s'était battue comme une lionne pour sauver Penny, avait risqué sa vie. Jamais il n'oublierait sa force, son amour, sa détermination.

— Pas de changement ?

Isla Vach venait d'entrer dans la chambre, le prenant par surprise. Il ne l'avait même pas entendue.

— Pas encore.

La secouriste apparut dans son champ de vision.

— Elle avait perdu beaucoup de sang. Et elle souffrait d'hypothermie. Il va peut-être falloir...

— ... pas mal de temps, acheva-t-il. Oui. C'est ce qu'on m'a dit.

Il pressa la joue contre la main de Campbell, luttant contre la fatigue. Il était exténué. Les dernières quarante-huit heures avaient remis en question tous les choix qu'il avait faits depuis son départ de Denver, mais il savait exactement où était son avenir dorénavant.

Ici même. Avec Campbell. Pour toujours.

— Comment va Penny ?

— Bien. Mazi et elle s'amusent comme des folles au ranch. Je crois que le chef Ford a prévu de les aider à construire un château de neige cet après-midi. Elle réclame sa mère par moments, mais dans l'ensemble elle tient bien le coup. Les gâteaux de Karie y sont pour quelque chose.

Isla s'assit sur la chaise vide de l'autre côté du lit.

— Et vous, comment allez-vous ?

— Ça va.

Il ne savait pas combien de fois il avait dit cela, mais il appréciait la sollicitude qu'on lui avait témoignée depuis que Campbell avait été amenée à l'hôpital. Isla, Easton et Genevieve, Cree et Alma avaient tous pris de ses nouvelles.

— Du nouveau à propos de l'enquête ?

— Le chef Ford a clos le dossier à l'encontre de Sabrina Bryon. D'après la procureure, elle va sans doute bénéficier d'un sursis en raison des circonstances. Il est vrai qu'elle a enlevé et séquestré un représentant de la loi, mais le chef a pensé qu'il était dans l'intérêt général de lui permettre d'aller de l'avant. Nous ne saurons sans doute jamais ce qu'elle est devenue. Elle est partie sans laisser d'adresse.

Isla se leva, étudiant les écrans qui affichaient les constantes vitales de Campbell.

— En sait-on davantage sur Rachel Stephenson ?

— Eh bien, Sabrina Bryon avait raison. Apparemment, c'est une tueuse à gages, dont l'arme a été liée à plusieurs meurtres non élucidés sur la côte Ouest. Maintenant que l'enquête est terminée, je présume que son corps va être rendu à sa famille, à supposer qu'elle en ait une. D'après mon expérience, les gens qui font ce genre de travail n'ont guère de liens personnels. Ils ne peuvent pas se le permettre.

— Quel genre d'expérience avez-vous dans ce domaine ?

Un mince sourire se dessina sur les lèvres de la secouriste. Elle se rassit.

— Avez-vous trouvé qui a abattu Elliot Bryon ?

— Non.

Kendric était toujours perplexe. Tirer une balle entre les deux yeux de quelqu'un n'était pas une chose facile, et aucun membre des forces de police de Battle Mountain n'avait reconnu l'avoir fait.

— En tout cas, c'était un tireur hors pair, conclut-il.

— Je suis sûre que vous et vos collègues finiront par le trouver. Ce qui me rappelle qu'on a récupéré le pistolet d'Elliot Bryon, celui dont il s'est servi pour se blesser. Il l'avait dissimulé dans un compartiment secret sous son lit.

Elle marqua une pause.

— Écoutez, Hudson, je sais que je ne suis qu'une secouriste et que je n'appartiens pas à la police, mais je peux vous remplacer un moment si vous voulez dormir un peu ou aller boire un café.

— Je préfère rester avec elle. Mais merci. Pour tout.

Il se tourna vers Campbell.

— Sans vous, elle ne s'en serait peut-être pas sortie.

Isla se leva et se dirigea vers la porte.

— C'était un plaisir. Vous avez mon numéro en cas de besoin. Penny peut rester chez moi aussi longtemps que nécessaire.

La porte se referma sans bruit.

— Tu aurais dû accepter. Tu as une mine de déterré.

La main de Campbell frémit dans la sienne, et il aperçut un mince éclair bleu sous ses paupières lourdes.

Le cœur battant à tout rompre, il se pencha en avant. Un soulagement intense lui picota les yeux.

— Bienvenue au pays des vivants, agent Dwyer. Comment te sens-tu ?

— Je suis capitaine, tu devrais t'en souvenir, répondit-elle avec l'ombre d'un sourire.

Elle parcourut la chambre du regard, notant la perfusion dans son bras.

— Où est Penny ?

— Au ranch. Le chef Ford et Chloe s'occupent d'elle. J'ai pensé que ce ne serait pas une très bonne idée de la faire venir ici.

Il caressa l'espace entre le pouce et l'index de Campbell.

— Elle te réclame.

— Et mes parents ?

— Ils vont bien, et ils sont ici. Ils s'accablent de reproches, mais sont heureux que Penny et toi soyez saines et sauves.

— La dernière chose dont je me souviens est de l'avoir sortie de cette cabane.

Campbell tenta de lever le bras, geste stoppé par la perfusion. Elle dégagea la main de celle de Kendric et la posa sur sa blessure.

— Qu'est-ce qui s'est passé là-bas ?

— Pas grand-chose. J'ai suivi les empreintes d'Elliot Bryon dans les bois dans l'espoir qu'il était allé à l'endroit où il gardait Penny. C'était un piège. Il m'a tiré dessus deux fois, mais en fin de compte c'est lui qui a été abattu.

Kendric se pencha et écarta une mèche vagabonde de son visage.

— Penny et toi n'avez plus à vous inquiéter.

— Tant mieux.

Elle se laissa retomber contre l'oreiller, et son expression s'adoucit.

— Tu es venu à mon secours. Même après toutes les horreurs qu'on s'est jetées à la tête.

— Oui. Je n'en suis pas fier.

Il prit la boule à neige cassée qu'il avait mise sur la table de chevet et la lui tendit.

— Je l'ai trouvée dans le pick-up. Je suis désolé qu'elle n'ait pas survécu à ma conduite, mais je l'ai reconnue. Je ne savais pas que tu l'avais gardée.

— C'est pour ça que tu as risqué ta vie pour Penny et pour moi ?

Le regret et l'émotion déferlèrent en lui.

— Je suis désolé, Bell. De t'avoir abandonnée voilà toutes ces années. De ne pas avoir été là pour t'aider à élever Penny. D'avoir pensé que tu te servais de moi pour enquêter sur mon service. Je n'ai aucune excuse. J'avais tort, j'étais en colère, et j'avais l'impression d'avoir tout raté dans ma vie. Voilà pourquoi je suis venu ici après que l'agent Freehan a tenté d'anéantir cette ville. J'ai pensé que si je pouvais réparer ce qui était cassé, je pourrais être digne de toi et de ton amour. Et quand j'ai échoué là aussi, je m'en suis pris à toi et à ton travail avec les Affaires internes. Mais c'est toi qui mérites mieux. Je veux être meilleur. Je veux te prouver que je suis capable d'être l'homme que tu me crois capable d'être.

Elle tourna la boule dans sa main avant de la lui rendre.

— J'aime bien l'homme que tu es devenu.

Il sourit.

— Tu l'aimes bien ? C'est tout ?

— Oui, enfin, il y a encore des progrès à faire. Pour nous deux. Mais oui.

Elle hocha la tête.

— Je me souviens d'avoir entendu ta voix quand j'étais allongée dans la neige. Tu me disais de tenir bon pendant que tu réconfortais Penny.

La vision de la scène s'imposa dans l'esprit de Kendric, l'obligeant à revivre le pire moment de son existence. La gorge nouée, il réprima l'envie de serrer Campbell dans ses bras, de s'assurer qu'elle était bien réelle.

— Tu as gardé ta main dans mon dos tout le temps que tu lui parlais.

Elle souda son regard au sien.

— Voilà ce que je veux, Kendric. Je t'ai vu t'éloigner de ta famille, de tes amis, de tes collègues, de moi. J'ai vu les dégâts causés par la bombe en toi, pas seulement les cicatrices, sans que je puisse rien faire pour t'aider. Mais quand je t'ai vu avec Penny, essayer de la réconforter alors que j'étais en train de perdre connaissance, j'ai pris conscience de tout ce qui nous a manqué. Tu n'as rien à prouver, ni à moi ni à personne. Tu peux rester ici ou pas, rentrer à Denver ou non. Peu importe. Nous avons seulement besoin que tu nous aimes. Est-ce possible, officier Hudson ?

Kendric passa le pouce sur le dos de la main de Campbell, mémorisant le motif de ses veines sous sa peau fine. Il avait si souvent imaginé cet instant, l'invitation à retrouver une place dans la vie de Campbell, le fardeau de sa colère et de sa solitude devenu un lointain souvenir. Il avait préparé des dizaines de réponses, mais sur le coup aucune ne lui vint à l'esprit. Parce que ce n'était plus un rêve, mais la réalité. Il n'allait pas tenir pour acquise une seule seconde de son avenir avec elles.

Il déposa un baiser sur sa main, ignorant la douleur qui se réveillait dans son épaule. Preuve qu'il n'avait pas tout imaginé.

— Oui, capitaine Dwyer. Je pense que c'est possible.

— Ne mets pas ça dans ta bouche !

Kendric se rua de l'autre côté de la cuisine tandis que Penny éclatait de rire et courait le couloir pour se réfugier dans sa nouvelle chambre. Campbell ne put s'empêcher de rire à son tour en songeant au chaos qu'était devenu leur vie.

Le déménagement alors qu'elle était encore convalescente n'avait pas été facile, mais Kendric avait pris les choses en main. La ferme rénovée qu'ils avaient trouvée tout près de Battle Mountain était parfaite, et son plafond assez haut pour l'énorme sapin de Noël que Weston et Easton avaient traîné à l'intérieur, et qui était désormais décoré selon la tradition. L'îlot de cuisine était assez grand pour qu'ils puissent confectionner des cookies tous les trois, et la baignoire de la salle de bains principale pouvait les accueillir tous ensemble.

Bref, l'endroit était parfait. Mais il n'aurait eu aucune valeur sans les deux personnes les plus importantes de sa vie.

Kendric se laissa tomber sur le coussin à côté d'elle, attirant ses jambes sur ses genoux.

— Je ne comprends pas. On a joué au foot pendant une heure, et je l'ai emmenée au jardin public, mais elle a toujours autant d'énergie. Elle n'est jamais fatiguée ?

— Non, mais quand elle dort, elle dort.

Campbell posa le livre qu'elle lisait et déposa un baiser sur sa tempe. Ces dernières semaines avaient exaucé tous ses rêves. Son supérieur avait à regret accepté sa démission. Enquêter lui manquerait, mais tant que sa plaie n'était pas complètement guérie, elle était condamnée à l'inaction de toute manière. Ce n'était pas forcément une malédiction. Regarder Kendric aux prises avec une fillette de quatre ans qui débordait d'énergie et de personnalité était plutôt distrayant.

— Eh bien, c'est une bonne nouvelle.

Il se gratta l'oreille, évitant son regard, mais elle devinait la direction de ses pensées.

— Qu'a dit le médecin à ta visite de suivi ?

Campbell lui donna une petite tape avec son livre.

— Que tout va bien. La cicatrice est discrète, grâce au travail d'artiste accompli par Isla. Cette femme est douée.

— C'est tout ? Et tu as le droit de t'adonner à... certaines activités ?

— Telles que ?

Ce jeu plaisait à Campbell. Elle aimait le forcer à exprimer ce qu'il voulait – ce dont il avait besoin, parfois –, au lieu de tout garder au fond de lui. C'était une habitude qu'ils devaient prendre l'un et l'autre, mais la confiance était là désormais. Plus de secrets. Plus de demi-vérités. Ils étaient engagés l'un envers l'autre. Partenaires.

— Oh ! Je ne sais pas. Les bisous, les câlins, les trucs comme ça.

— On fait déjà ça, répondit-elle sans pouvoir retenir un sourire.

Leurs séances de câlins avaient été très plaisantes au cours des semaines précédentes. Rien de tel que deux blessures par balle pour réapprendre la sensualité qui lui avait manquée depuis le départ du père de son enfant.

Il esquissa une grimace.

— Pas tout.

— Oh ! pas tout ! Je vois. J'avais mal compris.

Elle se pencha vers lui lentement et pressa la bouche contre son oreille.

— Et moi qui croyais que tu te plaignais de la qualité de mes baisers.

Il rit, et ses joues se colorèrent un peu.

— Rien à redire de ce côté-là.

— C'est bien ce que je pensais.

Elle se cala de nouveau contre le dossier du canapé tandis que Kendric poussait un soupir.

— Tu ne vas pas me le dire, hein ?

Le policier tendu et distant qu'elle avait retrouvé sur une scène de crime quelque temps plus tôt n'existait plus. Pas avec elle, en tout cas. Il avait été remplacé par un homme affectueux et plein d'espoir dont elle était retombée amoureuse. Un homme avec qui elle voulait élever sa fille et vieillir, ici, à Battle Mountain.

Cette bourgade était devenue son foyer maintenant.

Grâce à lui.

— Te dire quoi ?

Elle baissa son livre légèrement, feignant l'incompréhension.

— Oh ! On parle toujours de ça ? Le médecin a en effet évoqué cette question aujourd'hui.

— Et ?

— Et tout peut reprendre son cours normal. D'ailleurs, j'ai hâte de te rappeler ce à quoi tu as renoncé il y a cinq ans.

— Une erreur que je regrette chaque jour, murmura-t-il d'une voix rauque. Tu vas me rendre fou.

— Attends que Penny soit couchée.

Campbell savourait le pouvoir qu'elle avait sur lui, la capacité d'éveiller son désir par un seul regard, une seule caresse.

— Tu m'auras pour toi tout seul.

— Excellente nouvelle. On attendra jusque-là.

Il pianota sur son bras.

— Entre-temps, tu peux m'expliquer la raison pour laquelle tu es entrée aux Affaires internes.

— Quelle importance maintenant ? J'ai donné ma démission.

Il lui effleura l'épaule.

— Pendant que j'étais à l'hôpital après l'explosion, deux costards-cravates sont venus m'interroger sur ce qui s'était passé. Ils ne voulaient pas me dire à quel service ils appartenaient, si bien que j'ai refusé de répondre. Je leur ai dit de lire ma déposition.

Il n'attendit pas sa réaction.

— Ils sont allés te voir, c'est ça ? Ils ont menacé d'ouvrir une enquête à moins que tu coopères, et quand je t'ai quittée, ils ont fait pression sur toi pour que tu travailles pour eux.

— Il n'était pas question que je leur permette de salir ton nom ou de te poursuivre pour une faute que tu n'avais pas commise.

Elle referma son livre.

— Pas après tout ce que tu avais enduré.

— Pourquoi ne me l'as-tu pas dit plus tôt ?

— Tu m'aurais crue ? Les mots « Affaires internes » n'auraient-ils pas suffi à te faire une opinion ?

L'expression dans son regard suggéra à Campbell qu'elle avait vu juste.

— Enfin, comme je te l'ai dit, cela n'a plus d'importance. Je suis heureuse où je suis. Avec toi et Penny. Ici.

Elle pressa les lèvres contre les siennes.

— Pas de nouvelles de Sabrina Bryon ?

— Pas encore. Elle sait disparaître, et à présent qu'elle a obtenu justice pour sa sœur, je doute qu'on la revoie un jour.

— Tu crois toujours que c'est elle qui a abattu Elliot Bryon dans ces bois ?

— Il avait essayé de les tuer, elle et son bébé. Il est raisonnable de penser qu'elle voulait le mettre hors d'état de nuire. Nous n'en aurons jamais la preuve, et elle volait au secours d'un policier. Aucun procureur ne s'avisera de la poursuivre.

Kendric la regarda, ses yeux verts aussitôt assombris par le désir.

— Rappelle-moi à quelle heure Penny se couche.

— Dans quatre heures. Tu vas tenir jusque-là, n'est-ce pas ?

Un bruit sourd les arracha l'un et l'autre à la bulle qu'ils avaient créée autour d'eux. Kendric retira les jambes de Campbell et se leva avec un soupir.

— Elle est pire que la bombe qui m'a défiguré.

— Tu es toujours aussi beau, lui assura-t-elle.

Il disparut dans le couloir, Campbell le suivant des yeux.

— Nom d'un...

Il y eut un bref silence.

— Penny ! Tu es montée il y a deux minutes, comment as-tu pu... ? Tu sais quoi ? J'abandonne.

Des pas lourds s'entendirent dans l'escalier.

— Bell, elle va avoir besoin d'un bain. Sa chambre aussi. Tu crois que les pompiers nous prêteraient un de leurs tuyaux ?

Les joies d'être parent. Campbell renifla et identifia le problème sans avoir besoin de se lever.

— Non. Ils ne répondent plus depuis que tu as appelé une ambulance parce qu'elle s'était égratigné le genou.

— La plaie n'arrêtait pas de saigner !

Kendric ouvrit la porte d'entrée et les fenêtres du séjour en grand.

— Je vais lui faire prendre un bain, dit Campbell. Tu peux essayer de nettoyer la peinture.

Elle se leva, ignorant le picotement dans sa plaie. Elle n'allait pas laisser cette blessure l'empêcher de vivre sa vie. Ou de savourer le bonheur d'avoir de nouveau Kendric à ses côtés.

Il la regarda, soupçonneux.

— Comment sais-tu qu'elle a repeint sa chambre ? Elle a déjà fait ça ? Elle risque de recommencer ?

— Bienvenue dans le monde des parents, mon chou.

Elle déposa un baiser léger sur ses lèvres, se remémorant les paroles qu'il lui avait adressées le jour de son arrivée à Battle Mountain.

— Tu vas adorer.

Vous avez aimé ce roman ?
Retrouvez en numérique
les sentinelles de Battle Mountain :

1. Un piège glacial
2. Tragique dilemme
3. Rencontre explosive
4. Au nom de notre enfant

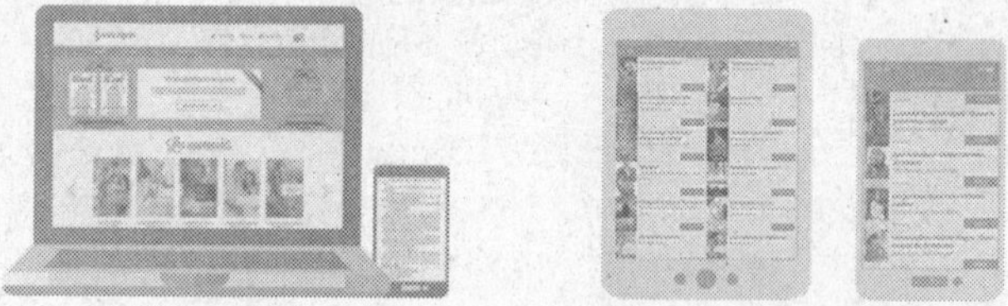